Felicitas Mayall begann ihre Karriere als Journalistin bei der «Süddeutschen Zeitung». Inzwischen lebt sie als freie Autorin in Prien am Chiemsee. Im Rowohlt Taschenbuch Verlag erschienen aus der Laura-Gottberg-Reihe bereits die Kriminalromane «Die Nacht der Stachelschweine» (rororo 23615), «Die Löwin aus Cinque Terre» (rororo 24044) und «Wolfstod» (rororo 24440).

Felicitas Mayall

WIE KRÄHEN IM NEBEL

Laura Gottbergs zweiter Fall

ROMAN

ROWOHLT TASCHENBUCH VERLAG

7. Auflage Januar 2010

Veröffentlicht im Rowohlt Taschenbuch Verlag,
Reinbek bei Hamburg, Oktober 2006
Copyright © 2005 by Rowohlt Verlag GmbH,
Reinbek bei Hamburg
Umschlaggestaltung any.way, Barbara Hanke / Cordula Schmidt
(Foto: Zefa / Masterfile / S. Andreas)
Druck und Bindung CPI – Clausen & Bosse, Leck
Printed in Germany
ISBN 978 3 499 23845 1

Für Anitra

Was soll dieses plötzliche Erwachen – in diesem dunklen Zimmer – begleitet von den Geräuschen einer unvermittelt fremd gewordenen Stadt? Und alles ist mir fremd, alles, und kein Mensch, der zu mir gehört, keine Stätte, wo diese Wunde sich schließen könnte. Was tue ich hier, welchen Zusammenhang haben diese Gebärden, dieses Lächeln? Ich bin nicht von hier – auch nicht von anderswo. Und die Welt ist nur noch eine unbekannte Landschaft, in der mein Herz keinen Halt mehr findet.

Albert Camus

SCHWERER NEBEL lag über der Stadt, war bis in die Bahnhofshalle gekrochen, umhüllte Menschen, Züge und Leuchtreklamen, ließ sie zu geheimnisvoller Unschärfe zerfließen. Auch die Geräusche dämpfte er, sodass der Eurocity aus Rom beinahe lautlos und wie eine monströse Raupe am Ende der Gleise zum Stehen kam.

Draußen vor der Bahnhofshalle war der Nebel noch dichter. Stefan Brunner, der gerade die Lokomotive eines Regionalzugs abgekoppelt hatte, bewegte sich vorsichtig zwischen den Gleisen. Es war sehr dunkel. Rund um die Lampen, entlang der breiten Einfahrt zum Münchner Hauptbahnhof, breitete sich magisches Leuchten aus, das den Boden nicht erreichte, sondern von den winzigen Wassertröpfchen in der Luft aufgesogen wurde. Brunner trug eine Grubenlampe auf der Stirn, doch auch sie half ihm wenig. Er musste sich tief vornüberbeugen, trotzdem mit seinen Füßen tasten, weil er seinen Weg eher ahnte denn sah.

Eigentlich mochte Brunner den Nebel. November auch. Brunner hatte Phantasie, stellte sich bei seiner Arbeit gern ganz andere Dinge vor als das An- und Abkoppeln von Waggons oder Triebwagen. Er träumte von etwas Außergewöhnlichem, einem großen Knall, einer Katastrophe – einer, die er, Brunner, in letzter Sekunde verhindern würde.

Oder nicht.

Nein, es war besser, nach dem großen Knall zu erscheinen. Als der Retter. Die Bremsen eines ICE könnten versagen. Der Zug würde in die Bahnhofshalle rasen, mitten durch alle

9

Buden, Cafés und Menschen. Brunner hatte so was mal in einem Film gesehen.

Wahrscheinlicher war, dass zwei Züge an einer defekten Weiche zusammenstießen. Oder ein Bombenanschlag… Bombenalarm gab es ein paar Mal im Jahr.

Die einzige Katastrophe in der Nähe des Bahnhofs hatte Brunner nicht miterlebt. Weil er damals noch zu jung gewesen war. Ende der fünfziger Jahre, als ein Flugzeug den Turm der Paulskirche streifte und in die Bayerstraße stürzte, eine Straßenbahn unter sich begrub, Autos und Fußgänger, eine englische Fußballmannschaft auslöschte. Um ein Haar wäre die Maschine auf den Hauptbahnhof gefallen.

Brunner stolperte, blieb einen Augenblick stehen. Mit einem Ruck setzte sich links von ihm ein Zug in Bewegung.

Der letzte nach Salzburg, dachte Brunner und blickte kurz auf die leuchtende Anzeige seiner Armbanduhr.

Zwei Minuten vor Mitternacht.

Acht Minuten Verspätung, dachte Brunner. Gab kaum noch einen Zug, der pünktlich ankam oder abfuhr. Früher war das anders gewesen! Er konnte das beurteilen, war immerhin sein fünfunddreißigstes Jahr bei der Bahn, und er hatte es nicht eilig mit der Rente. Sie wären ihn gern los, das wusste er. Aber auf dem Ohr war er taub. Mit seinen sechsundfünfzig würde er sich nicht abschieben lassen, war fitter als viele seiner jüngeren Kollegen, hatte seine Arbeit immer einwandfrei erledigt und übernahm gern die Nachtschichten. Das war seine Rettung. Die Jüngeren machten nicht gern Nachtschicht.

Sie hatten ja keine Ahnung. Wussten nichts davon, wie der Bahnhof sich nachts veränderte. Jeder einfahrende Zug konnte ein Geheimnis bergen – nein, bestand vielmehr aus Geheimnissen, Lichtern, Schattenrissen. Nachts klang das Kreischen der Räder auf den Schienen anders als am Tag.

Und obwohl Brunner die Menschen meist nur aus der Ferne sah, wusste er, dass sie anders waren als die Tagreisenden.

Noch nie hatte Brunner über all das gesprochen – nicht zu seinen Kollegen und nicht zu seiner Frau. Die hätten ihn für verrückt halten können. Aber Brunner wusste, dass er nicht verrückt war. Er hatte nur seine eigene Welt. Manchmal dachte er, dass alle Menschen so eine eigene Welt in sich trugen. Doch er konnte sich nicht einmal die Welt seiner Frau vorstellen. Nur die eigene – mit den Heldenträumen und den Nachtreisenden.

Wieder stolperte Brunner, hielt sich am Pfosten einer Signalanlage fest und schaute in Richtung des ICE-Hangars, der im Nebel verschwunden war. Da war ein Geräusch, das ihn an kollernde Steine erinnerte, er meinte, einen Schatten zu sehen. Vor ihm bewegte sich etwas.

Brunner atmete flach, rührte sich nicht. Der Nebel war noch dichter geworden, unmöglich etwas zu erkennen. Wahrscheinlich hatte er sich getäuscht. Es konnte allerdings sein, dass einer dieser Graffiti-Sprayer den Nebel nutzen wollte, um den neuen Hangar zu verzieren. Brunner ließ den Pfosten los und ging langsam weiter. Er hatte nichts gegen Sprayer. Auch sie gehörten zur Nachtwelt.

Vorsichtig machte er einen Schritt, noch einen. Wieder meinte er einen Schatten zu erkennen.

«He!», rief er und dachte gleichzeitig, dass seine Stimme klang, als hätte er ein Tuch vor dem Mund. Jetzt sah er den Schatten deutlicher, einen geduckten Schatten, der schrumpfte und sich plötzlich aufzulösen schien.

Brunner ging schnell weiter, wieder kollerten Steine, ganz entfernt diesmal, und plötzlich stürzte Brunner wie ein gefällter Baum. Knallte mit dem rechten Ellenbogen auf eine Schiene, mit dem Kopf auf Schotter, sein Körper jedoch wurde von etwas Weichem aufgefangen.

Brunner wusste sofort, dass er sich verletzt hatte, war erstaunt, dass der Schmerz erst mit einer Verzögerung einsetzte, die ihm unendlich lang erschien, war beinahe erleichtert, als endlich ein Feuerstrahl durch seinen rechten Arm fuhr, hinauf in die Schulter und hinab in jeden einzelnen Finger. Kurz danach begann sein Gesicht zu brennen und er spürte, wie seine Lippen anschwollen. Ein paar Minuten lang blieb er reglos liegen, um die Benommenheit in seinem Kopf zu überwinden. Dann tastete er mit der linken Hand über seine Stirn und die rechte Wange, spürte eine warme Flüssigkeit und dachte: Ich blute. Als er versuchte, den rechten Arm zu bewegen, zuckte er heftig zusammen, und ihm wurde schlecht vor Schmerz. Eine Weile atmete er mit geschlossenen Augen, nahm aber gleichzeitig ein Vibrieren wahr, das ihm vertraut erschien.

Plötzlich war Brunner hellwach, richtete sich auf, kniete endlich, die Linke auf diesem großen weichen Etwas abstützend, das ihn offensichtlich zu Fall gebracht hatte. Obwohl er kaum etwas sehen konnte, weil Blut in seine Augen lief und der Nebel ihn umschloss, erspürte seine Hand augenblicklich, dass ein Mensch vor ihm lag. In der nächsten Sekunde begriff er außerdem, dass sie beide auf den Schienen von Gleis siebzehn oder achtzehn liegen mussten und dieses vertraute Vibrieren bedeutete, dass ein Zug auf sie zufuhr. Brunner hatte keine Zeit zu überprüfen, wo genau die Gleise verliefen. Mit der unverletzten Hand zerrte er den schlaffen Körper des Unbekannten nach links, rollte ihn irgendwie, rollte sich selbst, betete, dass es die richtige Seite sein würde, zog den Kopf ein, legte den Arm schützend über die Augen, als er die verschwommenen Lichter des Triebwagens auf sich zukommen sah, wollte schreien, aber es kam kein Ton.

Der Eurocity aus Rom stand noch immer im Münchner Hauptbahnhof. Die Putzkolonne hatte gerade erst mit ihrer Arbeit begonnen, als auf dem Bahnsteig Blaulichter zu blinken begannen, Wachleute rannten. Die Frauen und Männer des Reinigungspersonals drängten sich an die Fenster und starrten hinaus. Etwas musste geschehen sein, hatte aber offensichtlich nichts mit dem Eurocity zu tun, denn die Polizisten und Wachleute verschwanden am Ende des Bahnsteigs im Nebel, und die Einsatzwagen hielten weit außerhalb der Bahnhofshalle. Zuletzt rasten zwei Krankenwagen an den Fenstern des Zuges vorüber.

«Wahrscheinlich Selbstmörder!», sagte die Türkin Sefika Ada zu ihrer deutschen Kollegin und wandte sich seufzend der Behindertentoilette zwischen erster und zweiter Klasse zu.

«Tätst du dich vor an Zug legen?», fragte Rosl Meier und leerte die Abfallbehälter auf dem Zwischengang in einen großen blauen Plastiksack. Rosl war ziemlich dick und kam leicht außer Atem.

«Ich? Niemals!», antwortete Sefika ein bisschen zu laut und versuchte die Toilettentür zu öffnen. «Besetzt» stand auf dem leuchtend roten Knopf, aber es war ja keiner mehr im Zug. Sefika steckte den Generalschlüssel ins Schloss, doch die automatische Tür ruckte nur kurz. Etwas klemmte. Die junge Frau stemmte sich mit ihrem ganzen Gewicht gegen die Tür, bekam sie jedoch nur einen Spalt breit auf. Im Gegensatz zu Rosl war sie klein und zierlich.

«Ich auch ned! Mich würd der Schlag treffen, wenn ich so eine Lok sehen würd. Ich tät wegrennen!» Rosl klappte die Deckel der Müllbehälter kräftig zu.

«Kannst du helfen, Rosl?», fragte Sefika. «Türe geht nicht auf.»

«Musst halt mehr essen!», antwortete Rosl gutmütig. «Ich hab noch nie so a dünne Türkin g'sehen wie dich! Kei Wunder, dass du die Tür ned aufbringst!» Rosl stellte ihre Müllsäcke ab und trat neben Sefika. «Wie tätst du dich umbringen, wenn du dich umbringen tätst?»

Sefika stopfte eine Haarsträhne unter ihr grünes Kopftuch und runzelte die Stirn. «Vielleicht schwimmen – im Meer. Immer weiter und weiter!», murmelte sie.

«Da musst du aber erst hinfahren, ans Meer.» Rosl drückte gegen die Toilettentür, doch weiter als ein paar Zentimeter ließ die sich auch von ihr nicht öffnen. «Ich würd Tabletten nehmen!», stöhnte sie, während sie ihren breiten Rücken gegen die Tür presste und sich mit beiden Füßen abstemmte. «Tabletten kriegst überall, und dann merkst nix mehr! Was is denn mit der blöden Tür?» Rosl versuchte durch den Spalt zu schauen, blieb aber mit dem Kopf stecken. «Probier du! Dei Kopf is ned so dick wie meiner! Da muss was hinter der Tür liegen. Aber eigentlich geht des nicht. Wenn was hinter der Tür liegt, dann kann auch keiner raus!» Rosl rieb ihre runde kleine Nase, hielt plötzlich inne und sagte viel leiser: «Wenn da einer hinter der Tür liegt, dann is der tot oder krank. Dann kann der gar nicht raus aus dem Klo!»

Sefika wich von der Tür zurück.

«Ich nicht schauen!», flüsterte sie.

«Jetzt komm, stell dich ned so an!»

«Ich nicht schauen!», wiederholte die junge Türkin und drückte auf den Öffner der Außentür. «Wenn Polizei kommt, dann nicht gut. Ich schwarz arbeiten! Ich gehen! Du sagst Chef, Sefika krank geworden.»

Zischend ging die Wagentür auf, und Sefika war so schnell verschwunden, dass Rosl nicht einmal antworten konnte. Sefika hatte Recht, und Rosl dachte, dass es besser wäre, ebenfalls zu verschwinden. Sie arbeiteten beide schwarz. Falls tatsächlich etwas hinter der Klotür liegen sollte, konnten sie ganz schnell ihren Job verlieren. Die Polizei würde nicht nur

Fragen stellen, sondern auch ihre Papiere überprüfen. Rosl wusste Bescheid!

Ihr Blick wanderte von der Wagentür zur Toilettentür und zurück. Immer hin und her. Sie horchte, doch die anderen Kollegen waren weit weg.

Ich könnt nachschauen und dann abhauen, dachte Rosl. Noch ein, zwei Minuten lang zögerte sie, dann siegte dieses merkwürdige Lustgefühl in ihr, dieses Kribbeln in ihrem Bauch, das ihr Herz schneller schlagen ließ und das Atmen noch schwerer machte. Nein, es war nicht eigentlich Lust, mehr Angstlust, gepaart mit einer Gier, die stärker war als Neugier.

Ganz langsam näherte sich Rosl erneut der Toilettentür und beschloss, es diesmal zu machen wie die Polizisten in Fernsehkrimis. Sie schluckte, atmete tief ein und warf sich mit aller Kraft gegen die Tür. Es gab einen Ruck, und die Öffnung war jetzt breit genug für ihren Kopf. Rosl fasste die Tür nicht an, so blöd war sie nicht. Auch das kannte sie aus Fernsehkrimis. Keine Fingerabdrücke hinterlassen! Nur den Kopf steckte sie durch den Spalt, während die Herzschläge in ihrer Brust dröhnten und gleich darauf zweimal stolperten, denn die Frau, deren Körper hinter der Toilettentür am Boden lag, war eindeutig tot. Seltsam verrenkt lag sie da, mit offenem Mund und starren Augen, die Arme ausgebreitet.

Rosl zog ihren Kopf zurück. Das Kribbeln in ihrem Bauch war plötzlich zu einem Zittern geworden, das den ganzen Körper erfasste und in eine Art Schüttelfrost überging. Sie biss die Zähne zusammen, weil sie fürchtete, mit ihnen zu klappern. Und dann hörte sie Schritte. Jemand kam den Gang entlang. Kam genau auf sie zu, war schon da. Rosl bückte sich nach einer Mülltüte, faltete sie mit zitternden Händen auseinander, schaute nur auf die Schuhe des Unbekannten. Es waren Turnschuhe.

«Alles in Ordnung?», sagte eine Stimme über den Turnschuhen, eine männliche Stimme, und Rosl erinnerte sich an die Stimme. Es war einer aus der Putzkolonne, ein Legaler, der für den Chef ab und zu Kontrollrunden machte.

«Jaja», murmelte sie und schüttelte den Plastiksack aus. Schüttelte und schüttelte.

«Wo ist denn die Sefika?» Die Turnschuhe gingen nicht weg.

«Grade auf'm Klo!», log Rosl. Plötzlich war ihr speiübel.

«Ja dann», sagte der Legale und ging langsam weiter. Hau endlich ab, dachte Rosl und wischte sich die Hände an der Hose ab. Sie schwitzte immer an den Händen, wenn sie sich aufregte. Die automatische Tür zwischen den Wagen ging auf und blieb offen, ewig, so schien es ihr. Endlich schloss sie sich wieder.

Rosl ließ den Plastiksack fallen und versuchte zu denken. War die Frau alt oder jung gewesen? Sie erinnerte sich nicht einmal an ihre Haarfarbe oder ihre Kleidung. Nur an diesen offenen Mund und die Augen. Noch einmal schob sie die Toilettentür auf und schaute hinein. Warum, wusste sie selbst nicht. Diesmal nahm sie mehr wahr. Die tote Frau sah ziemlich jung aus. Höchstens dreißig. Ihr halblanges Haar war rot. Gefärbt, dachte Rosl. Vielleicht war sie hübsch, aber das konnte Rosl nicht genau erkennen, weil der starre Blick und der offene Mund sie zu sehr erschreckten. Nur dass die Tote eine schwarze Lederjacke und einen sehr kurzen Rock trug, nahm sie noch wahr, dann zog sie ihren Kopf wieder zurück und horchte. Von draußen klang der schrille Ton eines Martinshorns zu ihr herein. Blaulichter flackerten über sie hin, und sie ballte ihre Fäuste, um dieses ekelhafte Zittern loszuwerden.

Als der Krankenwagen vorüber war, nahm sie einen der vollen Müllsäcke und stieg aus dem Zug. Niemand beachtete sie. So unauffällig wie möglich ging sie zurück in die Bahnhofshalle, stellte den Müllsack unterwegs auf den Anhänger eines Elektrowagens und verschwand auf der Rolltreppe ins Untergeschoss. Vor dem Fahrkartenautomaten blieb sie stehen. Vielleicht waren doch Fingerabdrücke auf der Klotür zurückgeblieben? Aber dann erinnerte sie sich daran, dass Sefika grüne Gummihandschuhe getragen hatte, und sie selbst hatte die Tür gar nicht mit den Händen berührt – nur mit ihrer Schulter, ihrem Rücken. Sie atmete jetzt beinahe wieder normal, obwohl ihre Hände noch immer feucht waren. Langsam ging Rosl auf die Treppe zu, die zum Bahnhofsplatz hinaufführte. Ein paar betrunkene Penner grölten hinter ihr her, doch Rosl hörte sie gar nicht, so sehr war sie mit ihren Gedanken beschäftigt. Oben legte sich der Nebel auf sie wie eine schwere Decke, und Rosl war froh über die letzte Straßenbahn, die genau in diesem Augenblick vor dem Bahnhof hielt. Sie fuhr bis Karlsplatz. Dort stieg sie wieder aus, suchte eine Telefonzelle und wählte nach kurzem Zögern den Notruf der Polizei. Als der Beamte sich meldete, sagte sie nur zwei Sätze in bemühtem Hochdeutsch: «Im Eurocity aus Rom liegt eine Leiche. Wagen zwölf zwischen erster und zweiter Klasse.»

Dann legte sie auf.

ALS DAS TELEFON zu klingeln begann, schüttelte Laura Gottberg unwillig den Kopf und runzelte die Stirn, doch sie wachte nicht auf, sondern baute den schrillen Ton in ihren Traum ein, machte ihn zum Nebelhorn eines großen Schiffs, das aus der Dunkelheit auf sie zusteuerte. Sie selbst schwamm im Meer, winzig klein vor diesem ungeheuren Bug, der aus dem Nirgendwo aufgestiegen war und über sie hinwegfahren würde. Der Bug war schwarz, selbst das Meer färbte sich schwarz. Laura wurde von der wirbelnden Bugwelle erfasst, nahm nichts mehr wahr außer diesem entsetzlichen Alarmton, der auch unter Wasser in ihr Gehirn drang.

Sie warf den Kopf hin und her, erwachte von ihrem eigenen Schrei, lag einen Augenblick starr da, weil das Geräusch ihr gefolgt war. Vorsichtig öffnete sie die Augen, ließ den Blick langsam von rechts nach links wandern, suchte nach dem Schiffsbug, erkannte allmählich die vertrauten Umrisse ihrer Schlafzimmermöbel und begriff endlich, dass der Alarm kein Nebelhorn, sondern das Klingeln ihres Telefons war.

Unsicher tastete sie nach dem Lichtschalter, stieß dabei das Wasserglas auf ihrem Nachttisch um, schaute auf die Uhr. Halb zwei.

In diesem Augenblick öffnete sich die Schlafzimmertür.

«Mama?», fragte Lauras Sohn Luca verschlafen. «Hörst du das Telefon nicht? Es klingelt seit mindestens fünf Minuten!»

«Ich hab ganz tief geschlafen, Luca!», murmelte Laura. «Wo ist das verdammte Ding eigentlich?»

Luca tapste schlaftrunken zu Lauras Bett, bückte sich und zog das Telefon unter einer Zeitung hervor. Es klingelte noch immer.

«Klingt nach Dienst!» Luca drückte seiner Mutter das Telefon in die Hand.

«Dienst oder dein Großvater!», gab Laura zurück, die allmählich wach wurde. Sie drückte auf den Verbindungsknopf. «Gottberg!»

«Na endlich, Frau Hauptkommissar! Hier Pfeiffer! Wir haben gerade einen Anruf von einer unbekannten Frau überprüft, die behauptet hat, dass im Eurocity aus Rom eine Leiche liegt.»

«Liegt eine?», fragte Laura.

«Es liegt eine!»

«Haben Sie Kommissar Baumann benachrichtigt, die Spurensicherung …»

«… den Arzt! Selbstverständlich, Frau Hauptkommissar! Nur – Kommissar Baumann hab ich noch nicht erreicht. Er hat sein Telefon auf Anrufbeantworter geschaltet und das Handy auf Mailbox.»

«So!», sagte Laura.

«Ja, genau!» Pfeiffers Stimme klang, als würde er anzüglich grinsen.

«Na gut! Sagen Sie den Kollegen, dass ich in zwanzig Minuten da bin. Hauptbahnhof?»

«Hauptbahnhof! Da ist übrigens noch was. Einer von den Rangierarbeitern hat vor dem Bahnhof einen Mann auf den Gleisen gefunden. Der hat noch gelebt. Ist inzwischen im Krankenhaus – Rechts der Isar, Neurologie. Könnte einen Zusammenhang mit der Leiche im Zug geben.»

«Danke», sagte Laura. «Noch mehr erfreuliche Nachrichten?»

«Das wär's!»

«Schicken Sie einen Wagen zu Baumann. Die sollen ihn aus dem Bett holen. Ich brauche ihn! Bis später!»

Langsam setzte Laura einen Fuß nach dem anderen auf den Teppich neben ihrem Bett, betrachtete erst nachdenklich ihre Beine, schaute dann zu ihrem Sohn auf, der ihr in seinem Schlafanzug noch länger vorkam als sonst.

«Dienst!», sagte sie und schnitt eine Grimasse.

«Arme Mum!» Luca gähnte und rubbelte sein Haar.

«Geh schlafen! Um halb sieben klingelt dein Wecker!»

«Und du?»

«Ich werde mich jetzt anziehen, zum Hauptbahnhof fahren und eine Leiche ansehen. Dann komm ich wieder her und frühstücke mit dir und Sofia.»

«Guten Appetit!», antwortete Luca trocken.

«Raus!» Laura warf das Kopfkissen nach ihrem Sohn.

Blitzschnell verschwand Luca hinter der Schlafzimmertür, streckte aber noch einmal seinen Kopf durch den Spalt und meinte:

«Eines kann ich dir versprechen, Mama! Ich werde nie zur Polizei gehen, und ich werde auch kein Arzt oder irgendwas, das mit Schichtarbeit zu tun hat! Gut Nacht!»

«Gut Nacht!»

Laura stemmte sich vom Bett hoch, streckte die Arme nach vorn, bis ihre Schultern schmerzten. Irgendwo in ihrem Schlafzimmer gab es noch immer diesen hohen schwarzen Schiffsbug, obwohl sie ansonsten ganz gut funktionierte und längst dabei war, in ihre Kleider zu schlüpfen. Sie zog an, was sie am Abend zuvor auf den Stuhl vor ihrem Schreibtisch geworfen hatte: Kniestrümpfe, Jeans, Rollkragenpullover. Der Reißverschluss ihres rechten Stiefels klemmte, und sie fühlte sich ein bisschen schwindlig, während sie vornübergebeugt an ihm ruckelte. Eine winzige Falte des Futters hatte sich im Reißverschluss verhakt.

«Warum passiert so was immer dann, wenn ich es eilig habe?», stöhnte Laura. Sie gab ihren Versuch auf, humpelte – denn ihr rechter Fuß fand keinen Halt im Stiefel – ins Badezimmer, ließ kaltes Wasser über ihre Hände laufen, besprengte ihr Gesicht, bürstete ihr Haar mit halb geschlossenen Augen. Nur so konnte sie sich um diese Zeit ertragen.

Im Flur kickte sie die Stiefel von ihren Füßen und schlüpfte in ein anderes Paar, nahm die gefütterte Jacke von der Garderobe und steckte den Schlüssel in die Innentasche. Ehe sie die Wohnung verließ, schrieb sie eine Nachricht auf einen bunten Zettel.

Bin hoffentlich zum Frühstück wieder da! Falls nicht:
Sofia – vergiss bitte dein Turnzeug nicht. Luca – ich wünsch
dir Glück für deine Englisch-Schulaufgabe.
Kuss
Mama

Sie klebte den Zettel auf den Küchentisch, schloss kurz die Augen. Sanfter Knoblauchgeruch hing noch in der Luft – Erinnerung an die Bratensauce vom gestrigen Abendessen. Langsam sog Laura diesen Duft ein, fühlte sich plötzlich hungrig. Aber es war kein Hunger nach einem Stück Braten oder Käse, es war viel mehr.

Allumfassender Hunger, dachte sie und lächelte über sich selbst. Dann verließ sie die Wohnung und zog leise die Tür hinter sich ins Schloss. Im Dunkeln lief sie die sechsundachtzig Treppenstufen hinunter, vorüber an den Türen der Nachbarwohnungen, lauschte dem Knarren des Holzes unter ihren Füßen und trat endlich auf die Straße. Als der feuchte kalte Nebel in ihre Lungen drang, hustete sie. Irgendein beißender Gestank hatte sich mit dem Nebel vermischt, und Laura fiel der Kamin im Häuserblock gegenüber ein, aus dem in letzter Zeit regelmäßig schwarze Rauchwolken aufstiegen. Wo hatte sie den Wagen abgestellt? Der Nebel war so dicht, dass alle Autos gleich aussahen – in Watte verpackte graue Kästen. Während Laura die Autoreihe entlangging, dachte sie, dass kalter Nebel die Welt irgendwie unbewohnbar machte – klein, bedrückend, unheimlich. Und sie dachte, dass in so einer Nebelnacht kein Mord geschehen durfte, weil das Szenario zu sehr einem Horrorfilm glich und deshalb unwirklich wurde.

Immer schneller lief sie an der endlosen Reihe geparkter Autos entlang, fand endlich ihren alten Mercedes, sprang hinein und hatte das Gefühl, einer unsichtbaren Gefahr entkommen zu sein. Eine Weile saß sie da, horchte in diese seltsame Stille hinein, in der alle Laute vom Nebel erstickt wurden, und dachte, dass sie nicht hier sein wollte. Nicht in diesem kalten Wagen, der nach den Zigarettenkippen ihres Ex-Mannes roch, nicht in dieser engen Nacht, in der immer noch irgendwo ein schwarzer Schiffsbug lauerte.

Nur ein einziger einsamer Zug stand in der Bahnhofshalle, als Laura ankam. Ein paar Sekunden lang verharrte sie auf der obersten Stufe der Treppe, die vom Parkplatz zur Halle führte. Zwei, drei Tauben flogen unter dem nebelverhangenen Dach herum, flatternde Lappen hinter einer Milchglasscheibe. Ein Wesen in Uniform kam auf Laura zu, unscharfe Gestalt, die langsam Konturen gewann, ein Geschlecht annahm und mit jedem Schritt jünger wurde.

«Hauptkommissar Gottberg?», fragte die junge Polizistin.

«… in!», erwiderte Laura.

«Was?»

«Hauptkommissarin!»

«Ach so! Entschuldigung …»

«Schon gut. Oder werden Sie gern als Polizeimeister angesprochen? Das sind Sie doch vermutlich.»

«Ja, nein. Du liebe Zeit, Sie haben mich jetzt ganz durcheinander gebracht, Frau Hauptkommissarin.» Die junge Frau war rot geworden und trat verlegen von einem Bein auf das andere. Sie war ein bisschen zu klein und breithüftig für ihre Diensthosen, die oben spannten und unten Falten schlugen. Ihr Gesicht war offen und freundlich, die helle Haut überzogen mit feinen Sommersprossen.

«Das wollte ich nicht!», sagte Laura. «Ich meine, Sie durcheinander bringen. Erzählen Sie mir lieber, was Sie über den oder die Tote im Eurocity wissen.»

«Eigentlich nichts», erwiderte die junge Polizistin und wurde wieder rot. «Ich wollte Sie nur zum Tatort bringen, Frau Hauptkommissarin.» Sie wandte sich um und wies auf den einsamen Zug. Dann machte sie zwei Schritte und schaute auf Lauras Beine, die sich noch immer nicht bewegten.

«Ich komm schon», lächelte Laura. «Aber irgendetwas werden Sie doch erfahren haben, oder nicht?»

«Ich habe die Leiche nur ganz kurz gesehen. Es ist eine Frau. Sie liegt in der Behindertentoilette und hat einen vollkommen verblüfften Gesichtsausdruck … vielleicht werden Sie denken, dass Leichen nicht verblüfft aussehen können, aber das war mein Eindruck. Dann kamen die von der Spurensicherung, und ich habe mit den Kollegen draußen gewartet. Dabei musste ich immer an diesen verblüfften Gesichtsausdruck denken, und …» Sie verstummte und biss sich auf die Unterlippe.

«Was und?», fragte Laura.

«Entschuldigung, Frau Hauptkommissarin, ich rede zu viel. Das sagen meine Kollegen auch immer.»

«Das kann ich nicht beurteilen, aber ich wüsste gern, was nach dem *und* kommt.»

Die junge Frau seufzte, rückte ihren Gürtel zurecht, an dem ein langer Schlagstock baumelte.

«Na ja», sagte sie endlich. «Ich hab mir vorgestellt, dass der Mörder jemand sein müsste, dem die Frau vertraut hat oder von dem sie keinen Angriff erwartet hat. Warum sollte sie sonst so verblüfft aussehen?»

Sie hatten inzwischen Bahnsteig sechzehn erreicht und blickten am Zug entlang, dessen letzte Wagen im Nebel verschwanden. Ein paar Polizeifahrzeuge standen herum.

«Sonst nichts?», fragte Laura.

Sie näherten sich Wagen zwölf.

«Etwas vielleicht», murmelte die Polizistin, «aber es ist nur so ein Gefühl – meine männlichen Kollegen würden mich auslachen, wenn ich es vor ihnen aussprechen würde.»

«Ich bin ja nicht männlich!» Laura blieb stehen.

«Nein, es ist Blödsinn. Ich hab nicht mal einen Hinweis darauf, was ich gespürt hab. Vielleicht bilde ich es mir ein – vielleicht hat es was mit mir zu tun, keine Ahnung!»

«Also was ist es?»

«Wollen Sie das wirklich wissen?»

«Ja, wirklich!»

Wieder trat die junge Frau verlegen hin und her, schaute schnell zu den Kollegen hinüber, dann auf ihre Schuhe und sagte: «Sie hat ausgesehen, als wollte sie was Neues anfangen, die Haare frisch getönt, fein angezogen. Die wollte nicht auf Besuch nach München – die wollte bleiben! Aber das ist nur ein Gefühl …»

Laura nickte und drückte kurz den Arm der jungen Kollegin. «Danke!», sagte sie. «Ich werd Ihnen sagen, ob ich ein ähnliches Gefühl habe, Frau Kriminalmeisterin!» Laura kletterte in den Eurocity, war mit drei Schritten mitten im Geschehen, drängte sich mit mindestens vier Kollegen in der kleinen Toilette.

«Lasst mich erst mal schauen!», sagte sie und hob die Hände, schob die anderen zurück, ohne sie zu berühren. Schweigend verließen die Kollegen der Spurensicherung die Behindertentoilette, blieben im Gang stehen, zündeten Zigaretten an.

«Raucht gefälligst draußen!», schnauzte Dr. Reiss, der Gerichtsmediziner.

Da stiegen sie alle aus, ohne zu murren, wie Jungs, die man bei etwas Verbotenem ertappt hat. Der Arzt dagegen lehnte sich mit verschränkten Armen an die Wand und beobachtete Laura Gottberg. Langsam ging Laura in die Knie, bis sie dem Gesicht der Toten nahe war.

Erstaunt, verblüfft, erschrocken, dachte sie. Vielleicht hat sie noch etwas gerufen, ehe sie starb. Eine hübsche Frau – nicht schön – hübsch. Alltagshübsch, nicht zu auffällig, vielleicht aus dem Osten.

Laura sah sich um. Der schwarze Lederrucksack der Toten lag auf dem Boden, eine Haarbürste und ein Parfümfläschchen waren herausgerollt. Keine Spuren eines Kampfes waren zu sehen, nur wenig Blut auf dem Boden.

«Wie ist sie gestorben?», fragte Laura, ohne den Arzt anzusehen.

«Aufgesetzter Schuss ins Herz. Sie war sofort tot. Soweit ich es bisher beurteilen kann, wurde die Tat ungefähr vor zwei Stunden verübt.»

«Wann kam der Zug hier an?» Laura wandte sich zu Dr. Reiss um, sah, wie müde und blass er wirkte.

«Kurz vor zwölf. Er hatte fast drei Stunden Verspätung. Demnach müsste der Mord in der Gegend von Innsbruck oder Kufstein geschehen sein. Der Zug hat bei Rosenheim lange warten müssen, weil eine Weiche nicht funktionierte.»

«Habt ihr eine Ahnung, wer sie ist?»

Der Arzt schüttelte den Kopf.

«Weder in ihrer Jacke noch in ihrem Rucksack war ein Ausweis oder so was. Keine Kreditkarte, kein Führerschein – gar nichts. Der Täter hat alles verschwinden lassen. Außer dem Rucksack gibt es auch kein Gepäck. Die Kollegen sind durch den ganzen Zug und haben nichts gefunden. Übrigens ist da noch so ein vom Himmel Gefallener … Lassen Sie sich die Geschichte von den Kollegen erklären. Ich habe ihn nicht gesehen, weil er bereits ins Krankenhaus gebracht worden war. Ein junger Mann ohne Papiere und Gepäck. Es sieht so aus, als wäre ein Rangierarbeiter über ihn gestolpert, sonst würde dieser Mann ebenfalls nicht mehr leben. Er und der Arbeiter lagen genau neben den Schienen des letzten Zugs, der hier einfahren sollte.»

«Und das alles in einer Nebelnacht, die uns zu asthmatischen Höhlenbewohnern macht», erwiderte Laura. «Finden Sie nicht, dass dies unwirklich ist? Die Stadt im Nebel, der Bahnhof, die Tote und die Männer auf den Schienen?»

«Doch, finde ich!» Der Arzt lachte trocken auf. «Ich wusste gar nicht, dass Sie eine philosophische Ader haben. Aber mit den asthmatischen Höhlenbewohnern liegen Sie ganz richtig: Im Nebel sammeln sich sämtliche Schadstoffe. Ich habe gestern schon den ganzen Tag unter Atembeschwerden gelitten. Hatte wenigstens auf eine ruhige Nacht gehofft.»

«Dann gehen Sie doch wieder schlafen», lächelte Laura.

«Bringt nichts», murmelte der Arzt grämlich. «Wenn ich nachts aufstehe, dann ist es vorbei. Ich werde die Leiche ins Institut begleiten und mich gleich an die Arbeit machen.»

Wie eine Krähe im Nebel, dachte Laura und wunderte sich über ihren Gedanken. Natürlich musste Dr. Reiss die Obduktion der Toten durchführen, und trotzdem kam er Laura vor wie eine Krähe im Nebel. Krähen warteten ebenfalls auf Tote, öffneten deren Leiber. Laura stieg über die Beine der Ermordeten hinweg und stellte sich neben den Arzt. Beide schauten sie aus dem Fenster auf die Männer von der Spurensicherung, aus deren Mündern weiße Fahnen emporstiegen, wenn sie den Rauch ihrer Zigaretten ausatmeten oder sprachen.

Sprechblasen ohne Worte, dachte Laura. Ich muss das Angelo erzählen – das von der Krähe im Nebel und den Sprechblasen ohne Worte. Es wird ihm gefallen. Aber selbst Angelo Guerrini erschien ihr unwirklich in dieser Nacht, auch ihre Liebe zu dem italienischen Kollegen. Vor ein paar Stunden war Angelo noch wirklich gewesen. Sie hatte seine Stimme am Telefon gehört und sich so heftig nach ihm gesehnt, dass ihre Haut schmerzte. Hatte auf einmal den Duft von Feigenblättern und Nachtviolen wahrgenommen. Zehntelsekunden lang jagten verrückte Gedanken durch ihren Kopf, wie Fenster, die man aufstößt und schnell wieder zumacht: Waren Luca und Sofia nicht alt genug, um bei ihrem Vater zu leben? Dann könnte sie selbst nach Siena ziehen – etwas ganz anderes machen. Sie war noch nie wirklich frei gewesen. Noch nie!

Die Kollegen auf dem Bahnsteig traten ihre Zigaretten aus.

«Können wir weitermachen?»

«Natürlich!», sagte Laura, versuchte sich zu konzentrieren. «Gibt es schon was?»

«Bisher sieht alles ziemlich mager aus.» Andreas Havel, einer der Spurensicherer, unterdrückte ein Gähnen. Laura mochte ihn. Er war jung, stets freundlich – was man von vielen Kollegen nicht behaupten konnte –, hatte Humor und sah immer verschlafen aus. Trotzdem nahm er meistens mehr wahr als die anderen, besaß die Fähigkeit, Hinweise zu verknüpfen und Schlüsse zu ziehen. Peter Baumann, Lauras engster Mitarbeiter, machte sich häufig über Lauras Zuneigung zu dem jungen Kriminaltechniker lustig.

«Was meint denn *dein* Andreas dazu?», fragte er gerne; Laura reagierte inzwischen nicht mehr auf Bemerkungen dieser Art.

«Wo steckt denn Baumann?», fragte Andreas Havel und zog fragend die Augenbrauen hoch.

«Ist wahrscheinlich auf dem Weg hierher», erwiderte Laura. «Falls nicht, dann schläft er noch. Wir konnten ihn nämlich nicht erreichen.»

«Endlich mal ein vernünftiger Mensch», grinste Andreas. «Alle Systeme abschalten und bei Freunden übernachten, das ist die einzige Möglichkeit, diesem Zirkus mal zu entkommen.»

«Außer man hat Dienstbereitschaft!», mischte sich der Arzt ein. «Sonst kann man nämlich schnellstens seinen Job verlieren.»

Andreas Havel lachte auf und rieb sein rechtes Auge, ehe er sorgfältig Latexhandschuhe über die Hände zog. «Wir sind immer dienstbereit, Herr Doktor! Außer wir fliegen im Urlaub zu den Quellen des Amazonas oder nach Papua-Neuguinea ohne Handy und ohne eine Anschrift zu hinterlassen. Wir sind nämlich chronisch unterbesetzt, aber davon lassen sich die Gewaltverbrecher leider nicht beeinflussen.»

«Es reicht, es reicht!» Der Arzt hob abwehrend die Hände. «Ich fahre schon mal ins Institut. Wie lange werdet ihr noch brauchen, bis ihr sie weiterschicken könnt?»

«Eine halbe Stunde!» Havel schien eher amüsiert als beleidigt über die Unterbrechung seines Redeschwalls.

«Ich werde auch gehen», sagte Laura, steckte beide Hände in ihre Jackentaschen und zog die Schultern ein bisschen hoch. Ihr war kalt. Sie nickte den Spurensicherern zu. Als sie sich anschickte, aus dem Zug zu klettern, reichte der Arzt ihr die Hand. Laura nahm sie, obwohl sie es eigentlich nicht wollte.

Schweigend ging sie neben Dr. Reiss ans Ende des Bahnsteigs, wo in diesem Augenblick Kommissar Baumann auftauchte, mit zerzausten Haaren und flatterndem, viel zu kleinem Mantel.

Wieso Mantel, dachte Laura verwirrt. Er hat noch nie einen Mantel getragen.

«Tut mir Leid, Laura!», keuchte er. «Ich wollte einmal in Ruhe … es ist Mittwoch, mein freier Tag …!»

«Worüber regst du dich eigentlich auf?», fragte Laura. «Du hast mehr Gutscheine als nur einen ruhigen Abend. Schließlich hast du eine Woche lang mit meinem Vater Karten gespielt, jeden Abend in deiner Freizeit!»

«Jaja», murmelte Baumann. «Trotzdem. Es gibt nichts Unangenehmeres als einen Mord im Zug, das weißt du genau. All die Leute, die man überprüfen muss – das ist uferlos!»

«Es ist noch viel schlimmer!» Laura verzog das Gesicht. «Die Leute waren schon weg! Wir müssen sie erst noch ausfindig machen – einen Zeugen nach dem anderen!»

«Musst du das jetzt sagen?»

Laura zuckte die Achseln.

«Wo hast du eigentlich diesen Mantel geklaut? Er ist dir zu klein.»

Verlegen klappte Peter Baumann den Mantel auf und zu. Es war ein taillierter Trenchcoat mit rot kariertem Futter.

«Ich war so verwirrt, als die Kollegen mich aus dem Bett geklingelt haben, dass ich mir einfach irgendwas angezogen habe. Der hier gehört einem Freund – und der wiederum hat ihn vor drei Tagen bei mir vergessen. Da war es nämlich noch nicht so kalt wie jetzt …»

Laura warf ihrem Assistenten einen langen Blick zu, und er drehte die Augen zur Hallendecke.

«Kommissar Baumann», sagte sie freundlich, «es handelt

sich um einen Damenmantel. Und du musst mir nicht erklären, wer die Dame ist. Es ist alles in Ordnung, wirklich alles in Ordnung!»

Nein, dachte Laura beim Anblick ihres kleinen Arbeitszimmers im Präsidium. Nein, ich kann jetzt nicht mit diesen Routineermittlungen anfangen. Ich muss delegieren. Sie machte kein Licht, setzte sich im Dunkeln an den Schreibtisch. Es war hell genug, um die Umrisse der Möbel zu erkennen, der milchige Schein der Straßenlaternen drang durchs Fenster, nebelgebremst.

Kleines Zimmer mit tiefen Schatten, dachte Laura – Zimmer in einer Stadt, die im Nebel geschrumpft ist, als wäre der Himmel heruntergefallen.

Baumann würde gleich kommen, mit Kaffee. Kaffee aus dem Automaten, in Plastikbechern. Abwaschwasser-Cappuccino. Laura hielt eine Hand in den Lichtstrahl und machte Schattenspiele auf ihrer Schreibtischplatte, eine Gans, einen Hund, einen Schmetterling mit nur einem Flügel.

Sie sehnte sich danach, an einem anderen Ort zu sein – einem Ort mit hohem Himmel und warmer Luft. In der Toskana herrschte noch beinahe Sommer, hatte Angelo am Telefon gesagt. Das Mittelmeer sei ungewöhnlich warm für Anfang November, man konnte noch baden …

Ein einziges Mal waren wir gemeinsam am Meer, dachte Laura. Unsere Beziehung hatte gerade angefangen, da war sie schon wieder vorbei. Wie einmal im Meer schwimmen und zu Hause mit der Zunge das Salz auf der Haut ablecken. Eine Erinnerung, Illusion. Sie schüttelte den Kopf, zwang sich dazu, in ihr kleines Büro zurückzukehren.

Dachte: Gut, dass Baumann eine Freundin hat. Eine mit Trenchcoat, die ihn dazu bringt, alle Systeme abzuschalten.

Das würde ihre Beziehung zu Baumann erleichtern. Laura hatte mit ihm geflirtet, einfach so, weil die Bewunderung eines jüngeren Mannes ihr gut tat. Sie hatte es nicht ernst genommen, er schon. In den letzten Monaten war es immer schwieriger geworden.

Er hat eine Freundin, ich habe einen Freund, dachte Laura. Vielleicht können wir jetzt endlich wieder normal miteinander umgehen. Sie knipste ihre Schreibtischlampe an und nahm einen Kugelschreiber, drehte ihn zwischen den Fingern. Auch bei Licht wirkte das Zimmer nicht größer, und die Schatten in den Ecken waren noch immer schwarz.

Ich muss eine Liste von all den Ermittlungen schreiben, die ich nicht machen will, dachte Laura und schaltete die Lampe wieder aus. Habe ich einen Freund? Der Begriff passte nicht zu dem, was sie mit Angelo Guerrini erlebt hatte. Eher könnte sie den Commissario aus Siena als Störenfried bezeichnen – als einen, der sie aufstörte, aus einem Leben, in dem sie sich mühsam eingerichtet hatte. Sie hatte sogar angefangen, dieses Leben für ihr eigentliches zu halten, aber seit sie Angelo kannte, ahnte sie, dass sie sich selbst belogen hatte. Es ärgerte und amüsierte sie gleichzeitig – und wenn sie ganz ehrlich war, dann machte es ihr auch Angst. Wie dieser schwarze Schiffsbug, den sie in ihrem Traum gesehen hatte.

Vielleicht ist es besser, wenn man manchmal nicht ganz ehrlich mit sich selbst ist, dachte Laura seufzend und legte einen Finger auf den Lichtschalter.

«Bist du da?» Peter Baumann öffnete die Tür mit dem Ellbogen und balancierte zwei große Plastikbecher, war nur ein schwarzer Schattenriss gegen die grelle Neonbeleuchtung auf dem Flur.

«Ich bin da!», murmelte Laura und drückte auf den Knopf, blinzelte in die plötzliche Helligkeit.

«Warum sitzt du denn im Dunkeln?» Baumann stellte die Becher auf Lauras Schreibtisch ab und pustete auf seine Fingerspitzen.

«Weil ich über die Ermittlungen nachgedacht habe, die vor uns liegen – manchmal kann ich im Dunkeln besser denken. Wir sollten eine schnelle Aufstellung der ersten Schritte machen und dann wieder ins Bett gehen. Es ist jetzt halb vier. Wir könnten theoretisch noch knapp drei Stunden schlafen!»

Baumann ließ sich seufzend auf einen Stuhl fallen. Er trug noch immer den zu kleinen Damenmantel, und Laura bewunderte seine Souveränität.

«Das haben wir ganz schnell!», sagte er und trank vorsichtig ein paar Schlucke des heißen Kaffees. «Ich hab schon zwei Kollegen losgeschickt, die dafür sorgen, dass die ganze Eurocity-Mannschaft morgen früh hier antritt. Sind fast alles Italiener und sollten morgen wieder Richtung Rom abfahren. Das Reinigungspersonal dürfte auch kein Problem sein, falls nicht alle schwarz arbeiten und nicht registriert sind. Mit den Passagieren wird es natürlich schwieriger – das wird dauern. Die Spurensicherung will ihren Bericht am späten Vormittag vorlegen, Reiss ist sicher schon um acht fertig, konnte es ja gar nicht erwarten, sich in die Eingeweide zu stürzen.»

Laura runzelte die Stirn.

«Die Krähe im Nebel», murmelte sie.

«Was?»

«Krähe im Nebel!», wiederholte sie lauter. «Er kam mir heute Nacht vor wie eine Krähe im Nebel.»

Dachte: Jetzt habe ich es Peter erzählt, ehe ich es Angelo sagen konnte. Ich wollte es Peter gar nicht erzählen.

«Kein schlechter Vergleich», nickte Baumann. «Aber du solltest mir solche Bilder nicht in den Kopf setzen. Jetzt werde ich ihn immer als Krähe sehen – bei mir funktioniert das so! Hast du für mich auch ein Tier auf Lager?»

Nachdenklich betrachtete Laura den jungen Kommissar. Er hatte sich in letzter Zeit einen Bart wachsen lassen, und obwohl er ziemlich verschlafen aussah, funkelten seine Augen neugierig unter den dichten Brauen.

«Waschbär nach dem Winterschlaf!», sagte Laura.

«Findest du das fair?»

«Wieso? Waschbären sind doch ausgesprochen nette Tiere. Mir ist übrigens noch etwas eingefallen, das auf deine eindrucksvolle Liste gehört. Gleich morgen früh eine Anfrage bei den italienischen Kollegen, ob es vielleicht weitere Tote gibt, die mit der Bahn zusammenhängen. Ich bilde mir ein, irgendwas gelesen zu haben.»

«Wird gemacht. Und wer kümmert sich um den Mann, der auf den Schienen gefunden wurde? Den Rangierarbeiter hat's übrigens auch erwischt. Wird möglicherweise ein Bein verlieren.»

«Woher weißt du denn das? Kommst im Damenmantel direkt aus dem Bett und schüttelst die Informationen nur so aus dem Ärmel!»

Peter Baumann rieb seine Nase und lächelte.

«Wenn du Informationen willst, dann musst du selbst Kaffee holen, Laura. Ich habe am Automaten einen Kollegen getroffen, der gerade seinen Bericht über diese Geschichte schreibt.»

«Na gut, dann warst du ein bisschen schneller als ich, denn mit dem hätte ich mich in zehn Minuten unterhalten. Und? Was meint er?»

«Dass es sich um einen Selbstmordversuch handeln kann, einen Unfall oder wer weiß was!»

«Das hat er nicht gesagt!»

«Was?»

«Er hat nicht gesagt: oder wer weiß was!» Laura griff nach ihrem Kaffeebecher und schaute zu, wie der Schaum in sich zusammensank.

«Wortwörtlich hat er das gesagt, Laura. Den Rangierarbeiter konnte er nämlich nicht vernehmen, weil der unter Schock stand, und der Unbekannte ist ohne Bewusstsein.»

«Sind beide im Rechts der Isar?»

«Woher weißt du das?»

«Ich habe auch meine Informationen.»

«Tatsächlich?»

«Ach komm, geh wieder ins Bett! Ich fahr noch schnell im Krankenhaus vorbei.» Laura trank sehr langsam, hatte das Gefühl, als wehrte sich ihr Magen gegen die bittere heiße Brühe.

«Soll ich nicht mitkommen?» Baumann stützte beide Arme auf den Schreibtisch und stemmte sich von seinem Stuhl hoch.

«Nein!» Laura schüttelte den Kopf. «Ich finde, du solltest den Mantel zurückbringen!»

Peter Baumann schaute an Laura vorbei auf die Wand hinter ihr, schlug den Kragen des zu kleinen Mantels hoch.

«Sauer?», fragte er.

«Im Gegenteil: richtig froh!»

«Finde ich unfair!»

«Ich finde es fair!»

LAURA KAM ES VOR, als taste sich ihr Wagen durch die Straßen, Wattestraßen mit Wattewänden. Sie fuhr Schritttempo. Auf der Isarbrücke wurde der Nebel so dicht, dass Laura kurz die Orientierung verlor und den Randstein streifte. Am rechten Flussufer lichteten sich die schweren Schleier ein wenig, sodass sie dem Halbrund der Straße um den mächtigen Parlamentsbau folgen konnte. Doch die Überquerung des Max-Weber-Platzes glich einem Abenteuer, denn hier konnte man kaum die Hand vor Augen erkennen.

Wie blind, dachte Laura. Ich komm mir vor wie blind.

Den Eingang des Krankenhauses konnte Laura ebenfalls mehr ahnen als sehen. Sie ließ den Wagen einfach vor irgendwelchen Stufen stehen, über denen sie einen schwachen Lichtschein wahrnahm, fühlte sich erleichtert, als sie eine Glastür vor sich sah, hinter der plötzlich alle Dinge wieder deutlich zu erkennen waren. Es war warm hier, und Laura spürte augenblicklich ihre Müdigkeit, ließ den Blick über die großen Topfpflanzen zur Wanduhr gleiten. Schon nach vier.

Kein Schlaf mehr, dachte sie, höchstens ein warmes Bad.

Langsam ging sie zur Rezeption, nickte dem hohläugigen jungen Mann zu, der hier Dienst tat.

«Suchen Sie einen Verwandten?», fragte er freundlich durch die Löcher der Sprechscheibe, brachte sogar ein Lächeln zustande.

«Nein», antwortete Laura und hielt ihren Polizeiausweis an die Scheibe. «Ich würde gern mit dem Arzt sprechen, der die Unfallopfer vom Hauptbahnhof behandelt.»

Der junge Mann nickte und wandte sich seinem Computer zu.

«Es sind zwei Abteilungen», murmelte er. «Der eine liegt in der Neurologie, der andere in der Chirurgie. Wo wollen Sie zuerst hin?»

«Zu dem, der keinen Namen hat», sagte Laura.

«Das ist der in der Neurologie. Ich werde Sie anmelden, dann kommt eine Schwester. Sonst verlaufen Sie sich hier, Frau Hauptkommissarin.»

Laura lächelte dem jungen Mann zu.

«Sind Sie Student?»

Er nickte.

«Medizin. Nachtdienst wird ganz gut bezahlt, aber ich bin jedes Mal ziemlich fertig hinterher.»

«Ich auch!», sagte Laura.

Sein Lächeln saß nur in den Mundwinkeln und um die Augen, eine kaum wahrnehmbare Muskelbewegung. Dann griff er nach dem Telefon.

Laura Gottberg ging langsam zwischen zwei riesigen Gummibäumen auf und ab. Hinter den großen Glasscheiben stand die grauschwarze Wattewand.

Ich habe einen Fehler gemacht, dachte sie. Ich hätte mir die Stelle ansehen sollen, an der man die beiden gefunden hat. Vielleicht ist der junge Mann aus dem Eurocity gefallen oder gestoßen worden. Vielleicht gibt es einen Zusammenhang zwischen ihm und der toten Frau. Na ja, die Kollegen haben eine genaue Skizze angefertigt, wo die beiden gelegen haben … Aber wieso hab ich mir die Stelle nicht selbst angeschaut? Ich bin einfach mit dem Arzt weggegangen – ohne einen Gedanken an diesen mysteriösen Unfall zu verschwenden.

Laura strich über das feste dunkelgrüne Blatt eines Gummibaums. Sie wusste genau, warum sie nicht auf die Gleise gestiegen war. Sie hatte es den andern überlassen, weil sie müde war, unmotiviert, irgendwie gleichgültig, als ginge sie das nichts an, und sie überlegte, ob sie das gut oder schlecht finden sollte. Noch vor ein paar Monaten wäre ihr so ein Verhalten nicht in den Sinn gekommen.

Laura schüttelte leicht den Kopf und schaute auf die Uhr. Genau acht Minuten wartete sie bereits; und in diesem Augenblick betrat ein Mann im weißen Kittel durch eine Seitentür die Eingangshalle. Kein Pfleger, sondern der Dienst habende Arzt. Laura verstand seinen Namen nicht richtig, vergaß selbst die ungenaue Ahnung davon sofort wieder. Sie würde später noch einmal fragen – nach dem Gespräch, nachdem sie den Verletzten gesehen hatte. Doch der Arzt, ein großer schlaksiger Mann mit goldener Brille und einem irgendwie zu kleinen Kopf, bestand vor allem aus Abwehr.

«Ich bin selbst gekommen und habe keine Schwester geschickt, um Ihnen den Weg nach oben zu ersparen, Frau Kommissarin. Der Verletzte liegt im Koma, Schädelbasisbruch, Prellungen. Sie können ihm keine Fragen stellen, und er wird längere Zeit nicht ansprechbar sein.»

«Oh!», erwiderte Laura. «Besteht Lebensgefahr?»

«Das würde ich nicht unbedingt sagen. Sein Zustand ist kritisch, aber stabil. Aber man kann nie genau vorhersagen, wie sich solche Traumata entwickeln.»

«Ich würde ihn gern sehen!»

«Weshalb?»

«Ich wüsste gern, wie er aussieht, weil das für meine Ermittlungen nützlich sein kann. Möglicherweise ist er aus einem Zug gesprungen, in dem ein Mord geschah!»

Der Arzt runzelte die Stirn.

«Reicht es nicht, wenn Sie ihn morgen sehen? Er wird sich nicht verändern, das garantiere ich Ihnen! Er wird auch nicht weglaufen!»

Laura legte den Kopf zur Seite und versuchte mit ihrem Blick die Augen des Doktors zu erreichen, die weit oben hinter der Brille verborgen waren.

«Ich bin müde», sagte sie langsam, «mindestens so müde wie Sie, und ich möchte trotzdem diesen Mann sehen, weil es wichtig ist. Ich erwarte eine gewisse Bereitschaft zur Zusammenarbeit. Falls es Sie interessiert: ich möchte auch den Rangierarbeiter sehen, Doktor …»

Er kniff den Mund zusammen, seine Lippen verschwanden irgendwie nach innen.

Wie zahnlos, dachte Laura. Er wird Oberlippenfalten bekommen wie eine alte Frau, wenn er nicht aufpasst.

«Gut!», sagte er scharf. «Gegen die Polizei kann man wohl nichts machen. Kommen Sie mit!»

Er drehte sich um, ungelenk, ging schnell voran, durch die Seitentür, aus der er zuvor getreten war, durch lange Gänge, die zu grell erleuchtet waren, durch Schwaden von Krankenhausgerüchen, diese Mischung aus Urin, Desinfektionsmitteln, verwelkenden Blumen, frischen und gebrauchten Laken, Kantinenessen. Sie passierten unzählige Schwingtüren, die er für sie aufhielt – immer nur knapp, sodass sie sich beeilen musste –, und erreichten endlich eine Glaswand, über der «Intensivstation» stand und «Eintritt nur für Krankenhauspersonal!»

«Ich nehme an, Sie haben so etwas schon öfters gesehen», sagte der Arzt, dessen Namen Laura noch immer nicht wusste.

«Jaja», murmelte sie ungeduldig.

«Ja, dann …» Er öffnete die Tür in der Glaswand, verbeugte sich seltsamerweise ein wenig und ließ sie eintreten wie in ein Allerheiligstes. Augenblicklich hörte Laura das Piepen unzähliger Kontrollgeräte. Jeder Ton ein Herzschlag, ein Atemzug, Leben.

«Hier – gleich rechts. Sie werden nicht viel sehen von ihm. Aber sie haben ja darauf bestanden …»

«Danke.» Laura schnitt ihm das Wort ab. «Zeigen Sie mir den Verletzten, und lassen Sie mich einfach in Ruhe schauen – bitte!»

Wieder verschwanden die Lippen in dem kleinen Gesicht mit der goldenen Brille. Der Arzt wies auf ein Bettgestell, wortlos diesmal.

Apparate. Laura sah zunächst nur Apparate und Schläuche. Kurven auf Monitoren. Und dann diesen Arm, der weiß war wie der Arm eines Toten. Die Hand lag auf dem grünen Tuch, das den Körper verbarg. Eine feine Hand mit langen Fingern und gepflegten Nägeln. Keine Arbeiterhand. Laura versuchte das Gesicht zu erkennen, das halb von einer Sauerstoffmaske verdeckt war. Der Mann sah jünger aus, als Laura erwartet hatte. Aber das lag vielleicht an all diesen saugenden und zerrenden Vorrichtungen um seinen Kopf. Seine Lippen waren wie aufgeworfen, die Augen Schlitze. Das Haar war halblang und blond, jedenfalls an den Spitzen, an den Wurzeln wuchs es dunkel nach.

Nur das Piepen der Apparate erinnerte daran, dass dieser reglose Körper am Leben war. Und das kaum sichtbare Heben und Senken des Brustkorbs. Laura nahm es erst nach langer Zeit wahr. Und sie dachte, dass der junge Mann wie ein gefallener Engel aussah – auf seltsame Weise schön, trotz der Entstellungen. Sie dachte auch, dass sie in dieser Nacht merkwürdige Einfälle hatte, schrieb sie dem Nebel zu und dem plötzlichen Erwachen aus dem Tiefschlaf. Sah sich kurz nach dem schwarzen Schiffsbug um.

Niemand hatte sich um die Kleider des Unbekannten gekümmert. Schmutzig und zerrissen lagen sie noch immer in einer Ecke der Notaufnahme. Zum Glück, dachte Laura und sah zu, wie ein Pfleger Stück für Stück in einen großen Müllsack stopfte.

Eine Lederjacke, die trotz ihres ramponierten Zustands ziemlich teuer aussah, einen schwarzen Rollkragenpullover aus Kaschmirwolle, eine hellbraune Cordhose, ein T-Shirt, Boxershorts, Socken, halbhohe Lederstiefel.

«Das ist alles!», sagte der Pfleger und richtete sich auf.

«Und es gab keinen Ausweis, keinen Fahrschein, keine Brieftasche, kein Geld?», fragte Laura.

«Wir haben jedenfalls nichts gefunden. Alle Taschen waren leer. Er hatte nicht mal ein Taschentuch bei sich.»

«Es gab keinerlei Hinweis auf seine Identität!», bestätigte der Arzt mit dem zu kleinen Kopf.

«Ich habe vorhin Ihren Namen nicht verstanden.» Laura schaute auf seinen Mund.

«Standhaft», murmelte er so leise, dass Laura ihn wieder nur mit Mühe verstand. «Doktor Standhaft.»

Laura zog die Augenbrauen hoch.

«Das ist ein sehr verpflichtender Name.»

«Ich finde ihn eher belastend», antwortete er leise. «Sie können die Sachen des Verletzten später hier abholen. Ich muss zurück auf die Intensivstation. Der Pfleger wird sie zu dem Rangierarbeiter bringen.»

«Ich nehme den Sack lieber mit. Es könnte ja sein, dass jemand ihn aus Versehen wegwirft. Ganz ohne Absicht natürlich.» Laura griff nach dem Müllsack.

«Warten Sie, Frau Kommissarin. Ich trag ihn schon!», sagte der Pfleger, ein kleiner Mann um die vierzig mit rosigen Apfelbäckchen und zu weichen Gesichtszügen. Laura reichte ihm den blauen Sack. Als sie sich zu Dr. Standhaft umdrehte, war dieser bereits verschwunden.

«Der ist immer so!», sagte der Pfleger hinter vorgehaltener

Hand. «Schwieriger Fall, wenn Sie mich fragen. Zum Glück arbeitet er selten in der Notaufnahme.»

«Können wir jetzt gehen?»

«Aber klar. Ich dachte nur, es würde Sie vielleicht interessieren. Ich meine, die Polizei braucht doch alle möglichen Informationen, nicht wahr. Ich dachte, dass es vielleicht hilft, wenn Sie wissen, was der Doktor für einer ist ... dachte ich.»

«Das ist sehr aufmerksam von Ihnen, aber der Doktor hat absolut nichts mit dieser Geschichte zu tun. Oder nehmen Sie an, dass er schnell zum Hauptbahnhof gefahren ist, um die beiden vor den Zug zu stoßen?»

Die Bäckchen des Pflegers färbten sich noch kräftiger, er zog den Kopf ein bisschen ein und ging schweigend vor Laura her. Die Sohlen seiner Schuhe quietschten bei jedem Schritt auf dem glatten Kunststoffboden.

Klatschtante, dachte Laura, während sie dem Mann wieder kreuz und quer durch das Krankenhaus folgte. Kurz vor der Chirurgie 1 tat sie ihm den Gefallen und fragte, ob ihm denn etwas an dem Unbekannten aufgefallen sei. Da wuchs er ein Stück, lächelte geheimnisvoll und blieb stehen.

«Wenn Sie mich fragen: klarer Fall von Upper Class! Sie wissen, was ich meine ... Ist wahrscheinlich ausgeraubt worden, und dann haben sie ihn aus dem Zug geworfen. Die haben ihn genau beobachtet – Gepäck und alles. Oder er wollte Selbstmord begehen, das ist auch noch eine Möglichkeit!» Er schnappte aufgeregt nach Luft.

«Also», unterbrach Laura seinen Wortschwall. «Ich wollte eigentlich keine Vermutungen über den Unfall von Ihnen wissen, sondern ganz schlicht Ihren Eindruck. Das mit der Upper Class war schon mal nicht schlecht. Vielleicht sonst noch was?»

Er senkte den Kopf und schaute auf seine abgewetzten weißen Turnschuhe.

«Er hat einen guten Körper ohne besondere Merkma-
le. Keinen Leberfleck, keine Tätowierungen, kein Piercing,
keinen Ohrring. Ist …», er zögerte, sprach dann aber hastig
weiter, «… ist nicht beschnitten, wenn Sie wissen, was ich
meine!»

«Sie haben ja ganz schön genau hingeschaut!» Laura warf
dem Pfleger einen scharfen Blick zu.

Er zuckte kaum merklich mit den Schultern, sein Kopf
sank wieder tiefer, als zöge er den Hals ein. Plötzlich erinnerte er Laura an eine Schildkröte mit roten Backen. Und sie
fragte sich, ob es schwule Schildkröten gab.

Ich muss mit diesen Tiervergleichen aufhören, dachte sie.
Das wird allmählich zwanghaft. Hoffentlich liegt es nur daran, dass ich so wenig geschlafen habe.

«Welche Nationalität hat er Ihrer Meinung nach?» Sie
versuchte sachlich zu bleiben.

Er zuckte die Achseln.

«Kann alles sein. Wirklich. Heute sehen sie doch alle gleich
aus. Färben sich die Haare blond, tragen die gleichen Unter-
hosen, Jeans, T-Shirts. Ich hab wirklich keine Ahnung.»

«Danke!» Laura nahm ihm den Müllsack ab.

Stefan Brunner hatte sich geweigert, ein Schlafmittel zu
nehmen. Er musste herausfinden, was genau geschehen war.
In seinem Kopf wechselten unscharfe Bilder, Farben, sogar
Töne.

Er erinnerte sich an den stechenden Schmerz in seinem
rechten Arm, aber was mit seinem linken Bein passiert war,
davon hatte er nicht die geringste Ahnung.

Zwischen dem Schmerz im Arm und der Erkenntnis, dass
er nicht mehr aufstehen konnte, lag tiefe Dunkelheit, ein un-
heimliches schwarzes Loch, das ihm Angst machte, ihn weg-

saugte. Er kam sich vor wie jemand, der plötzlich nicht mehr sehen kann und mit ausgestreckten Armen und tastenden Fingern vor einem Abgrund steht. Ihm wurde übel, wenn er seine Gedanken auf dieses schwarze Loch lenken wollte.

Inzwischen hatte er wenigstens begriffen, dass er sich in einem Krankenhaus befand, hatte auch die Fahrt im Rettungswagen nacherlebt und als Wirklichkeit erkannt. Aber jemand hatte ihm Fragen gestellt, die er nicht beantworten konnte. Obwohl der Fragende Deutsch sprach, hatten die Worte in seinem Kopf keinen Sinn ergeben, und auch das machte Brunner Angst. Selbst jetzt machte es ihm Angst, obwohl er den Arzt und die Krankenschwester inzwischen wieder verstand. Er würde noch ein paar Mal geröntgt und dann operiert werden – das hatten sie gesagt. Irgendwas stimmte ganz und gar nicht mit seinem linken Bein, aber er hatte noch nicht die Kraft gefunden danach zu fragen. Er spürte es nicht. Vielleicht war es nicht mehr da?

Es musste da sein, wo sollte es denn hingekommen sein? Brunner lag ganz still da und fand es beruhigend, das Laken unter sich zu spüren und die warme Decke über sich. Es gab auch keinen Nebel mehr.

Jetzt stand auf einmal diese fremde Frau an seinem Bett und sah ihn an. Sie sagte, dass sie Polizistin sei und ob er Schmerzen hätte.

«Ja, nein», sagte er und lauschte erstaunt seiner Stimme nach, die ihm fremd und schwach vorkam, obwohl er der Meinung war, ganz normal zu reden.

Die Frau lächelte mit ernsten Augen, und Brunner dachte, dass ihm noch nie aufgefallen war, dass man mit ernsten Augen lächeln kann.

«Schmerzen und nicht Schmerzen», sagte sie jetzt. «Ich werde Sie nicht lange stören, Herr Brunner. Der Arzt hat mir genau fünf Minuten gegeben!»

Herr Brunner, dachte Stefan Brunner. Das bin ich, und sie weiß es!

Auch das beruhigte ihn. Dass sie seinen Namen kannte, stimmte ihn zuversichtlich. Bald würde er erfahren, was geschehen war. Vorsichtig hob er den Kopf ein bisschen an, um sie besser sehen zu können. Sie hatte dunkle Locken, ihr Gesicht war blass und müde.

«Es ist wahrscheinlich besser, wenn Sie sich nicht bewegen!», sagte sie leise und beugte sich zu ihm herab.

«Ist es so schlimm?»

«Nicht katastrophal», lächelte sie wieder mit diesen ernsten Augen. «Aber auch nicht besonders gut! Trotzdem können Sie stolz auf sich sein, Herr Brunner. Sie haben vermutlich einem jungen Mann das Leben gerettet.»

Stefan Brunner schloss die Augen. Das war es also, was er fragen wollte. Wie es dem anderen ging, diesem Körper, den er zur Seite gewuchtet hatte, gerollt, gezerrt ... er wusste es nicht mehr.

«Wo ...», flüsterte er, «...wo ist er denn?»

«Auch hier. Nur in einer anderen Abteilung.»

Stefan Brunner nickte kaum merklich. Plötzlich hatte er so heftige Kopfschmerzen, dass ihm schwarz vor Augen wurde. Ganz still lag er da, atmete flach, wartete einfach. Darauf, dass der Schmerz vorübergehen würde. Er vergaß die Polizistin und alles andere. Das schwarze Loch war wieder da, drehte sich wie ein Strudel. Aber diesmal war es gar kein Loch, es war gefüllt mit diesem pochenden Schmerz, der ihn blind machte. Schon ein paar Mal war er gekommen, dieser Schmerz, wie eine Welle, und wie eine Welle war er auch wieder gegangen. Deshalb wartete Brunner mit geschlossenen Augen.

Als die Welle sich zurückzog, lief kalter Schweiß über sein Gesicht, und als er selbst aus dem schwarzen Strudel auftauchte, in dieses Bett zurückkehrte und nur noch ein bisschen fröstelte, da spürte er eine sanfte Berührung auf seiner Stirn.

Er schlug die Augen auf und sah eine Frau, verschwommen nur, hielt sie für eine Schwester, die ihm den Schweiß abtupfte, doch als das Bild klarer wurde, erinnerte er sich an die Polizistin mit den ernsten Augen.

Sie war noch immer da. Jetzt fiel ihm auch ein, was sie gesagt hatte: Dass er stolz sein durfte, weil er … was hatte er? Wieder war alles weg. Sein Herz schlug dumpf, zu laut und zu schnell. Er versuchte zu sprechen, aber sein Mund und seine Kehle waren so trocken, dass er nur ein Krächzen herausbrachte.

Die Frau griff nach einem Becher und gab ihm behutsam zu trinken. Zwei, drei winzige Schlucke – mehr schaffte er nicht. Dann versuchte er es nochmal.

Jetzt ging es. Er hörte sich!

«Was hab ich gemacht?»

«Genau weiß ich es auch nicht, Herr Brunner. Aber Sie haben wohl einen Verletzten auf den Gleisen vor dem Hauptbahnhof gefunden, und Sie haben ihn vor einem einfahrenden Zug gerettet.»

«Hab ich das?»

Sie nickte. Es dauerte ein, zwei Minuten, bis die Bedeutung dieses Nickens bei Brunner angekommen war, dann durchströmte ihn ein heftiges Glücksgefühl, verdrängte die Angst und den Schmerz.

Es war geschehen! Er hatte es getan, das Ungewöhnliche, von dem er immer geträumt hatte, von dem er fürchtete, dass es nie eintreffen würde. Jetzt musste er sich nur noch daran erinnern, es aus dem schwarzen Loch des Vergessens hervorholen. Er würde sich erinnern! Ganz sicher. Dieses schwarze Loch konnte ihm seine Tat nicht wegnehmen. Wieder brach ihm der Schweiß aus.

«Können Sie sich an die Zeit erinnern, ehe Sie von dem Zug gestreift wurden?», fragte die Frau. Ihr Gesicht war seinem jetzt sehr nahe. Sie hatte dunkle Augen, dunkelbraun, mit langen Wimpern und dunklen Augenbrauen. Aber ihr Haar war heller – mehr kastanienbraun, dachte Brunner.

Was hatte sie gesagt? Vom Zug gestreift?

Brunner sah plötzlich die milchigen Scheinwerfer vor sich, den Nebel. Gestreift? Er war nicht gestreift worden. Eher war der Zug über ihn und den andern drübergefahren. Das jedenfalls sagte ihm sein Körper. Jetzt, wo sie ihn fragte, klang ein dumpfer Schlag in ihm nach – in jeder Zelle, jedem Knochen. Und vorher?

Da war noch ein Schlag. Aber der war nicht so dumpf, klang irgendwie heller durch seinen Körper. Gestürzt war er! Mit dem Kopf auf die Schienen. Das war es!

Stefan Brunner hob den gesunden Arm und betastete vorsichtig seinen Kopf. Seine Finger fanden den Verband, und wieder war er froh. Es stimmte, was sein Körper ihm sagte. Jetzt verstand er auch die Kopfschmerzen. Aber was war davor geschehen, vor dem hellen Schlag auf den Kopf? Er hatte etwas gehört, aber ihm fiel nicht ein, was es war.

«Ich hab etwas gehört!», flüsterte er und schaute dabei in die fragenden Augen der Polizistin.

«Ja?», antwortete sie leise.

Er fühlte sich unruhig, schwitzte schon wieder.

«Es kommt nicht. Ist einfach weg! Aber es wird mir wieder einfallen, dann sag ich's Ihnen!»

«Danke!», erwiderte die Frau. «Lassen Sie sich Zeit. Es ist schon eine Menge, wenn Sie wissen, dass Sie etwas gehört haben. Hat vielleicht jemand gerufen – oder geschrien?»

Wieder schloss Stefan Brunner die Augen. Geschrien hatte niemand und auch nicht gerufen. Aber was konnte es sonst gewesen sein? Der Nebel hatte alles zugedeckt, auch die Geräusche. Etwas war da gewesen, das ihm sagte, dass er nicht allein war.

Graffiti! Hatte er nicht an Graffiti gedacht? Sprayer? Was war es noch? Stefan Brunner stöhnte vor Anstrengung.

«Der Patient braucht jetzt Ruhe!», hörte er eine zweite Stimme. Ja, natürlich. Der Arzt. Ich kann wieder denken, dachte Brunner, und ich brauche keine Ruhe. Ich will wissen, was das für ein Geräusch war!

«Gehen wir! Bitte, Frau Kommissarin.»

Wieder der Arzt.

«Noch nicht», sagte Brunner leise. «Es kommt gleich.»

«Lassen Sie sich doch Zeit! Sie leiden an einer schweren Gehirnerschütterung und an Mehrfachbrüchen.» Die Stimme des Arztes klang irgendwie ungeduldig.

Stefan Brunner öffnete die Augen und sah, wie die Frau langsam fortging.

Es ist wichtig, dass sie es weiß, dachte er. Ich kann mir keine Zeit lassen. Wenn ich mir Zeit lasse, ist sie weg und weiß nicht, dass da noch einer war.

«Da lief jemand», hörte er sich krächzen. «Ich hab Steine kollern gehört, Steine …»

Die Frau kehrte zu ihm zurück und legte eine Hand auf seinen gesunden Arm.

«Danke», sagte sie.

In diesem Augenblick wurde Brunner wieder von der Welle aus Schmerz und von den schwarzen Strudeln erfasst, und er konnte ihr nicht mehr antworten.

Noch immer hing der Nebel schwer über der Stadt, als Laura Gottberg gegen halb sechs in die schmale Straße einbog, in der sie zu Hause war. Eine Straße mit grobem Kopfstein-pflaster, gesäumt von hohen alten Mietshäusern, die – bis auf eine Ausnahme – noch nicht luxussaniert waren. Obwohl die Straße nicht besonders lang war – höchstens 200 Meter –, gab es noch zwei Tante-Emma-Läden, aber eine Tante Emma war Türkin und verkaufte nur Gemüse und türkische Spezialitäten. Die andere hatte auf wunderbare Weise das große Ladensterben überlebt. Mit geringsten Einnahmen hatte sie zäh durchgehalten, wohnte in zwei winzigen dunklen Zimmern hinter dem Geschäft und bot ihre Waren in einem wilden Durcheinander von Kartons und Regalen an. Häufig fand sie selbst nicht, was gewünscht wurde. Sie hieß Bachmeier, war ungefähr achtzig, verriet aber ihr genaues Alter nicht.

Laura musste trotz ihrer Müdigkeit lächeln, als sie an dem altmodischen Ladenschild und den schiefen Rollos vorüberkam. Auf der Suche nach einem Parkplatz fiel ihr ein, wie Luca vor ein paar Jahren aufgeregt vom Sportplatz zurückkam und atemlos herausprudelte, dass die alte Frau Bachmeier überfallen worden sei. «Auf den Kopf hat er sie gehauen!», berichtete Luca mit geweiteten Augen. «Ich hab gesehen, wie der Notarzt sie verbunden hat. Und die Kasse hat er mitgenommen – die ganze Kasse! Du musst ihr helfen, Mama! Du bist Kommissarin!»

Seltsam, dachte Laura, Luca und Sofia waren immer geradezu unerschütterlich überzeugt davon gewesen, dass ihre Mutter die Welt wieder in Ordnung bringen würde, wenn etwas nicht stimmte. Wie alt war Luca damals gewesen? Zwölf oder dreizehn? Jetzt war er sechzehn und begann allmählich an dieser Überzeugung zu zweifeln, erkannte, dass niemand dazu in der Lage war. Ein Teil seiner zornigen Abwehr, die er in letzter Zeit zeigte, hatte sicher damit zu tun. Deshalb fand er es auch völlig überflüssig, nachts zu arbeiten. Manchmal schien er sogar daran zu zweifeln, ob es überhaupt sinnvoll war, Morde aufzuklären. «Die Leute sind doch sowieso tot!», sagte er. Aber er sagte es nie vor seiner Schwester Sofia, deren

Gerechtigkeitssinn leidenschaftlich war. Er sagte es nur zu Laura, beobachtete sie dabei genau, wartete beinahe genüsslich auf eine heftige Reaktion. Es kam auf Lauras Tagesform an, ob sie heftig oder mild reagierte …

Zum dritten Mal fuhr sie an Frau Bachmeiers Laden vorbei, beschloss, sich auf den Bürgersteig zu stellen und ihren Sonderausweis aufs Armaturenbrett zu legen. Das machte sie nur selten – der Nachbarn wegen. Mit Privilegien hat man sich bei anderen noch nie besonders beliebt gemacht.

Drei Autos parkten bereits auf dem Bürgersteig. Laura klemmte ihren Mercedes dahinter, schaltete den Motor aus und blieb noch eine Minute sitzen, dachte an die 86 Treppenstufen und daran, dass sie in zwei Stunden wieder im Präsidium sein musste. Musste sie? Drei Stunden! Neun Uhr würde reichen. Nachdenken kann ich auch in der Badewanne.

Dann raffte sie sich auf, stieg aus, atmete noch einmal prüfend ein. Noch immer roch es nach etwas sehr Giftigem, etwas, das Laura beinahe Übelkeit bereitete. Verkokeltes Plastik, dachte sie. Oder PVC.

Sie schüttelte sich und prüfte noch einmal, ob sie den Wagen abgeschlossen hatte. Immerhin lag der blaue Müllsack mit den Kleidern des Unbekannten im Kofferraum. Endlich schlüpfte sie ins Haus, griff nach der Zeitung, die bereits im Briefkasten steckte, und machte sich an den Aufstieg in den vierten Stock. Oben schlich sie auf Zehenspitzen in die Wohnung, rechnete aus, dass sie noch genau 50 Minuten hatte für ein Bad, und drehte befriedigt den Wasserhahn auf. Dann ging sie in die Küche, warf einen Teebeutel in ihre große Tasse und betrachtete misstrauisch das Blinken ihres Anrufbeantworters, beschloss noch unterwegs zu sein und deshalb unerreichbar.

Draußen war es noch immer stockfinster. Laura schaute sich in der Küche um, streute einen Teelöffel braunen Zucker in ihre Tasse, nahm die Milch aus dem Kühlschrank. Dann hielt sie plötzlich inne. So früh am Morgen, wenn alle noch schliefen, fühlte sie sich manchmal wie eine Fremde in der eigenen Wohnung. Wie jemand, der sich eingeschlichen hat. Alle Handgriffe waren vertraut, und doch schien alles anders. Das Ticken der Uhr war zu laut in der Stille. Sie versuchte sich vorzustellen, wie es wäre, wenn sie ganz allein hier leben würde, ohne die Gewissheit, dass Sofia und Luca in einer Stunde aus ihren Betten kriechen würden, gähnend, grummelnd und die Räume mit Leben füllend.

Laura schüttelte den Kopf, als könnte sie auch ihre Gedanken damit vertreiben, und eilte ins Badezimmer. Das Wasser war knapp vor dem Überlaufen. Sie drehte den Zufluss ab, warf eine Hand voll Meersalz in die Wanne, überlegte kurz und gab noch einen Schuss Rosmarinöl dazu. Dann schlüpfte sie schnell aus den Kleidern, eilte nochmal in die Küche, um ihren Tee zu holen, und glitt endlich mit einem wohligen Seufzer in das warme, duftende Wasser. Vor ihr lagen dreißig köstliche Minuten, in denen niemand sie stören würde.

Mit geschlossenen Augen lag sie da, machte sich so schwerelos wie möglich und stellte sich vor, dass sie im Meer trieb. Auf dem Rücken, mit ausgebreiteten Armen und Beinen schaukelte sie auf imaginären Wellen, bis ihr schwindlig wurde. Aber das kam nur davon, dass sie den Kopf zu weit nach hinten gestreckt hatte.

Vielleicht hat Luca Recht, dachte sie, inmitten der Meereswellen. Warum muss ich eigentlich herausfinden, wer diese fremde Frau umgebracht hat? Sie geht mich überhaupt nichts an, diese Frau. Nein, es stimmte nicht. Der erstaunte, erschrockene Ausdruck im Gesicht der Frau ging sie etwas an. Und auch der weiße, leblose Arm des jungen Mannes auf der Intensivstation und Brunners Anstrengung, sich zu erinnern. Warum hatte sie nur manchmal solche Anfälle von Gefühlstaubheit?

Sie lag ganz still, atmete ruhig, versuchte nicht zu denken. Aber es ging nicht. Das Programm in ihrem Kopf lief einfach weiter. Weil ich funktioniere, sagte das Programm. Es war jetzt auf Antworten geschaltet. Du bist taub, weil du dauernd funktionieren musst.

«Noch was?!», rief Laura und setzte sich auf. Langsam ließ sie den Tee durch ihre Kehle rinnen. «Ich funktioniere, weil ich funktionieren will! Alles klar?»

Sie verschluckte sich und musste husten. Noch zehn Minuten. Laura hielt sich die Nase zu und steckte den Kopf unter Wasser.

Später, als sie sich wieder anzog, dachte sie an den Rangierarbeiter Brunner und die merkwürdige Verwandlung, die er vollzogen hatte, als sie ihm sagte, dass er vermutlich ein Menschenleben gerettet hatte. Ein Strahlen war über sein Gesicht geflackert, hatte für einen Augenblick den Schmerz und die Benommenheit verdrängt.

Vielleicht hat er sich das gewünscht, dachte Laura. Vielleicht träumte er schon immer davon, ein Held zu sein. Viele Menschen träumen von so etwas, weil in ihrem Leben nichts Besonderes passiert. Sie nahm sich vor, Brunner noch mehr von seiner Rettungstat zu erzählen, sobald sie selbst Genaueres darüber wusste.

Kaum hatte sie das Badezimmer verlassen, erschien Sofia, mit diesem anrührenden Kindergesicht, ihrem Morgengesicht, das Laura stets an eine Blütenknospe erinnerte.

«Morgen, Mama!», murmelte Sofia und hielt ihrer Mutter eine Wange hin.

«Guten Morgen, Sofissima!» Laura gab ihrer Tochter einen Kuss und schnupperte zärtlich an ihrem Haar. «Gut geschlafen?»

«Geht so. Ist das Bad frei?»

«Ja, mach schnell. Luca ist noch nicht aufgetaucht!»

Sofia strich ihre langen dunkelbraunen Haare zurück, warf Laura einen schlafverhangenen Blick zu und verschwand im Badezimmer.

Ich gebe Luca noch zehn Minuten, dachte Laura und schaute auf die Uhr. Es war kurz nach halb sieben. Zehn Minuten länger schlafen ist eine ganze Menge. Laura stellte Müsli und Joghurt auf den Tisch, wusch ein paar Äpfel, eine Hand voll Trauben und machte Milch warm. Dann schnitt sie Brot, packte Käse und Tomatenscheiben dazwischen, ein Salatblatt. Sandwich. Fertig.

Ich funktioniere, dachte sie. Ganz hervorragend. Bevor ich gehe, werde ich noch eine Waschmaschine füllen und tagsüber beten, dass sie nicht ausläuft. (Einmal war sie so gründlich ausgelaufen, dass sich bei den Mietern im dritten Stock die Tapeten von den Wänden gelöst hatten.) Ich werde den Inhalt des Kühlschranks überprüfen, eine Einkaufsliste für Luca schreiben – aber vielleicht kann ich den Einkauf zwischendurch selbst erledigen … und ich werde Vater anrufen. Sofia müsste zum Zahnarzt, aber das hat Zeit bis nächste Woche.

«Na, wie war die Leiche im Nebel?»

Laura zuckte heftig zusammen, drehte sich um und versetzte Luca einen leichten Stoß gegen die Brust.

«Mach so was nicht! Ich hab nicht geschlafen und bin ein bisschen dünnhäutig!»

«Oh, entschuldige! War nur so'n dummer Witz. Schön, dass du wieder da bist!» Luca grinste verlegen und rieb sein linkes Ohr, bis es rosig anlief. «Ist das Bad frei?»

«Nein, Sofia ist gerade drin.»

«Gibt's schon Kaffee?»

«Es gibt nie Kaffee, Luca!» Laura runzelte die Stirn. «Du bist viel zu jung, um morgens Kaffee zu trinken! Warum fängst du immer wieder davon an?»

«Keine Ahnung!» Er zuckte die Achseln.

«Heiße Schokolade oder Kräutertee?»

«Heiße Schokolade … ist ja schon gut, Mama. Ach, übrigens. Da kam noch ein Anruf, als du schon weg warst. Ich bin wieder aufgewacht – war irgendwie nicht meine Nacht. Sofia kam auch an. Jemand hat auf den Anrufbeantworter gequasselt – auf Italienisch. Irgendwas von einer riesigen Sternschnuppe oder so. Ich hab nicht alles verstanden. Vermutlich hatte der sich verwählt. Kannst es ja abhören! Oder hast du schon?»

Laura betrachtete nachdenklich ihren großen, dünnen Sohn mit den verstrubbelten dunkelblonden Haaren, die er sich in ein paar Minuten mit Styling Gel nach oben kämmen würde, sodass sie aussahen, als würden sie ihm zu Berge stehen.

Ich habe meinen Kindern noch immer nichts von Angelo erzählt, dachte sie und kam sich feige vor.

ROSL MEIER hatte eine schlechte Nacht hinter sich. Nach ihrem Anruf bei der Polizei war sie gleich nach Hause gegangen. Sie hatte Angst. Je länger sie nachdachte, desto mehr Angst bekam sie. Bei ihrer Firma wussten die genau, wer im Wagen zwölf Dienst hatte. Wenn die Polizei Druck machte, würden sie es wahrscheinlich sagen. Dann half es überhaupt nichts, dass Sefika und sie weggelaufen waren. Der Job wär weg, und wer weiß, was noch passieren konnte.

Zum Glück hatte Rosls Mutter nicht gehört, wie sie in die Wohnung geschlichen war. Sonst hörte sie immer alles. Obwohl sie eigentlich schwerhörig war. Und dann stellte sie Fragen.

«Wo hast dich denn wieder rumgetrieben?» So fragte sie mit ihrer hohen Greisinnenstimme. Rosl bekam immer Hunger, wenn sie diese Greisinnenstimme hörte. Musste dann sofort etwas essen und dieses Loch in ihrem Bauch stopfen. Natürlich wusste sie, dass es nicht normal war, mit zweiundvierzig Jahren immer noch zu Hause zu wohnen, unter der Fuchtel dieser knochigen Alten, die nie ein gutes Wort für sie übrig hatte. Ganz besonders nicht, wenn Rosl zaghafte Versuche unternahm, ein bisschen zu leben.

Manchmal ging Rosl nämlich in die Wirtschaft nebenan. Trank ein paar Bier mit den anderen, die es zu Hause nicht aushielten. Rosl wusste genau, dass die kleine Bierstube der Sammelplatz für Leute war, die im Leben nicht besonders gut zurechtkamen. Es tat ihr manchmal weh, das zu wissen. Weil sie selber auch dazugehörte.

Aber sie dachte nicht immer daran. Wenn sie nicht daran dachte, war es gut, mit den anderen zu sein. Die redeten dann miteinander und mit ihr oder saßen einfach nur da und schauten vor sich hin. Ein paar spielten Karten oder warfen Münzen in den Spielautomaten. Was sollte man denn auch anderes machen? Es war trotzdem gut, weil man nicht allein war. Weh tat es nur, wenn Rosl die ganze Zeit wusste, dass sie alle Verlorene waren. Das passierte manchmal, sie wusste selbst nicht, wann und warum. An solchen Abenden trank sie mehr als sonst.

Zum Glück geschah das nicht sehr oft. Meistens war es nicht so schlimm, und Rosl hatte noch immer nicht die Hoffnung aufgegeben, dass sie vielleicht eines Tages einen Mann treffen würde, mit dem alles anders werden könnte. Bis dahin fühlte sie sich ganz geborgen in der kleinen Kneipe, wo sie eigentlich alle kannte. Ganz selten verirrte sich ein Fremder in das schwach beleuchtete Stübchen, das außer nach Zigaretten nach schlechtem Essen und Bier roch. Die Wirtin gab sich Mühe, eine Art Wohnzimmer aus ihrer Kneipe zu machen – mit Spitzenvorhängen und Dekorationen, die mit den Jahreszeiten wechselten. Es gab Weihnachtsmänner, Engel, bunte Kugeln und künstlichen Schnee im Dezember, Plastikprimeln und Ostereier im März, künstliche Kornblumen und Mohn im Sommer, Plastikkürbisse und buntes Laub im Herbst.

Auch das gab Rosl ein Gefühl von Familienzugehörigkeit. Zu Hause machte sie schon lange keine Anstrengungen mehr, was diese Dinge anging. Weil sie beinahe jede Nacht arbeitete und den halben Tag schlief, lohnte es sich ohnehin nicht. So ließ sich das Zusammenleben mit ihrer Mutter halbwegs aushalten, und bis auf ihre Anfälle von Fresssucht lebte Rosl in einem Zustand relativer Stabilität, empfand manchmal sogar so etwas wie Wohlbefinden, wenn sie eine bestimmte

Fernsehsendung sah, am liebsten «Die Kommissarin» oder «Rosa Rot» oder «Soko irgendwas», den genauen Namen vergaß sie immer. «Großstadtrevier» mochte sie auch. «Tatort» nicht so sehr, nur wenn eine Frau Kommissarin war.

Rosl stellte sich nämlich immer vor, dass sie selbst Kommissarin wäre, und für eine Stunde oder länger war sie dann in Gedanken weit weg. Weg von ihrer ärmlichen Wohnung, die nach alter Frau muffelte. Zum Glück musste sie selten vor zehn arbeiten, deshalb konnte sie ihre Lieblingssendungen noch sehen, ehe ihre Nachtschicht begann. Erst putzte sie Büros und Banken, dann Züge. Rosl kam selten vor vier Uhr früh nach Hause – immer mit der ersten Trambahn oder dem ersten Bus.

Letzte Nacht war sie schon um eins zu Hause gewesen. Erst ganz beruhigt, denn eigentlich konnte man sie nicht finden. Eigentlich. Aber je länger sie nachgedacht hatte, desto unsicherer war sie geworden. Zum Glück lagen noch ein paar Flaschen Bier im Kühlschrank!

Rosl hatte sich hingesetzt, im Dunkeln, hatte den Stuhl ans Küchenfenster gerückt und in den Nebel hinausgestarrt. Dabei war ihr eingefallen, was alles schief gehen konnte. Noch etwas war ihr eingefallen. Und das war komisch gewesen, denn es kam erst allmählich in ihr Bewusstsein zurück, wie die mühsame Erinnerung an einen Traum, den man vergessen hat. Aber langsam wurde es immer deutlicher, und nach dem zweiten Bier war Rosl ganz sicher, dass sie sich nicht täuschte. Dann kam die Angst. In ihrem Kopf sausten die Gedanken durcheinander wie in einem Karussell. Sie musste die Finger gegen ihre Schläfen pressen, um sie anzuhalten, diese Gedanken.

Ganz ruhig, dachte Rosl. Ganz ruhig jetzt. Du bist in den Zug eingestiegen und hast die Müllbehälter ausgeleert. Und wie du den Gang entlanggeschaut hast, war da einer ganz am andern Ende. Genau da, wo das Klo ist! Der hat was an der Tür gemacht, und dunkel angezogen war er. Fast wie ein Schaffner. Und deswegen hast du gedacht, dass es ein Schaffner war, und hast es gleich wieder vergessen. Aber vielleicht war er gar kein Schaffner, sondern der Mörder, und dann hättst du ihn gesehen und er dich.

Sie war plötzlich ganz sicher, dass es der Mörder war. Zum Glück fand sie noch ein drittes Bier, das letzte. Vielleicht war er ihr nachgegangen, weil er wusste, dass sie ihn gesehen hatte. Vielleicht hatte er beobachtet, wie sie die Leiche entdeckte und wie sie weggelaufen war. Vielleicht war er mit in die Trambahn gestiegen und hatte gesehen, wie sie telefonierte. Vielleicht stand er unten vor dem Haus und wartete, dass jemand die Tür aufmachte. Und wenn jemand die Tür aufmachte, dann würde er reinkommen und die Treppe heraufsteigen.

Er kann ja gar nicht wissen, in welcher Wohnung ich bin, dachte Rosl. Woher soll er das wissen?

Das beruhigte sie ein bisschen. Aber nicht sehr. Allein die Vorstellung, dass er da draußen im Treppenhaus wartete, schnürte ihr die Kehle zu. Andererseits hätte er sie ja schon vorher schnappen können. Als sie von der Trambahn nach Hause ging, durch den Nebel. Keinem Menschen war sie begegnet und keiner hätte gehört, wenn sie um Hilfe geschrien hätte. Rosl erschauerte.

Warum hatte er sie nicht überfallen? Weil er will, dass ich Angst habe, dachte Rosl. So war das. Die tote Frau hatte auch ausgesehen, als hätte sie Angst gehabt. Als könnte sie nicht glauben, was ihr passiert.

So Menschen gibt's, dachte Rosl. Die wollen, dass man Angst hat. Dann geht's denen gut.

Das kannte sie vom Fernsehen. Die Kommissarin im Fernsehen sagte es denen ganz klar ins Gesicht. Aber Rosl kannte es auch aus ihrem eigenen Leben. Dass es anderen gut ging, wenn sie Angst hatte. Ihre Mutter war auch so gewesen – früher, als sie noch nicht so alt und schwach war und Rosl noch klein. Da hatte sie Rosl mit dem Kochlöffel verprügelt und Rosl hatte ihre Augen gesehen. Die hatten ausgesehen, als würde es ihr Spaß machen!

Rosl umfasste mit beiden Armen ihren schweren Körper und hielt sich selber fest. Wippte ein bisschen mit den Füßen, trank dann die letzte Bierflasche leer und schlich sich durch den dunklen Gang zum Klo.

Das Klo lag genau neben der Wohnungstür. Rosl legte das Ohr an den Briefschlitz und horchte. Die Klappe machte sie aber nicht auf. Das konnte gefährlich sein. Wenn er davor stand, konnte er durch die Klappe auf sie schießen. Rosl überprüfte, ob die Sicherheitskette eingehängt war. Für alle Fälle. Wieder horchte sie. Es war aber absolut nichts zu hören, draußen. Gerade wollte sie aufs Klo gehen, weil das Bier auf ihre Blase drückte, da hörte sie jemanden husten. Genau vor ihrer Wohnungstür. Rosl presste sich an die Wand, machte sich so flach es ging, zog sogar den Bauch ein. Ihr Herz schlug unregelmäßig, und sie konnte kaum atmen. Jetzt hustete es wieder.

Er ist da, dachte Rosl. Ich hab's gewusst, er ist da!

Zitternd schob sie sich an der Wand entlang, seitwärts, bis sie die Klotür erreichte, schlüpfte hinein in den kalten, viel zu langen, viel zu hohen Raum, an dessen Ende eine Toilettenschüssel unter dem ebenfalls zu hohen Fenster stand. Wieder wagte sie es nicht, Licht zu machen, schob den Riegel vor, lauschte mit angehaltenem Atem. Jetzt hustete niemand mehr. Aber wahrscheinlich konnte sie es durch die dicke Tür nicht hören.

Eine halbe Stunde blieb Rosl in der ungeheizten Toilette und traute sich nicht hinaus. Irgendwann fiel ihr ein, dass es vielleicht ihre Mutter gewesen sein könnte, die gehustet hatte. Ihre Mutter hustete nachts ziemlich oft, weil sie dann einen trockenen Hals bekam. Jedenfalls behauptete sie das. Rosl dachte, dass es mehr an den Zigaretten lag, die ihre Mutter noch immer rauchte, obwohl sie schon sechsundachtzig war und der Arzt gesagt hatte, dass sie eine Kandidatin sei, wenn sie das Rauchen nicht sein ließe. Eine Kandidatin!

«Kandidatin für was?», hatte ihre Mutter zu Hause gefragt. «Was diese Ärzte sich erlauben! Mit sechsundachtzig ist man keine Kandidatin mehr!»

Rosl hatte die Schultern gezuckt und gedacht, dass sie ihr schon sagen könnte, was für eine Kandidatin der Arzt meinte. Aber das ließ sie besser bleiben! Sie wollte keinen Ärger! Sollte doch der Arzt sagen, was er damit meinte. Aber den zu fragen, war ihre Mutter zu feige.

Das alles ging Rosl durch den Kopf, während sie auf dem kalten Klodeckel saß. Je länger sie saß, desto überzeugter war sie davon, dass ihre Mutter gehustet hatte. Es war nämlich eiskalt auf dem Klo, und das Fenster schloss nicht richtig. Als sie vor Kälte zu zittern begann, raffte sie sich auf, öffnete Millimeter um Millimeter die Klotür und huschte, als alles ruhig blieb, in ihr Zimmer. Das schloss sie zweimal ab, zog sich nur halb aus und schlüpfte unter das dicke Federbett. Sie sehnte sich nach einer Wärmflasche, aber keine zehn Pferde hätten sie nochmal aus ihrem Zimmer gebracht. Bis zum Morgengrauen blieb sie steif auf dem Rücken liegen, den Kopf hoch auf den Kissen, damit sie genau hören konnte, ob sich etwas in der Wohnung bewegte. Irgendwann fragte sie sich, was wohl eine Kommissarin in ihrer Situation machen würde. Aber es fiel ihr nichts ein.

ALS SOFIA und Luca gegangen waren, beschloss Laura Gottberg, den Anrufbeantworter abzuhören. Aber selbst jetzt, da sie ungestört war, stand sie unschlüssig vor der blinkenden Anlage. Beinahe zwei Monate war es her, seit sie Angelo zum letzten Mal gesehen hatte – hinter der silbernen Tür auf dem Flughafen von Florenz, die sich unbarmherzig zwischen sie und ihn schob und ihr das Gefühl gegeben hatte, als müsse sie sterben. In den ersten Wochen hatte sie geglaubt, nicht weitermachen zu können. Da war plötzlich ein unbändiger Groll gegen ihre Familie, sogar gegen Luca und Sofia und ihren alten Vater, der sie so sehr brauchte. Sie hatte ihn verborgen, diesen Groll, ziemlich geschickt sogar. Ihre Gereiztheit tarnte sie als Überarbeitung. Bei den Kindern war das halbwegs gelungen – nicht so beim alten Gottberg.

Zwei Wochen nach ihrer Rückkehr aus Italien musterte er sie eines Nachmittags und sagte: «Er hat es also geschafft, dieser Papagallo!»

«Was hat wer geschafft?» Lauras rhetorische Frage klang selbst in ihren eigenen Ohren sehr flau.

«Tu doch nicht so, Laura! Ich rede von diesem Commissario aus Siena, mit dem du angeblich nur zusammen gearbeitet hast! Deinem alten Vater kannst du nichts vormachen!»

«Aber ich habe keine Affäre! Ich habe keine Zeit für Affären, weil ich dich und zwei Kinder versorgen muss. Außerdem habe ich noch einen ziemlich anstrengenden Job, falls du das vergessen hast.» Laura hörte sich selbst zu und dachte: laut, aber nicht überzeugend.

Der alte Gottberg schüttelte den Kopf und sagte etwas, das Laura vollkommen aus der Fassung brachte.

«Das ist aber schade, mein Kind!» Ernst und sehr freundlich tätschelte er dabei ihren Arm. Da setzte Laura sich neben ihn, legte den Kopf an seine Schulter und weinte so heftig und lang, dass sein Pullover ganz nass wurde. Er aber blieb ganz ruhig, hielt nur ihre Hand – nicht besonders fest, sondern so leicht, dass Laura sie kaum auf ihrer spürte. Da musste sie noch mehr weinen, weil er so behutsam mit ihr umging.

Als Laura sich endlich wieder beruhigt hatte, füllte ihr Vater zwei Gläser mit Rotwein und stieß mit ihr an.

«Auf deine Mutter und diesen Kerl in Siena!», murmelte er und lächelte. Aber Laura hatte genau gesehen, wie er sich verstohlen über die Augen wischte, und sie musste ein paar Mal schlucken, um nicht sofort wieder in Tränen auszubrechen, als er hinzufügte: «Tut weh, wenn man von denen getrennt ist, die man liebt, nicht wahr?»

Diesmal war sie es, die ihre Hand auf seine legte, doch er schob sie fort.

«Siena ist immerhin nicht aus der Welt!», brummte er und trank einen großen Schluck.

Aus der Welt, dachte Laura. Mama ist aus der Welt. Er wird nie darüber hinwegkommen. Wie denn auch …

Und jetzt stand sie vor dem Anrufbeantworter und fürchtete sich plötzlich davor, auf den Knopf zu drücken, obwohl sie gleichzeitig begierig war, seine Stimme zu hören. Es gab keinen richtigen Raum für diese Beziehung … Beziehung, dachte sie, jetzt denke ich schon Beziehung statt Liebe! Es war und ist Liebe, aber sie findet vollkommen außerhalb meines normalen Lebens statt. Und bei aller Sehnsucht, allen Fluchtgedanken und wilden Phantasien geht es eigentlich nicht!

Sie kehrte in die Küche zurück, brühte sich noch eine

61

Tasse Tee auf und schaute durch die gläserne Balkontür zum Himmel hinauf. Da waren sie wieder, die Krähen. Zu Hunderten flogen sie über die Dächer hinweg nach Süden, wie jeden Morgen. Die Winterkrähen. Migrantenkrähen – eine andere Art als Dr. Reiss. Entschlossen wandte sie sich zum Telefon, um Angelos Nachricht abzuhören.

«Entschuldige, Laura … ich weiß, ich sollte das nicht tun. Aber ich konnte einfach nicht anders, konnte auch nicht schlafen nach unserem Gespräch gestern Abend. Du hast mir sehr gefehlt, weißt du … und dann habe ich mich auf meine Terrasse gesetzt, in eine Decke eingehüllt, habe nicht mal was getrunken, sondern den Mond angeschaut und darüber nachgedacht, was ich so alles gemacht habe in meinem Leben. Kennst du solche Stunden? Aber das wollte ich dir eigentlich nur so nebenbei erzählen. Wie ich so saß, zischte nämlich die größte Sternschnuppe, die ich jemals gesehen habe, über den Himmel – eigentlich knapp über die Türme von Siena. Ich dachte schon, sie käme auf mich zu. Ich bin sogar erschrocken … aber dann habe ich mir trotzdem etwas gewünscht. Du kannst mich jetzt für einen sentimentalen Trottel halten – es ist mir egal. Aber ich wollte dir das sagen. Wo bist du denn? Hast du einen so tiefen Schlaf, oder arbeitest du? Etwas anderes wage ich nicht zu denken, cara. Jetzt hör ich besser auf, sonst wecke ich noch deine Kinder. Buona notte.»

Mit geschlossenen Augen stand Laura im Flur, wusste nicht weiter. Dachte: Es wird vorübergehen – ich hatte schon viele Situationen, in denen ich feststeckte. Es ging immer weiter – bisher jedenfalls. Sie machte die Augen wieder auf, setzte sich neben das Telefontischchen und lauschte ein zweites Mal Angelos Worten, dann ein drittes Mal. Schließlich rappelte sie sich auf und löschte die Nachricht. Mit klopfendem Herzen und widerstrebender Hand.

Sie antwortete ihm halblaut, während sie ihren Tee trank, aber gar nicht merkte, dass sie trank.

«Ja, ich kenne das – ich schaue auch manchmal den Mond an. Ich sitze auch auf meinem kleinen Balkon, der viel kleiner ist als deiner, und schau in die Nacht hinaus. Dann denke ich über mein Leben nach, was ich falsch und richtig gemacht habe und wo es hingehen könnte. Und manchmal genieße ich es, Commissario, und manchmal fühle ich mich sehr allein – trotz der Kinder und dem ganzen Gewurschtel! Und wenn ich eine Sternschnuppe sehe, dann wünsche ich mir auch etwas, du sentimentaler Trottel! Zum Beispiel, dass wir das neue Jahr gemeinsam feiern können, dass wir eine Woche für uns haben, um herauszufinden, ob wir uns geirrt haben oder nicht!»

Sie schüttelte den Kopf und warf einen Blick auf die Uhr. Zwanzig vor neun. Sie musste los. Zu spät für die Waschmaschine und die Einkaufsliste. Ihren Vater würde sie vom Präsidium aus anrufen.

«Da siehst du's!», sagte sie zu ihrem Spiegelbild, während sie schnell ihr Haar durchbürstete und Lippenstift auflegte. «Du hast keine Zeit für Affären, Laura Gottberg!»

Eine Stunde später saß Laura dem ersten Mitglied der italienischen Eurocity-Crew gegenüber. Es war der Kellner des Speisewagens, und er hatte nichts gehört oder gesehen. Das Foto der Toten musterte er mit entsetzten Augen. Ja, sie hatte Kaffee bei ihm bestellt – sonst nichts, nur Kaffee. Getrunken hatte sie ihn auch, den Kaffee. Ja, im Speisewagen. Nein, gesprochen hatte sie mit niemandem. Nach dem Kaffee hatte er sie nicht wieder gesehen.

Laura betrachtete den schmalen Mann mit dem dünnen Schnurrbart und der beinahe gelblichen Gesichtsfarbe. Wann die Frau den Kaffee getrunken hätte, fragte sie. Er wand sich, seufzte, fuhr sich durch sein Haar und streckte ihr dann seine geöffneten Handflächen entgegen: «Ungefähr um neun Uhr, Signora Commissaria. Ungefähr. Wir hatten Verspätung, die Leute waren ungeduldig. Alle wollten gleichzeitig etwas essen und trinken! Da konnte ich nicht so auf die Einzelnen achten. Sie ist mir aufgefallen, weil sie rote Haare hatte und sehr hübsch war. Sie hat mich angelächelt, Commissaria. Das machen nicht alle Frauen! Es ist schrecklich, dass sie tot ist. Schade um diese Frau. So schade!»

«Ja!», sagte Laura. «Danke für Ihre Aussage. Sie können gehen.»

Der Nächste war ein Schaffner. Seine Mütze in der Hand, blieb er neben der Tür stehen; ein mittelgroßer Mann um die fünfzig, mit grauen Haaren und müdem Gesicht.

«Bitte setzen Sie sich doch!», sagte Laura.

«Wenn Sie meinen, Signora Commissaria …» Er verbeugte sich leicht, trat schüchtern näher und setzte sich sorgsam, als fürchte er, der Stuhl könnte unter ihm zusammenbrechen.

Laura lächelte. «Es wird nicht lange dauern, Signor Bertolucci. Der Name stimmt doch, oder?»

Er nickte, drehte die Mütze zwischen seinen Fingern, sah Laura nicht an.

«Ich hatte noch nie mit der Polizei zu tun, müssen Sie wissen, und schon gar nicht im Ausland.»

«Es geht ja auch nicht um Sie, Signor Bertolucci. Es geht um die ermordete Frau, die leider in dem Eurocity gefunden wurde, in dem Sie Dienst hatten. Aber das wissen Sie ja bereits. Erinnern Sie sich an die Frau?» Laura reichte ihm das Foto.

Der Schaffner schaute nur kurz hin und gab es ihr sofort zurück.

«Ich dachte es mir», murmelte er.

«Was dachten Sie?»

«Ich dachte, dass sie es ist, als ich von dem Mord hörte.»

«Da habe ich gleich zwei Fragen: Wann und von wem haben Sie zum ersten Mal von dem Mord erfahren, und warum dachten Sie, dass es diese Frau sein könnte?»

Bertolucci blickte kurz in Lauras Augen; ihr fiel auf, dass seine beinahe schwarz waren, die Wimpern hellbraun. Eines seiner Lider zuckte ab und zu, dann presste er kurz den Daumen drauf.

«Von meinem Kollegen Fabio hab ich es erfahren. Fabio Castelli. Er ist auch Schaffner. Hat mich um halb acht geweckt und gesagt: Sergio, in unserem Zug ist jemand umgebracht worden. Wir müssen zur Polizei. Alle müssen wir zur Polizei!» Bertolucci nickte. «Er hat auch gesagt, dass wir unsere Ausweise mitnehmen sollen und dass wir heute nicht mit dem Eurocity zurückfahren werden, sondern erst, wenn wir alle ausgesagt haben. Stimmt das?»

Laura nickte und schrieb schnell den Namen Fabio Castelli auf einen Zettel.

«Und die zweite Frage? Sie schienen eben gar nicht überrascht, als Sie das Foto sahen.»

«Seltsam, nicht wahr? Sie müssen denken, dass ich mich sehr verdächtig benehme. Dabei kann ich Ihnen nicht einmal genau erklären, warum ich nicht überrascht war, Signora Commissaria. Es war nur so eine innere Gewissheit, nein – besser Ahnung, ja Ahnung. Ich habe öfters solche Ahnungen und irre mich nur selten. Meine Mutter hatte ebenfalls diese Gabe, wenn man es eine Gabe nennen darf. Manchmal ist es eher belastend. Wissen Sie, eines Nachmittags klingelte es an unserer Tür. Ich war damals zehn Jahre alt. Klingelte an der Tür, und meine Mutter sagte zu mir: Jetzt müssen wir ganz tapfer sein, Sergio. Dein Papa ist gestorben! Ja, und vor der Tür stand ein Polizist, der sagte: Signora, Sie müssen jetzt ganz tapfer sein, Ihr Mann hatte einen Arbeitsunfall. Mama konnte diese Dinge nicht genau voraussehen, aber wenn sie geschehen waren, dann wusste sie es! Haben Sie alles verstanden, Signora Commissaria?» Sergio Bertolucci hielt inne, schien erstaunt über seine eigene lange Rede, mindestens so erstaunt wie Laura. Er sah auch nicht mehr müde aus, sondern seine Haut hatte sich auf wunderbare Weise geglättet, war auf einmal rosig, und seine Augen glänzten.

«Oh!», sagte sie nach einer Weile. «Und wann genau haben Sie gewusst, dass es diese Frau ist und keine andere?»

«Genau in dem Augenblick, als Fabio sagte, dass jemand ermordet wurde. Da stand dieses Bild vor meinen Augen: die Frau mit den roten Haaren. Sehen Sie, ich habe lange davon geträumt, Hellseher zu werden, aber dazu reichte es nicht ganz … leider. Ich hätte sicher mehr Geld verdienen können als bei der Bahn. Die Leute zahlen viel Geld, wenn man ihnen die Zukunft sagen kann. Wie würden Sie das nennen, was ich kann, Signora? Etwas Geschehenes voraussagen? Dafür wird niemand bezahlen, fürchte ich!» Er verzog das Gesicht zu einem schiefen Lächeln.

Laura betrachtete ihn nachdenklich und fragte sich, warum er so viel reden musste. Die Worte sprudelten nur so aus ihm heraus. Eigentlich wusste sie jetzt nicht einmal mehr, was sie ihn fragen wollte oder was sie gefragt hatte. Sie wusste nur, dass diese verloren gegangene Frage nicht beantwortet worden war. Deshalb sagte sie erst einmal gar nichts, sondern rührte schweigend den Kaffee um, den die Sekretärin ihr vor einer halben Stunde hingestellt hatte. Er war inzwischen kalt.

Bertolucci rutschte unruhig auf seinem Stuhl hin und her, legte die Mütze auf Lauras Schreibtisch, nahm sie wieder in beide Hände, drehte sie, räusperte sich zweimal und sagte endlich: «Kann ich gehen oder brauchen Sie mich noch, Signora Commissaria? Ich habe nämlich noch nicht gefrühstückt, und wenn ich Ihren Kaffee sehe, dann bekomme ich Durst auf einen Cappuccino ...»

«Warum reden Sie eigentlich so viel?», unterbrach Laura den Schwall, der wieder aus dem grauhaarigen Mann hervorzubrechen drohte.

Bertolucci schluckte.

«Es tut mir Leid!», sagte er leise.

«Es muss Ihnen nicht Leid tun. Ich wollte nur wissen, warum Sie es tun.»

Er zuckte die Achseln, wiegte den Kopf leicht hin und her. «Ich bin nervös! Wenn ich nervös bin, rede ich immer ziemlich viel. Das habe ich schon als Kind getan. Meine Mutter ...»

«Ja!», sagte Laura. «Jetzt ist mir auch meine Frage wieder eingefallen. Das mit Ihrer Hellseherei überzeugt mich nicht ganz. Warum überrascht es Sie nicht, dass genau diese Frau ermordet wurde?»

Der Schaffner breitete die Arme aus; seine Mütze fiel zu Boden, aber er achtete nicht darauf.

«Es ist Intuition, Commissaria, ich kann in die Menschen hineinsehen. Da war etwas an dieser Frau, etwas Dunkles, Tragisches, obwohl sie lächelte. Sie war sehr freundlich, ja, ich würde sagen – zu freundlich.»

«Woher wissen Sie das so genau?» Laura beugte sich ein wenig vor.

«Signora! In meinem Beruf hat man es mit tausenden Menschen zu tun. Sie gehen durch meine Hände wie ihre Fahrkarten, und ich schaue jedem ins Gesicht. Jedem und jeder, Signora. Sie prägen sich mir ein: ihre Augen, ihre Münder, ihre Hände. Diese Frau habe ich zweimal kontrolliert und bin mindestens zehnmal an ihr vorbeigegangen. Mindestens!»

Er nickte und hob seine Mütze auf, prüfte sie sorgfältig auf Staub oder Schmutz.

«Das beantwortet noch immer nicht meine Frage, Signor Bertolucci: Was am Gesicht oder an der Ausstrahlung dieser Frau machte sie zu einem potenziellen Mordopfer?»

«Sie war eine Prostituierte, *una puttana*. Es tut mir Leid, Commissaria, ich spreche solche Worte nicht gern aus. Sie war eine, ganz unverkennbar, obwohl sie so tat, als wäre sie's nicht.» Die Worte brachen so plötzlich und heftig aus ihm hervor, dass Laura vor Schreck zusammenzuckte.

«Woran haben Sie es gesehen? Ihre Antworten sind so undurchdringlich wie der Nebel vor dem Fenster. Ist Ihnen das eigentlich bewusst, Signor Bertolucci?»

Er schüttelte den Kopf.

«Aber Sie sind doch Commissaria, wenn Sie einen Menschen sehen, dann wissen Sie doch sicher auch sehr schnell, was für eine Art Mensch er ist, nicht wahr? Das ist so ein Gefühl. Das setzt sich aus tausend kleinen Dingen zusammen. Ich erkenne einen Deutschen, auch wenn er perfekt Italienisch spricht, oder einen Amerikaner, auch wenn der den Mund hält. Genauso kann ich eine Dame von einer Putzfrau unterscheiden oder einen Bauern von einem Bankdirektor. Aber Sie können das auch, Signora, nicht wahr? Können Sie es beschreiben, warum? Können Sie?»

«Ich denke doch, wenn ich mir Mühe gebe», murmelte Laura. «Wie würden Sie denn mich einschätzen, Signor Bertolucci?»

Er sah sie kurz an, schaute weg und wieder hin. «Das ist nicht fair, Commissaria. Das können Sie nicht von mir verlangen!»

«Ich möchte Sie nur testen. Ich muss doch wissen, ob ich mich auf Ihre Aussage verlassen kann. Also, bitte!» Laura lehnte sich zurück und sah ihn forschend an. Bertolucci dagegen betrachtete seine Mütze.

«Wollen Sie mich nicht ansehen?»

«Nein!» Er schüttelte seinen Kopf. «Dazu brauche ich Sie nicht anzusehen. Es ist schon alles da! Da drin!» Er tippte an seine Stirn. «Das geht ganz schnell, müssen Sie wissen. Ich sehe einen Menschen und es macht klick, klick, und schon ist alles da oben gespeichert, all die tausend kleinen Dinge.» Er seufzte. «Ich möchte es lieber nicht sagen, Signora.»

«Ist es so schlimm?» Laura unterdrückte mit Mühe ein Lachen.

«Nein, nicht schlimm. Aber verwirrend. Sie sind nicht einfach jemand, von dem ich sagen kann: typische Deutsche oder so. Sie sind gemischt, Signora. Da ist etwas in Ihnen, das fühlt sich an wie deutsch, sehr deutsch sogar. Etwas Ernstes. Und Ihre Augen schauen genau hin – Italiener schauen eher weg. Und Sie sind so hartnäckig, wenn Sie etwas wissen wollen. Das ist sehr deutsch. Aber in Ihren Bewegungen liegt etwas anderes, etwas Leichtes – eher italienisch. Genau wie Ihr Gesicht, Ihre Haare und Ihr Lächeln. Anna Magnani hat so gelächelt, falls Sie die überhaupt noch kennen, Signora. Die Jungen kennen die Magnani nicht mehr, und das ist schrecklich. Sie kennen nur noch diese amerikanischen Puppengesichter. Aber das ist jetzt nicht wichtig. Ich finde, Sie haben etwas von beiden Nationalitäten, aber das Deutsche ist stärker. Sie sind ja auch Deutsche, nicht wahr, Signora Commissaria? Wo haben Sie so gut Italienisch gelernt?»

Laura lachte leise. «Mit wem haben Sie sich unterhalten, ehe Sie dieses Zimmer betraten, Signor Bertolucci?»

Er breitete wieder die Arme aus. «Mit niemandem, Commissaria, bei der Ehre meiner Mutter, mit niemandem!»

«Na gut! Ich bin Halbitalienerin. Meine Mutter wurde in Florenz geboren, mein Vater ist Deutscher. Vielleicht hätten Sie doch Hellseher werden sollen, Signor Bertolucci.»

Er lächelte bescheiden.

«Und jetzt erzählen Sie mir bitte von der Frau mit den roten Haaren, die Sie für eine Prostituierte gehalten haben.»

Der Schaffner zog die Augenbrauen erst hoch, dann zusammen und legte seine Stirn in unzählige Falten.

«Sie war sehr freundlich, wie ich schon sagte. Aber sie hat die Menschen, vor allem die Männer, mit einem ganz schnellen, kalten Blick taxiert. Verstehen Sie? Es ist ein Unterschied, ob man jemanden taxiert oder ansieht. Sie hatte eine Ausstrahlung wie jemand, der zu viel vom Leben weiß – und nicht das Beste. Der Dinge weiß, die man besser nicht wissen sollte, vor allem als Frau. Etwas Vulgäres – nein, das ist nicht der richtige Ausdruck. Man kann diese Dinge nicht mit Worten beschreiben, Commissaria. Das sind Schwingungen, Ahnungen, Gefühle. Und außerdem hatte sie Angst. Nicht sehr große, aber sie war auf der Hut. Sie hat dagesessen und sich fast die ganze Zeit hinter Zeitschriften versteckt. Und sie hat die Leute beobachtet, die an ihr vorbeigingen.»

«Hat sie mit jemandem gesprochen?»

«Das weiß ich nicht.»

«Wissen Sie noch, wo sie in den Zug gestiegen ist?»

«Das müssen Sie doch ganz leicht feststellen können. Es steht auf ihrem Fahrschein, Signora!» Er lächelte ein wenig spöttisch.

«Wir haben keinen Fahrschein gefunden, auch keinen Ausweis und auch sonst nichts. Nur einen Lippenstift, ein Parfümfläschchen und einen leeren Lederrucksack.»

«Aber sie hatte einen großen Koffer, Signora, und den Fahrschein hat sie in der Seitentasche des Rucksacks aufbewahrt. Das habe ich genau gesehen, Signora. Eingestiegen ist sie in Florenz, da bin ich ganz sicher. Ich habe sie zum ersten Mal kurz nach Florenz kontrolliert. Da hat sie mich gefragt, wann endlich diese schrecklichen Tunnels aufhören. Die zwischen Florenz und Bologna, aber das wissen Sie ja, Signora, wenn Ihre Mutter …»

«Ja, ja!» Laura schob ungeduldig ihre Kaffeetasse hin und her. «Haben Sie danach noch öfter mit der Frau gesprochen?»

«Gesprochen, gesprochen … was man als Schaffner so redet. Einen Satz oder zwei. Später hat sie mich gefragt, wo der Speisewagen ist und dann noch einmal, wann wir endlich in Monaco sind.»

«Wann war das?»

«Warten Sie … bei Innsbruck, glaube ich – ja, das ist wahrscheinlich. Aber bei so vielen Reisenden kann ich das wirklich nicht mehr genau sagen.»

«Dann muss sie kurz danach ermordet worden sein», sagte Laura nachdenklich.

«Das ist schrecklich, Commissaria, ganz schrecklich! Vielleicht habe ich sie als Letzter gesehen, ihre letzten Worte gehört.» Er schürzte bekümmert seine Lippen.

Zu theatralisch, dachte Laura. Erst fand ich ihn witzig, jetzt geht er mir allmählich auf die Nerven. Irgendwie reagiert er zu heftig – wie ein Schauspieler.

«Ist Ihnen am Ende der Reise überhaupt nichts aufgefallen, nicht der einsame Koffer, den offensichtlich jemand verschwinden ließ, keine Toilettentür, die blockiert war, ein Mann oder eine Frau, die sich auffällig benommen haben?»

Bertolucci schüttelte den Kopf. «Gar nichts! Absolut gar nichts. Wir waren ja auch alle sehr müde, denn die Reise hatte drei Stunden länger als vorgesehen gedauert. Ich hatte seit Florenz Dienst. Das ist sehr lang, Signora. Wir müssen länger arbeiten als vor zehn Jahren, aber da waren wir noch jünger. Eine Stunde Ruhepause ist vorgesehen auf der Fahrt von Florenz nach München. Wir haben dagegen demonstriert, gestreikt und wieder gestreikt. Es hat nichts geholfen, gar nichts. Man kann nichts mehr machen heutzutage. Absolut nichts!»

Laura stieß eine Art mitfühlenden Seufzer aus, dessen Deutung sie dem hellsehenden Schaffner überließ, dann dankte sie ihm für seine ausführliche Mitarbeit, musste ihn aber sanft zur Tür schieben, denn jetzt wollte er vom erbärmlichen Leben der italienischen Bahnangestellten erzählen, die vollkommen unterbezahlt und überarbeitet ein marodes System von Dauerverspätungen aufrechterhielten.

Das, sagte Laura, sei auch in Deutschland nicht viel anders und deshalb nichts Neues für sie. Tür zu.

Später erzählte ihr Claudia, die Sekretärin, Bertolucci habe vor seiner Vernehmung derart verschüchtert ausgesehen, dass sie ihm Mut machen wollte.

«Ich hab ihm gesagt, dass die Commissaria ganz gut Italienisch kann, weil sie eine italienische Mutter hatte!»

«Von wegen Hellseher!», sagte Laura.

«Wie bitte?»

«Ach nichts, gar nichts. Lassen Sie den Nächsten herein, aber bremsen Sie Ihr weiches Herz für schüchterne Italiener!»

Der Schaffner Castelli erwies sich als noch unergiebiger als Bertolucci und der Kellner. Er saß da, starrte auf den Boden und konnte sich zuerst nicht einmal an die tote Frau erinnern. Das Foto streifte er nur mit einem kurzen Blick.

Laura glaubte ihm nicht, zumal die andern sich so genau erinnert hatten. Als sie Castelli darauf hinwies, schloss er die Augen.

«*Aspetta!* Warten Sie. Das Foto, zeigen Sie es mir noch einmal!»

Laura schob es zu ihm hinüber. Er schaute nicht direkt auf das Bild, sondern seitlich daran vorbei.

«Ja … vielleicht …», murmelte er undeutlich, räusperte sich, hustete lange.

«Was vielleicht?»

«Es könnte sein, dass ich sie gesehen habe. Aber ich bin mir nicht sicher. Jedenfalls …!» Er richtete sich ein wenig auf, sah Laura zum ersten Mal kurz an. «Jedenfalls kann ich mich an nichts erinnern, das mit einem Mord zu tun haben könnte!» Sein Blick glitt wieder zur Seite, an der Wand herab und kehrte auf den Boden zurück.

«Niemand, der mit ihr gesprochen hat? Keinerlei auffälliges Verhalten, gar nichts?»

«Gar nichts! *Niente!*»

«Dann können Sie jetzt gehen, Signor Castelli!»

Er sprang auf, lief beinahe zur Tür.

«Einen Moment!», sagte Laura scharf.

Castelli erstarrte, zog den Kopf ein, drehte sich aber nicht um.

«Haben Sie die Frau für eine Prostituierte gehalten?»

«Wie bitte?» Castelli fuhr herum. «Wie komme ich dazu, einen Fahrgast für eine Prostituierte zu halten?»

«War nur eine Frage. Ihr Kollege Bertolucci hatte da weniger Hemmungen!»

Castelli schien nach Luft zu schnappen. «Ach der! Den dürfen Sie nicht so ernst nehmen!» Mit diesen Worten war er zur Tür hinaus. Laura aber dachte eine Weile darüber nach, welch ausgeprägte Persönlichkeiten Dienst in italienischen Zügen taten.

Peter Baumann kam zu spät zur Lagebesprechung. Den Damenmantel hatte er inzwischen mit seiner Lederjacke vertauscht.

Warum er wohl immer zu spät kommt, dachte Laura, als

er den kleinen Konferenzraum betrat, ein wenig außer Atem, mit diesem entschuldigenden Lächeln um die Lippen, das alle im Morddezernat kannten.

«Hab ich was versäumt?», fragte er und ließ sich geräuschvoll auf einen Stuhl fallen. «Tut mir Leid, dass ich zu spät komme, aber ich war hinter den Putzfrauen her.»

«Und? Hast du sie erwischt?», fragte Laura.

«Nicht so ganz. Es muss eine Menge unsichtbarer Putzfrauen geben, die Züge sauber machen.»

Andreas Havel grinste, Dr. Reiss und Kriminaloberrat Becker verzogen keine Miene.

«Was haben Sie zu berichten, Baumann?», fragte Becker in sachlichem Tonfall, verkniff sich ausnahmsweise eine bissige Bemerkung über Baumanns spätes Erscheinen.

«Nicht viel. Diese Reinigungsfirma wirkt ziemlich dubios. Die konnten oder wollten mir nicht sagen, wer im Wagen zwölf Dienst hatte. Wirkten irgendwie völlig konfus. Vor allem, als ich sagte, dass eine Frau bei der Polizei angerufen habe, um den Mord zu melden. Und zwar zu einer Zeit, als die Putzkolonne schon in Aktion war. Sie haben mir dann ein paar Frauen genannt, die aber alle keine Ahnung hatten und in völlig anderen Wagen oder Zügen gearbeitet haben.»

«Klingt nach Schwarzarbeit!», sagte Havel.

«Das dachte ich auch!» Baumann nickte.

«Aber nachweisen können wir das natürlich erst, wenn wir die Frauen gefunden haben! Setzen Sie die Firma unter Druck, Baumann!» Kriminaloberrat Becker nickte heftig, um seinen Worten Nachdruck zu verleihen, wandte sich dann an Havel und zog fragend die Augenbrauen hoch.

Der Kriminaltechniker räusperte sich, machte dann ein schmatzendes Geräusch, indem er die Lippen einzog und wieder hervorschnellen ließ.

«Tja!», sagte er. «Eine merkwürdige Geschichte. Der Türmechanismus der Toilette war außer Betrieb gesetzt. Normalerweise öffnen sich diese Türen, indem man auf einen Knopf drückt. Diese Tür aber war gewaltsam geöffnet worden. Nicht sehr weit allerdings, gerade weit genug, um die Leiche zu entdecken. Ich nehme deshalb an, dass eine oder mehrere dieser unsichtbaren Putzfrauen die Tür aufgestemmt haben. Dann sind sie abgehauen und eine hat angerufen. Für die Tat bedeutet das: Der Täter muss diesen Mord geplant haben. Er kannte die Tür, hatte vermutlich einen Generalschlüssel wie ein Schaffner oder der Zugführer. Das Bahnpersonal kann alle Toiletten von außen öffnen. Vermutlich hat der Täter die Frau beobachtet und ist ihr auf die Toilette gefolgt. Mit dem Generalschlüssel hat er die Tür geöffnet und die Frau erschossen. Aus welchen Gründen auch immer. Wir haben keine Spuren eines Kampfes gefunden. Keine Tatwaffe. Der Rucksack hat auch nicht viel hergegeben. Keinerlei Hinweise auf die Identität der Frau.»

Becker seufzte und sah Laura Gottberg an.

«Sie haben doch mit den Schaffnern gesprochen, Laura. Hat sich da etwas ergeben?»

«Jede Menge! Einer hat mich beinahe totgeredet. Alle haben die Frau gesehen, kontrolliert, ihr Kaffee verkauft, Vermutungen über sie angestellt. Aber niemand hat auch nur einen Mucks von ihrem Ende gehört. Angeblich.»

«Welche Vermutungen?» Becker lockerte den Knoten seiner Krawatte.

«Ein Schaffner hielt die Tote für eine Prostituierte. Behauptete, sein Gefühl würde ihm so etwas sagen!»

«Wofür halten Sie die Dame, Doktor?» Becker wandte sich dem Arzt zu, der heute noch blasser aussah als letzte Nacht, und Laura war erleichtert, dass ihr Vorgesetzter seinen klaren und professionellen Tag hatte, was nicht immer der Fall war.

Der Gerichtsmediziner griff nach einem Blatt Papier; seine Hand zitterte ein wenig.

Er ist total erschöpft, dachte Laura. Gönnt sich keine Pause, dieser Typ. Es machte sie ärgerlich. Warum machte es sie ärgerlich?

Jetzt fing er an zu sprechen, mit dieser kratzigen Stimme, die stets ein bisschen zu leise war und irgendwie ironisch, was immer der Arzt auch sagte.

«Es ist schwer, etwas über den Charakter eines Menschen zu sagen, wenn man ihn aufschneidet», sagte er. «Sie hatte ein paar interessante Tätowierungen: eine Schlange an der Innenseite ihres rechten Oberschenkels und eine, die über ihre gesamte Wirbelsäule verlief, mit dem Kopf nach unten. Daraus würde ich nicht unbedingt schließen, dass sie eine brave Ehefrau war oder Nonne. Andererseits sind Tätowierungen unter jungen Leuten heute sehr beliebt. Außerdem war sie im Schambereich rasiert. Die Schaffner könnten also mit ihrer Vermutung richtig liegen. Es gibt jedoch keine eindeutigen Hinweise.»

«Und sonst?», fragte Laura.

«Der aufgesetzte Schuss ins Herz, vermutlich mit Schalldämpfer. Sie war sofort tot. Keine Spur einer Misshandlung, kein Geschlechtsverkehr. Abgesehen von der tödlichen Verletzung war sie relativ gesund, bis auf eine leichte Schwächung der Lungen. Könnte Hinweis auf eine frühere Tuberkulose sein.»

Kriminaloberrat Becker lehnte sich zurück und rieb nachdenklich die Handflächen aneinander.

«Wo ist ihr Gepäck?», fragte er und sah von einem zum andern. «Man reist nicht von Florenz nach München ohne Gepäck, nicht wahr?»

«Beide Schaffner haben bestätigt, dass die Frau einen Koffer hatte. Aber der ist verschwunden», antwortete Laura.

«Und was ist mit den beiden Verletzten, die auf den Gleisen gefunden wurden?» Becker drehte nervös an seinem Ehering.

«Bisher wissen wir noch nicht, ob der Unbekannte irgendwas mit dem Eurocity zu tun hat. Es könnte sich auch um einen gewöhnlichen Selbstmörder handeln!» Das war die Stimme des Polizeibeamten, der den vermeintlichen Unfall aufgenommen hatte. «Wir haben sonst nichts gefunden – keine Gepäckstücke, überhaupt nichts.»

Gewöhnlicher Selbstmörder, dachte Laura. Sag ich auch solche Sachen? Sie betrachtete den Kollegen von der Seite. Er war ziemlich jung, höchstens Mitte zwanzig, und sein Gesicht zeigte den Ausdruck eines eifrigen Schülers. Laura hatte ihn noch nie zuvor gesehen. Gewöhnlicher Streber, dachte sie, mochte aber auch diesen Gedanken nicht. War nicht viel besser als gewöhnlicher Selbstmörder.

«Hier kann ich ein paar Informationen einfügen!», sagte sie laut. «Ich habe die Verletzten heute Morgen im Krankenhaus gesehen. Der Rangierarbeiter Brunner war bei Bewusstsein und erzählte von einer Gestalt, die weglief, als er den jungen Mann fand. Aber er konnte nichts erkennen, weil der Nebel so dicht war. Der Unbekannte selbst liegt im Koma. Er trug keine Papiere bei sich. Seine Kleidung habe ich ins Labor gebracht.»

Ein paar Minuten lang war es ganz still in dem Raum, der eigentlich zu klein für die vielen Menschen war. Laura nahm den Geruch von bitterem schwarzem Kaffee wahr; Baumanns rechtes Bein zuckte, und der Arzt schluckte sehr laut.

«Na ja!», sagte Becker endlich. «Das ist ja nicht besonders viel. Hängt euch mal ein bisschen rein, Kollegen. Wir treffen uns übermorgen wieder, um ...» Er schaute lange auf seine Armbanduhr. «Na, sagen wir, um sechzehn Uhr. Dann habt ihr etwas mehr Zeit. Sie übernehmen die Kontakte zu den italienischen Behörden, Laura.»

Laura nickte. Vielleicht, dachte sie, hat ein freundlicher Geist mir diesen Fall geschickt. Obwohl – es gab eigentlich keine Möglichkeit, Angelo Guerrini in die Ermittlungen einzubeziehen.

Aber, dachte Laura ganz schnell, ich könnte nach Florenz fahren, um nach den Spuren der toten Frau zu suchen, und dann könnten wir uns treffen. Vielleicht.

DER NEBEL blieb über der Stadt hängen, obwohl Hochdruck herrschte. Er setzte sich ganz unten fest. Wenn die Menschen nach oben schauten, konnten sie um die Mittagszeit die Turmspitzen und Hochhäuser in der Sonne leuchten sehen – unwirklich wie durch eine Milchglasscheibe. Unten, zwischen den Häusern, war es feuchtkalt. Wer auf den Turm des Alten Peter oder auf den Liebfrauendom stieg, fand sich unvermutet in der Sonne. Tauben, Spatzen und Krähen saßen auf den höchsten Dächern, um sich zu wärmen.

Im Norden der Stadt war der Nebel dichter als im Süden, dort gab es auch keine Türme in der Sonne. Nur graukalte Dämmerung.

Wie schmutzig die Stadt aussieht, wenn es keine Sonne gibt, dachte Laura. Bei Regen war es genauso. Alles sah grau und schmutzig aus. Wie der Fall rund um den Eurocity. Ein Novemberfall. Laura konnte den November nicht leiden, hatte ihm den Namen «Monat ohne Hoffnung» gegeben. War jedes Jahr froh, wenn er endlich vorüberging. Den ganzen Nachmittag hatte sie damit zugebracht, E-Mails an die Kollegen in Florenz, Bologna, Mantua und Bozen zu schicken. Und sie stöberte im Archiv und im Internet herum. Ihre Erinnerung hatte sie nicht getäuscht. Vor zwei Monaten war eine unbekannte tote Frau neben den Gleisen zwischen Florenz und Bologna gefunden worden. Eine Frau, die angeblich Prostituierte war.

Jetzt war alles auf dem Weg. Mehr konnte Laura im Augenblick nicht tun. Es war halb fünf und schon dunkel.

Laura dankte dem Himmel, dass Sofia eine Ganztags-schule besuchen konnte. Sie war vermutlich auf dem Weg nach Hause. Luca hatte gerade Basketball-Training. Würde gegen halb sechs nach Hause kommen.

Ich werde jetzt nochmal im Krankenhaus fragen, ob der junge Mann aufgewacht ist, und dann einkaufen gehen, dachte Laura. Als sie den Hörer abnahm, fiel ihr ein, dass sie ihren Vater nicht angerufen hatte. Den ganzen Tag hatte sie nicht an ihn gedacht, von ihm ebenfalls nichts gehört, was erstaunlich war, denn normalerweise rief er mindestens zweimal täglich an.

Laura atmete ruhig ein und aus, ehe sie die Nummer des alten Gottberg anwählte.

Bitte keine Vorwürfe, bitte keine Katastrophen, flehte sie innerlich. Warum geht er denn nicht ran? Achtmal klingelte es, neunmal, zehnmal. Endlich. Ein heiseres «Jaa?»

«Bist du das, Vater?»

«Wer sonst?»

«Du hast dich nur mit Ja gemeldet …»

«Ist es schon so weit, dass du meine Stimme nicht mehr erkennst?»

«Vater, bitte! Ich hatte heute einen absolut vollen Tag und kaum geschlafen. Sag, geht's dir gut? Soll ich vorbeikommen? Brauchst du was?»

«Hast du noch mehr Fragen auf Lager?»

«Ja! Bist du sauer?»

«Nein. Ganz und gar nicht. Ich unterhalte mich gerade angeregt mit einer jungen Nachbarin, die außerdem die beste Lasagne zubereitet hat, die ich seit dem Tod deiner Mutter gegessen habe. Wir essen gerade – könntest du vielleicht später nochmal anrufen?»

Laura überlegte kurz. Ihr Vater erfand manchmal solche Geschichten – es war eine Art Spiel zwischen ihnen. «Tut mir wirklich Leid, Vater. Ich wollte dich schon heute Vormittag anrufen, aber eine Besprechung nach der andern kam dazwischen. Wir haben einen ziemlich unklaren Fall.»

«Natürlich, natürlich. Sind nicht alle deine Fälle ziemlich unklar? Ich meine, bis sie gelöst sind!»

Laura hob die Augen zur Decke.

«Ja, du hast wie immer Recht. Brauchst du wirklich nichts?»

«Nein, wirklich nicht. Du musst auch nicht herkommen – es geht mir gut; ich habe reizende Gesellschaft. Die junge Dame studiert Jura, und wir unterhalten uns über Fachfragen. Wirklich sehr interessant – ganz anders als mit den alten Trotteln, die ich einmal im Monat treffe. Die reden nur alle von den großartigen Gerichtsauftritten, die sie früher hatten. Einer versucht den andern zu übertrumpfen – eine trostlose Angelegenheit.»

«Gut, dann komm ich morgen!»

«Wunderbar! Also auf morgen!»

«Schlaf gut, Vater!»

«Wünsch mir lieber einen angenehmen Abend! Ich hab nicht vor, bald ins Bett zu gehen!» Er hatte aufgelegt, ehe Laura antworten konnte.

Ganz neue Töne, dachte sie. Oder macht er mir was vor, um mich zu beruhigen? Auch das würde zu Vater passen.

Unschlüssig begann sie damit, ihren Schreibtisch ein bisschen in Ordnung zu bringen – trödelte herum, weil sie auf die Rückkehr von Peter Baumann wartete. Laura hatte ihn noch einmal zum Bahnhof geschickt. Er sollte sich die Stelle, an der Stefan Brunner und der Unbekannte gefunden worden waren, genauer ansehen. Vielleicht konnten sie auf diese Weise ihr Versäumnis der vergangenen Nacht ausbügeln.

Zehn nach fünf beschloss sie zu gehen, wählte Baumanns Handy an.

«Bleib noch fünf Minuten!», sagte er. «Ich bin schon auf dem Weg zu dir! Mit einer Überraschung!»

«Welcher?», wollte Laura fragen, doch Baumann hatte das Gespräch schon beendet, stand wenige Minuten später keuchend im Zimmer und zog langsam einen Plastikbeutel aus seiner Jackentasche.

«Schau mal, was ich gefunden habe!», sagte er triumphierend und hielt den Beutel gegen das Licht. Das Material war nicht besonders durchsichtig, und so wirkte der Gegenstand verschwommen. Trotzdem erkannte Laura die Umrisse einer Pistole.

«Sag nicht, dass du die zwischen den Gleisen gefunden hast!»

Baumann lachte auf. «Natürlich habe ich sie zwischen den Gleisen gefunden, und zwar nicht weit von der Stelle, an der die beiden Verletzten lagen. Es ist mir absolut unverständlich, warum die Kollegen sie nicht sofort entdeckt haben. Sie lag nämlich ganz offen da – einfach so. Ich musste sie nur aufheben!»

Laura griff nach dem Beutel, öffnete ihn und schaute hinein. Die Waffe trug einen Schalldämpfer, war aber erstaunlich klein, wie eine Damenpistole.

«Sie lag also einfach so da … was haben denn die Kollegen dazu gesagt?»

«Na, das kannst du dir vorstellen! Die sind aus allen Wolken gefallen. Behaupteten, sie hätten letzte Nacht jeden Zentimeter abgesucht. Hat nicht gerade ihre Liebe zu unserem Dezernat gefördert, dass ich die Waffe innerhalb von zwei Minuten entdeckt habe.»

Nachdenklich betrachtete Laura die Pistole, verschloss dann den Beutel und reichte ihn Baumann zurück.

«Du nimmst auch an, dass es die Tatwaffe ist, nicht wahr?», sagte sie langsam.

«Liegt doch nahe, oder?»

«Sehr nahe», nickte Laura. «Im Labor kann das schnell festgestellt werden! Irgendwie liegt es mir fast zu nahe!»

Baumann runzelte die Stirn. «Bitte stell meinen Triumph über die Kollegen nicht in Frage!»

«Tu ich ja nicht. Wahrscheinlich ist es die Tatwaffe, aber möglicherweise hat sie gestern Nacht noch nicht neben den Gleisen gelegen!»

Der junge Kommissar drehte die Augen zur Decke.

«Du magst es gern kompliziert – wie immer! Kannst du mir nicht ein einziges Mal die Illusion lassen, dass ich einen Fall innerhalb weniger Minuten gelöst habe?»

Laura lächelte. «Setz dich und erklär mir deine Lösung. Ich bin gespannt!»

«Da lauert schon wieder dieser sanfte Sarkasmus in deiner Stimme!», seufzte Baumann und zog sich einen Stuhl heran. «Meine Theorie ist schlüssig und liegt durchaus im Bereich des Möglichen. Ich denke – wie du vermutlich bereits annimmst – an diesen Unbekannten, der neben den Gleisen lag! Und zwar neben den Gleisen des Eurocity aus Rom. Genau dort habe ich auch die Pistole gefunden. Es wäre also möglich, dass dieser Unbekannte die Frau erschossen hat und kurz vor der Einfahrt des Zuges abgesprungen ist. Dabei kam er so unglücklich auf, dass er sich eine schwere Kopfverletzung zuzog.»

Laura runzelte die Stirn und stützte das Kinn in eine Hand. «Wieso sollte er abspringen, wenn er auch einfach aussteigen kann?»

Baumann rieb seinen Schnurrbart. «Er bekam Panik, vielleicht hat jemand ihn beobachtet. Oder er fürchtete, dass jemand ihn erkennen könnte. Jemand, der die Frau erwartete, zum Beispiel. Es könnte Menschenhandel dahinterstecken. Immerhin sieht es so aus, als wäre die Frau Prostituierte gewesen.»

«Hmm», machte Laura. «Und wo ist das Gepäck der beiden geblieben, wo ihre Ausweise und all das Zeug?»

Peter Baumann seufzte tief. «Er hat die Koffer aus dem Zug geworfen – irgendwo oben in den Bergen. Die Ausweise hat er versteckt, vielleicht in der Verkleidung eines Abteils oder in einem Sitz. Er kann sie auch in den Müll gestopft haben, vermischt mit Bananenschalen in einer Abfalltüte. Findet niemand!» Baumanns Stimme wurde lauter und gleichzeitig unsicherer, und er wippte nervös mit seinem rechten Bein.

«Warum sollte er seinen eigenen Ausweis vernichten, sein Geld, seine Bankkarte, seinen Fahrschein?», fragte Laura nachdenklich.

«Was weiß ich! Vielleicht hatte er noch einen zweiten irgendwo deponiert. Vielleicht war es ein Auftragsmord der Mafia. Da laufen die Killer nicht mit ihrem Ausweis rum!»

Laura verkniff sich ein Lächeln. «Ich weiß nicht», sagte sie leise, «es könnte so ähnlich gewesen sein. Aber ich glaube es nicht ganz. Ich glaube, dass die Pistole noch nicht neben den Gleisen lag, als unsere Kollegen den Unfallort untersucht haben. Und ich halte es auch für möglich, dass der Unbekannte aus dem Zug geworfen wurde – vielleicht sogar bewusstlos. Aber ehe wir nicht die Identität der Toten und des Verletzten kennen, kommen wir da nicht weiter. Ehrlich gesagt, habe ich noch nicht mal damit angefangen, ernsthaft nachzudenken.»

«Manchmal machst du mich wütend, Laura Gottberg!», murmelte Baumann. «Du sagst mir nicht die Wahrheit. Wenn du nicht über diese Geschichte nachdenken würdest, hättest du nicht unzählige E-Mails geschrieben und den ganzen Nachmittag recherchiert.»

Laura schüttelte den Kopf.

«Du irrst dich. Was ich im Augenblick mache, ist eine Art

Spaziergang im Nebel. Kann sein, dass ich nie mein Ziel erreiche oder mich hoffnungslos verlaufe. Es ist ein Versuch, Kommissar Baumann!»

«Na gut!» Baumann stand auf und ging zur Tür. «Ich bring jetzt diese Pistole ins Labor. Einer von unseren Leuten sollte auch Fingerabdrücke von deinem Komapatienten nehmen, findest du nicht?»

«Klar», antwortete Laura. «Ich werde mich darum kümmern. Aber ich glaube nicht, dass er's war.»

«Deine Intuition? Oder hat er deine mütterlichen Gefühle geweckt?» Baumann duckte sich hinter den Türrahmen.

«Ach, verschwinde! Schau ihn dir selber an, dann reden wir weiter!»

«Und wann fahren Frau Hauptkommissarin wieder nach Italien?» Baumann lugte vorsichtig hinter dem Türrahmen hervor. «Ich meine nur, es liegt doch nahe – in jeder Hinsicht!» Blitzschnell zog er seinen Kopf wieder ein.

«Geh nach Hause zu deinem Damenmantel mit rot kariertem Futter!», sagte Laura. «Aber schnell! Und schaff morgen ein paar Reisende aus dem Eurocity her!»

Auf dem Weg zum Krankenhaus hielt Laura vor einem Supermarkt, stopfte in den Einkaufswagen, was ihr spontan einfiel, während sie eilig an den Regalen vorüberlief. Natürlich hatte sie keine Einkaufsliste dabei, und sie beschloss, an diesem Abend nicht zu kochen, sondern ein paar Gerichte beim Chinesen mitzunehmen. Sofia liebte gebratene Nudeln und Luca Hühnchen mit Mandeln.

Der Nebel war noch immer da. Kalt und feucht kroch er in Lauras Knochen. Schon nach wenigen Minuten im Freien hatte sie das Gefühl, vollkommen durchgefroren zu sein. Wenn sie die schwere Luft zu tief einatmete, musste sie husten. Ihre

Einkäufe hatte sie im Wagen verstaut und lief zu Fuß durch diese unscharfe Wattewelt, die erst in der Eingangshalle des Krankenhauses wieder klare Formen annahm. Diesmal ging alles schneller, der Dienst habende Arzt auf der Intensivstation hieß an diesem Abend nicht Standhaft, sondern Balnjewski, war klein und freundlich, irgendwann aus Polen gekommen und dageblieben. Und im Gegensatz zu Standhaft schien er sich über Lauras Besuch zu freuen, sprach augenzwinkernd von ein bisschen Abwechslung im Alltag des Schreckens. Und dass er München liebe, München und Paris. Er reichte Laura einen Kittel, Plastikhüllen für ihre Schuhe, führte sie zu dem Komapatienten und hob ratlos die Hände.

«Seine Werte sind sehr gut – selbst die Hirnströme. Er müsste eigentlich längst aufgewacht sein. Es ist uns nicht ganz klar, warum er nicht zurückkommt. Aber bei schweren Gehirnerschütterungen und Schädelbrüchen kann man nie ganz genau sagen, wie die Menschen reagieren. Vielleicht kommt auch ein anderes Trauma hinzu – ein seelisches zum Beispiel. Ein schwerer Schock kann ebenfalls zu einer Verlängerung des Komas führen. Manche Leute wollen einfach nicht ins Leben zurück.» Er lächelte irgendwie kummervoll, verzog den Mund dabei und massierte mit der linken Hand seinen rechten Handrücken.

«Manchmal kann man das auch verstehen, nicht wahr, Frau Kommissarin? Ich finde es übrigens ganz speziell, wirklich speziell, dass ich Sie kennen lerne. Bisher kenne ich Kommissarinnen nur aus dem Fernsehen. Sind Kommissarinnen so wie im Fernsehen? Ich meine – ist das realistisch?»

«Na ja!», sagte Laura. «Manchmal mehr, meistens weniger. Ist eben Fernsehen!»

«Sehen Sie sich das an? Ich meine, die Sendungen mit den Kommissarinnen – gibt inzwischen jede Menge davon, nicht wahr?»

Laura warf dem Arzt einen prüfenden Blick zu: noch einer mit Rededurchfall, wie dieser italienische Schaffner.

Laut sagte sie: «Ich sehe kaum fern. Zu viel zu tun. Könnten Sie mich jetzt bitte ein paar Minuten mit dem Patienten allein lassen?»

Balnjewski verzog wieder unglücklich das Gesicht und nickte. «Selbstverständlich, Frau Kommissarin. Sie müssen sich ja ein Bild machen. Wenn Sie mich brauchen, ich bin im Ärztezimmer, gleich rechts, oder bei einem der anderen armen Kerle hier.»

«Danke!»

Laura wartete, bis der Arzt endlich verschwunden war, dann erst betrachtete sie das Gesicht des Unbekannten. Es schien ihr weniger verzerrt als letzte Nacht, obwohl sich von seiner Stirn inzwischen ein dunkles Hämatom bis zum rechten Auge hinabzog. Vollkommen schlaff und entspannt lag sein Körper auf dem spartanischen Bett, und Laura fragte sich, ob er nicht fror, denn nur ein grünes Laken war locker über seine Beine und den Bauch geworfen.

Mütterliche Gefühle, dachte Laura grimmig. Hab ich die? Eher unbotmäßige Begeisterung über seine Schönheit. Verbindet mich mit dem schwulen Krankenpfleger von letzter Nacht. Angelo wäre entzückt, wenn er wieder einen Hinweis auf meine erotischen Abgründe finden könnte. Aber ich werde es ihm nicht erzählen! Bin gespannt, was die Laboruntersuchung der Waffe und der Kleidung dieses Jungen ergeben wird.

Fünf Minuten lang verharrte sie neben dem Bett, beobachtete die Schläuche, die Atmung, die Augenlider. Kein Zucken war zu sehen, nichts, das ein allmähliches Erwachen anzeigen würde. Endlich machte Laura sich auf die Suche nach dem Arzt, prallte auf dem Flur beinahe mit ihm zusammen.

«Oh, entschuldigen Sie!», stieß er aus, obwohl er offensichtlich auf sie gewartet hatte.

«Schon gut! Können Sie mir noch etwas Genaueres über die Verletzungen des jungen Mannes sagen? Ist es zum Beispiel möglich, dass er einen Sturz hinter sich hat? Aus ungefähr zwei Metern Höhe?»

«Es ist durchaus denkbar, dass er gestürzt und unglücklich aufgekommen ist. Die Prellungen sind sehr stark, und die linke Schulter ist angebrochen. Wir haben das erst heute entdeckt. In der Notaufnahme wurde geschlampt. Aber dieses Hämatom, ich nehme an, dass Sie es gesehen haben. Das auf der Stirn. Es verläuft über die Schläfe zum Auge. Also, wenn Sie mich fragen, dann wurde ihm ein Schlag über den Schädel versetzt. Aber Dr. Standhaft ist da anderer Meinung. Deshalb haben wir auch keine Meldung gemacht. Er meint, dass dieses Hämatom vom Sturz herrührt. Standhaft ist der Oberarzt, und der Oberarzt hat immer Recht!» Balnjewski lachte kurz auf. Es klang wie ein Bellen.

«Danke!», sagte Laura. «Wissen Sie, ich sammle Möglichkeiten. Bisher ist alles sehr unklar. Haben Sie eine Ahnung, wie es dem Rangierarbeiter geht? Stefan Brunner?»

«Er wurde heute operiert. Wenn er Glück hat, kann er sein Bein behalten. Aber das wird sich erst in ein paar Tagen herausstellen. Ansonsten geht es ihm gut. Er ist irgendwie ganz besonders guter Laune. Eher, als hätte er im Lotto gewonnen, und nicht so, als würde er eventuell sein linkes Bein verlieren.»

Laura lächelte. «Ich habe eine ungefähre Vorstellung, warum er so fröhlich ist.»

«Und das wäre?»

«Heldentum!»

Der Arzt zog erstaunt die Augenbrauen hoch. «Wie soll ich das verstehen?»

«Fragen Sie ihn doch selbst! Und würden Sie mich bitte anrufen, wenn der junge Mann aufwacht? Oder wenn er irgendwas sagt in seiner Bewusstlosigkeit! Ehe ich's vergesse – es wird ein Kollege vorbeikommen, der die Fingerabdrücke des jungen Mannes nimmt!» Laura gab dem Arzt ihre Karte. «Wenn Sie diese Nummer anrufen, wird Ihre Nachricht auf alle Fälle an mich weitergeleitet.»

«Ja, ja natürlich!», murmelte Balnjewski. «Es handelt sich also nicht um einen gewöhnlichen Unglücksfall, oder?»

«Es sieht nicht so aus. Aber man kann nie wissen!» Laura lächelte dem Arzt geheimnisvoll zu, reichte ihm den grünen Mantel und die Plastikschuhe, war dann so schnell verschwunden, dass er mit ausgestreckter Hand zurückblieb. Verlegen steckte er sie in die Manteltasche, als eine Schwester über den Flur ging und ihn seltsam ansah.

Zwei Tage später erwachte der junge Unbekannte aus dem Koma. Während die Krankenschwester einen neuen Tropf anschloss, öffnete er seine Augen und betrachtete mit gerunzelter Stirn die Zimmerdecke. Als die Schwester ihn leise ansprach, zuckte er kaum merklich zusammen und machte die Augen wieder zu. So blieb es auch, obwohl Dr. Standhaft und Dr. Balnjewski gleich darauf ihre ganze Kunst aufwandten, den jungen Mann zu einer Reaktion zu bewegen. Einziges Zeichen, dass er nicht mehr im Koma lag, blieb der veränderte Muskeltonus und hin und wieder eine kleine Bewegung der Hand. Der Körper des Verletzten lag nicht mehr schlaff und leichenähnlich da, sondern war deutlich belebt. In ihrer Ratlosigkeit riefen die beiden Ärzte sogar eine italienische Krankenschwester, die in ihrer Muttersprache auf den Unbekannten einredete. Doch auch sie bewirkte nichts außer einem schmerzerfüllten Gesichtsausdruck des Patienten.

Nach zwei Stunden erinnerte sich Balnjewski an sein Versprechen, die Kommissarin anzurufen, sobald der junge Mann Lebenszeichen von sich gab. Er wagte aber nicht, das vor den Augen des Oberarztes zu tun, sondern zog sich auf den Flur außerhalb der Intensivstation zurück. Und obwohl er sich schämte, bat er die Kommissarin, seinen Anruf nicht zu erwähnen. Sie ging nicht darauf ein, und so erwartete er ihre Ankunft mit einer gewissen Unruhe. Nicht, dass er Standhaft fürchtete – so weit war es noch nicht gekommen. Aber der Oberarzt konnte sehr unangenehm werden, wenn ihm etwas nicht zusagte. Gegen Polizei auf der Intensivstation hatte er eine ganze Menge. Standhaft war der Meinung, dass Kranke und Verletzte unter seinem besonderen Schutz standen. Wenigstens hier, auf dieser Wartestation zwischen Leben und Tod, sollten sie ihre Ruhe haben und nicht mit Fragen behelligt werden.

«Das hier ist Niemandsland!», pflegte er seinem Team immer wieder einzubläuen. «Jeder hier kämpft um diesen winzigen existenziellen Funken, der alles entscheidet. Wir kämpfen mit den Patienten und sie kämpfen für sich selbst. Die Welt da draußen ist angesichts dieser existenziellen Situation vollkommen unwichtig. Es kommt nicht darauf an, was oder wer ein Mensch ist, sondern ob er lebt oder stirbt.»

Existenziell war so ein Lieblingswort des Oberarztes. Er merkte gar nicht, dass alle andern zu grinsen anfingen, wenn er es aussprach. Balnjewski dachte da weniger radikal. Er glaubte mehr an den Sinn bestimmter Zustände, in denen Menschen sich befanden. Im Gegensatz zu Standhaft war er auch der Meinung, dass viele der Patienten gar nicht kämpften und auch nicht gerettet werden wollten, sondern ihren Weg schon allein finden würden – entweder zurück ins Leben oder hinaus in die große Freiheit. Aber darüber konnte er mit Standhaft nicht reden. Der befand sich beinahe ununterbrochen in einem erbitterten Kriegszustand. Sein Feind war der Tod, die Intensivstation das Schlachtfeld.

Und so war Dr. Balnjewski sehr froh, als Laura Gottberg irgendwas von «mal wieder vorbeischauen» murmelte, als sie eine halbe Stunde nach seinem Anruf die Intensivstation betrat. Hinter vorgehaltener Hand verbarg er sein Lächeln, als sie den Oberarzt fragte, ob der Komapatient Fortschritte mache.

Dr. Standhafts kleiner Kopf schien noch mehr nach oben zu entschwinden, er kniff die Lippen zusammen und sagte knapp: «Es sieht so aus, als könne er wieder hören. Aber sicher ist es nicht!»

«Darf ich zu ihm?», fragte die Kommissarin, und Balnjewski wartete gespannt auf die Antwort seines Vorgesetzten.

«Eigentlich nicht!», sagte Standhaft. «Es könnte sich negativ auf den Prozess des Aufwachens auswirken. Er könnte erschrecken und sich wieder ins Koma zurückziehen. Sehen Sie, die Rückkehr ins Leben, ins Bewusstsein, ist ein existenzieller Vorgang, den niemand stören darf.»

Balnjewski hielt beinahe den Atem an. Eine Schwester, die hinter dem Oberarzt stand, verdrehte die Augen und hielt eine Hand vor ihre Stirn. Balnjewski war sicher, dass die Kommissarin es gesehen hatte.

«Ahhhja!», sagte sie jetzt langsam. «Natürlich ist es ein existenzieller Vorgang. Aber ich kenne mich mit solchen Dingen aus. Ich verspreche Ihnen, dass ich ihn nicht erschrecken werde. Und ich werde ihm auch keine Frage stellen, sondern einfach nur kurz ansehen.»

«Und warum? Sagen Sie mir einen einzigen vernünftigen Grund, warum Sie sich diesen um sich selbst ringenden Menschen ansehen wollen? Macht es Ihnen Spaß, Leidende zu beobachten? Es wird Sie keinen Schritt weiterbringen bei Ihren Ermittlungen! Keinen Schritt!»

Oh, dachte Balnjewski und legte den Kopf ein wenig zur Seite um noch genauer hören zu können. So ärgerlich war Standhaft noch nie geworden.

«Das kann man nie so genau sagen, Herr Oberarzt. Wissen Sie, meine Arbeit und Ihre Arbeit unterscheiden sich gar nicht so sehr. Bei uns geht es darum, eine gewisse Form der Wahrheit herauszufinden. Auch etwas Existenzielles, nicht wahr. Manchmal findet man Wahrheit nur durch genaues Hinsehen!» Balnjewski bewunderte die Ruhe, mit der die Kommissarin antwortete. Er selbst hätte vermutlich zu brüllen angefangen. Das passierte ihm leider viel zu schnell, wenn er sich aufregte. Den Rest der Auseinandersetzung konnte er nicht mehr verfolgen, denn bei einem der anderen Patienten gaben die Maschinen schrille Warnsignale von sich. Herzflimmern. Doch er versäumte nicht viel, denn auch der Oberarzt und die Schwester eilten mit ihm ans Bett des Schwerkranken. Und so stand Laura Gottberg plötzlich allein.

Sie nutzte den Augenblick der Verwirrung und schlüpfte unbemerkt in den Seitenraum, in dem der junge Mann lag. Diesmal trug sie keinen grünen Mantel, keine Plastikhüllen um die Schuhe. Die Veränderung an ihm nahm sie sofort wahr. Sein Körper war wieder lebendig, sein Atem tiefer. Er schien ihre Gegenwart zu spüren, denn seine Wimpern zuckten kaum merklich, als versuche er zu blinzeln. Laura blieb neben seinem Bett stehen, sah sich kurz nach einem Stuhl um, doch in diesem Überlebenslabor war es offenbar nicht vorgesehen, dass jemand sich niederließ.

Ich darf ihn nicht ansprechen, dachte sie. Vielleicht fühlt er sich wie in einem Fiebertraum. Ich weiß, wie das ist – als kratze jemand mit Nadeln über Knochen und Nerven. Jeder Laut schmerzt. Die Welt ist grell und feindlich. Ich werde einfach warten. Vielleicht die Hand auf seine Hand legen? So leicht, wie mein Vater es neulich getan hat.

Langsam näherte sie ihre Hand der Hand des jungen Mannes, berührte ihn kaum, eher mit ihrer Wärme denn tatsächlich. Jetzt blinzelte er nicht mehr, atmete ganz flach.

Er weiß, dass ich da bin, dachte Laura. Sie versuchte ihre Nackenmuskeln zu entspannen, doch es gelang ihr nicht besonders gut. Ihre Hand, die über der Hand des Kranken schwebte, begann zu zittern. Vorsichtig ließ sie ihren Arm sinken und mit ihm ihre Hand, bis sie auf der fremden Hand lag und das Zittern aufhörte.

Er schlug die Augen so unerwartet auf, dass Laura den Atem anhielt. Ferne Augen, deren Blick über sie hinglitt und dann hinter sie und über sie hinweg, verständnislos. Laura dachte, dass er aussah wie jemand, der versuchte, sich an etwas zu erinnern, aber keinen Anhaltspunkt fand. Ihr fiel die Mutter einer Freundin ein, die an Alzheimer erkrankt war. Den ganzen Tag lief sie ruhelos umher, betrachtete ihre Umgebung mit erschrockenen Augen und versuchte sich an die Bedeutung dieser Welt zu erinnern. Aber sie konnte es nicht – alles war fremd. Die Augen dieses jungen Mannes hatten genau diesen Ausdruck. So ratlos waren sie, dass Laura doch etwas sagte, ganz leise nur: «Das ist ein Krankenhaus. *E' un ospedale.*»

Sie sagte es zweimal, auf Deutsch und Italienisch. Dabei beobachtete sie ihn genau. Er lauschte den Worten nach, schien über ihren Sinn nachzudenken, nickte dann so unmerklich, dass Laura glaubte, sich getäuscht zu haben, und schloss die Augen.

Laura wartete ein paar Minuten, ehe sie noch einen Versuch unternahm. Ich werde ihm eine harmlose Frage stellen, dachte sie. Auf Fragen antwortet man, wenn man sie versteht. Sie beugte sich vor, ihre Hand noch immer auf der seinen.

«Können Sie mich verstehen? *Mi capisce?*»

Wieder reagierte er mit einer langen Verzögerung, als

benötige sein Gehirn viel Zeit, um den Sinn des Gehörten herauszufiltern. Endlich öffnete er seine Augen und nickte – diesmal deutlicher. Sein Blick aber war so dunkel und verloren, dass Laura erschrak.

«Sie haben keine Ahnung, wo Sie sind, nicht wahr?», fragte sie leise – diesmal nur auf Deutsch. War das der Ansatz eines Lächelns, das über sein Gesicht huschte? Er verstand also Deutsch! Jetzt tat er einen tiefen Atemzug, befeuchtete mit der Zungenspitze seine Lippen und flüsterte kaum hörbar: «Ich weiß gar nichts.»

Er hatte Deutsch gesprochen. Vielleicht mit einem winzigen Akzent. Laura wagte sanften Druck auf seine Hand.

«Das macht nichts», sagte sie. «Alles wird zurückkommen. Sie können sich Zeit lassen. Machen Sie sich keine Sorgen.»

War das wieder ein Lächeln oder verzog er nur das Gesicht? Laura dachte über ihre eigenen Ermutigungsworte nach. Gebrauchten nicht alle Menschen diese Art von Sätzen, wenn sie hilflos einem Kranken oder Verletzten gegenüberstanden? Man sagte sie auch dann, wenn keinerlei Hoffnung mehr bestand. «Es wird alles wieder gut!»

Dr. Standhaft riss sie jäh aus ihren Gedanken und dem Zwiegespräch mit dem jungen Unbekannten.

«Sie sind unsteril!», zischte er. «Verlassen Sie sofort diesen Raum! Ich habe Ihnen keine Erlaubnis erteilt, diesen Raum zu betreten!»

Laura beachtete den Oberarzt nicht, sondern registrierte, dass der junge Mann sein Gesicht abwandte.

Er nimmt positive und negative Schwingungen wahr, dachte sie. Etwas Wesentliches, das er nicht verloren hat. Noch einmal drückte sie seine Hand, dann wandte sie sich um und ging wortlos an Dr. Standhaft vorbei auf den Flur hinaus. Der Arzt folgte ihr mit flatterndem Mantel, sein langer Hals zeigte rote Flecken.

«Haben Sie mich verstanden? Ich bin der behandelnde Arzt! Ich trage hier die Verantwortung! Und ich untersage Ihnen weitere Belästigungen des Patienten, solange er nicht bei vollem Bewusstsein ist!»

Dr. Balnjewski und zwei Krankenschwestern standen wie angewurzelt nur ein paar Meter von Laura entfernt und warteten gespannt, was nun passieren würde.

«Ach, werter Doktor!», sagte sie langsam. «Es gibt auch richterliche Anordnungen. Dieser junge Mann ist unglücklicherweise in einen Mordfall verwickelt, und deshalb ist es – übrigens ganz besonders in seinem Sinne – wichtig, mit ihm Kontakt aufzunehmen. Einfach nur Kontakt. Falls Sie mir das verwehren, bleibt mir kein anderer Weg, als einen Richter zu bemühen.» Aber sie dachte: Du eingebildeter Depp! Hast mir gerade noch gefehlt heute Abend! Ich werde dir nicht den Gefallen tun, die Fassung zu verlieren. Ich werde nicht mal lauter werden!

«Ich wünsche Ihnen allen einen guten Abend!», fügte sie laut hinzu, brachte sogar ein Lächeln zustande und ging, ohne auf eine Antwort des Oberarztes zu warten.

«Genau sieben haben sich gemeldet!» Kommissar Baumann breitete ratlos die Arme aus. «Sieben von geschätzten hundert Passagieren! Dabei stand der Aufruf in allen wichtigen Zeitungen und wurde zweimal im Rundfunk verlesen!»

Laura steckte das Ende ihres Kugelschreibers in den Mund und nickte.

«Genau das habe ich befürchtet! Die Leute wollen keinen Ärger. Sie könnten ja schließlich selbst in Verdacht geraten!»

Peter Baumann ging vor ihrem Schreibtisch auf und ab. «Mich erstaunt es trotzdem immer wieder: diese ungeheuer ausgeprägte Fähigkeit wegzuschauen.»

«Vielleicht hat niemand was gesehen – ist ja schließlich möglich, oder?»

Baumann ließ sich in einen Stuhl am Fenster fallen und verschränkte die Arme vor der Brust.

«Die sieben Aufrechten haben jedenfalls nichts gesehen. Aber alle haben sich an die Frau erinnert, und einer meinte, dass sie sich lange mit einem auffallend gut aussehenden jungen Mann mit blonden halblangen Haaren unterhalten hätte. Kommst du drauf, wer es sein könnte?» Er nickte grimmig vor sich hin. «Ich fürchte, es wird allmählich eng für deinen Mann ohne Vergangenheit, findest du nicht?»

Laura nahm den Kugelschreiber aus dem Mund und zuckte die Achseln.

«Wer weiß ...», murmelte sie und übersah das kurze triumphierende Aufblitzen in Baumanns Augen.

COMMISSARIO Angelo Guerrini war an diesem Novemberabend auf dem Weg von seiner Dienststelle zum Haus seines Vaters. Die Pflastersteine in den engen Sieneser Gassen glänzten im Schein der Straßenlaternen, und Guerrini stellte sich die unzähligen Füße vor, die in den vergangenen Jahrhunderten diese Steine blank poliert und abgetreten hatten. Er fröstelte plötzlich und schlug den Kragen seiner Lammfelljacke hoch. Auch in der Toskana war es Spätherbst geworden, obwohl tagsüber die Sonne noch trügerisch wärmte. Als Guerrini an der Stadtmauer anhielt und übers Land schaute, das sich schwarz vom Himmel abhob, der noch einen Schimmer von orangerotem Licht zeigte, entdeckte er weiße Nebelfahnen, die aus den Tälern stiegen.

Die ersten in diesem Jahr, dachte er. Solange der Nebel sich tief über den Tälern hielt, war er noch erträglich, aber wenn er aufstieg, die Dörfer auf den Bergspitzen erreichte, senkte sich Depression über das Land, das sonst so weit und warm war. Nein, der Winter war keine gute Jahreszeit in den alten Mauern. Selbst die Nachtspeicherheizung, die Guerrini sich im letzten Jahr für seine Wohnung geleistet hatte, konnte der feuchten Kälte nur wenig entgegensetzen.

Guerrini stützte sich mit beiden Armen auf die Mauer und atmete tief den Geruch feuchter Blätter und Holzfeuer ein. Scharf wie Scherenschnitte zeichneten sich die Berge im Süden und Westen gegen den helleren Himmel ab. Sterne begannen zu funkeln, als hätte jemand sie gleichzeitig eingeschaltet. Und ein paar Sekunden lang meinte Guerrini zu spüren, dass die Erde im Raum schwebte und er mit ihr und der ganzen Stadt Siena. Doch zwanzig Meter unter ihm toste der Verkehr, ein Hund bellte in der Nähe und zwei Frauen unterhielten sich lautstark über die enorm gestiegenen Preise für Bahnfahrten, deshalb kehrte Guerrini sehr schnell aus dem Universum zurück und setzte seinen Weg fort.

Während er langsam über Treppen und steile Gassen abwärts ging, fragte er sich zum hundertsten Mal, warum Laura seit zwei Tagen nicht angerufen hatte. Hielt sie ihn tatsächlich für einen sentimentalen Trottel, wie er es scherzhaft auf ihren Anrufbeantworter gesprochen hatte? Inzwischen hielt er sich ja selbst dafür. Vermutlich war es ein Fehler gewesen, Laura von der großen Sternschnuppe zu erzählen wie ein verliebter Jüngling.

Er sollte seiner Erfahrung vertrauen – nicht zu offen sein, nicht zu viel von sich selbst zeigen. Zumindest jetzt noch nicht. Sie kannten sich wirklich noch nicht besonders gut. Und Laura klang am Telefon häufig sehr distanziert, kurz angebunden, als würde er stören. Deshalb hatte er beschlossen, diesmal zu warten, bis sie sich meldete. Aber es fiel ihm schwer, und er litt. Guerrini versuchte über sich selbst zu lachen, doch es gelang ihm nicht so recht.

Bisher hatte er gemeint, ganz zufrieden dahinzuleben, nach seiner Trennung von Carlotta. Da war die Arbeit, seine kleine Wohnung über den Dächern von Siena, ein paar Freunde, sein alter Vater Fernando. Guerrini frühstückte meist in der kleinen Bar am Rand des Campo, las die Zeitung und wechselte ein paar Worte mit anderen Frühaufstehern. Es gab immer Anlass für ein paar deftige Sätze über die Regierung, die allgemeine Weltlage, den Euro, das Wetter. Schaffte Geborgenheit, beinahe Nähe zwischen Carabinieri, Straßenkehrern, Briefträgern und alten Witwern. Es waren immer nur Männer, die so früh am Morgen an der Bar lehnten und ihren Kaffee tranken. Auch seine Kollegen in der Questura waren Männer, bis auf zwei, drei Sekretärinnen mittleren Alters. Es war ihm bisher gar nicht so aufgefallen, doch durch die Begegnung mit der deutschen Kommissarin war er aus dem Tritt geraten. Er kam sich festgefahren vor, eingeengt. Erschrak bei der Vorstellung, dass er bis an sein Lebensende so weitermachen könnte. Wie sein Vater, der vierzig Jahre lang mit toskanischer Keramik gehandelt hatte. Den großen Laden in der Nähe des Doms hatte er inzwischen verkauft, aber im Exportgeschäft mischte er noch ein bisschen mit, obwohl er im letzten Monat sechsundsiebzig geworden war.

Er war noch immer verärgert darüber, dass sein einziger Sohn kein Interesse an toskanischer Keramik zeigte, sondern zur Polizei gegangen war. Zumal er selbst nicht nur einmal Schwierigkeiten mit der Guardia di Finanza gehabt hatte – wegen illegaler Exporte von Keramik nach Amerika und solcher Sachen. Aber Guerrinis Vater meinte ohnehin über dem Gesetz zu stehen, weil er als Partisan gegen die Deutschen gekämpft hatte. Obwohl er damals beinahe noch ein Kind war und höchstens drei oder vier Monate bei den Partisanen gewesen sein konnte. Das jedenfalls hatte Guerrini einmal ausgerechnet. In den Erzählungen seines Vaters hörte es sich stets an, als wäre er mindestens vier Jahre dabei gewesen und als sei es allein sein Verdienst, dass die Deutschen sich aus Italien zurückgezogen hätten.

Guerrini lachte leise vor sich hin, wenn er an die mythenhaften Erzählungen seines Vaters dachte. Früher hatte er ihn dafür verachtet – inzwischen bewunderte er die Fähigkeit des alten Mannes, die Vergangenheit nach seinen Wünschen und Bedürfnissen zu gestalten. Er machte ein rundes, beinahe heldenhaftes Leben aus etwas, das nicht besonders spektakulär und gelungen war. Einzig die Ehe mit Guerrinis Mutter beschönigte er nicht.

«Deine Mutter war eine wunderschöne Frau – aber sie war eine Hexe!», pflegte er zu sagen. Bei ihrem Tod vor drei Jahren hatte er angemessene Trauer gezeigt, aber nicht mehr. Und seitdem blühte er regelrecht auf. Guerrini war so in Gedanken, dass er ein paar Meter am Haus seines Vaters vorüberlief.

Das ist auch so ein Ritual, dachte er. Jeden Mittwochabend esse ich mit meinem Vater, ob ich Lust habe oder nicht. Warum mache ich das? Warum essen wir nicht dann gemeinsam, wenn wir uns wirklich sehen wollen – mal am Donnerstag, mal am Montag und mal überhaupt nicht? Alles so zwanghaft!

Guerrini kehrte um, zog im Schein einer Laterne sein Handy aus der Jackentasche und überprüfte, ob es eingeschaltet war. Zum dritten Mal an diesem Abend! Warum, zum Teufel, rief sie nicht an?

Zögernd klingelte er endlich an dem alten Tor, hörte den Hund Tonino bellen, die Schritte seines Vaters, die Frage: «Bist du's, Angelo?», und hatte das Gefühl, als wäre die Zeit stehen geblieben, als reihte sich ein Mittwochabend an den andern – mit immer demselben Bellen des Hundes, den schlurfenden Schritten und der Frage: «Bist du's, Angelo?»

«Ja, ich bin's!», hörte er sich rufen und wusste plötzlich, dass er Laura nicht so einfach aufgeben würde. München war nicht so weit von Siena entfernt. Acht Stunden mit dem Auto. Anderthalb mit dem Flugzeug von Florenz! Er konnte sie jederzeit besuchen, hatte noch jede Menge Urlaub. Und sie hatte ihm versprochen, das neue Jahr mit ihm zu erleben.

«Ah, da bist du ja, Angelo!», rief der alte Guerrini, riss die Tür weit auf und tätschelte kurz den rechten Arm seines Sohnes. Tonino, der Hund, kringelte sich um die Beine des Commissario, warf sich dann auf den Rücken und grinste mit halb offenem Maul, aus dem seitlich die lange rosa Zunge hing. Guerrini bückte sich und klopfte auf den Bauch des alten Jagdhundes.

«Ich hab zwei Fasane gebraten und zur Sicherheit noch ein Perlhuhn. War mit Giorgio auf der Jagd, aber wir haben nur fünf Vögel erwischt. Drei wollte Giorgio behalten – na ja, seine Familie ist größer als meine.» Fernando Guerrini stand im halbdunklen Flur und sah seinen Sohn vorwurfsvoll an. Trotz seiner sechsundsiebzig Jahre hatte Fernando kaum graue Haare, nur seine Augenbrauen waren weiß und der Backenbart, den er sich seit ein paar Monaten hatte wachsen lassen. Er war groß, ging ein klein wenig gebeugt, obwohl er sich immer wieder bewusst aufrichtete. Doch kaum dachte er nicht an die aufrechte Haltung, sank er vornüber. Das machte ihn häufig wütend.

«Dieses hinterlistige Leben!», sagte er dann. «Es will mich klein machen. Ich kann es richtig hören, wie es flüstert: Runter mit dir, Fernando! Aber ich hör nicht drauf! Mich kriegt es nicht so schnell runter! Mich nicht!»

Angelo Guerrini stieg über den Hund, hängte seine Jacke an die schmiedeeisernen Haken unter dem riesigen schwarz-weißen Foto seiner Großeltern. Sie haben stechende Augen, dachte er. Kein gutes Bild für eine Eingangshalle – und ihm fiel auf, dass ihm dieser Gedanke auch schon öfter gekommen war, und doch hatte er es bisher nicht geschafft, seinem Vater ein Blumenbild oder ein Landschaftsgemälde zu schenken, um die Großeltern in einen Winkel zu verbannen.

Manchmal hatte auch sein Vater diesen stechenden Blick. Jetzt zum Beispiel stand er da und schaute noch immer vorwurfsvoll. Guerrini wusste genau, dass er auf eine ärgerliche Antwort wartete. Eine Antwort auf die Bemerkung: «Giorgios Familie ist größer als meine!» Der alte Guerrini kam nicht darüber hinweg, dass Angelo keine Kinder in die Welt gesetzt hatte. Und seit Carlotta nach Rom gegangen war, gab es keine Hoffnung mehr auf Enkel.

«Nett von dir, dass du Giorgio drei Fasane gelassen hast!», sagte Guerrini. «Es riecht gut! Wie hast du sie zubereitet?»

Der alte Mann antwortete nicht, sondern drehte sich um und ging voraus in die große Küche. Im offenen Kamin brannte Feuer, und zwei Teller, Besteck, Gläser und eine Karaffe voll Rotwein standen auf dem blank gescheuerten Holztisch. Es roch köstlich nach Holzfeuer und Fasanenbraten. Seit dem Tod seiner Frau lebte der alte Guerrini hauptsächlich in der Küche – dem ehemaligen Refugium der «Hexe». Manchmal fragte sich der Commissario, ob das ein Versuch seines Vaters war, seiner Frau nahe zu sein.

Jetzt goss der alte Mann roten Wein in die beiden Gläser, drehte sich dann blitzschnell zu seinem Sohn um und sagte: «Sei nicht immer so verdammt nett und beherrscht! Und frag nicht, wie ich die Fasane zubereitet habe, wenn es dich nicht wirklich interessiert! *Porco dio!*»

«Aber es interessiert mich!», protestierte Guerrini. «Du weißt genau, dass ich gern esse!»

«Dann könntest du mich auch mal zum Essen einladen, nicht wahr? Diese Mittwochabende werden allmählich so was wie eine Krankheit! Salute!» Fernando hob sein Glas, und Guerrini folgte beschämt seinem Beispiel. So war es fast immer zwischen ihnen gewesen: Sie dachten beide etwas Ähnliches und konnten doch nicht darüber reden.

«Gut!», sagte er und versuchte ein Lächeln. «Nächste Woche kommst du zu mir, und nicht am Mittwoch, sondern wann du Lust dazu hast!»

«Kannst du kochen?», fragte der alte Mann misstrauisch und brach dann gleichzeitig mit seinem Sohn in Gelächter aus. Guerrini stellte sein Glas ab und trat neben seinem Vater an den Herd. Jetzt waren sie sich nahe – wie lange? Bis einer von ihnen die Tür wieder zumachte. Genau so lange. Noch war die Tür offen. Sollte er seinem Vater von Laura erzählen? Was würde der alte Partisan zu einer deutschen Kriminalkommissarin sagen … na ja, immerhin hatte Laura eine italienische Mutter.

Guerrini sah zu, wie sein Vater die knusprigen Vögel mit Bratensaft übergoss, und das Wasser lief ihm im Mund zusammen, als er die Esskastanien in der Kasserolle entdeckte.

«Noch fünf Minuten!», sagte der alte Mann stolz und richtete sich sehr gerade auf. «Ich habe übrigens heute eine traurige Geschichte gehört. Erinnerst du dich noch an den Conte Barelli? Ein alter Geschäftspartner. Wir haben Keramik nach Amerika verkauft, bis die Finanzpolizei ihren Aufstand veranstaltete. Na ja, ist lange her, und der Conte ist zehn Jahre älter als ich. Heute hatte ich einen merkwürdigen Anfall. So ein Bedürfnis, alte Bekannte anzurufen, ehe es zu spät ist. Hat wahrscheinlich was mit dem Alter zu tun …» Er bückte sich und zog die Kasserolle aus dem Bratrohr.

«Und? Hast du ihn erreicht?», fragte Guerrini.

Sein Vater stippte den Finger in die Sauce und leckte ihn ab.

«*Sì!*», murmelte er. «Ja, ich hab ihn erwischt. Er ist noch ganz klar im Kopf, der alte Gauner. Bin sicher, dass er damals mit der Camorra oder der Mafia zusammengearbeitet hat, deshalb lief jahrelang alles so gut mit unseren Keramikgeschäften nach Amerika!» Er grinste und warf einen Seitenblick auf Guerrini, der sich jedoch nicht provozieren ließ.

«Ich warte auf die traurige Geschichte!», sagte Guerrini und dachte, dass sich der Augenblick der Nähe schon wieder davongemacht hatte.

«Ach so, natürlich. Der Conte war ganz durcheinander, weil sein Lieblingsenkel beim Segeln ertrunken ist. Immer wieder sagte er: Das Boot haben sie gefunden, aber er war nicht mehr drauf. Ich hab ihm hundertmal gesagt, dass er nicht allein segeln soll. Aber er ist immer raus, wenn Stürme angesagt wurden! Immer nur dann! – Tragisch, nicht?»

Guerrini erinnerte sich dunkel an eine Zeitungsmeldung über den vermissten jungen Segler. Irgendwann im Oktober war das gewesen.

«Hat man die Leiche gefunden?», fragte er.

«Nein, Commissario!» Die Stimme seines Vaters klang ironisch. «Willst du jetzt ermitteln? Ein neuer Fall? Liegt aber außerhalb deines Zuständigkeitsgebiets, denn der junge Mann war aus Florenz, und ersoffen ist er irgendwo zwischen Livorno und Elba. Na ja, es muss ein schlimmer Schlag für den alten Conte gewesen sein.» Er trug die Kasserolle zum Tisch hinüber und schnitt frisches Weißbrot in dicke Scheiben.

«Komm, setz dich her! Lass uns essen, solange die Vögel warm sind und solange dieses Land noch existiert! Wer weiß, was noch passieren wird! Wir haben einen Ministerpräsidenten, der sich liften lässt und singt! Und außerdem eine Ansammlung von Irren im Parlament!»

«War das jemals anders?», fragte Guerrini lächelnd.

«Ja!», rief der alte Fernando und richtete seinen Rücken wieder gerade. «Bei den Partisanen war es anders! Und ich erinnere mich nicht daran, dass Aldo Moro gesungen hat!»

«Tja», sagte Andreas Havel und betrachtete die Innenfläche seiner linken Hand, als könnte er daraus die Zukunft lesen. «Die Fingerabdrücke des jungen Mannes, der neben den Gleisen gelegen hat, sind auf der Waffe. Es scheint dir nicht zu gefallen, Laura – aber ich kann nichts daran ändern.»

«Woraus schließt du, dass es mir nicht gefällt?» Laura Gottberg malte Kreise auf ein Blatt Papier, das in der Mitte ihres Schreibtischs lag.

«Atmosphärisch!», murmelte der Kriminaltechniker.

«Hmhm – atmosphärisch», wiederholte Laura, fasste die Kreise mit schwarzen Zacken ein. «Ich begreife nur nicht, warum er kurz vor dem Bahnhof aus dem Zug springen sollte, wenn er kurz darauf ganz normal aussteigen kann. Ich finde es vollkommen unlogisch. Denkt doch mal nach!» Sie wandte sich Havel und Peter Baumann zu. «Würde einer von euch aus dem Zug springen, wenn die Leiche noch nicht mal entdeckt wäre? Würdet ihr nicht eher warten, bis der Zug hält, aussteigen und gemütlich weggehen?»

«Ja, schon!», murmelte Baumann. «Wenn keiner hinter mir her wäre, dann würde ich das tun. Aber wir wissen nicht, was sich im Zug abgespielt hat.»

Laura lehnte sich zurück und schloss kurz die Augen.

«Stellen wir uns das absurdeste Szenario vor. Dann müssten zwei Mörder hinter der Frau her gewesen sein. Einer brachte sie um, der zweite versuchte den ersten um die Ecke zu bringen.»

Andreas Havel hustete leise. «Also, wenn ich dem Atmosphärischen folge, dann könnte ich mir noch ein paar andere Möglichkeiten vorstellen. Zum Beispiel, dass der junge Unbekannte die Leiche entdeckte oder jemanden beobachtet hat, der Ungewöhnliches tat. Dieser unfreundliche Mensch könnte dann den jungen Mann aus dem Zug geworfen haben – möglicherweise sogar die Pistole in seine Finger gedrückt haben, um sie später zwischen die Gleise zu werfen. Es gibt ja alle möglichen kreativen Einfälle – und wir alle wissen das, nicht wahr?»

Peter Baumann seufzte laut auf. «Ich hätte es nicht besser ausdrücken können, Kollege!»

«Ach, lasst doch euer Geplänkel!», stöhnte Laura. «Die Situation ist also unklar. Wir haben einen Verdächtigen, der sich an nichts erinnern kann – nicht mal an sich selbst. Und sonst nichts. Es bleibt uns deshalb nichts anderes übrig, als auf Informationen unserer italienischen Kollegen zu warten. Foto und Fingerabdrücke der Toten sind nach Florenz weitergeleitet worden.»

«Auch das Foto und die Fingerabdrücke des Mannes ohne Gedächtnis?», fragte Baumann.

«Nein, noch nicht.» Laura schüttelte den Kopf. «Er ist gestern erst aus dem Koma aufgewacht. Der Oberarzt würde uns umbringen, wenn wir seinen Patienten erkennungstechnisch behandeln würden. Und ich selbst halte es im Augenblick ebenfalls für keine gute Idee. Er muss erst wieder ein bisschen zu sich kommen. Es reicht schon, dass ihm Fingerabdrücke abgenommen wurden, als er im Koma lag. Ich jedenfalls hätte so was nicht gern, wenn ich mich nicht verteidigen könnte!»

Peter Baumann sah sie mit leicht zusammengekniffenen Augen an.

«Jajaja!», brummte Laura ihn an. «Du hast ganz recht gehört, und es hat überhaupt nichts mit Mutterinstinkt zu tun! Im Gegenteil – wenn du es genau wissen willst, finde ich den jungen Mann ziemlich attraktiv!»

Baumann zog die linke Augenbraue hoch.

«Was ich mir von dir wünsche», sagte Laura, «sind die unsichtbaren Putzfrauen, die du noch immer nicht gefunden hast. Und von dir, Andreas, möchte ich alles wissen, was du aus der Kleidung des Unbekannten ablesen konntest!»

Peter Baumann senkte den Kopf und betrachtete interessiert seine Lederstiefel. Havel nickte und zog ein Blatt Papier aus der Mappe, die er vor sich auf Lauras Schreibtisch gelegt hatte.

«Es waren keine billigen Klamotten. Armani-Jeans, Lederjacke von Versace und so weiter. Die einzelnen Marken tun ja nicht unbedingt etwas zur Sache. Also, wenn ich von der

Kleidung ausgehe, müsste der Mann Italiener sein, obwohl es auch unter Deutschen seltene Exemplare gibt, die derart gründlich durchgestylt sind. Ich hab mal im Kopf durchgerechnet, was dieser Junge so auf dem Leib trug, und kam auf stolze dreitausend Euro – mindestens. Wahrscheinlich eher mehr, denn ich hab die Preise nur geschätzt.»

«Und was noch?» Ungeduldig klopfte Laura mit dem Kugelschreiber auf die Schreibtischplatte.

«Verdammt wenig. Eigentlich nichts, wenn ich ganz ehrlich bin. Kein Stück Papier in irgendwelchen Jacken- oder Hosentaschen, kein noch so winziger Hinweis auf seine Identität. Aber auch kein Blut oder andere Spuren, die einen Kontakt mit der Toten beweisen könnten. Nur das Blut des Rangierarbeiters haben wir auf den Jeans und der Jacke gefunden. Keine Schmauchspuren am Jackenärmel, nichts. Ich kann dir leider auch nicht weiterhelfen, Laura.»

Baumann erhob sich seufzend.

«Unsichtbare Putzfrauen», murmelte er. «Morgen wird in fünf Tageszeitungen zum dritten Mal ein Aufruf an die Passagiere des Eurocity aus Rom erscheinen. Irgendjemand muss doch etwas gesehen oder gehört haben!»

«Na gut!» Laura Gottberg legte den Kugelschreiber weg und zerknüllte das Papier mit ihren Kritzeleien. «Für heute ist die Sitzung beendet. Ich werde versuchen, das Treffen mit unserem werten Kriminaloberrat auf morgen zu verschieben. Bis dahin hoffe ich, dass wir wenigstens den Ansatz einer Spur finden. Heute Abend trifft übrigens wieder die Eurocity-Crew aus Italien ein. Ich werde auf die Ankunft des Zuges warten, weil ich nochmal mit den Schaffnern und dem Zugchef reden will.»

«Brauchst du mich dabei?» Baumann sah Laura fragend an.

«Nein. Dein Italienisch ist nicht gut genug. Und als Leibwache kann ich mir auch ein paar Typen von der Bahnpolizei leihen.»

«Naja, vielleicht wird ja auch mal jemand um die Ecke gebracht, der aus England oder Amerika stammt …»

«… oder aus Tschechien!», grinste Andreas Havel. «Dann können nämlich wir glänzen!»

Die beiden drängten davon, sich gegenseitig schubsend und so albern, dass Laura ihnen Kusshände nachwarf. Aber kaum war die Tür hinter ihnen ins Schloss gefallen, da streckte sie die Beine von sich, lehnte sich zurück und schloss die Augen. In ihrem Nacken und in der rechten Schulter hing eine schmerzhafte Verspannung. Mit winzigen Bewegungen versuchte Laura ihre Muskeln zu lösen, doch sie erreichte nur, dass die Schmerzen stärker wurden, sich von dumpf zu stechend entwickelten. Außerdem hörte sie in ihrem rechten Ohr ein diffuses Rauschen.

Typische Stresssymptome, dachte sie. Immerhin sind die Kinder heute Abend bei meinem Ex-Mann, und ich muss mich nicht ums Essen kümmern, sondern kann in Ruhe auf die Ankunft des Eurocity warten. Vorher werde ich allein essen gehen, dabei die Zeitung lesen und … sie musste Angelo anrufen. Das hatte absoluten Vorrang vor allen anderen Dingen. Seit drei Tagen schob sie dieses Gespräch vor sich her und wusste selbst nicht, warum.

Doch wahrscheinlich war es ganz einfach. Ihr Leben hatte sie wieder in Besitz genommen, schleichend zunächst, dann mit hämischer Macht. Ein paar Wochen lang war es ihr gelungen, die Begegnung mit Angelo Guerrini außerhalb dieses Lebens zu bewahren – wie ein köstliches Geheimnis, etwas, das nur ihr gehörte und von dem außer ihrem Vater niemand etwas ahnte. Etwas, von dem sie hin und wieder einen Schluck trinken konnte, eine Art Lebenswasser. Aber plötzlich rückte dieses Lebenswasser näher, entwickelte

Qualitäten einer Flutwelle. Mehrmals schon hatte Angelo seinen Besuch in München angekündigt – vorsichtig zwar, aber doch deutlich. Er wollte sie sehen, noch ehe sie sich in Venedig treffen würden.

Es geht nicht, flüsterte Laura. Ich kann meinen Kindern unmöglich einen italienischen Liebhaber präsentieren. Sie können das noch nicht verkraften. Es ist völlig ausgeschlossen. Nächsten Sonntag ist der erste Advent, ich muss noch einen Adventskranz besorgen und ein paar Zweige für Vaters Wohnung. Ich habe noch keine Plätzchen gebacken, obwohl Sofia mich schon dreimal darum gebeten hat. Ich glaube, ich fange an, diese Rituale zu hassen, die uns ständig rund ums Jahr hetzen, und sie scheinen immer schneller wiederzukehren, immer schneller.

«Das war keine gute Entspannungsübung», sagte sie laut, schlug die Augen auf, massierte ihre rechte Schulter und ließ den Blick durch das kleine Zimmer wandern. Sie war eine der wenigen im Polizeipräsidium, die ihren persönlichen Raum gegen alle Neuerungen erfolgreich verteidigt hatten. Während die meisten Hauptkommissare inzwischen in Großraumbüros saßen, in denen ein ständiges Kommen und Gehen herrschte, man nie unbeobachtet war, genoss Laura jede einzelne undurchsichtige Wand ihres Zimmers. Sie hatte absolut kein Bedürfnis danach, eine gläserne Kommissarin zu sein, die in ständigem Blickkontakt mit unzähligen Kollegen stand.

Zur Strafe musste sie ihre alten Möbel behalten, doch auch das machte ihr nichts aus. Ihr schwarzlederner Chefsessel war bequem, der Schreibtisch war groß und hatte viele Schubfächer. Die Lampe darauf stammte zwar nach Meinung ihres Vaters noch aus dem Dritten Reich, doch das war eine seiner altbekannten Übertreibungen. Der Computer dagegen war ziemlich neu, und Laura kam gut mit ihm zurecht.

Kompliziertere Internet-Recherchen delegierte sie allerdings an Andreas Havel, weil sie nicht dessen begeisterte Hingabe an die Wunder der Elektronik besaß.

Laura stieß sich mit beiden Beinen vom Boden ab und rollte auf dem riesigen Ledersessel zu ihrem PC hinüber, der auf einem Tischchen an der Wand abgestellt war. Auf ihrem Schreibtisch duldete sie ihn nicht. Das war ihr entschieden zu nah.

Noch immer keine einzige E-Mail aus Italien, obwohl sie mindestens sieben verschiedene Dienststellen angeschrieben hatte. Jetzt gab es keine Ausrede mehr für Laura. Sie konnte Angelo in Ruhe anrufen – nichts drängte, niemand wollte etwas von ihr. Natürlich könnte sie die Zeit nutzen und schnell ein paar Weihnachtsgeschenke besorgen, den Adventskranz … Sie lächelte vor sich hin und schüttelte den Kopf über die eigene Feigheit. Dann nahm sie entschlossen das Telefon auf und wählte Angelos Dienstnummer in Siena.

Er meldete sich so schnell, dass sie sich erst fassen musste, seinem mehrmaligen «pronto» nachlauschte und es plötzlich ein bisschen seltsam fand, dass alle Italiener sich mit diesem knappen Wort meldeten, als würden sie «hier» rufen.

«Auch pronto!», sagte sie nach einer Weile.

«Bist du das, Laura?»

«Ja.»

«Hattest viel zu tun, nicht wahr? So viele Morde wie in den besten Zeiten New Yorks?»

«Mindestens.»

Er war verletzt. Sie hörte es in seiner Stimme, obwohl er sich Mühe gab, ironisch zu sein. Und er hatte ja Recht. Sie hätte ihn anrufen können, vom Handy, von einer Telefonzelle, vom Krankenhaus, von zu Hause, vom Büro. Aber sie konnte nicht, weil sie eben nicht konnte. Verletzen wollte sie ihn aber auch nicht.

«So, mindestens …», sagte er leise, lachte sogar ein bisschen.

Warum macht er mir keine Szene, dachte Laura. Wenn er mir eine Szene machen würde, dann könnte ich wenigstens wütend auf ihn sein. Aber sie wollte gar nicht wütend auf ihn sein.

«Nein», sagte sie. «Nur ein Mord im Nachtzug aus Rom. Aber es ist ein schwieriger Fall, und wir finden bisher einfach nichts. Deine Kollegen sind auch nicht besonders hilfreich.»

Guerrini antwortete nicht sofort, und Laura konnte ihn förmlich sitzen sehen, mit gerunzelter Stirn, darüber nachdenkend, ob all das ein Irrtum war.

«Du hast mir noch gar nichts von diesem Fall erzählt.» Seine Stimme klang ruhig.

«Ach, ich will mit dir auch nicht über irgendwelche Fälle reden. Sag mir lieber, wie es dir geht!»

«Wie allen Sienesern, wenn der Nebel kommt: Mir ist kalt, und ich wünschte, es wäre schon Frühling. Außerdem …» Ein paar Sekunden lang war es still in der Leitung, dann räusperte er sich und sagte wie beiläufig: «Außerdem vermisse ich dich.»

«Nur noch vier Wochen.»

«Das ist eine lange Zeit.»

«Nicht, wenn du in meinen Schuhen stecken würdest, Angelo. Und jetzt kommt auch noch Weihnachten!»

Wieder antwortete er lange nicht, und Laura wusste, was diese Stille bedeutete. Er würde gern Weihnachten mit ihr und den Kindern verbringen, und sein Wunsch war verständlich. Trotzdem machte er Laura ärgerlich, denn sie wollte genau das nicht. Was zwischen ihr und Angelo entstanden war, ging ihre Kinder nichts an. Es war dieses kostbare Stückchen Leben außerhalb aller Verantwortung, selbst außerhalb der Liebe, die sie zu ihren Kindern empfand. Sie wollte das nicht vermischen – noch lange nicht und vielleicht nie.

«Ich habe noch viele Urlaubstage. Falls du meine Unterstützung brauchst, könnte ich jederzeit kommen.»

Laura biss auf ihre Unterlippe.

«Warum sagst du das immer wieder, Angelo? Ich freu mich so auf Venedig, aber ich möchte vorher kein Familienfest mit dir feiern! Ich möchte mit dir zusammen sein! Nur mit dir! Wir müssen doch erst herausfinden, wer wir sind, was wir für einander bedeuten. Ich will nicht, dass du mich als Mutter zweier Halbwüchsiger erlebst, die dich mit Argusaugen betrachten.»

«Hast du es ihnen schon gesagt?»

«Nein. Ich weiß, ich bin feige, aber ich möchte es ihnen erst sagen, wenn ich sicher bin. Hast du es denn deinem Vater schon gesagt oder deiner Noch-Ehefrau Carlotta?»

«Nein. Es könnte gefährlich werden. Er war bei den Partisanen, und Carlotta könnte beschließen zurückzukommen. Sie war früher sehr eifersüchtig!» Angelo und Laura brachen gleichzeitig in Gelächter aus, und die Schwere in ihrem Gespräch flog davon.

«Was machen wir nur für Eiertänze!», sagte Laura. «Ich sag dir eins, Angelo. Es ist viel einfacher, einen Mordfall zu lösen, als mit dem Liebsten zu telefonieren.»

«Jetzt weiß ich wenigstens, warum du nicht angerufen hast.»

«Ist es schlimm für dich, wenn ich dir sage, warum ich dich nicht in München sehen möchte?»

Wieder eine Pause.

«Nein, ja … ich weiß nicht, Laura. Wahrscheinlich hast du Recht und bewahrst mich vor einer großen Dummheit. Ich brauche immer ziemlich lange, ehe ich etwas wirklich will. Aber wenn ich es will, dann kenne ich irgendwie keine Grenzen.»

Laura begann wieder Kreise auf ein Blatt Papier zu zeichnen. Kreise mit Gesichtern, traurigen und lustigen.

«Vielleicht liegen nicht ohne Grund zwei Gebirgszüge zwischen uns, Commissario», lachte sie leise. «Du überwindest den Apennin, ich die Alpen, und wir treffen uns in der Po-Ebene. Die Alpen sind mein Schutzwall, deshalb sind sie höher als der Apennin!»

«Ho capito, commissaria! Wie häufig darf ich dich anrufen?»

«Ach, lass das, Angelo. Ruf mich an, wenn du mit mir reden willst. Ich werde es genauso machen. Nur bedräng mich nicht, bitte. Ich möchte von dir keinen Druck. Davon hab ich genug. Unsere Begegnung war so wunderbar leicht … ich möchte nicht, dass sie schwer wird.»

Pause. Laura hörte eine fremde Stimme im Hintergrund, Guerrini sprach, bedeckte aber offensichtlich die Sprechmuschel mit seiner Hand. Fernes Gemurmel. Dann wieder Angelo, klar und laut.

«Du hast völlig Recht. Ich möchte das auch nicht. Und es lag auch nicht in meiner Absicht. Scusa, cara! Ich muss jetzt Schluss machen – wir haben auch wieder einen Fall. Unklare Todesursache eines Pensionärs. Mein Kollege nimmt an, dass seine Frau ihn vergiftet hat, weil sie es nicht aushielt, dass er ständig zu Hause war.»

«Hat sie wahrscheinlich auch. Das kommt von schweren Beziehungen, caro! Ciao!»

«Ciao!»

Laura lauschte seinem dunklen Lachen nach, mit dem er sich verabschiedet hatte, und fragte sich, ob er sie verstehen konnte.

Eines hatte sie in ihrem vierundvierzigjährigen Leben begriffen: dass es sehr schwierig war, die eigenen Gefühle anderen klar zu machen, und ebenso schwer, die Gefühle anderer zu begreifen.

Laura verließ das Polizeipräsidium gegen sieben Uhr. Der Nebel war ein bisschen leichter geworden, wirkte im Licht der Neonreklamen und Weihnachtsgirlanden beinahe freundlich. Unschärfe hat auch etwas für sich, dachte Laura. Alles sieht hübscher und geheimnisvoller aus. Sie bummelte durch die Fußgängerzone Richtung Karlsplatz. Noch immer drängten sich unzählige Menschen auf der breiten Straße, stießen und schubsten sich zur Seite, als gelte es, vor allen anderen ein unbekanntes Ziel zu erreichen.

Laura hielt sich ganz am Rand des Menschenstroms, blieb hin und wieder vor einem Schaufenster stehen, erstand an einer Bude einen Adventskranz aus Buchsbaumzweigen und versenkte ihn tief in einer großen Plastiktasche, denn sie hatte immerhin noch ein Verhör vor sich. In der Passage unter dem Karlsplatz steckte sie einem Obdachlosen zwei Euro zu, verweigerte sich aber den anderen, die zu Dutzenden in den Ecken lagerten, weil es hier wärmer war als oben.

Als sie sich dem Bahnhof näherte, tauchten links und rechts die ersten Striptease-Bars auf, und Laura fragte sich, ob eines dieser Etablissements der Bestimmungsort der Toten im Eurocity gewesen war.

Immer wieder waren sie in den letzten Jahren mit Menschenhandel konfrontiert worden, immer wieder hatte es Morde gegeben, an Zuhältern, Frauen, hin und wieder sogar Kunden. Aber es war ihnen nie gelungen, tiefer in dieses Netz aus Brutalität und Angst, Verschleppung und Lüge einzudringen. Es war immer nur ein Kratzen an der Oberfläche gewesen. Angst machendes Kratzen, das selbst Peter Baumann die Sprache verschlagen hatte. Irgendwann hatte er gesagt, dass ihm der Menschenhandel wie die Pest vorkomme. Eine Seuche, die den ganzen Erdball umspannte. Mit Schaudern erinnerte Laura sich an den Menschenhändler, der versucht hatte zu erklären, wie es zu diesen unfassbaren Dingen kommen konnte. Ganz selbstverständlich hatte er es erklärt, ohne Schuldgefühle, so, wie es eben war.

«Das ist ein Markt», hatte er gesagt. «Ein Markt wie jeder andere – legal oder illegal. Es gibt eine große Nachfrage nach Frauen und Kindern. Sie kennen das Gesetz des Marktes: Wo Nachfrage ist, wird sie auch bedient. Es ist ein lohnendes Geschäft und nicht einmal besonders risikoreich. Nehmen Sie zum Beispiel die Bewegungen der großen Armeen. Da leben Tausende amerikanischer, deutscher, australischer, holländischer, englischer und wer weiß was für Soldaten in Afghanistan, in Bosnien, dem Kosovo, im Irak, in allen Krisengebieten der Welt.

Es sind Männer, und was brauchen Männer, die länger von zu Hause fort sind? Muss ich mehr sagen? Da kümmert sich kaum einer um Menschenrechte, wenn es um ein bisschen Spaß geht. Die Menschenhändler folgen diesen Truppenbewegungen wie früher die Marketenderinnen. Aber es ist nicht nur das. Bedarf besteht überall. Sehen Sie sich doch die braven niederbayerischen Bürger an, die sich begeistert über die minderjährigen Huren an der tschechischen Grenze hermachen. Oder haben Sie von der kleinen portugiesischen Stadt gehört, in der es über dreihundert brasilianische Prostituierte gibt? Die Männer dieser kleinen katholischen Stadt sind es, die in das Bordell rennen. Es ist wie eine Revolution. Und wir sind die Herren dieser Revolution.»

Er hatte nichts über die Frauen gesagt – kein einziges Wort. Selbst als sie ihn danach gefragt hatten.

Laura betrachtete die Fotos halb nackter Mädchen in der

Auslage einer der Bars, während ihr die Worte dieses Mistkerls durch den Kopf gingen. Sechs Jahre hatte er bekommen. Ohne Bewährung. Wegen Freiheitsberaubung und Menschenhandel. Den Mord an einer jungen Frau aus der Ukraine hatte man ihm nicht nachweisen können.

Keine der misshandelten Frauen hatte im Prozess gegen ihn ausgesagt. Deshalb war er mit sechs Jahren davongekommen. Die Angst der Frauen war übermächtig gewesen, vielleicht auch das Wissen, dass es nicht ausreichte, einen hinter Gitter zu bringen. Denn hinter dem einen stehen unzählige andere, die nur auf ihre Chance warten und jeden Verrat mit unglaublicher Brutalität bestrafen.

«Möchten Sie hereinkommen, gnädige Frau? Damen sind bei uns ebenso willkommen wie Herren. Nur Mut! Trauen Sie sich …!»

Laura sah verwirrt auf. Neben ihr stand der Werber und Rausschmeißer einer Sexkneipe, ein riesiger Typ in grauem Anzug mit Goldkordeln auf den Schultern. Weil ihr keine schlagfertige Antwort einfiel, schüttelte sie nur den Kopf und ging schnell weiter.

Plötzlich war sie ganz sicher, dass die Tote im Zug aus Rom in irgendeinem Zusammenhang mit Menschenhandel stand. Vor dem Eingang zur Bahnhofshalle blieb sie stehen und ließ die Menschenströme an sich vorüberziehen, schaute auf die Taxis, die Straßenbahnen, die Autos und dachte, dass sie solche Fälle nicht mochte. Entfremdete Fälle mit entfremdeten Menschen.

Endlich wandte sie sich entschlossen um, kaufte sich eine Zeitung und setzte sich in eines der Edelbistros gegenüber den Gleisen, eines mit Bedienung und Wärmelampen. Sie bestellte ein Krabbensandwich, Salat und ein Glas Weißwein, genoss die wohlige Wärme und den Ausblick auf das Bahnhofsgewühl. Noch eine Stunde bis zur Ankunft des Eurocity.

Zerstreut überflog sie ein paar Artikel und Überschriften in ihrer Zeitung, doch ihr Blick glitt immer wieder ab und wanderte zu den Menschen, die aus den ankommenden Zügen strömten oder in den wartenden verschwanden. Und plötzlich konnte sie die türkischen, griechischen, kroatischen oder süditalienischen Arbeiter verstehen, die rauchend und redend in kleinen Gruppen herumstanden und sich hier der Heimat irgendwie näher fühlten als draußen in den nebligen Straßen. Denn hier fuhren die Züge ab. Nach überallhin.

Eine Zwischenwelt, dachte Laura. Niemand ist wirklich gegenwärtig. Alle sind schon unterwegs oder noch nicht ganz da. Sie nippte am Weißwein und fand, dass der Bahnhof im Augenblick genau der richtige Ort für sie war. Nach dem Gespräch mit Angelo fühlte auch sie sich in einer Zwischenwelt, gar nicht so verschieden von den Gastarbeitern. Es gab einen Nachtzug über Florenz nach Rom. In Gedanken konnte sie ihn nehmen, in Florenz umsteigen und morgen gegen Mittag in Siena sein.

Stattdessen aß sie das Krabbensandwich, den Salat, las noch ein bisschen in der Zeitung, überquerte kurz nach neun die Ankunftshalle und gesellte sich zu den Menschen, die auf die Ankunft des Eurocity aus Rom warteten. Nicht weit von Laura stand eine dicke Frau mittleren Alters in Overall und Schürze, die einen Eimer mit Putzzeug an sich gedrückt hielt. Die Frau sah aus, als hätte jemand sie erschreckt, und Laura wollte sie schon ansprechen. Vielleicht war die dicke Frau eine von Baumanns unsichtbaren Putzfrauen.

Doch in diesem Augenblick kam der Zug in Sicht, und beinahe gleichzeitig entstand Unruhe an den Eingängen zur Halle. Laura wandte sich um, sah unzählige Polizisten und Grenzschutzbeamte ausschwärmen. Dann erklang eine betont ruhige Männerstimme über die Lautsprecher: «Bitte verlassen Sie langsam den Bahnhof. Es besteht keine Eile.

Eine reine Vorsichtsmaßnahme. Bitte verlassen Sie alle den Bahnhof!»

Natürlich brach Panik aus. Seit es überall auf der Welt Terroranschläge gab, verfielen die Menschen leicht in Panik. Die Polizisten versuchten das Chaos der Flüchtenden zu lenken, stellten sich den Schnellsten entgegen, beruhigten, zeigten Wege, hoben eine alte Frau auf, die zu Boden gestoßen worden war. Immer wieder rief der Mann am Lautsprecher zu Ruhe und Besonnenheit auf.

Und wie durch ein Wunder leerte sich die riesige Halle, die eben noch voller Menschen gewesen war. Tauben, die kurz zuvor wirr umhergeflattert waren, ließen sich auf dem Boden nieder und suchten mit nickenden Köpfen nach Krümeln, als wäre nichts geschehen. Die Imbissbuden lagen verwaist, die Bistros waren wie leer gefegt, und Laura stand allein am Bahnsteig zwölf.

Der Eurocity kam auch nicht. Rückwärts entschwand er wieder nach draußen; die anderen Züge waren längst abgefahren oder verlassen worden. Ein junger Grenzschutzbeamter rannte auf Laura zu, rief schon von weitem, dass sie schnellstens verschwinden solle, blieb keuchend vor ihr stehen.

«Sind Sie taub? Haben Sie nicht die Lautsprecherdurchsagen gehört?»

«Doch!», sagte Laura. «Was ist denn eigentlich los?»

«Das spielt jetzt keine Rolle! Sie müssen raus hier!»

«Ich geh gleich.» Laura zog ihren Dienstausweis aus der Jacke. «Also, was ist los?»

Der junge Mann tippte mit einem Finger an seine Mütze und wandte sich zum Gehen.

«Bombenalarm!», sagte er. «Ich werde jedenfalls verschwinden. Hab keine Lust, in die Luft zu fliegen. Der Anruf klang ziemlich ernst, sagte unser Einsatzleiter.»

«Ich hab einen anderen Vorschlag. Ich möchte, dass Sie mich über die Gleise begleiten. Ich versuche nämlich einen Zug zu verfolgen.»

«Was?»

«Sie haben ganz richtig gehört!»

Der junge Polizist runzelte die Stirn und kratzte sich am Haaransatz.

«Los!», rief Laura. «Oder möchten Sie doch in die Luft fliegen?» Mit großen Schritten lief sie den endlos langen Bahnsteig entlang, und nach kurzem Zögern folgte der junge Mann. Gleichzeitig sprangen sie hinunter auf die Schienen. Die Schwellen waren glitschig, und Laura stolperte mehrmals. Außerhalb der Bahnsteige war es dunkel und der Nebel dichter, er befeuchtete ihre Gesichter, setzte sich in winzigen Tröpfchen auf Lauras Haar. Vom Eurocity war bereits nichts mehr zu sehen. Zum Glück hatte der junge Beamte eine Taschenlampe bei sich, und so rutschten und sprangen sie über Schotter, Schwellen, Gleise bis zum nächsten S-Bahnhof.

Dort stand der Zug. Der Polizist kletterte auf den Bahnsteig und reichte Laura die Hand, zog sie zu sich herauf.

«Danke», sagte sie. «Wie heißen Sie eigentlich?»

«Zwicknagel. Hans Zwicknagel!»

«Danke, Hans! Und jetzt sperr die Augen auf und such nach den Schaffnern und jedem, der nach Zugpersonal aussieht. Halt sie einfach fest, bis ich wieder bei dir bin!»

Sie waren gerade zur rechten Zeit angekommen, denn nur wenige Minuten zuvor hatten sich die Türen des Eurocity geöffnet, und die Reisenden durften den Zug unplanmäßig verlassen. Es herrschte große Verwirrung. Niemand wusste wohin. Viele Menschen waren verärgert, schimpften laut vor sich hin.

Laura entdeckte den Schaffner Sergio Bertolucci inmitten einer italienischen Großfamilie, die laut und wild durcheinander fragte, wie zum Teufel man von hier aus nach Moosach gelangen könnte, wenn nichts mehr funktioniere. Bertolucci streckte die Arme abwehrend nach oben, bat um Ruhe, brüllte endlich und erklärte, dass er selbst keine Ahnung habe, weil er nur die größeren Verbindungen kenne und nicht den Münchner Stadtverkehr.

«Ihr wohnt doch hier! Woher soll ich das wissen? Ich wohne in Bologna! Da kenn ich mich auch aus!»

Laura musste lächeln, als sie das verzweifelte Gesicht des Schaffners sah, der jetzt mit milden Verwünschungen überschüttet wurde, ehe die Großfamilie sich Richtung Ausgang in Bewegung setzte. Erleichtert nahm er seine Mütze ab, strich sich über Stirn und Haare, blies die Backen auf und stieß hörbar die Luft aus.

«Signor Bertolucci!» Lauras Stimme ließ ihn herumfahren, als erwarte er einen Angriff. «Scusi», sagte sie. «Ich wollte Sie nicht erschrecken. Herrscht schon genug Verwirrung, nicht wahr?»

Bertolucci starrte sie an, war plötzlich blass geworden. Oder lag das am Neonlicht?

«Was machen Sie denn hier, Commissaria?», stammelte er. «Hat das etwas mit der Bombendrohung zu tun? Es ist ja unglaublich, incredibile, was diese Terroristen sich erlauben. Aber vielleicht ist es nur ein Verrückter. Gibt ja unzählige Verrückte auf dieser Welt! Wahrscheinlich sind die Terroristen auch verrückt! Wir sind seit neun Stunden im Dienst, Commissaria, und jetzt dieses Chaos! Ich wollte mit meinem Kollegen ein schönes bayerisches Bier trinken und dann schlafen gehen. In aller Ruhe, Commissaria …»

«Pause!», sagte Laura.

«Come? Was?»

«Ich sagte Pause. Sie können das Bier mit mir und Ihren Kollegen trinken.»

«Deshalb sind Sie hier? Um mit mir ein Bier zu trinken?»

«Ja, so kann man es sagen. Ich bin außerdem daran interessiert, ob Sie diese Bombenwarnung vorausgesehen haben ...»

Sie schüttelte den Kopf. «Erzählen Sie mir das später, beim Bier.»

Bertolucci betrachtete Laura mit einem seltsamen Gesichtsausdruck, gerade so als zweifele er an ihrem Verstand. Der Bahnsteig des S-Bahnhofs begann sich zu leeren, und Laura sah, dass auch Hans Zwicknagel zwei italienische Zugbedienstete um sich versammelt hatte. Den Schaffner Fabio Castelli und den Zugchef, einen Südtiroler namens Antonio Kofler. Beide kannte Laura von der ersten Befragung, beide hatten sich sehr bedeckt gehalten.

«Verrücktes Zusammentreffen», sagte Laura. «Ich wollte Sie am Bahnhof abholen, um Ihnen noch ein paar Fragen zu stellen. Dann kam diese Bombendrohung. Ich kann wirklich nichts dafür! Es tut mir Leid. Aber vielleicht sollten wir uns von diesem ungewöhnlichen Vorfall nicht beeindrucken lassen. Deshalb bin ich trotzdem hier!»

«Und was erwarten Sie?», fragte Kofler, ein großer Mann mit schwerem Körper und massigem Gesicht, dessen Haut von unzähligen geplatzten Äderchen überzogen war. Laura sah auf die Uhr.

«Eine Stunde Ihrer Zeit. Ich lade Sie alle zu einem Bier ein, falls Sie nicht bei Ihrem Zug bleiben müssen.»

«Na ja, begeistert bin ich nicht», sagte Kofler und sah seine Kollegen an. «Wir sind ziemlich müde.»

«Das ist mir klar, deshalb wird es auch nicht länger als eine Stunde dauern.»

«Nun gut. Wir holen nur noch unser Gepäck aus dem Zug, dann kommen wir. Mein Stellvertreter wird beim Zug bleiben.»

Und so zog Laura wenig später mit drei Männern und

drei Trolleys über die Hackerbrücke. Den jungen Polizisten Zwicknagel hatte sie zu seiner Einsatztruppe zurückgeschickt. Aus der Ferne klangen Feuerwehr- und Polizeisirenen, doch keine Explosion hatte bisher die Nachtruhe gestört.

Sie landeten zwar in einer türkischen Kneipe, aber es gab Münchner Bier. In einer Ecke spielten Männer ein Brettspiel, an der Theke unterhielten andere sich laut und aufgeregt. Vermutlich sprachen sie über die Bombendrohung gegen den Hauptbahnhof, doch Laura konnte nichts verstehen. In einer halbwegs ruhigen Ecke fanden sie einen freien Tisch unter einem riesigen kitschigen Gemälde der Hagia Sofia.

Es dauerte eine Weile, ehe der Wirt vier Halbe brachte. Offensichtlich unterbrach er nur ungern das Gespräch über die Sensationen des Abends.

«Also, was wollen Sie wissen?», fragte Antonio Kofler, hob das Glas und nickte kurz in die Runde. Er nahm einen tiefen Schluck, wischte den Bierschaum von seiner Oberlippe und lehnte sich zurück.

«Von Ihnen allen möchte ich wissen, ob Ihnen aufgefallen ist, dass jemand Koffer herumschleppte, die ihm nicht gehörten – und zwar zwischen Innsbruck und Rosenheim. Irgendwo auf dieser Strecke wurde die Frau ermordet, und der Täter musste ihren Koffer verschwinden lassen.»

Kofler schüttelte langsam den Kopf und sah fragend seine Kollegen an, die ebenfalls mit den Schultern zuckten.

«Nein, wir haben nichts gesehen. Wir können schließlich nicht jeden Koffer im Blick behalten!»

«Wäre ja auch ein Glücksfall gewesen», seufzte Laura. «Da ist noch etwas. Wir haben an genau dem Abend, als die tote Frau entdeckt wurde, einen Mann neben den Gleisen gefunden. Und es sieht so aus, als wäre er aus genau Ihrem Zug gefallen – oder gestoßen worden. Aber das wissen Sie ja vermutlich inzwischen.»

Kofler nickte und umfasste mit beiden Händen sein Bierglas. «Wie sah der denn aus?»

«Gut aussehender junger Mann, ungefähr Mitte zwanzig, blond, etwas längeres Haar, sehr teure Kleidung – Lederjacke mit Lammfell, Armani-Jeans, edle Stiefel. Ich denke, dass er auffallen musste. Leute aus der Oberklasse fallen meistens auf.»

Bertolucci fing plötzlich an zu nicken, nickte und nickte wie ein Truthahn vor dem Kollern, trank etwas Bier, schluckte zweimal und sagte: «Jetzt, jetzt kommt es. Ich habe ihn gesehen, nicht so ganz deutlich. Das Bild ist verschwommen, weil ich nicht mit ihm gesprochen habe. Er hat mich auch nicht angesehen, sondern den Kopf weggedreht. Die Lederjacke lag neben ihm und er hielt mir seinen Fahrschein hin, schaute mich aber nicht an. Arroganter Bursche, dachte ich. Er fuhr in der ersten Klasse. Ja, jetzt erinnere ich mich genau, er trank Coca-Cola, hatte die Beine auf den Sitz gelegt, und ich sagte ihm sehr höflich, dass es nett wäre, wenn er eine Zeitung unterlegen könnte oder eventuell die Schuhe auszieht …»

«Halt», rief Laura. «Bitte, Signor Bertolucci! Er hatte also einen Fahrschein. Wissen Sie noch, von wo nach wo?»

Bertolucci zog den Kopf ein und wischte Biertropfen vom Tisch. «Ich bin ziemlich sicher, dass er nach München wollte, aber wo er herkam … daran erinnere ich mich nicht. Nicht aus Rom, nein, aus Rom kam er nicht. Könnte sein, dass er in Bologna oder Verona eingestiegen ist. Eher in Bologna … haben Sie denn seinen Fahrschein nicht gefunden?»

«Nein», sagte Laura. «Keinen Fahrschein, keinen Ausweis und kein Gepäck. Genau wie bei der toten Frau. Und das ist doch seltsam, nicht wahr?»

«Was ist mit ihm? Ist er auch tot?» Der Schaffner Bertolucci reckte aufgeregt seinen Kopf, schaute Laura aber nicht
an, sondern auf die Hagia Sofia im Abendlicht.

«Nicht ganz», antwortete Laura langsam, «aber es geht
ihm schlecht. Er leidet unter Gedächtnisverlust und ist noch
nicht außer Lebensgefahr.» Sie log, doch etwas im Verhalten
Bertoluccis hatte sie dazu bewogen. Jetzt wandte sie sich an
den zweiten Schaffner, Fabio Castelli, fragte auch ihn, ob er
den jungen Mann gesehen hätte.

«Ja, natürlich!», sagte Castelli. «An Reisende in der ersten
Klasse erinnert man sich immer besser als an andere. Es gibt
nicht so viele von ihnen, und die meisten sind irgendwie auf-
fälliger, einfach anders.»

«Und was ist Ihnen an dem jungen Mann aufgefallen?»

«Naja – Oberklasse eben. Ein bisschen arrogant, wie mein
Kollege schon sagte. Mit mir hat er auch nicht gesprochen.
Ich hab gedacht, dass er vielleicht ein Filmschauspieler ist.
Sogar gefragt hab ich ihn, weil ich ein Autogramm für meine
Tochter haben wollte. Da hat er gelacht und den Kopf ge-
schüttelt. Aber gesagt hat er immer noch nichts.»

Laura nippte an ihrem Bier. Es war eiskalt, der Schaum
war längst zusammengefallen und es roch bittersüß nach Al-
kohol. Sie musste sich zwingen zu schlucken.

«Hat einer von Ihnen gesehen, ob der junge Mann Kontakt mit der Frau hatte, die später tot aufgefunden wurde?»

«Ja», sagte Kofler. «Ich glaube mich zu erinnern, dass sie
nebeneinander am Fenster gestanden haben. Es ist keine sehr
genaue Aussage, bitte zu entschuldigen. Muss ungefähr zwischen Trient und Bozen gewesen sein. Da kam einmal kurz
die Sonne aus dem Nebel und alle schauten raus. Kann ja
auch Zufall gewesen sein, nicht wahr?»

«Natürlich», sagte Laura. «Haben Sie eigentlich von der
toten Frau gehört, die vor zwei Monaten an der Strecke Flo-

renz–Bologna gefunden wurde? Aber das ist eine dumme Frage – natürlich haben Sie davon gehört, nicht wahr?!»

Kofler runzelte die Stirn und wollte gerade etwas antworten, als Bertolucci heftig nickte.

«Wissen Sie, was solche Meldungen für die Bahn bedeuten? Den Ruin bedeuten sie, das kann ich Ihnen sagen. Weil niemand mehr mit dem Zug fahren will. Wer den Nachtzug nimmt, wird hundertmal ermahnt, das Abteil abzuschließen, Wertsachen nur am Körper zu tragen, auf verdächtige Personen zu achten, niemals die Tür zu öffnen, wenn angeklopft wird, da der Schaffner seinen eigenen Generalschlüssel hat. Das schafft Vertrauen, nicht wahr, da fährt man richtig gern mit der Bahn! Wenn das so weitergeht, verlieren wir alle unsere Arbeitsplätze. Das sage ich schon lange, und ich kann es sehen, richtig sehen ... . Oder heute diese Bombendrohung ...»

«Ja, Signor Bertolucci», seufzte Laura und hustete ein bisschen, denn der Zigarettenrauch in der kleinen Kneipe war beinahe so dicht wie der Nebel draußen. «Aber das alles hat doch nichts mit der toten Frau zu tun?»

«Doch, sicher, Commissaria. In den Zeitungen hat es gestanden, und Castelli kann es bestätigen: Sie war eine Nutte, und sie hat im Zug gearbeitet! Das muss man sich einmal vorstellen! Arbeitet im Eurocity! Das ist der Todesstoß für die Bahn! Ich sage es Ihnen!»

«Woher wissen Sie, dass die Frau im Zug gearbeitet hat?», fragte Laura.

«Castelli! Fragen Sie doch Castelli! Er hat es gesehen und auch den Kerl, mit dem sie's getrieben hat! Sie haben sich gestritten, weil er nicht genug zahlen wollte!»

Laura wandte sich zu Fabio Castelli, der stumm in sein Bierglas starrte.

«Ist das wahr, Signor Castelli?»

Er nickte langsam, presste die Lippen zusammen und sagte endlich: «Der Fall ist gelöst. Dieser Kerl, ein Lastwagenfahrer aus Südtirol, sitzt jetzt im Gefängnis. In Mantua!»

«Hat jemand gesehen, wie er die Frau aus dem Zug warf?»
Castelli zuckte die Achseln.

«Du hast es gesehen, Castelli. Das ist doch wahr, oder?» Bertolucci sprach viel zu schnell.

«Nicht direkt!» Castelli schaute mit weit offenen Augen an ihnen vorüber ins Nirgendwo.

Die Stunde war um, Laura stand auf, zahlte an der Theke unter den verwunderten Blicken der Türken, die nicht fassen konnten, dass eine Frau drei Männer zum Bier einlud, und bat den Wirt, ein Taxi zu rufen. Doch es war aussichtslos. Noch immer schien die Stadt rund um den Bahnhof vor Unruhe zu schwirren. So zogen sie wieder zu Fuß durch den Nebel. Drei Männer mit ihren Rollkoffern und vorneweg Laura Gottberg, die sich fragte, ob deutsche Schaffner genauso seltsam waren.

Es gab keine Bombe. Jedenfalls hatte man trotz intensiver zweistündiger Suche noch keine gefunden.

«Vermutlich falscher Alarm wie immer», sagte der Einsatzleiter zu Laura, und seine Stimme klang so resigniert, dass sie ihn erstaunt ansah. Er schob seine Mütze etwas zurück und lehnte sich an den Bus, von dem aus er die Arbeit der Suchtruppe koordinierte. «Wissen Sie, was das kostet, werte Kollegin? Hunderttausende, nur weil so ein Schwachsinniger sich mächtig fühlen will. Die gesamte Ordnung ist durcheinander, die Fahrpläne, der öffentliche Verkehr. Wir hatten in diesem Jahr vier Bombendrohungen, viermal blinder Alarm. Man kommt sich vor wie ein Idiot. Wünscht sich manchmal, dass es wirklich knallen würde.»

«So?», murmelte Laura gedehnt. «Und wer ist man?»

«Naja, alle hier!», stieß er hervor. «Alle, die hier dauernd verscheißert werden.»

«Wissen Sie, was Sie da sagen?»

«Klar! Sie müssen es ja nicht wortwörtlich nehmen. Frust ablassen nennt man das! Oder wollen Sie es melden, Frau Hauptkommissarin?»

Laura machte eine vage Handbewegung.

«Wann wird der S-Bahn-Betrieb wieder aufgenommen?»

«Kann man nicht genau sagen. Wahrscheinlich erst morgen früh.»

«Sie haben eine Vorliebe für das Wörtchen *man*, nicht wahr?»

«Wie meinen Sie das?»

«Genauso, wie ich es gesagt habe. Erfolgreiche Suche noch, vielleicht knallt's ja doch!» Laura drehte sich um und ging Richtung Karlsplatz davon. Trotz Kälte und Nebel drängten sich Neugierige hinter den Absperrungen, starrten sie an, als sie über den Bahnhofsplatz auf sie zukam. Lauras Handy klingelte, nachdem sie unter dem rotweißen Plastikband durchgeschlüpft war.

«Ja?», sagte sie.

«Warum meldest du dich immer mit ja? Das ist eine schreckliche Angewohnheit. Aber ich bin froh, deine Stimme zu hören. Stell dir vor: Es gab eine Bombendrohung gegen den Hauptbahnhof. Ich hoffe, du bist in deinem Bett, Laura!»

«Ja, Vater. Ich bin im Bett.»

«Stimmt das auch? Was sind das für Geräusche im Hintergrund?»

Laura deckte die Sprechmuschel mit ihrer Hand ab, denn gerade fuhr mit kreischendem Martinshorn ein Einsatzwagen an der Absperrung vorbei.

«Ach, das ist draußen auf der Straße! Ich schlafe bei offenem Fenster.»

«Ich glaube dir nicht, Laura!» Die Stimme des alten Gottberg wurde sehr leise. «Du hast dir angewöhnt, mich zu belügen, weil du mich nicht mehr ernst nimmst! Das solltest du nicht tun! Ich weiß genau, dass du vor dem Bahnhof stehst! Weiß der Teufel, warum!»

«Vater! Ich nehme dich sehr ernst! Aber du machst dir völlig unnötige Sorgen. Es gibt hier keine Gefahr.»

«Wenn ich dir glauben soll, dann musst du zugeben, dass du nicht im Bett liegst!»

Laura drängte sich durch die Menschen und lehnte sich endlich in einen Hauseingang.

«Gut. Ich liege nicht im Bett, sondern stehe in einem Hauseingang zwischen Bahnhof und Stachus. Das mit der Bombendrohung war blinder Alarm, und alles ist in Ordnung!»

Sie lauschte, doch es blieb lange still. Endlich hörte sie ein Räuspern, dann ein Husten.

«Und was, zum Teufel, machst du bei einer Bombendrohung am Bahnhof? Das fällt doch nicht in die Zuständigkeit des Morddezernats, oder?»

«Nein, tut es nicht. Ich war zufällig dort, weil ich in einer anderen Sache ermittelt habe.»

Wieder musste sie lange auf eine Antwort warten.

«Geh endlich nach Hause zu deinen Kindern. Es ist eine Schande, dass du dich so in Gefahr begibst! Ich war immer gegen diesen idiotischen Beruf! Deine Mutter auch! Gute Nacht!»

Laura atmete tief durch und schloss kurz die Augen. Das war die Seite ihres Vaters, die sie nicht gut ertragen konnte. Ihr war, als hätte er sie mit diesen harschen Worten geradewegs in die Küche gescheucht – an den Herd, wo Frauen eigentlich hingehörten. Es kam ihr vor wie eine unerwartete

Ohrfeige. Sie hasste es, wenn er sie wie ein kleines Mädchen behandelte – so, als wäre sie noch immer sein Besitz, jemand, den er formen konnte.

Sie wusste genau, dass er zwar ihr abgebrochenes Jurastudium hingenommen hatte, aber ihre Entscheidung für die Kriminalpolizei noch immer tief missbilligte. Wenn es nach ihm gegangen wäre, hätte sie den Beruf einer Lehrerin ergriffen. Ihre Mutter war Lehrerin gewesen, aber sie hatte ihren Beruf aufgegeben und irgendwann nur noch gemalt. Toskanische Landschaften. Lauras Vater liebte ihre Malerei. Für ihn war es die ideale Beschäftigung für eine Frau und natürlich das Kochen, das Lauras Mutter Giovanna ebenfalls besonders gut beherrscht hatte.

Oh, Mama, flüsterte Laura, du hast nur für ihn gelebt, nicht wahr? Und jetzt ist er dir böse, dass du ihn verlassen hast, und mir auch.

Sie verkroch sich noch tiefer in den Schatten des Hauseingangs. Es dauerte ein paar Minuten, bis sie sich wieder gefasst hatte und ihren Heimweg fortsetzen konnte. Erst am Sendlinger Torplatz erwischte sie endlich ein Taxi, fand die Wohnung still und dunkel, die Betten ihrer Kinder leer. Auf dem Anrufbeantworter wartete die Nachricht, dass Luca und Sofia bei ihrem Vater übernachten würden. Laura ließ sich aufs Bett fallen, schlüpfte nur aus den Stiefeln und starrte an die Decke.

Jetzt, dachte sie, wäre es schön, wenn du hier wärst, Angelo Guerrini. Und schlief sofort ein.

ROSL MEIER stand auf den Stufen des Hauptpostamts gegenüber dem Bahnhof und starrte auf die Einsatzwagen der Feuerwehr und Polizei. Jedes Mal, wenn eine Sirene erklang, hielt sie sich die Ohren zu, und das war fast die ganze Zeit. Seit zwei Stunden stand sie schon hier. Mehrmals hatten Polizisten sie und andere Neugierige vertrieben, doch Rosl hatte sich immer wieder angenähert – im Schutz des Nebels und der allgemeinen Verwirrung.

Rosl konnte das alles nicht fassen, deshalb stand sie da und rührte sich nicht von der Stelle. Um neun hatte sie ihren Dienst antreten wollen. Als sie herausfand, dass es wieder der Eurocity aus Rom war, für den man sie eingeteilt hatte, brach ihr der Schweiß aus. Angst packte sie so heftig, dass sie Mühe hatte, auf den Beinen zu bleiben. Sie war sicher, dass der Mörder eine Verbindung zu ihrer Reinigungsfirma hatte. Es konnte gar nicht anders sein. Er hatte dafür gesorgt, dass sie für den Eurocity eingeteilt wurde. Er würde auf sie warten und sie umbringen.

Aber dann war alles anders gekommen. Der Mörder hatte sich etwas viel Größeres ausgedacht. Er wollte nicht nur sie, sondern alle anderen mit ihr umbringen. Hatte eine Bombe gelegt. Es konnte kein Zufall sein, denn an diesem Abend hatte Rosl zum ersten Mal seit der Entdeckung der Toten wieder Dienst im Bahnhof. Und jetzt stand sie auf der Steintreppe und wartete auf den großen Knall. Einen Knall wie im Fernsehen, wenn von Terroranschlägen berichtet wurde. Vor ihrem inneren Auge sah sie den Bahnhof in die Luft fliegen, das große Dach, das sich hob und in tausend Stücke zerbrach, die krachend zu Boden stürzten. Überall war Feuer und Rauch, schreiende Menschen, Sirenen.

Rosl hatte diese Bilder so klar in ihrem Kopf, dass sie sie schon fast voll Ungeduld erwartete. Doch es geschah nichts.

Erst als die Menschen sich allmählich zerstreuten und ein Polizist sie zum zehnten Mal aufforderte, nach Hause zu gehen, löste sich auch Rosl Meier vom Anblick des Hauptbahnhofs und ging zu Fuß durch die dunklen Straßen. Sie wählte einen Umweg, schlug mehrmals Haken in Seitenstraßen, rannte sogar ein paar Mal, bis sie sicher war, dass niemand ihr folgte. Dann erst kehrte sie in ihre Straße zurück, wartete und lauschte in der Einfahrt zum Nebenhaus zehn Minuten lang, doch es kam nur ein alter Nachbar mit seinem kleinen Hund vorbei. Einer, mit dem sie manchmal ein Bier in der kleinen Kneipe trank.

Rosl sprach ihn nicht an, sondern drückte sich tief in die dunkle Einfahrt. Als der Alte endlich im Nebel verschwunden war, lief sie zu ihrer Haustür, den Schlüssel schon in der Hand, sperrte hastig auf, schlüpfte hinein und knallte die schwere Tür hinter sich zu. Schwer atmend lehnte sie sich dagegen, fühlte sich noch immer nicht sicher in dem kalten Treppenhaus, das nach feuchtem Keller roch und viel zu dunkel war. Mit klopfendem Herzen schleppte sie sich bis in den zweiten Stock, erreichte die Wohnungstür, wollte sie aufstoßen, aber es ging nicht. Mit einem Knall wurde die Tür gestoppt, Rosl prallte dagegen, ihr wurde schwindlig.

Wie die Klotür im Eurocity, dachte sie und dachte es immer wieder. Dachte irgendwann weiter. Wenn es wie im Zug war, dann musste hinter der Tür jemand liegen. Sie wusste genau, was geschehen war. Der Mörder hatte ihre Mutter umgebracht, weil er sie nicht erwischen konnte.

Gerade als Rosl sich umdrehen und um Hilfe rufen wollte, löste jemand die Sicherheitskette, und die Tür schwang auf.

«Hast dich wieder rum'trieben, alte Schlamp'n!», zischte die kleine alte Frau. «Des ist das letzte Mal! Ich sag dir's! Das letzte Mal!»

Rosl konnte nicht antworten, nicht einmal begreifen. Sie wankte an ihrer Mutter vorüber in die Küche, ließ sich auf einen Stuhl fallen und starrte vor sich hin. Die alte Meier aber nickte zufrieden und legte sich angezogen ins Bett – nicht ohne zuvor ihre Schlafzimmertür abzusperren. Sie traute ihrer Tochter nicht.

Als Laura am nächsten Morgen das Polizeipräsidium in der Ettstraße betrat, winkte der Beamte im Empfangskasten und sagte: «Oben wartet jemand auf Sie, Frau Gottberg. Ich hab sie raufgeschickt zu Ihrer Sekretärin.»

«Wer ist es?»

«Eine Frau. Sie will unbedingt mit Ihnen sprechen, hat gefragt, wer den Fall der Toten im Eurocity bearbeitet.»

«Oh», sagte Laura. «Danke, Kollege. Vielleicht kommen wir ja endlich ein Stück weiter. Bisher ist es ja wie mit der Stange im Nebel!»

Der Mann im Glaskasten lachte.

«Ich bin froh, dass ich seit einem halben Jahr hier Dienst schiebe. Die Stange im Nebel lass ich lieber den andern!»

«Aber es ist spannend», antwortete Laura und winkte ihm im Weggehen zu.

Sie nahm die Treppe, weil sie es von zu Hause gewohnt war und weil sie es für gesund hielt. Im Vorzimmer ihres Dezernats saß eine schmale, blasse Frau, die einen braunen Kaninchenfellmantel über die Schultern geworfen hatte. Ihr Haar war von einem stumpfen Blond, ihre Lippen erstaunlich voll und rot. Obwohl der Tag neblig und dunkel war, trug sie eine große Sonnenbrille.

Die Sekretärin Claudia stellte gerade eine Tasse vor die Frau hin, goss Kaffee hinein und nickte Laura zu.

«Guten Morgen! Heute fängt's früh an! Hier sitzt Besuch für Sie … schon seit einer halben Stunde! Ich habe der Dame gesagt, dass Kriminalkommissare selten vor halb neun Uhr mit ihren Ermittlungen beginnen.»

«Dafür sind sie häufig die ganze Nacht unterwegs», gab Laura trocken zurück. «Guten Morgen allerseits. Wollten Sie mich sprechen?» Laura wandte sich der blassen Frau zu.

«Ja», sagte die Frau leise und erhob sich. Sie war erstaunlich groß, überragte Laura um mindestens einen halben Kopf und hatte unglaublich lange Beine, die in braunen Stretchhosen steckten.

Irgendwie passen die Beine nicht zu dem blassen, angestrengten Gesicht, dachte Laura, und aus den Augenwinkeln nahm sie wahr, dass auch Claudia auf diese Beine starrte.

Wenn Baumann jetzt kommen würde, dachte Laura, dann würde auch er … Und in diesem Augenblick öffnete Baumann die Tür, rief «Guten Morgen», jammerte nach einem Kaffee, hielt aber plötzlich inne und tat, was Laura angenommen hatte: Er starrte.

Die blasse Frau ließ den Mantel von ihren Schultern gleiten und hielt ihn so, dass ihre Beine verdeckt wurden.

«Ich würde mich gern allein mit Ihnen unterhalten», sagte sie zu Laura und würdigte Peter Baumann keines Blickes.

«Ja, gut. Bitte kommen Sie.» Laura hielt die Tür auf.

«Kann ich meinen Kaffee mitnehmen?», fragte die Frau.

«Natürlich. Ich will auch einen. Würdest du uns bitte den Kaffee bringen, Claudia? Ich weiß, dass es eigentlich nicht zu deinen Aufgaben gehört, aber vielleicht kannst du heute eine Ausnahme machen.»

Claudia zwinkerte Laura zu.

«Klar, Frau Hauptkommissarin. Die Dame wollte übrigens ihren Namen nicht nennen.»

Da wandte sich die blasse Frau heftig um und sagte sehr laut: «Der Name tut auch nichts zur Sache. Sie kennen mich nicht und ich Sie nicht! Was hilft es mir, wenn ich Ihren Namen kennen würde!»

«Sie würden wissen, wer ich bin!», antwortete Claudia.

«Ach ja, wirklich?» Die blasse Frau trat einen Schritt auf Claudia zu. «Wenn ich weiß, wie jemand heißt, weiß ich noch lange nicht, wer er ist. Das müssten Sie als Sekretärin in einem Morddezernat eigentlich wissen!»

«Oje!», seufzte Claudia. «So philosophisch hab ich es nicht gemeint!»

«Können wir jetzt?» Laura wies auf die Tür.

«Gern.» Die blasse, große Frau trat vor Laura auf den Flur, folgte ihr dann zu dem kleinen Büro. Laura schob ihr einen Stuhl hin, warf ihre Jacke über den Chefsessel und streckte der Frau ihre Hand hin.

«Mein Name ist Laura Gottberg.»

Die Frau zögerte, ergriff dann Lauras Hand, erwiderte kurz den Druck und zog sich schnell zurück.

«Ich …», setzte die Frau an, verstummte aber, als Claudia mit einem Tablett hereintrat, zwei Kaffeetassen, Zucker und Milch auf den Schreibtisch stellte.

«Danke!», sagte Laura.

Die Sekretärin zog die Augenbrauen hoch, kniff das rechte Auge zu und verschwand so schnell, wie sie gekommen war.

«Ja?», sagte Laura. «Sie wollten gerade etwas sagen.»

Die Frau strich mit einer Hand über den Kaninchenfellmantel. «Haben wir noch mehr Störungen zu erwarten?», fragte sie plötzlich mit sarkastischem Tonfall. Da war ein winziger Akzent, der ihre Art zu sprechen reizvoll machte.

«Nein», antwortete Laura. «Aber wir können die Tür abschließen, wenn Ihnen das lieber ist.»

Die Frau runzelte ihre Stirn, nahm die dunkle Brille ab und schaute genau in Lauras Augen.

«Ich möchte, dass Sie mich ernst nehmen!», sagte sie leise. «Was ich Ihnen sagen will, ist sehr wichtig. Ich bin Mitglied einer Organisation, die unbedingt anonym bleiben muss.»

Sie lehnte sich zurück, ließ aber Lauras Augen noch immer nicht los. «Es ist eine Organisation, die Frauen und Kindern dabei hilft, aus den Fängen von Menschenhändlern auszubrechen.»

Laura wich ihrem Blick nicht aus, nickte nur leicht und wartete. Immer schneller strich die Frau über das weiche Fell ihres Mantels.

«Ich habe lange darüber nachgedacht, ob ich zu Ihnen kommen soll. Die andern waren dagegen, als ich es vorschlug. Deshalb darf auch niemand erfahren, dass ich hier war. Aber es war die zweite Frau, verstehen Sie?»

Laura brauchte einen Moment, ehe sie verstand. Auch die blasse Frau stellte offensichtlich eine Verbindung zwischen der Toten im Eurocity und dem Leichenfund in Italien her.

«Woher wissen Sie von der toten Frau in Italien?», fragte Laura.

«Wir haben unsere Informationen.»

«Das bedeutet für mich, dass Ihre Organisation auch in Italien tätig ist, nicht wahr?»

«Das kann ich nicht sagen.»

Laura setzte sich, zog ihre Tasse zu sich heran, rührte Milch und einen halben Löffel Zucker in den Kaffee.

«Und was können Sie sagen?»

Die Frau wippte nervös mit einem Fuß, der in einem halbhohen Stiefel mit Pelzbesatz steckte, und Laura dachte plötzlich, dass sie – trotz dezenter Farben und einer gewissen unauffälligen Eleganz – gekleidet war wie jemand aus dem Milieu.

«Ich habe lange und genau darüber nachgedacht, was ich sagen kann. Die Frau, die im Eurocity ermordet wurde, reiste unter falschem Namen. Ihren richtigen kenne ich nicht. Ich sollte sie am Hauptbahnhof abholen, aber sie kam nicht …» Die blasse Frau schlug die Beine übereinander und faltete ihre Hände über dem rechten Knie. «Zuerst dachte ich, dass sie vielleicht an einem anderen Bahnhof ausgestiegen sein könnte, um es allein zu versuchen. Sie müssen wissen, dass solche Frauen sehr misstrauisch sind.»

«Was allein zu versuchen?», fragte Laura.

«Das Leben!», antwortete die blasse Frau und sah Laura wieder sehr direkt an.

«Und was für ein Leben hatte Ihre Organisation zu bieten?»

«Kein einfaches, aber einen Anfang. Eine neue Identität, ein neues Land, mit ein bisschen Glück sogar einen Job oder einen Ehemann.»

«Das ist eine ganze Menge!»

Die blasse Frau runzelte die Stirn.

«Auf alle Fälle schicken wir die Frauen nicht in ihre Herkunftsländer zurück, wo sie in Armut und Schande leben müssen oder gleich wieder verschleppt werden und sowieso keine Chance haben. Das sind die einfachen Lösungen der Polizei und der Ausländerbehörden überall in Europa. Damit haben wir nichts zu tun!»

Laura trank nachdenklich einen Schluck Kaffee.

«Ich verstehe etwas nicht», sagte sie langsam. «Warum kommen Sie hierher ins Polizeipräsidium und erzählen mir von lauter illegalen Aktionen, und noch dazu haben Sie offensichtlich nicht einmal die Zustimmung Ihrer Organisation.»

Die blasse Frau stellte beide Füße auf den Boden und beugte sich vor. Laura fiel auf, dass ihre Augen ein wenig schräg standen und ihrem Gesicht einen katzenartigen Ausdruck verliehen.

«Weil ich auf diese Gesetze scheiße, Frau Hauptkommissarin. Weil sie menschenfeindlich und ganz besonders frauenfeindlich sind! Den Frauen, die ich meine, können Sie nicht mit Gesetzen helfen. Da sind Einfälle gefragt, Kreativität! Verstehen Sie mich? Aber ich bin aus einem ganz anderen Grund gekommen: Ich möchte verhindern, dass eine dritte Frau ums Leben kommt. Irgendetwas stimmt nicht mehr mit dem Transfer der Frauen.»

«Transfer!», wiederholte Laura. «Wenn ich richtig verstehe, dann werden also regelmäßig Frauen über Italien herausgeschleust.»

«Verstehen Sie, was Sie wollen. Sie sind eine intelligente Frau und haben es sicher auch nicht leicht gehabt, dahin zu kommen, wo Sie jetzt sind. Ich würde Ihnen das alles nicht erzählen, wenn Sie ein Mann wären und ich nicht den Eindruck gehabt hätte, dass ich es mit Ihnen versuchen kann!»

Laura lehnte sich in ihren alten schweren Ledersessel zurück und dachte nach. Dann fragte sie:

«Was haben Sie studiert?»

«Wie bitte?» Die blasse Frau sah irritiert auf.

«War doch eine klare Frage, oder?»

«Ja … aber, was hat das mit unserem Thema zu tun?»

«Ich denke, dass es durchaus etwas damit zu tun hat. Sie drücken sich sehr gut aus, denken sehr präzise.»

Zum ersten Mal schien die blasse Frau ein wenig unsicher zu werden, sah auf den Boden, spreizte die Finger einer Hand.

«Ja, ich habe studiert. Genügt das?»

«Für den Augenblick.»

So komme ich nicht weiter, dachte Laura. Sie wird nichts sagen. Ich muss es anders versuchen; sie einbeziehen.

«Was schlagen Sie also vor, um einen dritten Mord zu verhindern?»

Die blasse Frau nickte, trank endlich von ihrem Kaffee, und Laura deutete es als Zeichen einer gewissen Entspannung.

«Sie müssen den Weg zurückgehen. Es muss einen Verräter geben, der mit den Menschenhändlern zusammenarbeitet. Am einen oder am anderen Ende der Bahnstrecke! Diese Morde sind Strafaktionen: Wer aussteigen will, wird so grausam bestraft, dass keine Frau mehr den Mut dazu aufbringt!»

«Soweit ich mich erinnern kann, liegen ungefähr zwei Monate zwischen den beiden Morden», sagte Laura leise. «Ist es Ihrer Organisation in dieser Zeit gelungen, Frauen herauszuschleusen?»

Die blasse Frau nickte.

«Im letzten halben Jahr haben wir fünfunddreißig Frauen betreut, die über Italien herausgebracht wurden.»

«Was heißt herausgebracht?»

Die Frau schüttelte langsam den Kopf.

«Ich möchte Ihnen keine so genauen Informationen geben.»

«Das kann ich ja verstehen, aber wenn ich ermitteln soll, dann brauche ich wenigstens Ansatzpunkte.»

Die blasse Frau legte ihre rechte Hand auf Lauras Schreibtisch und schlug mit den Fingern einen kleinen Trommelwirbel.

«Also, nicht alle dieser Frauen haben in italienischen Etablissements gearbeitet. Einige kamen auch aus Bosnien, dem Kosovo und der Türkei.»

«Welche Nationalität hatten diese Frauen?»

«Ein schöner Querschnitt von Weißrussland, der Ukraine, bis Rumänien und dem ganzen Balkan.»

«Woher kam die Frau aus dem Eurocity?»

«Sie sind sehr schnell, nicht wahr? Lassen Sie mich ein wenig Luft holen.»

«Ungern!» Laura lächelte die blasse Frau an, die kniff ein bisschen die Augen zusammen, lächelte dann aber zurück.

«Gut!», sagte sie. «Ich bin auch sehr schnell. Machen wir weiter! Die Frau aus dem Eurocity war aus der Ukraine. Ich kenne ihren richtigen Namen nicht, nur den Transfer-Namen. Der war Franca Gabani. Sie hat zwei Jahre lang in einem Bordell in Bosnien gearbeitet, wurde dann von unserer Organisation nach Italien gebracht und sollte nach Deutschland weiterreisen.»

«Und dann?»

«Was dann?»

«Sollte sie in Deutschland bleiben oder waren noch mehr Reisen vorgesehen?»

«Die Frauen können selbst wählen. Wir machen nur Angebote. Das muss reichen. Mehr werden Sie im Moment nicht von mir erfahren!»

«Gut, also lassen wir das. Wie soll ich Ihrer Meinung nach am andern Ende der Bahnstrecke ermitteln, wenn Ihre Organisation nicht kooperiert?»

Die blasse Frau schloss kurz die Augen.

«Am andern Ende der Bahnstrecke gibt es eine andere Organisation. Wir arbeiten mit denen zusammen, kennen aber nur zwei Kontaktpersonen.»

«Tja», sagte Laura. «Jetzt stehen Sie vor der schwierigen Entscheidung, mir die Namen und Adressen dieser Personen zu nennen, nicht wahr?»

«Und ich werde Ihnen auch meine Bedingung sagen: dass Sie auf keinen Fall die italienischen Behörden einschalten. Die Italiener reagieren inzwischen regelrecht hysterisch, wenn Menschen illegal bei ihnen eingeschleust werden. Ist ja auch verständlich. Aber es wäre verhängnisvoll, wenn diese Wege verschlossen würden.»

Laura schob ihre Tasse hin und her.

«Wie stellen Sie sich das vor? Ich kann nicht an den italienischen Behörden vorbei auf eigene Faust ermitteln!»

Die blasse Frau lachte kurz auf. Es war ein bitteres, beinahe böses Lachen.

«Wenn wir in dieser Welt Menschen retten wollen, dann brauchen wir Kreativität und Mut, Frau Hauptkommissarin. Wenn Sie sich immer an die legalen Wege halten, werden Sie nicht viel erreichen. Aber das wissen Sie selbst, wenn ich Sie richtig einschätze. Ich werde Ihnen die Namen nur nennen, wenn Sie mir schwören, dass die Italiener draußen bleiben.»

«Sie hätten Predigerin werden sollen», murmelte Laura. «Übertreiben Sie nicht ein bisschen?»

«Nein, ich untertreibe. Und ich wundere mich, dass ich Ihnen so etwas sagen muss …»

Laura setzte sich auf. «Ich benötige Ihren missionarischen Eifer nicht, meine Erfahrung reicht vollkommen aus, um mir vorzustellen, was Sie mir sagen wollen. Wenn Sie mir die Namen nennen, verspreche ich, dass ich es versuchen werde, solange die Gefahr für mich persönlich nicht zu groß wird. Ich habe nämlich zwei Kinder und möchte noch ein bisschen länger für sie da sein.»

Die blasse Frau senkte den Kopf und strich wieder über ihren Pelz, zwirbelte endlich ein Haarbüschel wie einen winzigen Schnurrbart.

«Ich weiß», sagte sie leise.

«Wieso wissen Sie, dass ich zwei Kinder habe? Ich denke, Sie sind hier hereinmarschiert und haben nach dem ermittelnden Kommissar gefragt?»

Die Frau lächelte kaum merklich, zuckte dann die Achseln.

«Das habe ich auch getan. Aber ich habe schon gestern angerufen und danach meine Erkundigungen eingezogen. Sonst wäre ich gar nicht gekommen, Frau Gottberg.»

«Mir gefällt das nicht! Mir gefällt nicht, dass Sie sich ausdrücken und benehmen, als hätten Sie eine geheime Macht hinter sich. Wissen Sie, wer sich so ausdrückt, Erkundigungen einzieht über Familien von Polizeibeamten und auf ungreifbare Weise droht?»

«Nein.» Die blasse Frau dehnte das «Nein» und lächelte dabei kaum merklich.

«Die Mafia macht so etwas, und ich bin sicher, dass Sie es ganz genau wissen.»

Die blasse Frau schien zu überlegen, zwischen Daumen und Zeigefinger ihrer rechten Hand hielt sie ein paar Kaninchenhaare und betrachtete sie interessiert.

«Gut!», sagte sie plötzlich und schnippte die Kaninchenhaare fort. «Es tut mir Leid, wenn Sie den Eindruck bekommen, ich hätte etwas mit der Mafia zu tun. Ich habe dieses Verhalten gelernt, weil ich ihm selbst lange Zeit ausgesetzt war.»

«Und wie soll ich sicher sein, dass ich Ihnen vertrauen kann?», fragte Laura zurück.

«In Ihrem Beruf muss man doch Risiken eingehen, nicht wahr?» Die blasse, große Frau sah wieder sehr ernst aus.

«In Ihrem auch, nicht wahr?», sagte Laura schnell und ließ die Frau nicht aus den Augen. War da ein unmerkliches Zucken irgendwo – um die Augen, die Mundwinkel? Laura konnte es nicht genau festmachen.

«Welchen Beruf meinen Sie?», fragte die Frau sanft.

«Ich weiß es nicht», murmelte Laura. «Es war ein Versuch, nichts weiter.» Aber sie dachte, dass sie bei ihrem Versuch ins Schwarze getroffen hatte.

Die blasse Frau zog einen Umschlag aus ihrer Tasche und legte ihn auf ihren Oberschenkel.

«In diesem Umschlag finden Sie Codewort und Handy-nummer einer Kontaktperson in Florenz. Ich werde Ihnen nur diese eine Nummer und ein Codewort geben. Es ist ein Test. Und ich möchte, dass Sie diesen kleinen Macho aus den Ermittlungen ausschließen, der vorhin ins Büro platzte.»

«Sie mögen Männer nicht besonders, nicht wahr?»

«Nein!», antwortete die blasse Frau und schob den Um-schlag zu Laura hinüber. «Nein, nicht besonders. Das haben Sie ganz gut erkannt!»

«Ich glaube, ich habe zwei unserer unsichtbaren Putzfrauen ausfindig gemacht!», sagte Peter Baumann, als Laura in das große Büro zurückkehrte, das er mit Claudia teilte. Nur zwei Palmen trennten ihren Schreibtisch von seinem, und sie hat-ten freien Blick auf den mittleren Teil der Frauenkirche.

«Und wie hast du das geschafft?»

«Mit Zuckerbrot und Peitsche. Ich habe versprochen, dass sie keine Anzeige wegen illegaler Beschäftigung bekommen werden, wenn sie den betroffenen Frauen eine Festanstellung geben!»

«Und darauf sind die eingegangen?» Laura stieß ein un-gläubiges Lachen aus.

«Ja, sofort. Keine Probleme. Die haben Mord gehört und wollten bloß keine Schwierigkeiten bekommen. Von denen habe ich allerdings jede Menge angekündigt, falls die Firma nicht kooperieren sollte.»

«Na, gratuliere. Wie heißen denn die Damen?»

«Sefika Ada und Rosl Meier. Die beiden sollen in dem Zugteil gearbeitet haben, in dem die Tote gefunden wurde.»

«Noch mehr Illegale?»

Baumann grinste. «Nein, angeblich nur die beiden.»

«Natürlich, natürlich.» Laura setzte sich aufs Fensterbrett

und sah auf den Domplatz hinunter. Ein Taubenschwarm flog mit knatternden Flügelschlägen knapp unter dem Fenster vorüber und verschwand im Nebel.

Lauras Handy begann in ihrer Jackentasche zu vibrieren. Seltsam, dass diese Bewegungen eines kleinen Apparats ihr jedes Mal einen leichten Schauer über den Rücken schickten. Immer wieder hatte sie das Gefühl, als sei das Ding lebendig, als zapple ein Fisch in ihrer Tasche.

Laura zog das Telefon schnell heraus und hielt es an ihr Ohr. «Ja? Gottberg!»

«Sie ist leider weg! Ganz schön durchtrieben, die Dame. Ist im Eilschritt durch zwei Kaufhäuser durch, hat sich am Karlsplatz ein Taxi geschnappt und war weg. Die wusste genau, dass wir sie beobachten!»

«Wahrscheinlich!», sagte Laura. «Danke, Kollege. War nur ein Versuch!»

Sie steckte das Handy wieder in ihre Tasche.

«Wie ist es denn mit deinem scharfen Besuch gelaufen?», fragte Baumann. Aus den Augenwinkeln nahm Laura wahr, dass die Sekretärin den Kopf hob.

«Das ist genau die Bemerkung, die ‹mein scharfer Besuch› erwartet hätte.»

«Wieso denn das?» Baumann setzte ein unschuldig verwirrtes Gesicht auf.

«Das weißt du ganz genau, mein Lieber. Außerdem kann die Dame Männer nicht besonders leiden.»

Claudia stieß ein leises Kichern aus.

Großraumbüros, dachte Laura und dankte zum hundertsten Mal dem Himmel für ihr kleines Zimmer.

«Na ja!», sagte Baumann langsam. «Dann sollte sie vielleicht andere Hosen anziehen und diese dezent laszive Haltung ablegen. Für mich war das eine Nutte, die so tat, als wäre sie keine.»

Laura drehte sich schnell um. Für einen Augenblick erschien ihr der vertraute Kollege nicht länger wie ein freundlicher Waschbär nach dem Winterschlaf. Die Verachtung in seinen Worten hatte sich über sein Gesicht gelegt, wurde selbst durch das Grinsen nicht ausgelöscht, das er versuchte, als er Lauras Blick begegnete.

«Es tut mir Leid», sagte er schnell. «Aber ich dachte nicht, dass du dich mit der Dame identifizieren würdest. Normalerweise liegen wir mit unserer Einschätzung von Leuten ziemlich nahe beieinander!»

Zwischen den langen Blättern der Zimmerpalme kam Claudias Kopf immer näher.

«Ich identifiziere mich mit niemandem!», sagte Laura sehr leise. «Aber ich hasse es, wenn irgendjemand anderen ihre Würde nimmt, ehe er überhaupt ein Wort mit ihnen gewechselt hat.»

Peter Baumann hob die Augen zur Decke.

«Entschuldige, es liegt mir nichts ferner, als dieser Dame ihre Würde zu nehmen …»

«Hör auf!» Laura atmete tief ein. «Ich werde nicht mit dir darüber diskutieren! Du hast meine Meinung gehört und kannst darüber nachdenken.»

Claudias Kopf verschwand blitzschnell hinter den Palmblättern, als Laura sich umwandte und in ihre Richtung schaute.

«Manchmal hast du etwas verdammt Strenges an dir, verehrte Hauptkommissarin!», murmelte Baumann. «Etwas Moralinsaures! Und das steht dir überhaupt nicht, Laura.»

Hitze stieg in Laura auf. Nur mühsam gelang es ihr, sich zu beherrschen. Baumann hatte genau die richtige Wunde getroffen, um seinen Finger hineinzubohren. Wenn sie etwas nicht sein wollte, dann streng und moralinsauer.

«Komm mal mit in mein Zimmer», sagte sie heiser.

«Kann ich meine Dienstwaffe mitnehmen?»

«Arschloch», flüsterte sie und lächelte Claudia freundlich zu, während sie möglichst würdevoll zur Tür ging.

Mit erhobenen Armen erschien Peter Baumann zwei Minuten später in der Tür zu Lauras Büro. Die Pistole in seinem Schulterhalfter war gut sichtbar.

«Nimm die Arme runter und lass den Quatsch.» Laura verzog das Gesicht.

«Nur wenn du mir versprichst, dass du nicht noch einmal auf mich schießt. Verbal, meine ich!» Er schloss die Tür, indem er ihr einen leichten Fußtritt versetzte.

«Gib zu, dass deine Bemerkung über diese Frau nicht besonders glorreich war.»

«War sie nicht. Aber wieso soll ich immer glorreiche Bemerkungen machen? Du hast auch Aussetzer, Laura. Aber bei andern kennst du kein Erbarmen. Wetten, dass du genau dasselbe wie ich gedacht hast. Vielleicht nicht ‹Nutte›, aber zumindest in diese Richtung.»

Laura ging hinter ihrem Schreibtisch auf und ab.

«Du willst mich nicht verstehen. Natürlich habe ich in diese Richtung gedacht, aber deswegen verachte ich die Frau nicht. In deinen Sätzen und deiner Stimme habe ich verdammt viel Verachtung gehört. Das bringt mich so in Rage!»

«Und du verachtest nie, was? Wenn du erlaubst, werde ich dich beim nächsten Mal darauf hinweisen.»

Über Lauras Schreibtisch hinweg sahen sie sich an, und Laura dachte, dass sein Schnurrbart aussah, als würde er sich sträuben und dass er ja Recht hatte. Dass sie beide Recht hatten. Sie versuchte ein Lächeln, aber es misslang. Baumann verzog den Mund und ließ sich seufzend in den Stuhl fallen, in dem kurz zuvor noch die blasse Frau gesessen hatte.

«Also!», sagte er. «Friedenspfeife! Was hat diese Dame dir erzählt?»

Laura ließ sich auf der Schreibtischkante nieder und überlegte, was sie ihm sagen konnte … wollte. Sie fühlte sich der blassen Frau in diesem Augenblick näher als ihrem Kollegen.

«Nicht besonders viel», murmelte sie ausweichend. «Nur die Vermutung, dass die Tote im Eurocity etwas mit Menschenhandel zu tun haben könnte. Sie sagte, dass einige Frauen aus der Zwangsprostitution aussteigen wollen, und das sei mitunter lebensgefährlich.»

«Naja, in diese Richtung haben wir ja auch schon gedacht, nicht wahr? Hat sie wirklich nichts Konkretes gesagt?»

Laura schüttelte den Kopf und fragte sich, warum sie Peter Baumann anlog. Aber gleich darauf hatte sie diese Frage selbst beantwortet: Bei aller Unkonventionalität und Lockerheit würde Baumann nie nachvollziehen können, dass Laura immer stärker den Gedanken fasste, auf eigene Faust in Florenz zu ermitteln.

«Es war sehr unergiebig. Ich weiß nicht genau, warum sie überhaupt gekommen ist. Erzähl mir lieber von den unsichtbaren Putzfrauen.»

Baumann sah sie nachdenklich an, räusperte sich dann und zog einen Zettel aus der Jackentasche.

«Hier sind die Adressen. Wir können gleich loslegen. Bin wirklich gespannt, was die uns für Geschichten auftischen werden.»

«Also, worauf warten wir noch?» Laura rutschte von der Schreibtischkante, griff nach ihrer Lederjacke und dem dicken Wollschal. Baumann erhob sich ebenfalls, warf Laura aber einen so seltsam prüfenden Blick zu, dass sie sich fragte, ob er ahnte, dass sie ihm Informationen vorenthielt.

«Dann mal los!», sagte er und hielt ihr die Tür auf.

DIE TÜRKIN Sefika Ada wohnte in einem Hinterhaus der Wörthstraße im Zentrum des Münchner Stadtteils Haidhausen. Im Vorderhaus gab es einen Fahrradladen, in dessen Auslage viele Teddys mit roten Weihnachtsmützen saßen und zwischen ihnen ein riesiger schwarzer Bär. Als Peter Baumann sich interessiert vorbeugte, um den Bären genauer zu betrachten, hob dieser den Kopf und schaute ihn an. Baumann trat einen Schritt zurück, sah Laura an, dann wieder den Bären, dann auf seine Armbanduhr.

«Glaubst du, dass man um elf Uhr vormittags Halluzinationen haben kann, oder hältst du es für normal, dass ich Bären in einem Fahrradladen sehe?»

Laura runzelte die Stirn und antwortete ernst:

«Ich halte das für ein sehr bedenkliches Symptom, lieber Kollege. Zumal es sich bei dem Bären um einen Hund handelt.»

«Oh, ich wusste nicht, dass es Hunde dieser Größe gibt!», stammelte Baumann. «Trotzdem begreife ich nicht, was Teddybären und Riesenhunde mit Fahrrädern zu tun haben.»

«Das macht nichts», lächelte Laura. «Du musst nicht alles verstehen.»

Baumann lächelte zurück. «Alles wieder in Ordnung, Chefin?»

«Warum sagst du Chefin?»

«Ich dachte, es würde dir vielleicht gefallen, wenn ich es manchmal sage. Das bist du ja immerhin, nicht wahr?»

Laura zuckte die Achseln. Der bärenhafte Hund im

Schaufenster hatte sich unterdessen erhoben, gähnte mit weit geöffnetem Maul und nach oben gerollter Zunge.

«Willst du dich einschmeicheln?», fragte sie und beobachtete, wie der Hund sich zweimal um sich selbst drehte und sich dann wieder fallen ließ. Diesmal allerdings wandte er ihnen sein Hinterteil zu und schaute in den Laden hinein.

Baumann stieß einen lauten Seufzer aus. «Nein! Du bist irgendwie zurzeit sehr empfindlich!»

«So …», murmelte Laura und dachte kurz darüber nach, ob Baumann Recht haben könnte. Vielleicht, dachte sie. Ist ja auch eine Menge zu bewältigen.

«Also los!», sagte sie laut. «Gehen wir rein.»

Die Haustür war nur angelehnt. Baumann drückte sie auf und ließ Laura ein. In den Blechbriefkästen an der linken Wand des düsteren Flurs steckten Werbekataloge, der Boden war mit Zetteln und Broschüren aller Art bedeckt – als würden die Mieter des Hauses den Inhalt ihrer Briefkästen einfach auf den Boden leeren. Es roch nach Kohlenstaub, und Laura atmete tief ein. Der Geruch erinnerte sie an ihre Kindheit, an Häuser, die mit Kohlen beheizt wurden. Häuser mit dunklen Kellern, die alle diesen speziellen Geruch ausströmten.

Baumann öffnete die Tür zum Hinterhof. Spatzen flüchteten auf eine Wäscheleine im zweiten Stock. Die Gebäude schlossen sich eng um den kleinen Hof, ragten hoch und grau in den verhangenen Himmel. Ein rotes Kinderfahrrad lehnte an einer grauen Mauer, einziger Farbfleck in diesem traurigen Loch. Das Hinterhaus besaß nur zwei Stockwerke, und Laura nahm an, dass im Winter kein einziger Sonnenstrahl eines der Fenster berührte.

Auch diese Tür stand offen. Laura und Baumann stiegen knarrende Treppenstufen hinauf, die vom jahrzehntelangen Scheuern völlig ausgebleicht waren. In der Mitte der Stufen

verlief eine Spur dunkler Tropfen, die tief in das Holz einge-
drungen waren. Es roch intensiv nach Öl. Irgendjemand hatte wohl eine zu volle Kanne mit Heizöl hinaufgetragen und
dabei eine ganze Menge verschüttet. Wie ein Ariadnefaden
führte die Ölspur Laura und Baumann zur Tür der Familie
Ada. Laura klingelte, Schritte erklangen hinter der Tür, dann
war es still, und Laura war sicher, dass jemand hinter der Tür
stand, durch den Spion schaute und die Luft anhielt, denn
die Schritte hatten sich nicht entfernt.

«Hallo!», sagte Laura. «Würden Sie bitte die Tür öffnen!»

Kein Laut war zu hören. Baumann klopfte. «Bitte öffnen
Sie. Hier ist die Polizei. Wir müssen dringend mit Ihnen
sprechen.»

Noch immer nichts.

Laura hob den Briefschlitz leicht an.

«Frau Ada. Ich weiß, dass Sie da sind. Sie haben nichts zu
befürchten. Es geht nicht um Sie, sondern wir brauchen Ihre
Hilfe. Bitte helfen Sie uns!»

Stille. Laura war es, als hörte sie ein Herz klopfen. Endlich ein Rascheln, das Klirren einer Sicherheitskette, die allerdings eingehängt und nicht gelöst wurde. Dann öffnete
sich die Tür einen Spaltbreit, und das halbe Gesicht einer
jungen Frau erschien im Halbdunkel. Ein schreckgeweitetes
Auge musterte Laura und Baumann.

«Ich nix wissen. Ganzen Tag zu Hause mit Kind.»

«Bitte», sagte Laura und zeigte ihren Dienstausweis. «Sie
müssen wirklich keine Angst haben. Wir wissen, dass Sie ab
und zu am Bahnhof arbeiten. Züge reinigen …»

«Ich nix am Bahnhof arbeiten», rief die Frau. «Wer sagt,
ich arbeiten am Bahnhof?»

«Die Firma, von der Sie bezahlt werden, Frau Ada. Wir
wissen auch, dass Sie schwarz arbeiten, aber Sie werden keine
Schwierigkeiten bekommen, wenn Sie mit uns sprechen.»

Das eine dunkle Auge mit langen Wimpern musterte Laura mindestens zwei Minuten lang. Irgendwo im Hintergrund rief ein Kind. Das Auge verschwand und Sefika Ada antwortete dem Kind auf Türkisch. Dann erschien das Auge wieder.

«Wer sagt, ich bekomme keine Schwierigkeiten?»

«Ich sage das, Frau Ada.»

Die langen Wimpern senkten sich über das Auge, dann löste eine Hand die Kette, und die Tür öffnete sich. Langsam traten Laura und Baumann ein, folgten der jungen Frau den langen Flur entlang, der mit einem Kunststoffläufer ausgelegt war, dessen Muster Laura an die fünfziger Jahre erinnerte. Sefika Ada führte sie ins Wohnzimmer, wies auf eines von drei riesigen Sofas, die an den Wänden aufgereiht waren. Auf den Rückenlehnen der Sofas saßen Puppen mit rosaroten Rüschenröcken. Große Teppiche mit Schäferszenen bedeckten die Wände, außerdem gab es noch eine hohe Eichenholzschrankwand, in der ein Fernseher und allerlei Nippes untergebracht waren. An der vierten Wand stand der Ölofen, zu dem offensichtlich die Tropfenspur führte. Auch er roch ziemlich stark.

Als Laura sich setzte, entdeckte sie einen kleinen Jungen, der vorsichtig um eines der Sofas lugte. Ihre Blicke begegneten sich für den Bruchteil einer Sekunde, dann zog er blitzschnell seinen Kopf wieder ein und versteckte sich.

Sefika Ada blieb in der Mitte des Zimmers stehen. Ein türkisfarbenes Kopftuch war locker um ihr Haar geschlungen. Sie trug einen langen schwarzen Pullover und weite dunkelblaue Hosen. Ihre Füße steckten in türkisfarbenen Socken und versanken fast in dem tiefen flauschigen Teppich.

«Sefika Ada, das sind Sie doch?», fragte Laura.

Die junge Frau nickte und sah zum Fenster hinaus.

«Sie haben am 21. November im Eurocity aus Rom gearbeitet, nicht wahr?»

Sefika schüttelte den Kopf.

«Nein? Dann hat uns Ihre Firma falsch informiert?»

Wieder schüttelte Sefika den Kopf.

«Ich krank geworden. Arbeiten angefangen, dann krank geworden und nach Hause gegangen.»

Peter Baumann räusperte sich und begann mit so sanfter Stimme zu sprechen, dass Laura ihn erstaunt ansah.

«Sie haben in den Wagen 11 bis 14 Dienst gehabt, nicht wahr? Kann es sein, dass Sie etwas bemerkt haben, das nicht normal war? Und deshalb waren Sie so klug und sind gegangen?»

Sefika drehte sich heftig um und ballte die Fäuste.

«Ich gegangen, weil nix gesehen!»

Laura und Baumann unterdrückten ein Lächeln.

«Da war etwas hinter der Toilettentür im Wagen zwölf! War es das, was Sie nicht gesehen haben?», fragte Laura.

«Ich nix gesehen. Ich gleich gegangen, wie Türe nicht aufging.»

«Gut, Frau Ada. Ich glaube Ihnen, dass Sie nichts gesehen haben. Darum geht es auch gar nicht. Sie wissen wahrscheinlich inzwischen, dass hinter der Tür eine tote Frau lag.»

Sefika nickte langsam. Ihr kleiner Sohn flitzte hinter dem Sofa hervor und versteckte sich zwischen den weiten Hosenbeinen seiner Mutter.

«Hat Rosl Meier Sie angerufen?»

Wieder schüttelte Sefika den Kopf.

«Woher wissen Sie es?»

«Von türkisch Frau. Sie auch putzen am Bahnhof.»

Laura lächelte dem Kleinen zu, der zwischen den Hosenbeinen hervorschaute.

«Frau Ada, was wir von Ihnen wissen wollen, ist sehr wichtig: Haben Sie etwas Ungewöhnliches beobachtet, als Sie in den Zug eingestiegen sind, um zu arbeiten? Einen Menschen in der Nähe der Toilette, jemand, der später als die andern den Zug verließ. Irgendwas?»

Der kleine Junge umfasste die Beine seiner Mutter so heftig, dass sie beinahe das Gleichgewicht verlor. Sefika ruderte mit den Armen, der Kleine lachte, und als auch Laura und Baumann zu lachen begannen, stimmte Sefika ein. Dann griff sie nach ihrem Sohn, nahm ihn auf den Arm und drehte den Kopf weg, weil er sofort anfing, an ihrem Kopftuch zu zupfen.

«Ja!», sagte sie atemlos. «Ich habe gesehen. Nicht richtig, aber gesehen. Da war Mann mit schwarze Kleider. Ganz weit weg. Nur kurz gesehen. Dann weg.»

«Mann mit schwarze Kleider, dann weg», wiederholte Peter Baumann, als sie wieder auf der Wörthstraße standen. «Ich liebe Zeugenaussagen, die so ergiebig sind.»

Der Boden unter ihren Füßen erbebte, weil gerade eine Straßenbahn vorüberdonnerte. Der große schwarze Hund lag inzwischen vor dem Fahrradgeschäft und schlief.

«Es riecht nach Curry», sagte Laura.

«Wie bitte?»

«Curry!» Suchend schaute Laura sich um. «Indische Gewürzmischung!» Triumphierend wies sie auf das indische Restaurant im Nebenhaus.

«Hast du Hunger?», fragte Baumann.

«Nein, aber ich liebe Haidhausen. Es riecht.»

Baumann hob erstaunt die Augenbrauen.

«Es gibt Stadtviertel, die riechen, und solche, die stinken oder neutral sind», erklärte Laura. «Wenn etwas riecht, dann ist es lebendig. In Haidhausen riecht es nach Knoblauch und Kaffee, nach frischen Brezen und Döner Kebab, nach Curry und Kohlenkeller, nach Bier und Metzgerladen, nach Hundepipi und …»

«… Heizöl», warf Baumann ein.

Laura sah ihn irritiert an. «Okay, auch nach Heizöl. Und es gibt zwei Kaffeehäuser, die einmalig auf der Welt sind. In eines davon lade ich dich ein, wenn wir mit dieser Rosl Meier gesprochen haben.»

«Wieso kennst du dich denn so gut aus hier?», fragte Baumann, der eingefleischter Schwabinger war.

«Naja, warum wohl», erwiderte Laura. «Ich wohne immerhin seit ein paar Jahren in Haidhausen. Der schwarze Riesenhund heißt übrigens Alan.»

«Oh», sagte der junge Kommissar, verbeugte sich leicht vor dem flauschigen Fellberg. «Angenehm, Baumann.» Doch der Hund schnarchte leise weiter.

«Glaubst du, dass Sefika Ada wirklich einen schwarzen Mann gesehen hat?», fragte Laura, während sie neben Baumann Richtung Ostbahnhof ging.

«Keine Ahnung! Vielleicht hat sie es nur gesagt, damit wir zufrieden abziehen. Mit dieser Aussage können wir ohnehin nichts anfangen.»

Laura zupfte an Baumanns Jackenärmel. «Riech mal!»

Prüfend hielt er die Nase in die Luft, grinste dann und murmelte: «Zimtsterne gemischt mit Apfelstrudel und frischen Semmeln.»

«Wunderbar, nicht wahr? Café Reichshof. Noch ein Geruchserlebnis.»

«Ermitteln wir, oder übst du gerade für den Job als Reiseleiterin?», fragte Baumann. «*Reichshof* ist übrigens ein schrecklicher Name für ein Kaffeehaus.»

«Stimmt! Aber sie machen hervorragende Laugenstangen. Einen halben Meter lang und ganz dünn!»

«Noch was?» Baumann blieb stehen.

«Rundgang beendet», sagte Laura. «Wo wohnt denn diese Rosl Meier?»

«Hier links und dann wieder links. Es ist eine kleine Seitenstraße vom Johannisplatz.»

Die Luft war so feucht vom Nebel, dass von den kahlen Bäumen dicke Tropfen fielen. Das Kopfsteinpflaster der schmalen Gassen glänzte schwarz vor Nässe. Die Menschen, denen Laura und Baumann begegneten, gingen schnell, mit hochgezogenen Schultern, als könnten sie sich auf diese Weise vor der feuchten Kälte schützen. Zu Fuß waren es nur zehn Minuten von der Wörthstraße zum Haus der Rosl Meier. Laura und Baumann legten die Köpfe in den Nacken und sahen an dem hohen graubraunen Gebäude empor, das sicher seit zwanzig Jahren nicht mehr renoviert worden war. Der Klingelkasten war schmuddelig. Handgeschriebene Zettel zeigten die Namen der Mieter an. Meier machte eine Ausnahme. Meier stand auf einem ordentlichen kleinen Metallschild.

Als Baumann gerade auf den Klingelknopf drücken wollte, öffnete sich die Tür und eine kleine alte Frau kam heraus, zog einen struppigen Hund mit großen Ohren und zu kurzen Beinen hinter sich her.

«Zu wem woll'n S' denn?», fragte sie neugierig.

«Zu Frau Meier», antwortete Laura.

«Zur alten oder zur jungen?»

«Zur alten!» Laura hielt diese Antwort für klüger.

«Ja, was woll'n S' denn von der? Die red't doch mit niemand! Kommen S' vom Sozialamt? Des werd aa Zeit, dass S' nachschaun!»

Die alte Frau zog ihre Schultern hoch und den Schal enger um ihren Hals. Ihr kurzbeiniger Hund zerrte heftig zum Straßenrand und hob das Bein an einem geparkten Wagen.

«Wohnt die Frau Meier schon lange hier?», fragte Laura.

Die alte Frau stieß ein hohes dünnes Lachen aus.

«Ja mei! Seit funfz'g Jahr mindestens! Aber seit zehn Jahr red i nimmer mit ihr!»

«Oh!», machte Laura.

«Woll'n S' wissen warum? I sag's Eana! Die behauptet, dass meine Hund' stinken! Und dass des ganze Treppenhaus voller Haar ist! Aber ich sag's Eana: meine Hund' stinken nicht! Ich hab seit vierzig Jahren Hund' und noch keiner hat g'stunken! Aber bei der Meier stinkt's. Sie werd'n's selber riechen! Ganz gewaltig stinkt's bei der!»

«Danke», murmelte Laura. «Einen schönen Tag noch.»

Vor Baumann trat sie ins Treppenhaus, ging über den hellblau-weiß gekachelten Boden bis zum verschnörkelten Treppengeländer, drehte sich zu ihm um und brach erst dann in Gelächter aus.

«Es ist unglaublich», sagte er und rieb seinen Schnurrbart. «Die Aussage dieser Alten passt genau zu deinem Geruchsabenteuer Haidhausen. Allerdings fängt es jetzt an zu stinken.»

ALS ES AN DER TÜR klingelte, lag Rosl Meier noch immer im Bett. Sie hatte keine Kraft zum Aufstehen. Ihre Mutter rührte sich auch nicht. Seit Stunden war Rosl schon wach und dachte nach. Nur eins war ihr klar: Sie musste hier weg! München war kein sicherer Ort mehr für sie. Nicht seit diesem unseligen Abend, als sie die Leiche im Eurocity entdeckt hatte. Seitdem war er hinter ihr her. Es konnten aber auch mehrere sein.

Und jetzt klingelten sie! Rosl kauerte sich unter ihrer Bettdecke zusammen, legte die Arme um ihren mächtigen Bauch. Wieder schrillte die Klingel durch den Flur, durchbohrte Rosls Schlafzimmertür und drang in ihren Kopf ein.

Wenn sie nicht antwortete, würden sie die Tür einschlagen. Es gab keine Sicherheit mehr. Nicht in dieser Wohnung, nicht in dieser Stadt. Vielleicht nirgendwo.

Als es zum dritten Mal klingelte, rollte Rosl sich stöhnend aus dem Bett, schleppte sich zur Tür und lauschte auf den Flur hinaus. Komisch, dass ihre Mutter sich noch nicht gerührt hatte.

Rosl tastete sich an der Wand entlang zur Eingangstür. Das vierte Klingeln war so laut, dass sie sich den Kopf halten musste und ihr Herz ein paar verrückte Sprünge tat. Sie atmete so heftig ein, dass es wie ein Schluchzer klang.

«Frau Meier! Können Sie mich hören?»

Wer war das? Wer redete da? Eine Frau. Eine Frau konnte nicht hinter ihr her sein. Es musste ein Mann sein oder mehrere! Was wollte diese Frau? Sie bekam nie Besuch.

«Frau Meier? Wir sind von der Kriminalpolizei ...»

Kriminalpolizei?! Rosl Meier hörte den Rest des Satzes nicht, der von draußen kam. Die taten so, als wären sie von der Polizei. Damit sie die Tür aufmachte. Und dann hätten sie sie. Für wie blöd hielten die sie eigentlich? Rosl stieß einen verächtlichen Laut aus. Dann wich sie von der Tür zurück, schlich auf Zehenspitzen in die Küche.

Jetzt wusste sie, was sie tun konnte. Die würden eine böse Überraschung erleben, diese Verbrecher! Rosl nahm das Telefon und wählte 110.

«Die ist zu Hause», sagte Peter Baumann und richtete sich auf. «Da drinnen bewegt sich jemand, und es hat auch jemand gesprochen.»

«Aber sie macht nicht auf», erwiderte Laura. «Entweder hat sie Angst wegen ihrer Schwarzarbeit, oder es ist nur ihre Mutter da. Wer weiß, in welchem Zustand die alte Frau ist.»

Lauschend hob Baumann den Kopf. Gedämpft klang das kreischende Tuten eines Martinshorns ins Treppenhaus, auf verzerrte Weise verdoppelt, als hätte es ein Echo. Dann ertönte aus dem Parterre das Summen des Türöffners, und mehrere Personen schienen das Treppenhaus zu betreten, obwohl es gleich darauf wieder still war.

Vorsichtig schaute Laura über das Geländer. Dort unten fanden seltsam verstohlene Bewegungen statt, Füße scharrten, Gestalten huschten um Mauervorsprünge. Laura runzelte die Stirn und winkte Baumann zu sich heran.

«Lass uns mindestens ein Stockwerk höher gehen. Da rückt 'ne ganze Truppe an, und ich bin ziemlich sicher, dass die Meier sie gerufen hat», flüsterte Laura. «Wir sollten uns von oben in aller Ruhe ansehen, was die vorhaben.»

Baumann nickte. Hintereinander schlichen sie auf Zehenspitzen die Stufen hinauf. Trotz ihrer Sorgfalt knarrte das Holz unerbittlich. Doch auch von unten knackte es laut.

Die Gestalten hatten sich inzwischen als Polizisten entpuppt, die ohne Ausnahme ihre Dienstwaffen im Anschlag hielten und innerhalb weniger Minuten die Tür von Rosl Meier erreichten.

«Soso», wisperte Baumann und presste sich mit dem Rücken an die Wand, weil zwei der Kollegen immer weiter nach oben stiegen und nur noch eine halbe Treppe unter ihnen waren.

Wir sollten uns zu erkennen geben, dachte Laura. Andererseits erheiterte sie dieses Schauspiel, und sie war neugierig, wie Rosl Meier auf die rettende Truppe reagieren würde. In diesem Augenblick hob Peter Baumann warnend den Zeigefinger seiner rechten Hand. Der Kopf eines behelmten Polizisten erschien, sein Arm schnellte nach oben und die Mündung seiner Waffe zeigte genau auf Baumann.

«Rühr dich nicht», zischte der Kollege.

«Ich bin doch nicht lebensmüde», erwiderte Baumann leise. «Aber könntest du in meiner rechten Innentasche nachsehen. Da steckt nämlich mein Polizeiausweis, Kollege.»

«Noch mehr Scherze auf Lager? Umdrehen! Hände an die Wand und Beine auseinander.»

Laura streckte ihren Arm hinter der Wand links von dem Kollegen hervor und schwenkte ihren Ausweis.

«Alles klar, Kollege?», fragte sie, ehe sie sich langsam aus der Deckung wagte. Die Waffe zeigte noch immer Richtung Baumann. Laura drückte sie sanft nach unten.

«Das ist auch ein Kollege, Kollege!»

«Was macht'n ihr hier oben?», fragte der Polizist und drückte ungeduldig auf den Lichtschalter. Es wurde nicht heller. Offensichtlich war die Birne durchgebrannt.

«Wir wollten Frau Meier einen Besuch abstatten. Aber ich

möchte die Frage zurückgeben. Was macht denn eure Truppe hier?»

«Da kam ein Notruf rein. Diese Meier hat behauptet, dass jemand in ihre Wohnung eindringen will und dass die Person oder die Personen bewaffnet seien.»

«Falls es dich interessiert, Kollege», murmelte Baumann. «Das waren wir. Wir haben ganz harmlos an der Tür der Dame geklingelt und gesagt, dass wir sie sprechen wollen. Bin ja gespannt, ob sie euch aufmacht!»

Gemeinsam lauschten sie nach unten. Hörten zwischen den Männerstimmen auch eine Frau.

«Dann mal los», sagte Laura.

«Halt», grinste der Polizist. «Lassen Sie lieber mich vorausgehen, Frau Hauptkommissarin. Die Kollegen sind bewaffnet.»

Als sie im zweiten Stock ankamen, standen sechs Polizisten vor der Tür der Meiers.

«Des war'n mehrere», sagte Rosl gerade. «Ich hab's genau g'hört. Eine Frau war auch dabei. Wahrscheinlich eine Bande.»

«Diese Frau hier?», fragte der Polizist, der Laura und Baumann entdeckt hatte, und drängte sich durch seine Kollegen. Rosl Meier starrte Laura an, wich einen Schritt zurück und zuckte die Achseln.

«Ich weiß ned», stammelte sie. «Hab nur ihre Stimme g'hört!»

«Es war meine Stimme, Frau Meier», sagte Laura freundlich. «Ich habe Sie gebeten, die Tür zu öffnen, weil ich mit Ihnen sprechen muss.» Sie wandte sich an die Kollegen. «Ich glaube, Ihr könnt wieder abrücken. Kommissar Baumann und ich werden mit Frau Meier sprechen. Frau Meier fühlt sich offensichtlich bedroht und hat deshalb den Fehlalarm ausgelöst.»

«Ich sag aber nix. Da is nix zum Sagen.» Rosl Meier wollte die Wohnungstür zuschlagen, doch Baumann hatte seinen Fuß ausgestreckt.

«Weg! Verschwinden S'!» Rosl warf sich gegen die Tür, und Baumann verzog das Gesicht.

«Au», sagte er. «Die Dame hat ziemlich viel Kraft!»

«Habt ihr einen Durchsuchungsbefehl?», fragte der Einsatzleiter der kleinen Schutztruppe im Treppenhaus. Laura schüttelte den Kopf.

«Wir wollen ja auch nichts durchsuchen», sagte sie. «Nur ein paar Fragen stellen.»

Baumanns Fuß klemmte noch immer in der Tür. Er drehte sich um und stemmte sich dagegen, doch die Tür bewegte sich nicht.

«Das gibt's doch nicht», stöhnte Baumann. Ein junger Kollege erbarmte sich seiner und lehnte sich mit der Schulter gegen die Tür. Laura beobachtete, wie die Gesichter der beiden Männer rot anliefen, und ganz allmählich bewegte sich die Tür, öffnete sich Zentimeter um Zentimeter, während Rosl Meier laut zeterte. Laura schlüpfte in die Wohnung, sobald die Öffnung breit genug war. Hinter der Tür kauerte die dicke Frau, ihre Beine fest gegen die Wand gestemmt, keuchend und schweißüberströmt.

«Das hat keinen Sinn, Frau Meier», sagte Laura leise. «Da draußen stehen sechs Männer. Das schaffen Sie nie!»

Rosl Meiers Beine rutschten langsam an der Wand herunter, sie selbst wurde zwischen Tür und Wand eingeklemmt, weil der Druck von der andern Seite nicht nachließ.

«Es reicht», sagte Laura zu den beiden Männern, die jetzt neugierig um die Tür lugten.

«Alle Achtung», keuchte Baumann.

Laura runzelte die Stirn und schüttelte den Kopf.

«Mach mal langsam! Ich glaube, hier stimmt etwas nicht.»

Sie berührte Rosl Meier an der Schulter.

«Frau Meier, Sie können jetzt rauskommen. Es besteht keine Gefahr. Niemand will Ihnen etwas zuleide tun. Können wir uns vielleicht irgendwo hinsetzen und miteinander reden?»

Rosl starrte erschrocken hinter der Tür hervor.

«Die Polizei muss dableiben», keuchte sie. «Wenn die nicht dableiben, dann red ich mit niemand!»

«Ich bin von der Polizei, Frau Meier.» Laura zeigte ihren Ausweis, doch die dicke Frau schien nicht zu begreifen. Laura winkte zwei der uniformierten Kollegen herbei.

«Ist es so besser?», fragte sie.

Rosl Meier schaute die Beamten sehr lange an, nickte endlich und löste sich zögernd aus dem Winkel hinter der Tür. Mit schlurfenden Schritten, sich immer wieder nach den Polizisten umwendend, ging sie in die Wohnküche und sackte auf einem Stuhl zusammen. Nur kurz musterte Laura das zerstörte Gesicht der Frau, die narbige, schlaffe Haut, das fettige, ungepflegte Haar. Es erschien ihr indiskret, genauer hinzusehen, schmerzte sie irgendwo oberhalb des Sonnengeflechts. Alltägliches Elend auszuhalten, hatte Laura schon immer als schwierig empfunden. Es erschien ihr hoffnungsloser als andere Formen der Verzweiflung. Was sollte sie diese Frau fragen? Eine vernünftige Antwort war kaum zu erwarten. Irgendetwas musste Rosl Meier zugestoßen sein – etwas, das möglicherweise mit dem Mord im Eurocity zu tun hatte. Doch es konnte natürlich auch sein, dass Rosl schon vorher verwirrt war.

«Sehen Sie, Frau Meier?», sagte Laura leise. «Die Polizisten bleiben da und beschützen Sie. Die helfen Ihnen, aber die brauchen auch Ihre Hilfe.»

Rosl warf Laura einen flüchtigen Blick zu, starrte plötzlich mit gerunzelter Stirn auf die verschnörkelte Wanduhr und sprang so heftig auf, dass ihr Stuhl krachend zu Boden fiel. Alle im Raum zuckten zusammen.

«Heiliger Josef!», rief Rosl. «So lang hat's noch nie g'schlafen!» Sie starrte in die Gesichter der Polizisten, lief dann verblüffend behände aus der Küche und blieb vor einer Tür am Ende des Flurs stehen. Alle folgten ihr, und wieder schaute sie mit einem gleichzeitig erschrockenen und abwesenden Ausdruck in die Gesichter der Fremden. Endlich drückte sie auf die Klinke, einmal, zweimal, rüttelte schließlich heftig, doch die Tür ließ sich nicht öffnen.

«Jemand hat abg'sperrt!», schrie Rosl. «Die war'n da! Die ham mei Mutter eing'sperrt, damit's mich umbringen können!»

Peter Baumann legte seine Hand auf Rosls Arm.

«Beruhigen Sie sich, Frau Meier. Wir schauen jetzt in aller Ruhe zusammen nach, wo Ihre Mutter ist. Vielleicht hat sie sich ja selber eingeschlossen. Wie alt ist sie denn?»

Aber Rosl rüttelte weiter an der Tür.

«Mama!», schrie sie. «Mama!»

Peter Baumann versuchte Rosl von der Tür wegzuführen, doch sie riss sich los und schlug nach ihm. Die beiden Polizeibeamten wollten ihm zu Hilfe kommen, aber Laura hielt sie zurück.

«Fasst sie nicht an, sonst bekommt sie noch mehr Angst! Wir gehen am besten zurück in die Küche, damit sie uns nicht mehr sieht.»

«Wenn Sie meinen, Frau Hauptkommissar», murmelte einer der Kollegen zweifelnd. «Die ist allerdings verdammt stark. Die könnt den Kommissar glatt umhauen!»

«Der hält das aus», antwortete Laura und kehrte hinter den beiden Beamten in die kleine Küche zurück. Dort blieben sie stehen, drehten sich beinahe gleichzeitig um und lauschten.

«Psst!», hörten sie Baumann sagen. «Wir müssen ganz still sein, Frau Meier. Dann können wir Ihre Mutter hören, wenn wir jetzt nach ihr rufen. Wollen Sie rufen oder soll ich?»

Rosl Meier war tatsächlich still.

«Meine Mama hört nicht gut», sagte sie plötzlich, als hätte sie ihren Verstand wieder gefunden.

«Deshalb müssen wir erst einmal laut klopfen. Das mach besser ich, meinen Sie nicht?»

«Ja», flüsterte Rosl, und Laura bewunderte Baumanns Geschick und die Selbstverständlichkeit, mit der er die verwirrte Frau behandelte.

Baumann klopfte sehr kräftig an die Tür. Selbst Schwerhörige mussten diese Schläge wahrnehmen. Doch es kam keine Antwort, blieb ganz still, und Laura begann zu ahnen, was sie hinter dieser verschlossenen Tür erwartete.

«Frau Meier», sagte Baumann jetzt. «Ich glaube, wir sollten die Tür aufbrechen. Vielleicht ist Ihre Mutter krank und kann nicht antworten.»

«Ja», flüsterte Rosl wieder. «Die Tür aufbrechen. Das müssen wir. Wahrscheinlich ist sie krank …»

«Kommt ihr mal her, Kollegen», rief Baumann. «Mein rechter Fuß ist bereits Matsch. Ich möchte nicht auch noch meine Schulter opfern.»

Laura sah zu, wie einer der jungen Polizisten sich gegen die Schlafzimmertür der alten Frau Meier warf. Zweimal musste er es tun. Das Schloss war offensichtlich von guter alter Qualität – dann flog die Tür auf, der Polizist flog mit ihr ins Zimmer, hielt sich mühsam aufrecht, kam am Fußende eines breiten altmodischen Ehebetts zum Stehen und wandte sein erschrockenes Gesicht zur Tür.

«Ruft's den Notarzt!»

Ehe die andern Rosl Meier zurückhalten konnten, war sie schon neben dem Bett, warf ihren massigen Körper über die alte Frau, drückte sie, schüttelte sie, kroch endlich zu ihr ins Bett und wiegte sie in ihren Armen wie eine Puppe.

«Lasst sie», sagte Laura. «Aber ruft den Notarzt!»

Die vier Polizisten zogen sich in den Flur zurück, schauten verwundert und erschrocken auf das Bild, das sich ihnen bot. Rosls Gesicht zeigte einen wilden Ausdruck. Ihre Augen glänzten, das Haar fiel über ihre Stirn. Breit saß sie mit gekreuzten Beinen im Ehebett ihrer Eltern und hielt den winzigen ausgemergelten Körper ihrer Mutter in den Armen. Wiegte dieses Häuflein Haut und Knochen hin und her, hin und her, presste es an ihre großen Brüste, als könnte sie es nähren.

Laura lehnte kurz ihre Stirn an Baumanns Schulter, kehrte dann mit den andern in die Küche zurück, um auf den Notarzt zu warten. Aus dem Schlafzimmer der alten Frau Meier hörte man ein Summen, mit dem Rosl ihre Mutter wiegte, und das Knarren des Bettgestells.

Baumann seufzte laut.

«Der Schlüssel steckte innen an der Tür!», sagte er leise. «Sieht so aus, als hätte die alte Frau sich eingeschlosssen, ehe sie zu Bett ging.»

Danach schwiegen sie, bis der Arzt und die Sanitäter Rosls Wohnung betraten, fingen sie schnell ab, bremsten ihren Tatendrang. Baumann erklärte dem Arzt die Situation mit leisen Worten, und Laura war froh, dass kein Dr. Standhaft geschickt worden war, sondern ein freundlicher junger Mann, der offensichtlich begriff, was Baumann ihm zu beschreiben versuchte. Jedenfalls bedeutete er seinen Helfern zu warten, betrat das Schlafzimmer sehr behutsam, setzte sich ans Fußende des Bettes und ließ zunächst die Szene auf sich wirken.

Nach einer Weile bat er Rosl, die Mutter auf die Decke zu legen, damit er ihr helfen könne. Zu Lauras und Baumanns

Erstaunen kam Rosl dieser Bitte nach kurzem Zögern nach. Der junge Arzt horchte die Brust der alten Frau ab, fühlte den Puls am Hals, am Handgelenk, hob ihre Augenlider und leuchtete in ihre Pupillen.

«Ja», sagte er dann ruhig. «Ich denke, es ist besser, wenn wir Ihre Mutter in ein Krankenhaus bringen.»

Rosl schüttelte heftig den Kopf.

«Nein», sagte sie laut. «Nein! Ich bin nicht so blöd, wie Sie meinen. Das ist meine Mutter, und sie bleibt hier. Die ist nicht krank. Die ist tot. Der Kerl hat sie umbracht. Jetzt bin ich dran. So is des.»

Laura hielt den Atem an, flehte innerlich, dass der Arzt die richtigen Worte finden möge.

«Ich wollte nicht nur Ihre Mutter ins Krankenhaus bringen, sondern Sie mit Ihrer Mutter, Frau Meier. Im Krankenhaus sind Sie beide in Sicherheit.»

Rosl starrte den Arzt an.

«Kann ich sie behalten. Im Krankenhaus? Ich hab nur sie. Sonst hab ich gar nichts. Wenn ich sie nicht behalten darf, komm ich nicht mit und sie auch nicht.»

Der Arzt warf Laura einen kurzen Blick zu und zuckte die Achseln.

«Natürlich dürfen Sie Ihre Mutter behalten, Frau Meier», sagte er leise. «Es ist schließlich Ihre Mutter, nicht wahr? Wir müssen sie nur untersuchen.»

Rosl runzelte die Stirn, griff dann nach ihrer Mutter und zog sie wieder an ihre Brust.

«Gleich», sagte sie. «Wir sin noch ned fertig. Geh'n S' naus! Alle miteinander.»

Fragend sah der Arzt zu Laura hinüber. Sie nickte. Da erhob er sich langsam und verließ das Zimmer, ging mit den andern in die Küche.

«Geben Sie ihr zehn Minuten», sagte Laura. «Das ist nicht

165

zu viel verlangt für den Abschied von einer Mutter, nicht wahr?»

«Nein, ganz und gar nicht!» Der junge Arzt lächelte kaum merklich. Er war groß, dunkelblond und trug eine Narbe im Gesicht, die sich von seiner Unterlippe bis zum Kinn zog. «Es fällt mir ohnehin schwer zu lügen», fügte er hinzu. «Ich meine, dass sie ihre Mutter behalten darf und all das. Ich wollte, sie könnte es. Aber solche Dinge sind in unserem System nicht vorgesehen …»

«Nein, das sind sie nicht …», murmelte Laura. «Ich weiß genau, was Sie meinen. Darf ich Sie noch um etwas bitten?»

Der Arzt nickte und zog fragend seine Augenbrauen hoch.

«Ich wäre froh, wenn Sie Rosl irgendwo unterbringen könnten, wo man gut mit ihr umgeht. Sie hat offensichtlich eine Art Verfolgungswahn entwickelt.»

«Ich werde es versuchen», antwortete der Arzt.

Laura gab ihm ihre Karte.

«Bitte sagen Sie mir Bescheid, wohin Sie Rosl gebracht haben. Ich muss mit ihr sprechen. Meinen Sie, dass ich ihr noch eine Frage stellen kann, ehe Sie sie mitnehmen?»

«Ist es wirklich wichtig?»

«Ja, das denke ich.»

«Wenn es wirklich wichtig ist, dann können Sie es versuchen. Ich werde ihr vor der Abfahrt eine Beruhigungsspritze geben. Gleich nach der Injektion sollten Sie Ihre Frage stellen. Was ist denn eigentlich passiert?»

«Das wissen wir auch nicht genau. Nur dass Rosl Meier niemand in die Wohnung lassen wollte und dass die alte Frau tot in ihrem Bett lag.»

«Auf den ersten Blick sieht es nicht nach Gewalteinwirkung aus», sagte der Arzt, «aber das kann natürlich nur durch eine Obduktion geklärt werden. Unter diesen Umständen wird die ja wohl angeordnet – trotz Sparprogramm, oder?»

«Natürlich», erwiderte Baumann. «Jedenfalls werden wir es versuchen. Dass jemand von oben diese Anweisung kippt, liegt allerdings durchaus im Bereich des Möglichen.»

Rosl sah dem Arzt entgegen, als der wieder ins Zimmer trat. Sah sein freundliches Lächeln und erstarrte, als er sich auf die Bettkante setzte. Rosl kannte ihn nicht. Ein undeutliches Gefühl sagte ihr, dass auch er zu denen gehörte, die hinter ihr her waren. Genau wie die draußen. Die taten nur so, als wären sie von der Polizei. Aber Rosl wusste auch, dass sie nichts gegen die ausrichten konnte. Es waren zu viele. Noch nie waren so viele Menschen in ihrer Wohnung gewesen. Wenn ihre Mutter noch leben würde, dann wären diese Fremden nicht in die Wohnung gekommen. Mutter hätte sie niemals hereingelassen.

Wellen von Angst liefen durch Rosls Körper, und sie presste die Tote fest an sich, wusste, dass sie jetzt allein war in dieser Welt. Die Angst war kalt, auch die Hand des Doktors auf ihrem Arm. Rosl wollte sie abschütteln, aber es war eh schon egal.

«Ich werde Ihnen jetzt eine Spritze geben.» Sie hörte diesen Satz, begriff ihn auch und dachte, dass auch das gut sei. Sie wollte gar nicht mehr leben in dieser fremden, kalten Welt. Er konnte sie ruhig umbringen. Mit einer Spritze tat es vielleicht nicht so weh wie mit einem Revolver oder einem Messer.

Sie spürte den Einstich, zuckte ein bisschen zu spät zusammen, und ihr wurde plötzlich heiß.

«Jetzt», sagte der Arzt.

Jetzt, dachte Rosl. So ist das also, wenn man stirbt. Ihr wurde noch heißer, und sie schloss ihre Augen.

«Frau Meier», sagte eine Frauenstimme. «Das mit Ihrer Mutter tut mir sehr Leid. Ich kann verstehen, dass Sie sehr traurig sind.»

Rosl konnte diese Stimme nicht mit der Spritze und ihrem Tod in Verbindung bringen, deshalb machte sie die Augen wieder auf. Aber sie sah Laura Gottberg nur verschwommen.

«Frau Meier! Es ist sehr wichtig, dass Sie meine Frage beantworten. Nur eine Frage: Warum haben Sie solche Angst, seit Sie die tote Frau im Eurocity gefunden haben?»

Rosl riss beide Augen weit auf und schnappte nach Luft. Woher wusste die das? Sie hatte es niemandem erzählt, nicht einmal ihrer Mutter. Wenn diese Frau es wusste, warum fragte sie dann? Warum?

«Hat man Sie bedroht oder verfolgt?»

«Er hat vor meiner Tür g'standen», flüsterte Rosl. «Und er hat die Bombe im Hauptbahnhof gelegt.»

«Wer?»

«Er war schwarz.»

Plötzlich drehte sich der ganze Raum um Rosl, das breite Ehebett verwandelte sich in ein Karussell. Ist gar nicht schlimm, das Sterben, dachte Rosl und legte sich in die Kissen zurück, versank in einem dunklen, leeren Raum und merkte nicht mehr, wie die beiden Sanitäter vorsichtig die tote alte Frau aus ihren Armen lösten.

«Wenn sie aufwacht, wird sie wissen, dass wir alle sie angelogen haben. Sie wird ihre Mutter vermutlich nie wieder sehen und vielleicht den Rest ihres Lebens in einer Anstalt verbringen. Und das alles, weil irgendein Mistkerl eine Frau im Eurocity umgebracht hat und die arme Rosl zufällig die Leiche entdeckt hat. Findest du das fair?» Laura Gottberg rührte sorgsam in ihrem Milchkaffee, um den Schaum auf seiner Oberfläche zu schonen. Sie liebte Milchschaum.

«Glaubst du wirklich, dass der Mord im Eurocity Auslöser für Rosls Zustand ist? Meinst du nicht, dass sie schon länger ein bisschen neben der Schiene läuft?» Baumann ließ seinen Blick durch das halbdunkle Lokal wandern, dessen eine Wand von einer riesigen Fototapete bedeckt war: Wildbach im Gebirge.

«Sie ist sicher eine Frau, die Fachleute als psychisch gefährdet einstufen würden. Aber bisher hat sie offensichtlich einigermaßen funktioniert. Ein Schockerlebnis kann durchaus eine Psychose auslösen.»

«Trostlose Geschichte auf alle Fälle», murmelte Baumann und beobachtete, wie zwei Tische weiter eine alte Frau ihren noch älteren Mann mit kleinen Kuchenstückchen fütterte. «Das ist also dein absolut einmaliges Kaffeehaus …»

Laura nickte.

«Auf den ersten Blick erkennt man es nicht so schnell, aber es wurde garantiert seit den fünfziger Jahren nicht mehr renoviert. Deshalb riecht es auch etwas. Es ist Treffpunkt der merkwürdigsten Menschen Haidhausens, hat bis drei Uhr morgens geöffnet und die freundlichsten Wirtsleute, die du dir vorstellen kannst. Es ist Vorstadt, Glasscherbenviertel und total echt! Nix Schicki-Micki und schon gar nicht München leuchtet! Stattdessen Sozialhilfe, Arbeitslose, Künstler, Rentner. Es ist wunderbar und grauslig, und ich liebe es!»

«Hast du Aktien von dem Verein, oder warum wirst du so euphorisch?»

«Hast gerade deine knochentrockene halbe Stunde, was? Gibt es keine Kneipen, die aus deiner Vergangenheit überhängen?»

«Doch!», grinste Baumann. «Aber die sind inzwischen alle verschwunden.»

«Schade», sagte Laura.

Baumann zuckte die Achseln.

«Wie man's nimmt. Aber lass uns mal kurz zusammenfassen, was wir wissen. Ich zähl mal auf, was mir einfällt: eine Tote im Eurocity, ein Unbekannter ohne Gedächtnis, dessen Fingerabdrücke auf der Mordwaffe sind, eine geheimnisvolle Besucherin, die offensichtlich nichts zur Klärung beigetragen hat, eine Putzfrau mit Verfolgungswahn, eine tote alte Frau, ein schwarzer Mann, der im Zug gesehen wurde …»

«… und eine Bombendrohung am Hauptbahnhof, die sich als falsch herausgestellt hat», fügte Laura hinzu.

Baumann entfernte umständlich das Silberpapier von dem kleinen Schokoladenkeks, der mit dem Kaffee serviert worden war, steckte den Keks endlich in den Mund und kaute genüsslich.

«Ich könnte ja allerlei Theorien aufstellen», sagte er endlich und entfernte mit dem Daumen einen Schokokrümel aus seinem Mundwinkel. «Aber irgendwie ergibt das alles für mich keinen Sinn. Es kommt mir vor, als hätte irgendwer all diese Leute gemeinsam in einen Cocktailshaker gesteckt, heftig geschüttelt und sie dann über München ausgeleert.»

Die Wirtin, eine kräftige dunkelhaarige Frau mit freundlichem Gesicht und runden Backen, trat an ihren Tisch und fragte, ob alles zur Zufriedenheit sei.

«Noch zwei Milchkaffee bitte», sagte Laura. «Wie geht's den Kindern?»

«Gut, gut! Sind in der Schule. Wir ham heut wunderbare Schmalznudeln. Wollt's nicht ein paar?»

«Doch, zwei», strahlte Baumann.

«I bring's glei!» Die Wirtin verschwand in der Küche.

«Schmalznudeln», murmelte Laura. «Hoffentlich wird uns nicht schlecht!» Plötzlich hatte sie das Gefühl, als ströme der

Nikotingeruch der vergangenen fünfzig Jahre aus den vergilbten Tapeten. Der Geruch war sicher schon immer da gewesen – bisher hatte er sie noch nie gestört. Jetzt empfand sie ihn als unangenehm, so unangenehm wie das, was sie Baumann zu sagen hatte.

«Ich hab dir nicht ganz die Wahrheit über die Frau gesagt, die im Präsidium war. Na ja, Wahrheit ist falsch ausgedrückt … ich hab dir nicht alles gesagt!»

Kommissar Baumann spielte mit dem Schokoladenpapier und sah Laura nicht an. «Ich dachte es mir.»

«Und warum hast du mich nicht gefragt?» Laura ärgerte sich über seine gelassene Art. Obwohl er mehr als zehn Jahre jünger war als sie selbst, gebärdete er sich häufig so unangemessen abgeklärt. Er seufzte tief und presste die Lippen aufeinander, ehe er antwortete.

«Ich dachte, dass du's mir schon sagen wirst, wenn du es für richtig hältst. Du hattest dich über mich geärgert. Außerdem sage ich dir auch nicht immer alles, was ich weiß. Manchmal ist eigenständige Arbeit ganz angenehm, nicht wahr?»

Laura beschloss, nicht auf diese Bemerkung einzugehen.

«Die Frau hat mir eine Kontaktperson in Florenz genannt. Offenbar existiert eine Geheimorganisation, die verschleppte Frauen aus allen möglichen Ländern herausschleust. Sie hat sich ziemlich unklar ausgedrückt, aber es sieht so aus, als bereiteten ihr die beiden Morde Sorgen. Sie ist der Meinung, dass es sich um ehemals verschleppte Frauen handelte, die ausgestiegen sind und von dieser mysteriösen Organisation nach München geschickt wurden, um dann irgendwie weiter vermittelt zu werden. Diese beiden Frauen kamen allerdings nie an – andere schon. Es klingt ziemlich verwirrend, aber mehr weiß ich auch nicht.»

«Wohin sollten die denn weiter vermittelt werden? In andere Bordelle? Heftig genug sah diese Dame ja aus!» Baumann ließ sich nicht anmerken, ob er verletzt oder verärgert war, machte einfach auf sachlich.

«Sie trat eher auf wie eine Hochkommissarin für Menschenrechte», erwiderte Laura. «Der Name, den sie mir gab, soll eine Art Test sein. Damit will sie meine Zuverlässigkeit prüfen. Bedingung für weitere Informationen ist, dass ich unabhängig von den italienischen Kollegen ermittle und auch sonst keinem was sage. Ganz besonders dir nicht, mein Lieber. Dein Blick auf ihre langen Beine ist unangenehm aufgefallen!»

«Na ja.» Baumann räusperte sich. «Ich kann es ihr nicht verdenken. War eine ganz spontane Abneigung zwischen uns – von beiden Seiten. Was …», er lächelte plötzlich sehr freundlich, denn die Wirtin näherte sich mit einem großen Teller voller Schmalznudeln. «Danke! Die sehen wirklich köstlich aus!»

«San's aa!», sagte die Wirtin. «An Guat'n!»

«Danke. Also, was gedenkst du zu tun, Laura?»

«Wir müssen genau herausfinden, was die italienischen Kollegen über die tote Frau wissen. Und ich möchte diese Person aufsuchen, die mir die Frau genannt hat. Ohne die italienischen Kollegen. Aber auch nicht allein, weil ich kein zu großes Risiko eingehen möchte. Vielleicht kommt jetzt deine große Chance, doch mit mir nach Italien zu fahren, nachdem es letztes Mal nicht geklappt hat.»

«Glaub bloß nicht, dass ich mich in ein Neutrum verwandelt habe, nur weil ich neulich mit einem Damenmantel erschienen bin. Ich bin noch immer bereit, den Kampf mit deinem Commissario Guerrini aufzunehmen.»

«Gut», sagte Laura. «Dann bleibst du eben zu Hause und ich ermittle mit Guerrini. Der ist in Florenz auch nicht zuständig – das passt hervorragend zu meiner illegalen Aktion.»

Baumann, der gerade in eine mit Puderzucker bestäubte Schmalznudel beißen wollte, hielt mit halb offenem Mund inne.

«Und wenn ich Kriminaloberrat Becker von deinen Geheimplänen erzähle?»

«Das machst du nicht, Peter. Dazu kenn ich dich zu gut. Vielleicht überlege ich es mir nochmal und du kannst doch mitkommen. Dann hast du Gelegenheit, in aller Ruhe die Videoaufnahmen und Fotos der Ermordeten anzusehen und die Protokolle übersetzen zu lassen. Das ist doch eine schöne Aufgabe, oder?»

Kommissar Baumann biss in die Schmalznudel und wischte den Puderzucker von seinem Schnurrbart.

«Ist das deine Rache für mein ungebührliches Betragen gegenüber der geheimnisvollen Unbekannten?»

«Nein», lächelte Laura, «eher dafür, dass du bereit wärst, deinen Damenmantel mit deiner Vorgesetzten zu betrügen.»

Und sie lachte laut, als Baumann sich an seiner Schmalznudel verschluckte.

AM SPÄTEN NACHMITTAG senkte sich wieder dichter Nebel über die Stadt. Laura Gottberg war gerade auf dem Weg ins Krankenhaus und dachte, dass sie noch nie eine so lang andauernde Zeit des Nebels erlebt hatte. So musste es in manchen Küstenstädten sein – in London, Venedig, Amsterdam. Laura war müde, streifte in Gedanken nur flüchtig die Vorstellung von Venedig im Nebel. Vielleicht würde sie es so erleben. Im Nebel. Ende Dezember. Zusammen mit Angelo Guerrini, der ihr in diesem Augenblick ebenfalls wie eine Gestalt im Nebel vorkam. In den letzten Stunden hatte sie gemeinsam mit Baumann die E-Mails der italienischen Kollegen gelesen, Informationen verglichen, Verbindungen zwischen den beiden Fällen gesucht.

Die Tote, die man neben den Gleisen südlich von Bologna gefunden hatte, war offensichtlich aus dem fahrenden Zug gestoßen worden und hatte sich das Genick gebrochen. Die Italiener hatten einen Mann verhaftet, einen Südtiroler. Er saß jetzt im Gefängnis von Mantua in Untersuchungshaft. Er hatte angeblich einen Streit mit der Frau gehabt.

Mantua, dachte Laura. Welch ein seltsamer Zufall. Andreas Hofer, der Tiroler Rebell, war in Mantua eingesperrt worden.

Was hatte ihr Vater stets theatralisch-scherzhaft gesungen, wenn sie auf der Autostrada an Mantua vorüberfuhren? ... Zu Mantua in Banden ... Ganz konnte er das Andreas-Hofer-Lied nicht singen. Laura lächelte. Sie musste Vater besuchen. Er wartete auf sie, obwohl er es leugnete.

Müde hatte er heute am Telefon geklungen. Die Müdigkeit mit einer langen Nacht im Gespräch mit seiner neuen Nachbarin, der Jurastudentin, begründet. Vielleicht stimmte es ja. Laura hoffte es. Vater brauchte Menschen, mit denen er sprechen konnte. Junge, lebendige Menschen, nicht die vergreisten Kollegen von früher, über die er ständig schimpfte. Seine besten Freunde waren gestorben – nicht einer war übrig geblieben.

Laura bremste scharf vor der roten Ampel am Max-Weber-Platz, schüttelte leicht den Kopf, um in die Gegenwart zurückzukehren. Sie kannte die Gefahren der Übermüdung – das Gehirn machte sich dann selbständig und hing allen möglichen Assoziationen nach. Von einem Untersuchungshäftling in Mantua zu Andreas Hofer und dem alten Gottberg, der einst halbe Rebellenballaden sang und gestern mit seiner Nachbarin Lasagne aß, weil er so einsam war. Laura beschloss, nach dem Besuch im Krankenhaus zu ihrem Vater zu fahren und nicht bis morgen zu warten. Sofia wollte am Abend mit einer Freundin lernen, und Luca hatte Training.

Wieso eigentlich schon wieder, dachte Laura. Inzwischen trainiert er viermal die Woche. Irgendetwas stimmt da nicht!

Sie hielt vor dem Eingang zum Krankenhaus und heftete den Ausweis an die Windschutzscheibe, der ihr erlaubte, ihr Auto überall abzustellen. Inzwischen hatte sie keine Mühe mehr, ihren Weg durch das Labyrinth der Gänge und Stockwerke zu finden, doch als sie die Intensivstation erreichte, erklärte die Oberschwester, dass der junge Unbekannte auf die neurologische Station verlegt worden sei.

«Es besteht keine Lebensgefahr. Er ist wach, ansprechbar und kann essen. Zimmer 201, dritter Stock.»

«Hat er irgendwas gesagt? Ich meine, wer er ist oder woran er sich erinnert?», fragte Laura.

«Soviel ich weiß nicht. Dr. Standhaft sagte etwas von einer globalen Amnesie und einem sehr interessanten Fall. Aber sprechen Sie doch mit dem Oberarzt der Neurologie – der ist Fachmann für Amnesien. Das war immer schon sein Hobby! Er heißt Libermann, Dr. Libermann!»

Laura bedankte sich und nahm den Lift. Gemeinsam mit einem bleichen jungen Mann im Bademantel, der von einer Infusionsflasche auf Rädern begleitet wurde, fuhr sie in den dritten Stock hinunter. Ehe sie den Aufzug verließ, nickte sie dem jungen Mann zu, doch der starrte an ihr vorbei.

Im Zimmer 201 lag neben dem jungen Mann nur ein zweiter Patient. Er trug einen Verband um seinen Kopf, und sein Gesicht war wachsweiß. Er beachtete Laura nicht.

Der junge Unbekannte lag halb auf der Seite, wandte dem anderen seinen Rücken zu und schaute aus dem Fenster. Das Hämatom in seinem Gesicht hatte sich in den letzten Tagen grüngelb verfärbt und begann zu verblassen. Als Laura am Fußende seines Bettes auftauchte, drehte er seinen Kopf und betrachtete sie mit zusammengekniffenen Augen.

«Ciao», sagte Laura leise. «Wahrscheinlich können Sie sich nicht an mich erinnern. Ich habe Sie schon ein paar Mal besucht. Zum letzten Mal, als Sie gerade aufgewacht sind. Da haben Sie gesagt: Ich weiß gar nichts!»

Der Blick des jungen Mannes glitt von ihrem Gesicht wieder zum Fenster. Laura folgte ihm, nahm den Baum wahr, der draußen zu sehen war. Ein Baum mit pechschwarzer, nasser Rinde und dunklen Zweigen. Das Gebäude hinter dem Baum wurde bereits vom Nebel verschluckt. Nur seine Fenster leuchteten durch die weißgrauen Schwaden.

«Wer sind Sie?», fragte der junge Mann, ohne Laura anzusehen. Er sprach Italienisch.

«Mein Name ist Laura. Ich möchte Ihnen helfen, sich zu erinnern. Aber es hat keine Eile.»

«Laura», flüsterte er. «Ich kenne keine Laura. Was macht dieser Mann in meinem Zimmer?»

«Das hier ist ein Krankenhaus, und der Mann in Ihrem Zimmer ist ein anderer Patient. Sie hatten einen Unfall – deshalb sind Sie in diesem Krankenhaus.»

«Unfall?», flüsterte er. «Ich kann mich nicht erinnern. Der Arzt hat auch von einem Unfall gesprochen. Aber das ist Unsinn. Oder vielleicht nicht … ich weiß es nicht. Ich weiß gar nichts!» Seine rechte Hand zerknüllte einen Zipfel der Bettdecke.

«Gar nichts?», fragte Laura mit sanfter Stimme.

«Gar nichts!», erwiderte er heftig. «Können Sie sich vorstellen, dass man gar nichts weiß? Niemanden kennt? Am wenigsten sich selbst? Ich weiß nicht, wer ich bin, Signora. Ich betaste mein Gesicht, betrachte mich im Spiegel. Ich sehe meine Füße, meine Hände. Ich esse und trinke, ich pinkle und scheiße – aber ich weiß nicht, wer das macht. Ich habe Angst, Signora! Nackte, kalte Angst.» Seine Stimme war immer lauter geworden, er sprach keuchend und doch sehr klar, beinahe druckreif, dachte Laura.

Der andere Patient hatte die Augen geöffnet und starrte jetzt zu ihnen herüber.

«Ja», sagte Laura nach einer Weile. «Ich kann mir vorstellen, dass es Angst macht. Deshalb würde ich Ihnen gern ein bisschen helfen, sich zu erinnern. Zumindest weiß ich, wie Sie hierher gekommen sind.»

«In einem Zug aus Italien.» Seine Stimme klang spöttisch und zugleich verzweifelt. «Sämtliche Ärzte haben bereits an meinem Bett gesessen und mir immer wieder erzählt, dass ich in einem Zug aus Italien nach München gekommen bin. Aber ich weiß nicht, was das bedeutet. Der Name Italien verbindet sich mit nichts, und was ist München? Können Sie mir erklären, was München ist?»

Laura beobachtete den jungen Mann. Immer wieder strich er mit gespreizten Fingern sein blondes Haar zurück – Haar, das deutlich gefärbt war und an den Wurzeln dunkel nachwuchs. Seine Bewegungen waren nervös und eckig. Auf seiner Stirn zeigte sich ein feuchter Schimmer, und auf seiner Oberlippe standen winzige Tröpfchen. Die dichten Augenbrauen und Wimpern waren beinahe schwarz, doch seine Augen leuchteten blaugrün, wie die einer Katze. Etwas Merkwürdiges war um diese Augen, sie schienen nicht wirklich nach außen zu schauen, als hielte etwas sie zurück.

Laura fragte sich, ob jemand, der an globaler Amnesie litt, derart klar sprechen konnte wie dieser junge Mann. Sie beschloss, einen Versuch zu unternehmen.

«Es war ein Eurocity», sagte sie langsam. «Er kam aus Rom, hielt in Florenz und Bologna, in Verona und Trient, in Bozen und Innsbruck und in vielen anderen kleinen Städten. Sie haben in der ersten Klasse gesessen und die Beine auf den gegenüberliegenden Sitz gelegt. Der Schaffner hatte etwas dagegen und forderte Sie auf, eine Zeitung unterzulegen. Der Schaffner bat Sie außerdem um ein Autogramm für seine Tochter, weil er Sie für einen Schauspieler hielt. Sind Sie ein Schauspieler?»

Der junge Mann warf ihr einen entsetzten Blick zu.

«Sie haben kein Recht, so zu reden», stieß er hervor. «Sie können nicht einfach behaupten, dass ich das bin, von dem Sie sprechen. Das ist eine Verschwörung. Sie wollen mich verrückt machen!»

«Nein.» Laura schüttelte den Kopf. «Ich will Sie nicht verrückt machen. Aber vielleicht geht es nicht, dass andere Ihnen von Ihrem Leben erzählen. Vielleicht müssen Sie sich ganz allein zurücktasten … Schritt für Schritt.»

Er schloss die Augen und presste die Hände gegen seine Schläfen.

«Ich sehe nachts Bilder», flüsterte er heiser. «Wie Träume. Aber ich kann sie nicht fassen. Ich weiß, dass ich lebe – aber ich existiere nicht. Verstehen Sie, was ich meine? Ich kann verschiedene Sprachen sprechen … es ist ganz leicht. Aber ich weiß nicht, warum ich das kann. Es macht Angst! Nichts als Angst!»

Laura schaute aus dem Fenster auf die milchigen Lichter, die wie übergroße Augen durch den Nebel zu ihnen hereinstarrten.

«Ja», sagte sie. «Ich kann es mir zumindest vorstellen.»

Der junge Mann antwortete nicht, lag mit geschlossenen Augen in seinen Kissen, eine steile Falte zwischen den Brauen, als litte er Schmerzen.

«Ich gehe jetzt», murmelte Laura. «Aber ich komme wieder. Falls Sie damit einverstanden sind.»

Er gab nicht zu erkennen, ob er ihre letzten Worte gehört hatte. Sein Gesicht wirkte plötzlich eingefallen und krank. Er drehte sich zum Fenster und zog die Decke über den Kopf.

Als Laura sich zur Tür wandte, bemerkte sie den Blick des anderen Patienten.

«Spricht er mit Ihnen?», fragte sie leise auf Deutsch.

Der Mann schüttelte sehr langsam seinen Kopf, als fürchte er zu schnelle Bewegungen.

«Er schaut mich nicht mal an», sagte er. «Starrt den ganzen Tag aus dem Fenster. Ist er Italiener?»

«Ich weiß es nicht», antwortete Laura. «Gute Besserung!» Sie verließ das Zimmer 201, schloss leise die Tür hinter sich und lehnte sich an die Wand, versuchte sich vorzustellen, wie es sich anfühlte, wenn man das Gedächtnis verlor. Vielleicht wie blind? Sie machte die Augen zu und tastete mit der rechten Hand über die Wand, atmete gleichzeitig sehr bewusst die Krankenhausgerüche ein.

Was wäre, wenn sie nichts mehr wüsste außer diesen ganz konkreten Informationen, die sie über ihre Fingerkuppen und ihre Nase erhielt. Nein, es funktionierte nicht! Sie wusste einfach, dass Sofia und Luca existierten, ihr Vater, die Stadt da draußen, das ganze Land und hinter den Alpen und dem Apennin ein Mann, der ihr besonders wichtig war. Sie hatte auch Rosl Meier nicht vergessen und ihre tote Mutter und das Johannis-Café, Peter Baumann und den Mord im Eurocity. Sie wusste ihren Namen, kannte ihre Herkunft.

Das alles war beinahe gleichzeitig da wie ein praller Nährboden, auf dem sie sich sicher bewegen konnte. Es gab nur einen Bruch in diesem Gefühl der Sicherheit, ihre eigene Sehnsucht nach Freiheit, diesen unbändigen Wunsch, der sie manchmal überkam, den Wunsch, all das zu vergessen und etwas Neues zu beginnen.

«Ist Ihnen nicht gut?»

Laura zuckte zusammen und öffnete langsam die Augen. Vor ihr stand ein grauhaariger Mann in weißem Kittel. Offensichtlich einer der Ärzte. Er war ein bisschen größer als sie, trug eine randlose Brille und blickte besorgt auf sie herab.

«Nein, nein. Es ist alles in Ordnung», stammelte Laura.

«Tatsächlich?» Er lächelte leicht und zog die Augenbrauen nach oben.

«Ja, wirklich! Ich habe nur ein Experiment durchgeführt.»

«Und welches, wenn ich so indiskret fragen darf?»

«Ich habe versucht mir vorzustellen, wie es sich anfühlt, wenn man sein Gedächtnis verloren hat.»

«Ist es Ihnen gelungen?»

«Nein.» Laura schüttelte den Kopf. «Wenn ich versuche, mich nicht zu erinnern, wer ich bin und was meine Vergangenheit ist, dann besteht da immer noch eine Art Bewusstsein, das mich hält. Ich weiß, obwohl ich nicht denke.»

Der Arzt lachte.

«Ihre Erkenntnis widerspricht einem der größten Philosophen, der erklärte: Ich denke, also bin ich!»

«Zwischen Wissen und Sein besteht aber ein großer Unterschied, finden Sie nicht? Und für einen Menschen, der sein Gedächtnis verloren hat, müsste außerdem ein ganz anderer Satz gelten: Ich denke, obwohl ich nicht weiß!»

«Haben Sie Philosophie studiert?»

«Nein, aber ich denke gern», antwortete Laura. «Sind Sie Dr. Libermann?»

«Woher wissen Sie das?» Der Arzt sah sie erstaunt an.

«Ich dachte es mir. Wissen Sie, ich bin bei der Kriminalpolizei, da lernt man solche Dinge.»

«Machen Sie Scherz, oder sind Sie eine Patientin?» Libermann sah plötzlich sehr ernst aus.

«Weder noch!» Laura hielt ihm ihren Ausweis hin. «Ich möchte mich mit Ihnen über den jungen Mann mit der globalen Amnesie unterhalten. Ich habe eine Menge Fragen an Sie, und die Oberschwester der Intensivstation sagte mir, dass Sie ein Experte auf diesem Gebiet seien.»

Dr. Libermann betrachtete noch immer Lauras Ausweis, lächelte dann und wies mit einer einladenden Bewegung seines rechten Arms auf das Ende des Flurs.

«Kommen Sie mit ins Ärztezimmer. Ich erzähle Ihnen gern, was ich weiß.»

Kurz darauf saß Laura dem Arzt gegenüber an einem runden Tisch, auf dem ein paar Fachzeitschriften lagen. Dr. Libermann hatte zwei Plastikbecher mit Kaffee besorgt und schien sich sichtlich über den ungewöhnlichen Besuch zu freuen.

«Natürlich hatte ich hin und wieder Kontakt mit Polizeibeamten – meistens, wenn jemand eins über die Rübe bekommen hat und danach Ausfallerscheinungen zeigte oder vorgab, sich an nichts zu erinnern. Aber ich hatte noch nie ein Gespräch mit einer Kriminalhauptkommissarin. Ein monströses Wort, finden Sie nicht?»

«Doch», lächelte Laura. «Einfach Hauptkommissarin wäre kürzer und richtiger!»

Libermann stutzte kurz, nickte dann und murmelte: «Wie dem auch sei … womit kann ich Ihnen dienen!»

«Mit Ihrer Einschätzung des unbekannten Patienten im Zimmer 201.» Laura nippte am Kaffee, er war noch zu heiß.

Libermann wiegte den Kopf hin und her und rieb seine Handflächen aneinander. «Ein schwieriger Fall. Man hat mir die Hintergründe erzählt. Medizinisch stellen sich viele Fragen … ich kenne unzählige Fälle globaler Amnesien oder Teilamnesien. Unser Gehirn mag es nun mal nicht, wenn man es zu sehr erschüttert. Es reagiert mit Blutungen, Bewusstlosigkeit, Schmerzen, Blackouts, Migräneanfällen oder Amnesien. Je nach Empfindlichkeit und Heftigkeit der Erschütterung.» Libermann lehnte sich mit verschränkten Armen zurück und schaute über seine Brillengläser hinweg auf Laura, dann nickte er wieder, räusperte sich und fuhr fort: «Der besagte junge Mann – ich schätze ihn auf fünfundzwanzig Jahre, plus, minus – wurde vor einer Woche ohne Bewusstsein aufgefunden, lag drei Tage in einer Art Koma, erwachte und konnte eigentlich vom ersten Augenblick an seine Situation ziemlich genau beschreiben. Richtig verwirrt wirkte er nur ganz kurze Zeit. Er konnte sagen, dass er unfähig sei, sich an irgendetwas zu erinnern, dass er seinen Namen nicht kennt, dass er nicht weiß, woher er kommt, und so weiter und so weiter.»

Laura hörte genau zu, trotzdem dachte sie gleichzeitig, dass Libermann sie an den alten Hausarzt ihrer Kindheit erinnerte, der ebenfalls lange Diagnosen stellte und am Ende «und so weiter und so weiter» hinzufügte.

«Ist das so ungewöhnlich?», fragte sie.

Libermann trank einen Schluck Kaffee, verzog das Gesicht und nickte wieder. «Scheußliches Zeug, nicht wahr?» Er starrte den Plastikbecher grimmig an. «Ja, es ist ungewöhnlich! Es passt eigentlich überhaupt nicht zum Krankheitsbild einer globalen Amnesie. Diese Menschen, müssen Sie wissen, verlieren mit ihrem Erinnerungsvermögen meist auch die Fähigkeit zu kommunizieren, sich auszudrücken, manchmal sogar zu essen oder zu trinken, auf die Toilette zu gehen und so weiter und so weiter!»

Laura unterdrückte ein Lächeln.

«Und wie lange hält so ein Zustand an?»

«Also, ich habe nur zwei Fälle erlebt, in denen die Amnesie über längere Zeit angehalten hat. Es handelte sich aber um besonders schwere Fälle von Gehirnquetschungen. Alle anderen Amnesien bilden sich normalerweise innerhalb von Tagen oder maximal Wochen zurück. Auch die Fähigkeit zu sprechen und klare Sätze zu bilden – all das kehrt gemeinsam mit der Erinnerung zurück. Es ist wunderbar zu beobachten, wie ein Mensch sich selbst wieder findet, seine Identität, sein ganzes Leben.»

Diesmal sagte Libermann nicht «und so weiter», obwohl Laura darauf wartete.

«Und was genau ist bei dem jungen Mann anders?»

Der Arzt schaute intensiv zur Decke, als könnte er dort die Antwort ablesen.

«Ich will versuchen, es zu beschreiben: Er kann sich offensichtlich an nichts erinnern, verrät sich auch nicht durch ein Wort oder einen Halbsatz, falls er nur so tut. Ich nehme also an, dass er sich tatsächlich nicht erinnern kann. Aber – und nun kommen wir zu dem Ungewöhnlichen dieses Falles – er drückt sich ansonsten sehr gewählt aus, nimmt Nahrung zu sich, trinkt, geht normal zur Toilette. Er sagt, dass er Angst hat oder wenn ihm etwas wehtut und so weiter und so weiter. Das –» Libermann sprach das «Das» aus wie ein Ausrufezeichen – «ist nicht mit einer Amnesie in Verbindung zu bringen. Es sei denn –» wieder machte er eine bedeutungsvolle Pause –, «er leidet an einer psychogenen Amnesie, deren Auslöser die schwere Gehirnerschütterung war, an der er noch immer leidet. Er hatte übrigens keinen Schädelbasisbruch, wie zu Beginn befürchtet. Ein unscharfes Röntgenbild hat zu diesem Irrtum geführt!»

«Sie lehren an der Universität, nicht wahr?», fragte Laura.

Libermann lächelte kurz. «Sagen Sie nicht, dass Sie es an meinem dozierenden Ton bemerkt haben. Das wirft mir meine Frau dauernd vor!»

«Es stört mich überhaupt nicht», erwiderte Laura. «Ich finde es nur lustig!»

«Lustig?» Libermann sah irritiert aus.

«Ja, lustig. Sie sprechen, wie man sich eben einen Professor vorstellt. Sehr klar, sehr betont und so, als würden Sie bestimmte Sätze rot unterstreichen, damit Ihre Studenten wissen: Das ist wichtig.»

Der Arzt nahm den Kaffeebecher in beide Hände und drehte ihn langsam.

«Beobachten Sie andere immer so genau?», fragte er nach einer Weile.

«Ja, wenn die andern mich interessieren oder wenn ich an der Aufklärung eines Verbrechens arbeite, dann versuche ich sehr genau zu beobachten.»

«Sagen Sie den andern auch immer, was Sie sehen?»

«Nein», lächelte Laura, «nur denen, die etwas davon haben, wenn ich es ihnen sage. Ich finde zum Beispiel, dass Sie ein sehr guter Professor sind, und ich höre Ihnen gern zu, weil ich verstehe, was Sie mir erklären.»

Libermann lächelte jetzt ebenfalls. «Danke», murmelte er.

«Ich dachte schon, dass ich ein unausstehlicher Lehrmeister bin. Das muss ich nämlich auch manchmal hören.»

«Von Ihrer Frau?»

Libermann nickte.

«Oh!», machte Laura. «Mein Ex-Mann bekam immer die Krise, wenn ich ihn längere Zeit ansah. Er war der Meinung, dass ich alles sehen könnte, was er mir verheimlichte.»

«Haben Sie's gesehen?»

«Nicht alles, aber das meiste.»

«Glaub ich sofort!», grinste Libermann. «Was halten Sie denn von dem jungen Mann?»

«Ich bin mir noch nicht ganz im Klaren. Aber was Sie mir über Verhalten bei Amnesie erzählt haben, macht mich nachdenklich. Ich habe ihn gesehen, kurz nachdem er das Bewusstsein wiedererlangte. Er hat nicht viel gesprochen, war noch benommen, doch er konnte sagen, dass er gar nichts weiß. Und er hat deutlich auf die unfreundlichen Worte des Stationsarztes reagiert, der mich rauswerfen wollte. Er drehte den Kopf weg und verzog das Gesicht, als bereite ihm diese negative Botschaft Schmerzen. Er drückt sich in einer Weise aus, dass ich annehme, er hat eine höhere Schule, vermutlich sogar eine Universität besucht. Sein Italienisch würde ich als Hochitalienisch einstufen, ganz sicher Toskanisch. Seine Kleidung weist auf nicht ganz arme Herkunft hin, falls Ihnen der Name Armani etwas sagt. Und –» diesmal hob Laura die Stimme, wie der Arzt es zuvor getan hatte – «seine Finger-abdrücke sind auf einer Waffe, mit der eine Frau im Eurocity erschossen wurde.»

«Das wusste ich nicht!», sagte Dr. Libermann und richtete sich erstaunt auf.

«Deshalb erzähle ich es Ihnen, und ich möchte wissen, ob Ihr Patient in der Lage ist zu fliehen?»

«Ich weiß es nicht», murmelte der Arzt. «Ich halte es zwar

für unwahrscheinlich, denn er hat immerhin noch eine angebrochene Schulter und ziemlich starke Prellungen. Aber völlig ausschließen kann ich es natürlich nicht, denn er ist fähig, allein auf die Toilette zu gehen. Glauben Sie wirklich, dass er die Frau erschossen hat? Ich muss gestehen, dass ich eine gewisse Sympathie für ihn empfinde ...»

«Noch habe ich nichts gegen ihn», entgegnete Laura. «Aber könnten Sie mir bitte genauer erklären, was eine psychogene Amnesie ist?»

Libermann nickte.

«Es ist vielleicht die schwierigste Form der Amnesie, denn sie bedeutet, dass der Patient sich nicht mehr an sein früheres Leben erinnern will, weil der Unfall oder der Angriff, der zu seiner Kopfverletzung führte, ein beängstigendes und traumatisches Erlebnis seiner Vergangenheit wieder belebt hat.»

«Danke, Doktor. Ich werde einen Kollegen vor dem Zimmer 201 postieren. Zum Schutz des Patienten von außen und innen!»

«Glauben Sie, dass das wirklich nötig ist?» Libermann stand auf und goss den Rest seines Kaffees in ein Waschbecken.

«Ja!», sagte Laura. «Ich glaube, dass es nötig ist. Wir hatten in diesem Zusammenhang bereits einen Fall von Verfolgungswahn. Und ich bin mir inzwischen nicht mehr sicher, ob es nicht wenigstens ein bisschen Berechtigung dafür gibt!»

Eine halbe Stunde später stand Laura in der Küche des alten Gottberg und bereitete sich darauf vor, Spiegeleier mit Speck und Tomaten zu braten. Genau dieses Abendessen hatte ihr Vater sich in den Kopf gesetzt, obwohl Laura zu bedenken gab, dass die Cholesterinwerte eines solchen Mahls unverantwortlich hoch seien.

«Kannst du dir vorstellen, welches Interesse ich an Cholesterinwerten habe, meine Tochter?», rief Lauras Vater, während er Eier und Speck aus dem Kühlschrank kramte. «Null Interesse, absolut null. Um es deutlicher auszudrücken: Ich scheiß auf das Gequake der Ärzte. Ich esse genau das, was mir schmeckt! Wenn ich deshalb ein halbes Jahr früher sterbe, soll mir das nur recht sein!»

«Macht dir das Leben denn überhaupt keinen Spaß mehr?», fragte Laura, die am Herd lehnte und zuschaute, wie ihr Vater Speck in hauchdünne Scheibchen schnitt.

«Doch, durchaus – in Maßen. Wenn ich Speck schneide zum Beispiel oder wenn ich mit einer jungen Dame Lasagne esse, wie gestern Abend. Aber in Maßen, wie gesagt. Es würde mir auch nichts ausmachen, wenn es morgen vorbei wäre und ich deine Mutter wiedersehen könnte … falls tatsächlich so eine freundliche Überraschung am Ende dieser Mühsal stehen sollte …»

Laura ging nicht auf diesen Satz ein. Sie wusste, dass ihr Vater nichts so sehr hasste wie zustimmende Worte zu wissenschaftlich nicht beweisbaren Thesen.

«Vater», sagte sie langsam. «Hast du gestern wirklich mit einer jungen Dame Lasagne gegessen?»

Der alte Gottberg drehte sich heftig um. «Gibt es einen bestimmten Grund, warum du mir in letzter Zeit nicht mehr glaubst? Denkst du wirklich, dass ich schon so senil bin und von jungen Mädchen träume, die mir köstliche Speisen bereiten! Geh doch rüber und klingle bei ihr! Sie heißt Annemarie Schwarz! Wohnt seit zwei Monaten auf meinem Stockwerk und studiert Jura! Jawohl!»

«Ich glaub dir ja! Es ist nur so … ich denke manchmal, dass du vielleicht solche Dinge sagst, damit ich mir keine Sorgen mache. Das ist sehr lieb von dir – es hilft bloß nichts. Ich mach mir dann nur noch mehr Sorgen …» Laura biss auf ihre Unterlippe und griff nach der Bratpfanne.

«Wenn du sonst nichts zu tun hast!», brummte ihr Vater. «Ich dachte, du bist damit beschäftigt, nachts im Bahnhof nach Bomben zu suchen …»

«Vater, bitte hör auf! Ich hab mich letzte Nacht über dich geärgert, das ist vorbei und ich würde gern in Ruhe deine Bratkartoffeln rösten!»

«Wieso meine Bratkartoffeln? Isst du nichts?»

«Doch, ein bisschen!» Laura spürte, wie ihre Ungeduld wuchs. Sie musste einen Weg finden, den alten Gottberg von seiner Lust zu provozieren wegzulocken.

«Ein bisschen!», spottete er. «Siehst schon ganz abgemagert aus. In deinem Alter braucht man was auf den Rippen, um das Leben auszuhalten, mein Mädchen. Deine Mutter hat es genau richtig gemacht, und sie sah immer wunderbar aus. Rundlichkeit führt nämlich dazu, dass man die Falten nicht so sieht!»

«Danke!», erwiderte Laura und warf grimmig Kartoffelscheiben in das heiße Fett.

«Damit wollte ich nicht sagen, dass du besonders viele Falten hast, Laura. Ich wollte nur sagen, dass Rundlichkeit den Menschen meist ein jugendliches Aussehen verleiht, wie zum Beispiel deiner Mutter.»

Laura beschloss, nicht auf die Sticheleien einzugehen, sondern die Sache von der komischen Seite zu nehmen. «Noch was?», lachte sie und drehte ihr Gesicht von den heißen Fettdämpfen weg. «Ich weiß, dass Mama von unerreichbarer Schönheit war, deshalb versuche ich gar nicht erst, es mit ihr aufzunehmen!»

«Sehr klug, mein Kind!», grinste ihr Vater, und Laura wusste, dass sie die richtige Antwort gegeben hatte. «Ich weiß nicht, was manchmal in mich fährt. Ich verbeiße mich in etwas und sage Dinge, die ich besser nicht sagen sollte. Wahrscheinlich hat es etwas mit meinem Beruf zu tun. Früher habe ich mich in Rechtsfragen verbissen, jetzt beiße ich manchmal um mich wie ein verrückter Köter.»

«Nur manchmal!», murmelte Laura, schaufelte die Kartoffeln in eine Ecke der Pfanne, gab etwas Öl zu und schlug sorgsam drei Eier auf.

«Das machst du ganz hervorragend! Bei mir kommt immer Eierbrei heraus, oder der Glibsch landet gleich auf dem Fußboden.» Er verzog das Gesicht.

«Mutter hat dich zu sehr verwöhnt!», antwortete Laura. «Dein Enkel Luca kann schon mit seinen sechzehn eine ordentliche Lasagne machen. Hast du es jemals versucht?»

«Nie! Lasagne kam mir immer sehr kompliziert vor!» Der alte Gottberg nahm eine halb volle Rotweinflasche von der Anrichte und füllte zwei Gläser. «Um all das geht es auch gar nicht!», sagte er und reichte Laura eines der Gläser. «Es geht darum, dass ich mich gern wieder in etwas verbeißen würde – etwas, das mich wirklich bewegt. Weißt du, mir erscheinen die meisten Dinge so beliebig, fast unwichtig. Sag jetzt nicht, dass es etwas mit dem Alter zu tun hat und dass man weiser wird und all das! Sag es nicht!»

«Ich wollte es gar nicht sagen!», erwiderte Laura leise.

«Dann stoß jetzt mit mir an, und ich sage dir, woran es liegt!» Er hob sein Glas, berührte Lauras nur ganz leicht, und der zarte Ton war kaum zu hören. Sie sah, dass seine Hand zitterte, dass sein Rücken krummer geworden war, und sie liebte ihn so sehr, dass ihr Herz schmerzte.

«Jetzt sage ich's dir: Es liegt daran, dass ich nichts mehr tun kann außer gute Ratschläge zu geben, die niemand hören will! Es liegt an mangelnder Kraft. Wer keine Kraft mehr hat, entfernt sich von der Welt – wer weiß wohin!» Er tat einen großen Schluck und nickte vor sich hin.

Laura trank ebenfalls, stellte das Glas ab und nahm schnell die Pfanne von der Herdplatte.

«Ja!», sagte sie. «Ich nehme an, dass du Recht hast. Aber ich möchte dir beim Essen meinen neuesten Fall erzählen. Es gibt da eine Sache, an der du dich vielleicht festbeißen könntest.»

Der alte Gottberg kniff die Augen zusammen. «Therapie?»

«Nein, Vater. Ich glaube nicht, dass es eine Therapie gegen das Alter gibt. Aber ich könnte deine Hilfe brauchen.»

«Klingt verdammt nach Therapie!» Er leerte das Rotweinglas in einem Zug.

«Trink nicht so viel, sonst melde ich dich bei den Anonymen Alkoholikern an. Die machen dann Therapie mit dir!»

Er lachte laut auf. «Solche Antworten schätze ich. Das konnte deine Mutter auch gut!»

Laura lächelte ihm zu. «Jetzt essen wir zusammen Bratkartoffeln und Spiegeleier und ich erzähle dir, warum ich deine Hilfe brauche.»

Kurz darauf saßen sie unter dem großen Ölgemälde einer toskanischen Landschaft, das an der Wand neben dem Esstisch hing. Lauras Mutter hatte es vor vielen Jahren gemalt, und Laura fiel auf, dass der alte Gottberg während des Essens mit seinen Augen in der Landschaft umherspazierte, obwohl er genau zuhörte, was Laura ihm sagte. Sie erzählte von dem jungen Mann, der sein Gedächtnis verloren hatte, von den mysteriösen Umständen, unter denen er gefunden wurde, und von seinem derzeitigen Zustand.

«Er braucht jemanden, der sich um ihn kümmert, Vater! Jemand, der sich im Leben auskennt und ein gutes Urteilsvermögen hat. Ich kann das nicht tun, und die Ärzte und Pfleger … na ja, die haben auch keine Zeit. Außerdem sprichst du Italienisch, das ist in diesem Fall sehr wichtig.»

«Hm!», machte der alte Gottberg, spießte Bratkartoffeln auf seine Gabel und steckte sie genüsslich in den Mund.

«Was willst du von mir? Soll ich rauskriegen, ob er die

Frau erschossen hat?», murmelte er mit vollem Mund und löste seinen Blick endlich von den Olivenhainen und sanften Hügeln.

«Ich erwarte gar nichts von dir, Vater. Nur eines: dass du die Geduld und Aufmerksamkeit besitzt, um mit dem jungen Mann gemeinsam eine Reise ins Unbekannte zu unternehmen.»

«Hehe! Du hast aber eine poetische Art, dich auszudrücken. Bist du verliebt?»

Laura boxte spielerisch nach ihrem Vater. «Was ist, machst du mit?»

Er rieb seinen rechten Arm und verzog das Gesicht.

«Ich werd's mir überlegen!», stöhnte er.

Laura beugte sich zu ihm und drückte ihm einen Kuss auf die Wange.

Eine Stunde später bereitete Laura zum zweiten Mal an diesem Abend Bratkartoffeln und Spiegeleier zu. Es war beinahe acht Uhr, Luca war gerade nach Hause gekommen, und Laura nahm sich vor, ihn ernsthaft zu fragen, wo er seine Nachmittage und Abende in letzter Zeit verbrachte.

«Mmmh! Hausmannskost!», rief er, als er kurz seinen Kopf in die Küche steckte.

«Wer hat dir denn die Haare gefärbt!», riefen Laura und Sofia gleichzeitig. Lucas dunkelblondes Haar war pechschwarz und stand steil nach oben. Sie hörten ihn irgendwo am Ende des Flurs lachen, dann klappte die Tür zu seinem Zimmer zu, und Laura sah am Blinken der Telefonanlage, dass er bereits mit jemand anderem sprach.

«Hast du eine Ahnung, ob Luca eine Freundin hat?», fragte Laura, während sie gemeinsam mit ihrer Tochter den Tisch deckte.

«Der doch nicht!», entgegnete Sofia. «Der ist doch viel zu kindisch!»

«Hör mal zu! Dein Bruder ist immerhin im Sommer sechzehn geworden. Ich finde ihn nicht besonders kindisch. Ich wundere mich nur, dass er viermal in der Woche trainiert. Er war doch bisher kein fanatischer Sportler! Außerdem habe ich noch nie gehört, dass jemand sich beim Sport die Haare gefärbt hat!»

Sofia fing an zu lachen, Laura stimmte ein, wurde aber nach kurzer Zeit wieder ernst.

«Versprich mir, dass du nicht lachst, wenn Luca zum Essen kommt!»

«Wieso denn nicht?», kicherte Sofia.

«Weil ich auch nicht lachen würde, wenn du mit lila Haaren kommen würdest. Soll ich dir mal was erzählen, Sofi? Mein Vater, dein Großvater, hat einen Lachanfall bekommen, als ich zum ersten Mal Schuhe mit hohen Absätzen trug. Das hat mich unheimlich verletzt. Hat meinem Selbstbewusstsein einen ganz schönen Knacks gegeben.»

Sofia sah ihre Mutter prüfend an.

«Bist du Großvater deshalb noch böse?» Laura schüttelte den Kopf.

«Ist doch schon so lange her, Sofi. Außerdem weiß ich heute, dass er es nur nicht ausgehalten hat, wie ich Stück für Stück erwachsen wurde. Er war unheimlich eifersüchtig, musst du wissen.»

«Ist er heute noch!» Sofia stellte eine Schüssel Tomatensalat auf den Küchentisch. «Er warnt mich dauernd vor Jungs und sagt, dass ich denen nicht trauen soll! Möchte mal wissen, was mit ihm los ist. Er ist immerhin selbst ein Mann!»

«Gut erkannt, Sofi! Aber jetzt hol Luca zum Essen, sonst verbrennen unsere Bratkartoffeln!»

Sofia verschwand, und als sie ein paar Minuten später mit

Luca wieder auftauchte, vermied sie den Blickkontakt mit Laura. Es gelang ihr tatsächlich, nicht zu lachen, obwohl Luca wirklich etwas merkwürdig aussah.

Lauras Ankündigung, dass sie vor Weihnachten noch ein paar Tage für Ermittlungen nach Italien fahren müsse, nahmen beide Kinder geradezu mit Begeisterung auf. Sofia wollte in dieser Zeit zu ihrer Freundin ziehen, und Luca strahlte auf stille Weise.

«Ein paar Tage Ruhe werden mir ganz gut tun!», sagte er in so abgeklärtem Tonfall, dass Laura sich sehr zusammennehmen musste, um nicht doch loszulachen.

Noch drei Wochen bis Weihnachten. Der Nebel hatte sich ein wenig gelichtet, und der Wetterbericht kündigte Schneefälle an. Laura hatte es geschafft, Kriminaloberrat Becker davon zu überzeugen, dass sie gemeinsam mit Kommissar Baumann für zwei oder drei Tage nach Florenz fahren müsse. So kostensparend wie möglich natürlich. Und sie überredete ihn sogar dazu, das BKA nicht einzuschalten. Es handle sich um ganz einfache Basiszusammenarbeit mit den italienischen Kollegen – dazu brauche man nicht den Segen des Bundeskriminalamts, geschweige denn der Europolizei. Jede Form der Bürokratie würde nur die Ermittlungen verzögern, Spuren würden verwischen, zu viel Zeit vergehen. Außerdem könnten gute Kontakte unter Kollegen auch dazu führen, dass der Datenschutz nicht zu eng ausgelegt würde, sie und Baumann möglicherweise Einblick in Vernehmungsprotokolle der Italiener bekämen.

Becker hatte die Backen aufgeblasen und Laura mit gerunzelter Stirn betrachtet.

«Aus Ihnen soll einer schlau werden!», hatte er gesagt. «Als ich Sie vor ein paar Monaten zu Ermittlungen in die Toskana schicken wollte, da haben Sie beinahe eine italienische Tragödie aufgeführt, weil Sie Ihre Kinder nicht allein lassen wollten. Und jetzt – drei Wochen vor Weihnachten – gibt es nichts Einfacheres und Wichtigeres, als nach Florenz zu fahren. Können Sie mir das bitte kurz erklären?»

Laura war ein bisschen rot geworden. «Sehen Sie, verehrter Chef, meine Kinder haben durch die Erfahrung, die sie letztlich Ihnen verdanken, einen Reifeschub gemacht.»

«Na endlich!», war seine zufriedene Antwort gewesen. «Also fahren Sie, ehe Ihre Kinder wieder einen Rückschritt machen! Ich habe selbst welche. Bei Kindern kann man nie wissen!»

Er hatte gelacht. Nicht ironisch, nicht hämisch, sondern ganz einfach und herzlich. Und Laura hatte gedacht, dass die Wandlungsfähigkeit von Menschen immer wieder verblüffend war.

COMMISSARIO Angelo Guerrini lehnte an einer Säule des Florentiner Bahnhofs und wartete auf den Nachtzug aus München. Er hatte sich den *Corriere della Sera* gekauft, hielt ihn aufgeschlagen vor sich und versuchte zu lesen. Sein Blick wanderte über Schlagzeilen, doch er nahm ihren Sinn nicht auf. Eigentlich hatte er statt der Zeitung einen Blumenstrauß kaufen wollen. Aber Laura würde mit einem Kollegen ankommen. Ihrem Assistenten, wie sie am Telefon gesagt hatte. Guerrini fühlte sich unbehaglich, hatte keine Ahnung, wie er sich verhalten sollte.

«Weiß dein Kollege von unserer Beziehung?», hatte er Laura am Telefon gefragt und den Kopf über sich selbst geschüttelt, weil auch er inzwischen das Wort Beziehung benutzte.

«Na ja, er ahnt etwas!», hatte sie geantwortet.

«Und wie verhalten wir uns?»

«So, wie wir uns fühlen, Angelo!»

Guerrini fühlte im Augenblick überhaupt nichts, nur dieses Unbehagen. Das Letzte, das er sich wünschte, war, Laura in einem dienstlichen Zusammenhang wiederzusehen. Aber genau das stand ihm jetzt bevor. Auch wenn es ein inoffizielles dienstliches Wiedersehen war.

«Bitte reserviere zwei Einzelzimmer und ein Doppelzimmer in einer billigen Pension! Die deutsche Polizei kann sich derzeit keine besseren Häuser leisten», hatte sie gesagt.

«Und wer bekommt das Doppelzimmer?»

«Du!», hatte sie gelacht. «Dann kannst du jemanden einladen, wenn du dich einsam fühlst!»

«Aber es gibt keine wirklich billigen Pensionen in Florenz!»

«Ich weiß, aber es gibt welche, die man gerade noch bezahlen kann!»

Daraufhin hatte Guerrini einen alten Kollegen in Florenz angerufen und eine Geschichte von Freunden erfunden, die wenig Geld haben, aber Florenz lieben und ob er nicht ... der alte Kollege hatte einen alten Freund angerufen, und dieser kannte wiederum die Besitzerin einer kleinen Pension, und so war er zu drei Zimmern gekommen, die nur neunzig Euro pro Nacht kosteten. Pro Zimmer natürlich. Guerrini fand das noch immer viel zu viel, aber etwas anderes war nicht aufzutreiben.

Der Nachtzug aus München hatte natürlich Verspätung, dreizehn Minuten. Als er endlich langsam in den Bahnhof einrollte, faltete Guerrini seine Zeitung zusammen, holte tief Luft und ging zum Kopfende des Bahnsteigs. Fröstelnd schlug er den Kragen seiner Lammfelljacke hoch. Der Nebel hatte inzwischen auch Florenz erreicht und in einen kalten, milchigen Schleier gehüllt.

Guerrini war ziemlich groß, deshalb konnte er über die Köpfe der Reisenden hinwegschauen, die jetzt an ihm vorüberströmten. Als er Laura sah, war ihm, als vibrierte sein Magen, und ein paar Sekunden lang fühlte er eine ungewisse Angst.

Sie hatte ihn noch nicht entdeckt. Jetzt bückte sie sich, warf beim Wiederaufrichten das Haar zurück (war es lockiger als bei ihrer letzten Begegnung, heller, dunkler?). Suchend blickte sie sich um, entdeckte Guerrini aber nicht, weil er sich hinter eine dicke Frau duckte, obwohl er selbst nicht wusste, warum. Jetzt wandte sie ihr Gesicht einem jungen Mann zu, der neben ihr ging.

Guerrini taxierte ihn blitzschnell: um die Dreißig, dichtes

dunkelblondes Haar, gut geschnittenes Gesicht – das Kinn etwas zu weich –, nicht größer als Laura, schlank. Jetzt lachte er und legte dabei den Kopf in den Nacken.

Worüber lachte er so herzlich? Wieder spürte Guerrini dieses seltsame Vibrieren in seiner Magengegend. Aber in diesem Augenblick hatte Laura ihn entdeckt, riss einen Arm hoch und drängte sich durch die Menschen auf ihn zu.

Während Guerrini noch dachte, dass er es ihr überlassen wollte, wie sie sich begrüßen würden, stand sie schon vor ihm, hatte den Deutschen irgendwo hinter sich gelassen, stand da und sah ihn an.

Und Guerrini sah sie an.

So hatten sie ein, zwei Minuten nur für sich, und nach einer Minute dachte Guerrini, dass es besser war, sich anzusehen als sich zu umarmen. Beim Umarmen konnte man den anderen nicht sehen. Umarmungen von Menschen, die lange getrennt waren, sind wie Umarmungen zwischen Fremden, die fürchten sich anzuschauen, weil sie dann erschrecken könnten. Und er dachte, dass sie sich ja wirklich fremd waren, hörte ihre Stimme nur undeutlich.

«Ciao, Angelo!», sagte sie leise.

«Ciao!», entgegnete er heiser, nahm ihre Augen wahr, den Mund, das rechte Ohrläppchen, an dem eine silberne Sonne baumelte, und den langen schwarzen Kunstpelzmantel, der vorn offen stand, und er hatte den Impuls, seine Hände unter diesen Mantel zu schieben, um ihre Wärme zu spüren.

Sie gaben sich nicht die Hand und sie küssten sich auch nicht; dann war dieser andere Deutsche da, stand hinter Laura und räusperte sich ein bisschen verlegen. Guerrini sah, wie Laura die Stirn runzelte, sich halb umwandte.

«Das ist Peter Baumann, Angelo. Kommissar Baumann. Wir arbeiten zusammen.» Ihre Stimme klang ebenfalls heiser. «Peter, das ist Commissario Guerrini.»

Guerrini schaute auf die Hand, die sich ihm entgegenstreckte, zögerte einen Augenblick und schüttelte sie endlich, murmelte ein *«buon giorno»*, wünschte gleichzeitig den anderen auf den Mond oder Mars oder an die afrikanische Küste.

«Benvenuto a Firenze!», fügte er hinzu. «Ich habe meinen Wagen draußen. Wir können gleich ins Hotel fahren.»

Vielleicht ist es gut so, dass wir uns nicht in die Arme fallen können, dass wir genau hinschauen müssen, dass Baumann unser Aufpasser ist. Jedenfalls in diesem Augenblick, dachte Laura. Aber gleichzeitig hatte sie das Gefühl, dass der alte Gottberg hinter ihr stand und den Kopf schüttelte. Wäre Baumann nicht da gewesen, sie hätte sich in Angelos Arme gestürzt, hätte ihn geküsst und die Nase unter sein Kinn gesteckt. So hatte sie nur eine Minute lang mit den Augen sein Gesicht abgetastet, die Fältchen in seinen Augenwinkeln, die gerade Nase, den Schwung seiner Lippen, den Halsansatz, der aus dem Lammfellkragen aufstieg. Und sie wusste so genau, wie er roch, dass ihr ein wenig schwindlig wurde.

Sie schüttelte den Kopf, als er sich erbot, ihren Koffer auf Rädern zu ziehen, sah ihn ab und zu verstohlen von der Seite an, während sie durch die Bahnhofshalle gingen. Zwei-, dreimal trafen sich ihre Blicke, doch er versuchte eher mit Baumann in Kontakt zu kommen, radebrechte auf Englisch und richtete kaum das Wort an sie.

Im Wagen setzte Laura sich nach hinten, lehnte sich zurück und zog ihren Mantel eng um sich. Florenz im Dezember hatte kaum Ähnlichkeit mit der warmen, lebendigen Stadt, die sie vor drei Monaten erlebt hatte. Es sah grau und schmutzig aus. Die Rosen an den Hauseingängen waren verschwunden.

Sie hörte zu, wie Angelo versuchte, Peter Baumann zu erklären, dass Dezember kein guter Monat sei, um die Toskana zu besuchen. An einer roten Ampel drehte er sich zu ihr um, bat sie um Übersetzungshilfe. Sie sahen sich so lange an, bis hinter ihnen lautes Hupen erklang, Baumann sich räusperte und meinte, dass es deutlich grün sei.

Obwohl die Reisezeit längst vorüber war, brodelte der Verkehr durch die schmalen Straßen wie eh und je. Sie steckten fast eine halbe Stunde in einem Stau fest, und Laura litt nahezu körperliche Schmerzen, weil sie nicht mit Angelo sprechen konnte, sondern eine Diskussion über den Fall hin- und herübersetzen musste.

Das Hotel lag nahe der Ausfallstraße Richtung Siena in einer Gegend, die an das Industrieviertel grenzte. Es war ein dreistöckiger rosaroter Kasten aus den siebziger Jahren des letzten Jahrhunderts mit neckisch verschnörkelten Balkonen, die Laura an Vogelkäfige erinnerten. Noch ehe sie es betreten hatte, wusste sie, was sie erwartete: Böden aus kalten Marmorfliesen, schlechte Heizung und zu dünne Bettdecken. Immerhin würde es um diese Jahreszeit keine Mücken geben.

Guerrini öffnete die Wagentür für Laura, und beim Aussteigen stieß sie leicht gegen ihn, erschrak über die heftige Reaktion ihres Körpers auf diese eher zufällige Berührung. Das jedenfalls hatte sich nicht verändert in den vergangenen Monaten. Sie warf einen Blick auf Baumann, der völlig versunken in den Anblick des seltsamen Hotels schien und ihnen den Rücken zuwandte. Blitzschnell stellte sie sich auf die Zehenspitzen und küsste Guerrini auf die Schläfe, denn er drehte gerade den Kopf, und sie konnte seinen Mund nicht erreichen.

Welch lächerliches Theater, dachte sie. Das müssen wir ganz schnell ändern. Andererseits hatte es auch einen gewissen Reiz …

Die Zimmer waren genau, wie Laura sie sich vorgestellt hatte, aber die Heizung erwies sich als höchst leistungsfähig. Die Heizkörper glühten nahezu, und Laura verbrannte sich, als sie einen anfasste. Die Besitzerin des Hotels, eine ältere Frau mit bläulich getöntem Haar und enormen Mengen Modeschmuck um Hals und Arme, begrüßte sie außerordentlich freundlich, denn Guerrini war der Bekannte eines Bekannten eines Bekannten, und seine Freunde waren auch ihre.

Laura, Guerrini und Baumann bezogen ihre Zimmer und trafen sich eine halbe Stunde später im Foyer des Hotels, wenn man eine Sitzbank, einen Tisch und zwei Palmen ein Foyer nennen konnte. Laura fühlte sich wieder frischer, hatte die nächtliche Bahnfahrt im Liegewagen fortgeduscht. Sie beschlossen, irgendwo in Florenz zu frühstücken, dann würde Guerrini sie zu den Carabinieri im Palazzo Pitti bringen. Dort wurden sie gegen elf Uhr erwartet.

«Können wir deinen Kollegen nicht gleich abliefern?», flüsterte Guerrini in Lauras Ohr, als Baumann vor ihnen durch die Drehtür das Hotel verließ.

«Geht nicht! Ich muss erst alles erklären. Er spricht kein Italienisch!», flüsterte Laura zurück.

Guerrini blickte in gespielter Verzweiflung zum Himmel. Auf der Rückfahrt in die Innenstadt war es nicht leicht, ein Gesprächsthema zu finden. Draußen fing es leise an zu regnen, und der Nebel war dichter geworden.

«Bist du sicher, dass wir nicht aus Versehen nach London gefahren sind?», fragte Baumann und verzog unglücklich das Gesicht, als sein Scherz nicht so recht ankam.

«Es ist eine Illusion zu glauben, dass in Italien immer die Sonne scheint!», erwiderte Guerrini sehr ernst. «Italien im Winter ist kalt, feucht und unfreundlich. Man bekommt Rheuma, Arthritis, Bronchitis, Grippe, Lungenentzündung. Es ist neblig und grau ... einfach unerträglich!»

«Oh!», machte Baumann und sah Laura ratlos an. Sie zuckte die Achseln.

«Ich bin sicher, dass die Räume der Carabinieri gut geheizt sind. Also mach dir keine Sorgen!»

Guerrini kannte eine kleine Bar in der Parallelstraße zu den Giardini Boboli, dort setzten sie sich in eine Ecke, tranken Cappuccino aus großen Tassen und aßen Tramezzini und Croissants. Ein paar Arbeiter drängten in den kleinen Raum, die Besatzung eines Krankenwagens kippte hastig Espressi und verschwand wieder. Langsam liefen die großen Fensterscheiben der Bar an, bis die Welt draußen nur noch schemenhaft sichtbar war. Entweder wurde es drinnen wärmer oder draußen kälter. Große Kartons mit Panettone standen am Rand des Bartresens. Eine Lichterkette aus roten und goldenen Sternen baumelte über dem Kopf des Wirts, der unermüdlich die Kaffeemaschine bediente und das kleine Lokal mit stetem Klopfen und Zischen erfüllte.

Hier war es nicht mehr so schwierig, das Schweigen zwischen den vereinzelten Sätzen zu überbrücken, die Laura, Guerrini und Baumann austauschten. Die Lebendigkeit der Bar milderte die Spannung, doch Laura beobachtete, wie Baumann seinen italienischen Kollegen immer wieder eingehend musterte. Sie sah auch, dass Guerrini sich sehr um eine Art Konversation mühte, die zumindest höflich war. Und sie sah ihm auch an, dass es ihm schwer fiel. Eine kleine Falte stand zwischen seinen Brauen, und er sprach Englisch. Offensichtlich wollte er vermeiden, dass Laura übersetzte.

Irgendwie schaffte er es zu erzählen, was er über die toten Frauen herausgefunden hatte. Ganz sicher hatten sie beide von Florenz aus ihre Reise nach Norden angetreten, meinte er. Es existierten auch unklare Hinweise auf eine Organisation, die möglicherweise mit diesen Reisen in Verbindung zu bringen sei. Aber was für eine Organisation das war, konnte bisher niemand sagen. Es rieche nach Menschenhandel, so jedenfalls hätten ihm die befreundeten Kollegen erklärt. Die Frau, die neben den Gleisen gefunden wurde, sei bisher nicht identifiziert worden – wahrscheinlich stammte sie irgendwo aus dem Osten.

Und Baumann nickte, hatte sich in seinen Stuhl zurückgelehnt, die Arme über der Brust verschränkt und wandte seinen Blick nicht eine Sekunde von Guerrini.

Der wiederum sprach leise und konzentriert, schaute dabei vor allem auf die Tassen, den Tisch, seine eigenen Hände, nur selten auf Baumann und noch seltener auf Laura.

Laura sagte gar nichts, sondern hörte zu und überlegte gleichzeitig, wie sie diese beiden Tage ohne größere Konflikte überstehen konnten. Irgendwann stand sie auf und zahlte an der Bar, denn sie wollte jede Diskussion über die Rechnung vermeiden.

Als Guerrini bei ihrer Rückkehr protestieren wollte, sagte sie mit einem Augenzwinkern, dass dieses Frühstück auf das Konto der Münchner Polizei gehe. Dann verließen sie gemeinsam das Lokal, und Laura wusste, dass es ein Fehler gewesen war, Baumann mitzunehmen.

Guerrini blieb im Wagen sitzen und wartete vor der Carabinieri-Station auf Lauras Rückkehr. Er ging nicht mit hinein, um kein Misstrauen zu erregen.

«Weißt du, Laura, ich bin von Florenz nach Siena versetzt worden – nicht aus Freundlichkeit. Es gibt hier einige Leute in höheren Positionen, die es nicht besonders gern sehen, wenn ich in der Stadt bin. Die nehmen an, dass ich mich für Dinge interessieren könnte, für die ich mich nicht interessieren sollte», hatte er sehr schnell auf Italienisch gesagt, um zu vermeiden, dass Baumann ihn verstand.

«Geheimsprache?», fragte Baumann mit hochgezogenen Brauen.

«Nichts von Bedeutung!», antwortete Laura, als sie zusammen auf den Eingang der Carabinieri-Station im Palazzo Pitti zugingen.

«Dafür war's aber eine Menge Italienisch!», bemerkte Baumann. «Und das hier ist auch nicht schlecht! Sieht ein bisschen anders aus als unsere alte Ettstraße! Sind italienische Polizisten alle in Palästen untergebracht?»

«Einige!», gab Laura zurück. «Aber die meisten Paläste bröckeln, und ich habe schon Polizeistationen erlebt, auf denen man sich nicht setzen konnte, weil aus den Besucherbänken die Sprungfedern hervorschauten.»

Im Palazzo Pitti war es anders, sehr nobel und gepflegt. Laura und Baumann wurden von einem Carabiniere empfangen, der dem Kommissar einen jungen Soldaten zur Seite stellte, der ziemlich gut Deutsch sprach. Man war bereit, den Deutschen sämtliches Material zu zeigen, das über die tote Frau gesammelt worden war … ganz inoffiziell und unbürokratisch.

«Okay!», sagte Laura. «Ruf mein Handy an, wenn du für heute genug hast. Ich werde inzwischen versuchen, mit dem großen Unbekannten Kontakt aufzunehmen!»

Peter Baumann warf ihr einen nachdenklichen Blick zu. «Bist du sicher, dass alles in Ordnung ist? Ich meine … kannst du dich wirklich auf diesen Guerrini verlassen?»

Laura spürte, wie ihr das Blut in die Wangen stieg, versuchte sich zu beherrschen, und trotzdem entfuhr ihr ein Satz, den sie am liebsten sofort wieder zurückgenommen hätte: «Ich habe dich nicht mitgenommen, weil ich deine Kommentare über Commissario Guerrini benötige, sondern damit du die Ermittlungsergebnisse der Kollegen studierst! Wir sehen uns später!»

Sie nahm die Veränderung in seinem Gesicht wahr, das leichte Zucken seiner Lippen, das schnelle Abwenden des Blicks, und wusste, dass sie ihn sehr verletzt hatte. Trotzdem besaß er kein Recht, über Guerrini zu urteilen und auf diese Weise seine Eifersucht auszudrücken. Deshalb drehte Laura sich um und ging, ohne sich zu entschuldigen oder halbherzige Besänftigungsversuche zu unternehmen. Sie war wütend, wollte Guerrini nicht so gegenübertreten. Deshalb blieb sie ein paar Minuten in der pompösen Eingangshalle stehen und versuchte sehr bewusst zu atmen. Erst als ihr Herz wieder gleichmäßig und ruhig schlug, öffnete sie die schwere Eingangstür und trat auf den Platz hinaus. Ein Schwarm Spatzen flog auf, flatterte knapp über die unvermeidliche Gruppe japanischer Touristen hinweg, bog scharf um die Ecke des Palazzo und verschwand im angrenzenden Park. Laura sah zu Guerrinis Wagen hinüber. Der Commissario hatte das Seitenfenster herabgelassen und sprach mit einem jungen Carabiniere, jetzt zeigte er offensichtlich seinen Polizeiausweis, gestikulierte ein bisschen. Der Soldat prüfte den Ausweis, reichte ihn dann zurück und salutierte.

Erst als er zum Wachhäuschen zurückgegangen war, lief Laura zum Wagen und stieg schnell ein. Guerrini fuhr sofort los, hielt aber an, sobald sie außer Sichtweite des Palazzo Pitti waren. Es war kein besonders günstiger Platz um anzuhalten – mit zwei Rädern auf dem Bürgersteig. Nahezu jeder vorbeikommende Fußgänger bückte sich ein wenig und schaute vorwurfsvoll durchs Seitenfenster.

Guerrini achtete nicht darauf. Er lehnte mit dem Rücken an der Fahrertür und sah Laura an. Nein, sie war nicht wirklich fremd. Es gab auch viel Vertrautes in ihrem Gesicht, in ihrer Verlegenheit, und er fand, dass sie ziemlich gut aussah in ihrem langen dunklen Mantel. Aber er wusste einfach nicht, was er sagen sollte, suchte mit zunehmender Unruhe nach dem erlösenden Satz, der genau da anknüpfen konnte, wo sie sich getrennt hatten – im Flughafen von Florenz Ende September. Die Telefonate waren etwas ganz anderes gewesen, eine andere Form von Kommunikation, die Guerrini unsicher gemacht hatte, denn er telefonierte nicht besonders gern und brauchte das Gegenüber, um wirklich in Kontakt zu treten.

Und dann wusste er plötzlich, was er sagen konnte – es war ganz einfach. Er räusperte sich, sah das winzige Lächeln in ihren Augen und sagte: «Es ist seltsam, aber gerade eben ist genau dasselbe geschehen wie bei unserem Abschied. Dieser junge Mann hat mich überprüft, weil er mich für einen potenziellen Terroristen hielt. Solche Dinge passieren mir nur, wenn du in der Nähe bist!»

Laura lachte leise, rückte aber ein Stück von ihm fort, lehnte sich ihm gegenüber an die Beifahrertür.

«Ich weiß, es klingt dumm – aber ich habe Angst, dich anzufassen, Angelo … dabei würde ich es so gern tun!»

Guerrini senkte den Kopf und lächelte zurück.

«Vorhin hätte ich gern meine Hände unter deinen Mantel gesteckt!», sagte er leise. «Dass ich es nicht getan habe, lag nicht nur an deinem Assistenten. Es war, als fehlte ein Verbindungsstück, wie in einem Puzzle …» Er hatte plötzlich Mühe zu atmen, die Furcht, dass ihre Begegnung nur ein flüchtiges Abenteuer gewesen sein könnte, zog sich wie ein Würgeeisen um seine Kehle.

«Ja!», hörte er sie murmeln. «Das Verbindungsstück. Vielleicht ist es nur ein Teller Pasta und ein Glas Wein in Serafinas Osteria. Ich habe dich vermisst, Angelo. Manchmal hat mir alles wehgetan, so sehr habe ich dich vermisst!»

Jemand klopfte ans Fenster der Beifahrertür, doch weder Guerrini noch Laura nahmen Notiz davon.

«Warum hast du dann Angst davor, mich anzufassen?», fragte er und kam sich plump und ungeschickt vor.

«Weil … ich mich verlieren könnte. Ich hatte in den letzten Monaten öfter den Gedanken, dass ich vom rechten Weg abgewichen bin. Und ich habe mich angestrengt, auf genau diesen zurückzukehren …»

Guerrini nickte und schaute auf Lauras Mund. «Das dachte ich mir!», antwortete er langsam. «Es klang am Telefon so. Erinnert mich an das Ticken in deinem Kopf, das wir beide in dieser denkwürdigen Nacht am Meer gehört haben …»

«Ich hab es nicht gehört! Das warst du!»

Guerrini hob die Augenbrauen. «Ich bin sicher, dass auch du es gehört hast, Laura. Du wolltest es nur nicht zugeben. Und jetzt tickt es schon wieder!»

Eine Faust donnerte gegen das Seitenfenster.

«*Porco dio!*», fluchte Guerrini. «Warum begreift niemand, dass es Situationen im Leben gibt, in denen man auf dem Bürgersteig parken muss!» Er beugte sich zu Laura hinüber und schlug von innen an die Scheibe, spürte, als er die Hand sinken ließ, ihren weichen Mantel, gleich darauf, wie ihre Finger seinen Rollkragen herabzogen und ihre Lippen die kleine Vertiefung über seinem Schlüsselbein berührten. Da steckte er beide Hände unter ihren Mantel und hatte das Gefühl, als lockere sich das Würgeeisen um ein paar Zentimeter.

Eine halbe Stunde später saßen sie in genau dem Café an der Piazza della Signoria, in dem sie ihren ersten Cappuccino miteinander getrunken hatten, und erinnerten sich lachend an die Pferdeäpfel, die das Kutschpferd damals vor ihrem Tischchen hatte fallen lassen. Jetzt, im Dezember, war es zu kalt, um draußen zu sitzen, und sie waren froh über die stille Nische, die sie drinnen gefunden hatten, tranken *vin brulé*, die italienische Variante des Glühweins mit dem französischen Namen.

«Heißer Wein macht schnell betrunken!», sagte Laura. «Vielleicht ist es ein Fehler, heißen Wein zu trinken, wenn man schwierige Ermittlungen vor sich hat!»

«Ja!», erwiderte Guerrini ernst. «Ich finde, du hast völlig Recht. Andererseits ist es einfach wunderbar, heißen Wein zu trinken, wenn es draußen kalt und neblig ist. Und im Augenblick ermitteln wir gar nicht, oder?»

«Du machst dich über mich lustig, Commissario!»

«Nur über einen Teil von dir, Laura! Den deutschen Teil!»

«Und woher weißt du, dass es nicht mein italienischer Teil ist, der meint, dass Glühwein nicht gut für den Kopf ist?» Guerrini lachte leise.

«Weil wir gerade unser Wiedersehen feiern und bei dir sehr laut das deutsche Pflichtbewusstsein tickt – ich habe es sogar durchs Telefon ticken gehört, wenn ich dich in München angerufen habe.»

Laura runzelte die Stirn und schnupperte genüsslich an ihrem Wein, der nach Zimt und Nelken duftete.

«Gibt es kein italienisches Pflichtbewusstsein?», fragte sie.

«Doch …», Guerrini dehnte das Wort, tat so, als suche er nach der genauen Definition des Unterschieds. «Es ist nur anders – irgendwie flexibler, mehr auf die jeweilige Situation bezogen. Sozusagen ein Kompromiss zwischen Pflicht und Leben. Also zum Beispiel: Wenn wir beide für eine halbe Nacht ans Meer fahren, statt einen Haufen Verdächtiger zu observieren, dann ist das italienisches Pflichtbewusstsein.»

Laura rückte näher an ihn heran, lehnte ihr rechtes Bein an sein linkes.

«Und was ist deutsches Pflichtbewusstsein?»

«Ganz einfach!», grinste Guerrini. «Dann fährt man eben nicht ans Meer, sondern observiert, bekommt schlechte Laune, und später hat man nichts, an das man sich gerne erinnert.»

«*Bene!*», lächelte Laura. «Dann genießen wir jetzt unseren Glühwein, und danach rufen wir den großen Unbekannten an, dessen Telefonnummer ich in meiner Tasche habe.»

Guerrini drängte sein linkes Bein noch näher an Lauras rechtes, und sie spürte atemlos den winzigen Lustimpulsen nach, die seine Berührung in ihr auslöste. Er aber betrachtete sie lächelnd und murmelte: «Es gibt keine so klaren Trennungen zwischen Pflicht und Lust, Commissaria! Der Übergang ist fließend!»

Laura hob die Augenbrauen.

«Wann also rufen wir ihn an? Ich meine, wir haben genau eineinhalb Tage und zwei Nächte, um uns an den Kerl heranzumachen. Das ist nicht viel, Commissario! Das musst selbst du als Vertreter des italienischen Pflichtbewusstseins zugeben, nicht wahr?»

Guerrini nickte und legte einen Arm um Lauras Schultern.

«Es ist nicht viel Zeit, aber wir werden es schaffen, Laura. Wir können gleich damit anfangen, wenn wir uns zum zweiten Mal seit drei Monaten geküsst haben. Meinst du, dass du das mit deinem deutschen Pflichtbewusstsein vereinbaren kannst?»

Sein Gesicht war sehr nah, so nah, dass Laura nur Ausschnitte davon wahrnehmen konnte. Die winzigen schwarzen Wurzeln seiner Bartstoppeln zum Beispiel, und seine Oberlippe. Und während diese Lippe sich langsam näherte, dachte sie, dass trotz aller Wortspiele und Scherze eine tiefe Wahrheit in ihrem Gespräch lag, dass sie das Ticken in ihrem Kopf inzwischen selbst ganz gut hören konnte und ihre Zweiteilung eine schlichte Tatsache war.

Dann aber waren seine beiden Lippen da, fühlten sich weich und trotzdem fest an, liebkosten sie mit solcher Entschiedenheit, dass ihr schwindlig wurde.

Als Guerrini sich tief atmend zurücklehnte (nach – Laura konnte es nicht sagen – zwei Minuten oder zwei Stunden?) und Laura wieder in die Gegenwart zurückkehrte, nahm sie die Blicke der Gäste an den umliegenden Tischen wahr. Sie lächelte, kämmte ihr Haar mit den Fingern zurück, verbeugte sich leicht und dachte, dass dieser Kuss beinahe so gut war wie ein Ausflug ans Meer.

«*Bene!*», sagte diesmal Guerrini. «Jetzt kommt der fließende Übergang: nach *vin brulé* und diesem Kuss ein Cappuccino oder Espresso, und schon sind wir wieder beim deutsch-italienischen Pflichtgefühl angekommen.» Er winkte den Kellner herbei und sah Laura fragend an.

«Cappuccino!», antwortete sie. «Dann ist der Übergang sanfter.»

«Für mich einen doppelten Espresso!», sagte Guerrini zum Kellner.

Laura zog ihr Handy aus der Tasche. «Ich werde jetzt diese Nummer wählen, und dann sehen wir, wie es weitergeht.»

Sie tippte die Zahlen in das winzige Telefon ein, während Guerrini mit verschränkten Armen an der dunkel getäfelten Wand lehnte. Das Freizeichen erklang, doch niemand nahm ab, der Kellner brachte ihre Getränke. Noch immer niemand. Laura hatte bereits den Finger auf die Unterbrechungstaste gelegt, da antwortete eine Frauenstimme.

«*Pronto!*»

Laura grüßte und nannte das Codewort, das die blasse Frau in München ihr aufgeschrieben hatte: «*Uccellini*».

Ein paar Sekunden lang blieb es still am anderen Ende, dann sagte die Frau undeutlich: «Ich werde ihn holen. Warten Sie!»

Laura trank einen Schluck Cappuccino.

«Ich kenne Ihre Nummer nicht! Wer sind Sie und was wollen Sie?» Die Männerstimme klang ärgerlich.

«Sie können meine Nummer nicht kennen. Es ist ein deutsches Handy. Ich wurde von einer Frau geschickt, die mir Ihre Telefonnummer und das Wort ‹*Uccellini*› aufgeschrieben hat. Ich denke, Sie wissen, worum es geht.»

«Ich kann nur wiederholen, was ich eben gesagt habe. Ich kenne Ihre Nummer nicht und weiß nicht, was Sie von mir wollen. ‹*Uccellini*› sagt mir überhaupt nichts!» Die Männerstimme klang weniger ärgerlich als zuvor, fügte unvermutet ein «*Ci vediamo!*» hinzu, und damit wurde das Gespräch beendet.

«*Ci vediamo!* Wir sehen uns!», wiederholte Laura nachdenklich.

«Wie bitte?» Guerrini beugte sich ein wenig vor und rührte einen halben Löffel Zucker in seinen Espresso.

«Er hat ‹*Ci vediamo!*› gesagt und aufgelegt. Außerdem hat er behauptet, dass ihm das Codewort nicht bekannt ist und meine Nummer ebenfalls nicht.»

«Wenn er ‹*Ci vediamo!*› gesagt hat, dann bedeutet es, dass er sich wieder bei dir melden wird!» Guerrini trank einen winzigen Schluck des schwarzen Kaffees, verzog das Gesicht und fügte noch einen halben Löffel Zucker hinzu.

«Du meinst, dass er meine Nummer auf seinem Display hat und jetzt auf dem Weg zu einer stillen Telefonzelle ist, um unbemerkt mit mir zu reden?»

«So ähnlich!» Guerrini war noch immer unzufrieden mit seinem doppelten Espresso. «Er ist zu bitter! Sie haben zu viel Kaffeepulver in die Maschine getan! So etwas darf in diesem Lokal nicht passieren!»

Laura bot ihm schweigend ihren Cappuccino an, dachte, dass sie ihn nicht sehr gut kannte, und war froh darüber, dass es noch vieles gab, was sie an ihm entdecken konnte.

Später gingen sie zusammen durch die Straßen. Der große Unbekannte hatte sich noch nicht wieder gemeldet. Bereits am frühen Nachmittag war es so dämmrig, dass die Weihnachtsbeleuchtung eingeschaltet wurde. Lichterschnüre hingen zwischen den Häusern und glitzerten, als wäre der Sternenhimmel unter den Nebel gerutscht. Laura und Guerrini aßen heiße Maroni, schauten immer öfter auf die Uhr.

«Soll ich nochmal anrufen?», fragte Laura und prüfte zum zehnten Mal, ob ihr Handy Netzanschluss hatte.

Guerrini schüttelte den Kopf.

«Nein. Warte noch. Ich bin sicher, dass er sich melden wird. Vielleicht hatte er noch keine Gelegenheit.»

Um zwanzig nach drei klingelte Lauras Telefon, und sie schickte ein Stoßgebet zum Himmel, dass es nicht ihr Vater sein möge. Aber das Display zeigte die Nummer des Unbekannten.

«Hatten Sie nicht vorhin etwas von *Uccellini* gesagt?», fragte die Stimme des Mannes, als handele es sich um etwas Selbstverständliches.

«Doch, natürlich!», antwortete Laura. «*Uccellini* habe ich gesagt, und Sie sagten: ‹*Ci vediamo!*›»

«Ja, ich erinnere mich … nun, ich habe mich erkundigt. Der beste Platz, um Vögelchen zu treffen, ist der Giardino Boboli. Es gibt dort ein riesiges Gesicht, eine moderne Skulptur. Sie steht auf dem Hügel gleich hinter dem Palazzo Pitti. Sie ist ganz leicht zu finden. Aber kommen Sie allein, sonst fliegen die Vögel weg, Signora. *Ci vediamo* – um halb fünf!»

Laura hatte den Anruf aufgenommen, reichte ihr Telefon an Guerrini weiter, damit er die Antwort des Unbekannten abhören konnte.

«Um halb fünf ist es bereits dunkel, und ich denke, dass die Gärten vor Einbruch der Dunkelheit geschlossen werden», murmelte er, nachdem er aufmerksam gelauscht hatte. «Was

hat deine blasse Frau in München über ihren Verbindungsmann in Florenz gesagt?»

«Nicht besonders viel. Was sie sagte, drehte sich vor allem
um Vertrauen und einen Test, den ich bestehen müsste. Ganz
besonders wichtig schien ihr, dass ich die italienische Polizei
nicht einschalte, aber das habe ich dir bereits gesagt.»

«Nicht ganz unintelligent, die Dame!», erwiderte Guerrini
mit grimmigem Gesichtsausdruck. «Machen wir uns also auf
den Weg in die Gärten, ehe die Tore sich schließen und wir
klettern müssen.» Er hakte Laura unter und kehrte mit ihr
zum Wagen zurück.

Diesmal fanden sie einen Parkplatz in der Nähe des Palazzo Pitti, und auch die verschnörkelten schmiedeeisernen
Tore zum Park standen noch offen. Der Mann, der die Eintrittskarten verkaufte, war jedoch strikt dagegen, dass noch
jemand die Gärten betrat.

«In zehn Minuten wird geschlossen!», rief er dramatisch
aus und wedelte mit beiden Armen. «Warum wollen Sie fünf
Euro für zehn Minuten hinauswerfen? Es fängt sogar an zu
schneien! Sehen Sie, Signori!»

Und wirklich, feine Schneeflocken lösten sich aus den
Nebelschwaden, schmolzen auf ihren Gesichtern, glitzerten
in ihren Haaren, auf ihren Mänteln. Der Kassierer zog den
Schal bis über seine Nase und rückte seine Mütze tief in die
Stirn.

«Wir sind heute in der Stimmung, fünf Euro rauszuwer-
fen! Es sind unsere fünf Euro, oder?», antwortete Guerrini
ebenfalls ziemlich laut.

Der Kassierer schüttelte seinen Kopf und brummte etwas,
das sich wie *«tutti matti»* anhörte und so viel wie «lauter Verrückte» bedeutete. Er nahm die fünf Euro und drehte ihnen
den Rücken zu.

Laura wunderte sich ein wenig, dass er einfach neben

dem offenen Tor wartete, obwohl das Wetter so schlecht war und ein paar Meter weiter ein gemütliches Kassenhäuschen stand.

Zum Glück kannten Laura und Guerrini die Gardini di Boboli ziemlich gut. Laura hatte schon als Kind hier gespielt, wenn sie mit ihrer Mutter die Tanten besuchte, und Guerrini hatte lange genug im Florentiner Polizeidienst gearbeitet. Deshalb umrundeten sie den Hügel, auf dessen höchstem Punkt der riesige Bronzekopf stand, den ein Künstler nach dem Porträt des römischen Kaisers Augustus angefertigt hatte.

Um zehn nach vier trennten sie sich. Laura wanderte langsam um ein großes Wasserbecken, an dessen Rändern im Sommer Zitronenbäumchen in großen Terrakottatöpfen wuchsen. Jetzt war das Becken leer, die Zitronenbäumchen wohl im Gewächshaus. Schwarze Zypressen grenzten den Süden wie eine Wand finsterer Soldaten. Laura trug keine Waffe bei sich, fragte sich jetzt, ob es klug gewesen war, Guerrinis Pistole zurückzuweisen. Noch vor wenigen Minuten war sie der Meinung gewesen, dass bei einer ersten Kontaktaufnahme jede Waffe Vertrauen zerstören musste. Aber angesichts der schwarzen Zypressen fröstelte sie plötzlich und dachte an die toten Frauen. Sie war ziemlich sicher, dass der Unbekannte sie bereits beobachtete. Deshalb hatte Laura Guerrini in eine völlig andere Richtung geschickt, hoffte, dass er schnell genug war, um vor ihr in die Nähe des vereinbarten Treffpunkts zu gelangen.

Zwanzig nach vier. Es war bereits dunkel. Die Lichter der Stadt warfen rötlichen Schein in die Wolken. Schneeflocken schwebten lautlos zu Boden. Laura nahm den breiten Weg, der auf den Hügel führte. Parallel dazu verlief eine Art Tunnel aus geflochtenen Büschen, eine Spielerei aus den Zeiten der Medici, sorgsam erhalten und lebendig genug, um Laura das Gruseln zu lehren. Immer wieder meinte sie Schritte neben sich zu hören. Doch sobald sie anhielt, war es um sie herum ganz still. Nicht einmal ein Ästchen knackte. Außer dem feinen Knistern der winzigen Schneekristalle und dem fernen gedämpften Rauschen der Stadt war nichts zu hören. Niemand war unterwegs in dieser Schattenwelt. Der Unbekannte hatte wirklich eine gute Zeit gewählt.

Laura gab sich keine Mühe, besonders leise zu sein, setzte ihre Stiefel fest auf, als sie den großen Bronzeschädel vor sich auftauchen sah. Ein schwacher Lichtschein reichte von der Stadt bis hierher, ließ die Stirn des Augustus hervortreten und machte seine leeren Augen zu schwarzen Höhlen.

«*Sono qua!* Ich bin da!», sagte Laura laut. «Wo sind die *Uccellini?*»

Alle ihre Sinne waren so aufmerksam, dass es ihr vorkam, als hätte ihr Körper Tentakel ausgefahren und könnte nach hinten, oben und nach allen Seiten sehen und spüren. Langsam drehte sie sich, zog einen Kreis, sichernd wie ein Tier. Etwas bewegte sich in der Nähe des Bronzekopfes, verschwand wieder.

«Kommen Sie hierher! Hinter den Kopf!»

Laura zwang sich zu ruhigen Bewegungen, wandte sich langsam um, denn der Unbekannte hatte sie genau in dem Augenblick angesprochen, als sie ihm den Rücken zeigte.

War das die Stimme, die ihren Anruf beantwortet hatte?

«Ich bin für einen Kompromiss!», rief sie in die Dunkelheit hinein. «Wir treffen uns unter der Nase!»

«Signora! Sie wollen etwas von mir – nicht ich von Ihnen!» Laura hatten den Eindruck, als spräche das rechte leere Auge des Augustus zu ihr.

«Falsch!», antwortete sie. «Es geht um Ihre Organisation und um die Sicherheit Ihrer Schützlinge! Ich bin diejenige, die um Hilfe gebeten wurde!»

«Nicht von mir! Ich habe genügend Polizisten gesehen, die mit den Menschenhändlern unter einer Decke steckten!»

«Warum sind Sie dann gekommen?», fragte Laura und näherte sich langsam dem Bronzekopf.

«Weil ich Sie mir ansehen wollte!»

«Aber es ist viel zu dunkel. Sie können mich gar nicht sehen!» Laura war nur noch einen Meter von der Skulptur entfernt, erkannte in diesem Augenblick eine dunkle Gestalt, hielt gleich darauf schützend eine Hand vor ihre Augen, denn der Unbekannte richtete den Strahl einer starken großen Taschenlampe auf sie.

«Scusa!», sagte der Unsichtbare hinter der Taschenlampe. «Lehnen Sie sich bitte mit dem Rücken an Augustus und strecken Sie Ihre Arme zur Seite. Dann können wir miteinander reden.»

Laura trat vorsichtig rückwärts, bis sie gegen den Bronzekopf stieß, breitete die Arme aus, fühlte das kalte Metall unter ihren Händen.

Seltsam, dachte sie. Ich habe gar keine Angst.

«Wo ist der andere?», fragte der Unbekannte.

«Welcher andere?»

«Das sollten Sie nicht tun!» Die Stimme hinter dem grellen Strahl der Taschenlampe klang jetzt weniger höflich.

«Was?» Laura versuchte harmlos, erstaunt zu klingen.

«Sie sollten mich nicht anlügen, Signora! Ich habe genau gesehen, dass Sie nicht allein in den Park gekommen sind.»

«Aber Sie kennen mich doch gar nicht – woher wollen Sie wissen, wann und mit wem ich in den Park gekommen bin?»

Der Mann hinter der Taschenlampe lachte plötzlich auf. «Ganz einfach, Signora Commissaria, ich habe Ihnen die Eintrittskarten für fünf Euro verkauft. Es ist Ihnen gar nicht aufgefallen, dass im Winter der Eintritt in die Gärten frei ist. Also, wo ist der andere?»

Laura hoffte inständig, dass Guerrini nahe genug war, um ihre Diskussion zu hören. Der Trick mit den Tickets war wirklich sehr gut.

«Woher wussten Sie, dass wir den Eingang beim Palazzo Pitti nehmen würden? Es gibt immerhin ein paar andere Pforten.» Sie versuchte ihn hinzuhalten.

Wieder lachte er. Es war kein unsympathisches Lachen, ziemlich hell und nur eine Spur schadenfroh.

«Das erkläre ich Ihnen später! Ich möchte nur vermeiden, dass plötzlich ein wild gewordener Carabiniere hinter mir steht und mir eine Pistole ins Kreuz drückt!»

«Sah mein Begleiter aus wie ein Carabiniere?» Laura drehte den Kopf zur Seite und versuchte irgendwas zu erkennen, doch ihre Augen waren so geblendet, dass sie nur rote und gelbe Kreise sah.

«Er war auf alle Fälle Italiener. Das reicht!»

Laura horchte. Ihr war, als hätte sie ein lautes Rufen gehört.

«Ssscht!», machte sie, als der Unbekannte etwas sagen wollte. «Da kommt jemand!»

Und tatsächlich näherten sich die Rufe aus der Richtung des Palazzo Pitti, kamen den Hügel herauf und wurden bald so deutlich, dass Laura und der Unbekannte jedes Wort verstehen konnten.

«Signori!», rief jemand. «Signori! Ich habe gesagt zehn Minuten! Jetzt sind es schon vierzig Minuten. Ich muss das Tor abschließen! Meine Familie wartet! Meine Frau wird sehr böse, wenn ich nicht rechtzeitig zum Essen komme!»

«Wer zum Teufel …?» Der Unbekannte schaltete seine Taschenlampe aus und stand mit einem geschmeidigen Satz neben Laura.

«Der zweite Ticketverkäufer! Sein Name ist Angelo. Er ist mein Freund. Völlig harmlos!», antwortete sie, und trotz der etwas unklaren, möglicherweise nicht ganz ungefährlichen Situation hatte sie ziemliche Mühe, nicht in Gelächter auszubrechen.

«Ich finde», sagte sie zu der dunklen Gestalt neben sich, «wir sollten mit diesen Kindereien aufhören und die Angelegenheit bei einem heißen Getränk besprechen. Es wird allmählich kalt hier oben, finden Sie nicht?»

Als Guerrini etwas außer Atem den Kopf des Augustus erreichte, traten Laura und der Unbekannte ihm langsam entgegen.

«Darf ich vorstellen, Angelo – ein Kollege. Verkauft ebenfalls Eintrittskarten für die Boboli-Gärten.»

Später dachte Laura, dass das Leben manchmal solch unerwartete Wendungen vollzog, als wollte es die Wirklichkeit in Frage stellen. Guerrini und der Unbekannte waren in spontanes Gelächter ausgebrochen, als Laura sie als Doppelgänger konfrontierte. Danach hatten sie sich alle drei in den Schutz eines kleinen Pavillons zurückgezogen und miteinander gesprochen, als kennten sie sich schon seit langer Zeit. Laura war sicher, dass es am gemeinsamen Lachen lag. Ein Mafioso hätte in dieser Situation niemals gelacht, sondern eher seine Waffe gezückt und auf Guerrini geschossen.

Es war ziemlich dunkel in dem Pavillon, deshalb konnten Laura und Guerrini die Züge des Unbekannten nur ahnen. Er schien relativ jung zu sein – vielleicht Ende zwanzig, trug einen kurzen Kinnbart, der nicht schwarz, sondern eher rötlich war, doch das konnte auch am unwirklichen Licht liegen, das von der Stadt heraufstrahlte. Seine Stimme war weich und tief, und als er zu erzählen begann, klang es beinahe wie die Verkündung eines politischen Manifests.

«Menschenhandel hat auch etwas mit Globalisierung zu

tun!», sagte er. «Sehen Sie, heute wird alles globalisiert – die Wirtschaft, die Ausbeutung und auch die Prostitution inklusive des organisierten Verbrechens. Unsere Gruppe gehört zum internationalen zivilen Widerstand gegen diese Entwicklung. Wir arbeiten ebenfalls international – schaffen Netzwerke gegen die menschenverachtenden Methoden der Globalisierung!»

«*Bene!*», erwiderte Guerrini. «Und was heißt das in einfachen Worten?»

«Wir arbeiten mit Menschenrechtsgruppen in ganz Europa und haben auch Verbindungen zu Gruppen in Afrika, Asien und Lateinamerika. Unsere Gruppe kümmert sich speziell um Frauen, die zur Prostitution gezwungen werden. Wir verhelfen ihnen zur Flucht, besorgen sichere Verstecke und vermitteln sie in sichere Länder.»

«Was verstehen Sie unter sicheren Ländern?», fragte Laura.

«Nennen Sie mich Flavio!», erwiderte er leise. «Das ist mein Deckname. Die sicheren Länder variieren. Mal ist es Deutschland, dann wieder Schweden oder Norwegen, manchmal Großbritannien, Holland, auch Frankreich, sogar Portugal.»

«Und welches sind die Kriterien für Sicherheit?» Guerrinis Stimme klang ungeduldig.

«Alles Mögliche: Liberale Einwanderungsgesetze, Möglichkeiten für Illegale, Bedarf an Haushaltshilfen, seriöse Heiratsangebote zum Beispiel.»

Guerrini seufzte. «Für mich klingt das wie alternativer Menschenhandel!»

Und zu Lauras Überraschung antwortete der Mann mit dem Decknamen Flavio ganz offen und keineswegs ärgerlich. «Natürlich. So kann man es nennen. Es gibt aber keine andere Möglichkeit. Wenn man die Frauen aus den Fängen der Zuhälter befreit und ganz legal helfen will … Sie wissen genau, was dann passiert, nicht wahr? Sie werden in ihre Heimatländer abgeschoben. Und wissen Sie auch, was dann passieren kann?» Flavios Stimme war lauter geworden. Er hob den Arm, und sein ausgestreckter Zeigefinger leuchtete kurz in einem Lichtstrahl. «Ich habe mit einer Frau gesprochen, die nach Weißrussland zurückgeschickt wurde. Die Polizisten ihres eigenen Landes haben sie vergewaltigt, und dann wurde sie wieder den Menschenhändlern übergeben. Zwei Wochen nachdem wir sie aus Bosnien rausgeholt hatten, war sie wieder dort. Und als wir sie nochmal rausholen wollten, hat sie sich geweigert!»

«Und dann?», fragte Laura.

«Nichts dann. Sie blieb in dem kleinen Bordell, weil sie da wenigstens nicht misshandelt wurde und ein bisschen Geld bekam. Sie hatte überhaupt kein Vertrauen mehr! Für sie gab es kein Entkommen. Sie war wie ein Vogel, der einen Käfig sucht, weil er genau weiß, dass das Leben nur aus Käfigen besteht!»

«Wo haben Sie dieses Bild her? Es erinnert mich an etwas …», murmelte Laura.

«Kafka!», erwiderte Flavio. «Da sucht aber der Käfig den Vogel. So kann man es natürlich auch sehen!»

«Darf ich eure literarische Diskussion beenden?» Guerrinis Stimme hatte einen deutlich ironischen Unterton. «Mich interessiert Folgendes: Können Sie uns dabei helfen, die toten Frauen zu identifizieren? Wurden diese Frauen von Ihrer Organisation auf den Weg geschickt? Und vor allem: Haben Sie eine Ahnung, wer und welche Motive hinter diesen Morden stehen könnten?»

Flavio nickte vor sich hin. «Eins nach dem andern!», murmelte er. «Wir müssen irgendwo eine undichte Stelle haben, anders ist das nicht zu erklären. Bei dem ersten Opfer muss ich passen. Unsere Gruppe kennt nur die Transfer-Namen der Frauen. Aber die letzte, die in München gefunden wurde – bei der ist es anders. Wir haben in einem unserer Übergangsverstecke eine Frau, die kannte sie. Eigentlich sollten die beiden sogar zusammen nach München reisen. Aber dann fand einer unserer Verbindungsleute es zu riskant ...»

«Wieder zwei Fragen!», unterbrach ihn Laura. «Können wir mit dieser Frau reden, und wer ist der Verbindungsmann?»

«Madonna!», erwiderte Flavio. «Sie sind aber schnell. Na ja, mit der Frau könnte ich Sie zusammenbringen. Den Verbindungsmann kann ich nicht nennen. Das sind Leute mit Decknamen, und keiner weiß, wer der andere oder die andere wirklich ist. Sehen Sie ... wir haben einen mächtigen Gegner. Wer gegen Menschenhändler arbeitet, muss wirklich sehr aufpassen. Die verstehen keinen Spaß. Da geht es um verdammt viel Geld!»

«Ja!», sagte Laura. «Das ist uns bekannt. Aber warum haben Sie sich einfach so mit mir getroffen, wenn Sie wissen, wie gefährlich ihre Arbeit ist?»

«Ah!» Flavio lachte verlegen. «Unsere Frau in München hat Sie angekündigt. Die Beschreibung war so gut, dass ich keine Bedenken hatte. Wissen Sie, die Verbindungsfrau in München ist besser als alle andern. Wenn die sagt, dass es okay ist, mit Ihnen zu reden, dann stimmt das auch.»

«Danke für Ihr Vertrauen!», antwortete Laura. «Wahrscheinlich wird mir das irgendwann zum Verhängnis. Also, wann können wir mit der Frau sprechen, die eine Bekannte der Toten war?»

«Irgendwann morgen ...», sagte er ausweichend. «Ich muss erst mit ihr reden. Melde mich.»

Laura hatte sich schon erhoben, als ihr ein Gedanke kam, den sie schon lange halb bewusst mit sich herumgetragen hatte. «Noch eine letzte Frage: Gibt es eine Verbindung Ihrer Gruppe zu irgendwelchen Bahnbeamten, die dafür sorgen, dass die Frauen an ihren Bestimmungsort gelangen. Das ist nur so ein Gedanke, der mir gekommen ist.»

Flavio trommelte mit den Fingern auf sein rechtes Knie, klatschte dann in die Hände und seufzte tief.

«Darüber habe ich auch schon nachgedacht. Wir bringen die Frauen nämlich nicht zur Bahn oder zum Flughafen – wir vermitteln sie an jemanden, der sie dann auf die Reise schickt.»

«Und warum ist es so kompliziert? Wird die Gefahr dadurch nicht größer? Je mehr Leute beteiligt sind, desto wahrscheinlicher ist doch, dass eine undichte Stelle entsteht!» Laura hörte in Guerrinis Stimme, dass er dieses Versteckspiel albern und unprofessionell fand.

Flavio aber schüttelte entschieden den Kopf.

«Wir haben die Methoden der Mafia genau studiert!», sagte er. «Die arbeiten genauso. Es ist wie ein Stafettenlauf. Einer gibt den Stab an den andern weiter und schaut sich nicht um. Man muss von denen lernen, um gegen sie bestehen zu können!»

«Hoffentlich habt ihr genug gelernt!», murmelte Guerrini. «Ich finde, Sie kommen jetzt mit uns zum Wagen und wir setzen Sie irgendwo ab, Flavio. Dann sind wir wenigstens sicher, dass Sie heil aus diesem Park herausgekommen sind.»

Eine Stunde später fiel Laura ein, dass ihr Handy die ganze Zeit abgeschaltet war. Auf der Mailbox fand sie vier Anrufe von Peter Baumann, dessen Stimme von Nachricht zu Nachricht gereizter klang. Offensichtlich saß er mit dem Deutsch sprechenden Carabiniere in der kleinen Bar, in der sie am Morgen gefrühstückt hatten.

Als Laura und Guerrini gegen sieben dort ankamen, hatten Baumann und sein italienischer Kollege einen Schwips, weil sie auf nüchternen Magen zu viel Wein getrunken hatten. Unter Mühen schafften Laura und Guerrini es, die beiden in ein Speiselokal zu schaffen und mit großen Portionen Pasta die Wirkung des Alkohols zu dämpfen.

Danach war Baumann vor allem müde und hatte wenig Lust, über die Ergebnisse seiner Recherchen zu reden. Er wiederholte nur immer wieder, dass er schon angenehmere Videos gesehen hätte und jetzt eigentlich nur noch ins Bett wolle. Und so fuhr Guerrini zuerst den jungen Carabiniere nach Hause – er wohnte am anderen Ende von Florenz – dann kehrten alle drei ins rosafarbene Hotel zurück. Die Fahrt dauerte über eine Stunde, denn inzwischen waren die Straßen ein wenig rutschig geworden, und wie immer staute sich der Verkehr an allen Kreuzungen.

An der Hotelrezeption saß bereits um halb zehn ein alter Nachtportier, der umständlich die Zimmerschlüssel heraussuchte, wobei er die Brille auf seine Nasenspitze schob und über ihren oberen Rand spähte.

«Ich mag diesen Fall nicht!», murmelte Baumann undeutlich, während sie auf den Lift warteten. «Ich hatte schon immer was gegen Serienmorde. Eigentlich habe ich grundsätzlich was gegen Morde!» Er schwankte leicht und lehnte sich gegen Laura.

«Dann», antwortete sie, «hast du wirklich den idealen Beruf gewählt!»

«Ja! Hab ich auch!», sagte er mit der störrischen Beharrlichkeit des Angetrunkenen. «Wenn man bei der Mordkommission arbeitet, bedeutet das ja nicht, dass man eine heimliche Neigung zu gewaltsamen Todesfällen hat – obwohl es das wahrscheinlich auch gibt, wenn ich genauer darüber nachdenke … Ich dagegen bin bei der Mordkommission, weil ich ganz entschieden etwas gegen solche Todesarten habe. Das möchte ich hiermit klarstellen!»

«Ja!», sagte Laura. «Ich habe nie daran gezweifelt!»

Guerrini warf ihr einen fragenden Blick zu. Sie zuckte die Achseln und war froh, als sich mit klagendem Quietschen die Tür des Aufzugs öffnete. Sie schoben Baumann hinein, geleiteten ihn zu seinem Zimmer im zweiten Stock, lauschten kurz, als er die Tür hinter sich abschloss. Es klang, als hätte er sich einfach aufs Bett fallen lassen.

«Ich habe ihn noch nie so erlebt!» Laura betrachtete den Schlüssel in ihrer Hand. «Ich verstehe überhaupt nicht, warum er sich betrunken hat. Er ist jemand, der normalerweise einen sehr klaren Verstand besitzt und viel Humor. Er ist jemand, auf den man sich verlassen kann …»

«Jaja!», unterbrach Guerrini ihre Verteidigungsrede. «Ich habe ja gar nichts gegen ihn gesagt. Warum soll er sich nicht betrinken, wenn er das Bedürfnis danach hat? Vielleicht hat er ja einen italienischen Vorfahren, und dieses spezifische Pflichtbewusstsein ist hier in Florenz bei ihm durchgebrochen. Ein Outing sozusagen!»

«Du magst ihn nicht, oder?»

Guerrini legte eine Hand in seinen Nacken und senkte den Kopf. «Nein!», sagte er dann entschieden. «Nein, ich glaube, ich mag ihn nicht. Schon allein deshalb, weil er jeden Tag mit dir zusammen sein darf. Außerdem schaut er dich an, als könne er dich sehr gut leiden.»

«Madonna!», erwiderte Laura. «Wenn das deine Kriterien sind, jemanden nicht zu mögen, dann fallen jede Menge anderer Leute drunter: meine Kinder, mein Vater, meine Freunde …» Guerrini schüttelte den Kopf.

«Das ist etwas ganz anderes. Dieser junge Commissario ist eben nicht dein Kind oder dein Vater. Er ist ein ziemlich attraktiver Mann und …»

«… und was?» Laura lehnte sich mit verschränkten Armen an die Wand und lächelte ihn an. «Würdest du jetzt bitte aufhören, Beweise für deine Eifersucht zu suchen? Ich warne dich: Mein Handy ist eingeschaltet. Es besteht die Möglichkeit, dass mein Vater anruft, meine Kinder, mein Chef, dieser Flavio … ich finde, es gibt interessantere Dinge, über die wir uns unterhalten könnten – zumal unsere Zeit ziemlich knapp bemessen ist!»

Gleichzeitig flehte sie innerlich, dass er nicht die besondere Qualität ihrer Beziehung mit einer trivialen Eifersuchtsszene beschädigen möge. Deshalb war sie beinahe froh darüber, als in diesem Augenblick tatsächlich ihr Handy klingelte. Sie zog es aus der Manteltasche und musterte das Display.

«Ach!», murmelte sie. «Es ist Flavio, der Vogelfänger! Wir werden unsere Diskussion verschieben müssen.» Sie lächelte ein bisschen schadenfroh, während Guerrini seine Augen zur Decke verdrehte.

«*Pronto!*», meldete sich Laura.

«Würde es Ihnen etwas ausmachen, das Codewort zu wiederholen?», fragte Flavio.

«*Uccellini!* Alles klar?»

«*Ci vediamo!* Wir werden uns tatsächlich heute Abend noch wiedersehen, Signora. Die Vögelchen sind bereit, etwas zu erzählen!»

«Okay! Wo treffen wir uns?»

«Wie heißt Ihr Hotel?»

«Bellarosa.»

«Dann kann ich Sie in zehn Minuten abholen. Ich fahre einen alten Lada. Gehen Sie hundert Meter Richtung Autobahn und warten Sie dort!» Er hatte das Gespräch bereits unterbrochen.

«Komm!», sagte Laura und wandte sich zum Lift zurück.

«Er will uns mit Frauen zusammenbringen, die uns vielleicht weiterhelfen können.»

«In welcher Beziehung?», erwiderte Guerrini seufzend, folgte Laura in den Lift und küsste sie dort so heftig, dass ihr schwindlig wurde. Als sie nach einigen Minuten den Aufzug verließen – die Kabine hatte schon eine Weile im Erdgeschoss gestanden, und durch die Glastür waren Laura und Guerrini gut sichtbar gewesen –, starrte der alte Nachtportier sie mit offenem Mund über den Rand seiner Brille an. Sie winkten ihm zu und liefen schnell an der Rezeption vorüber, hatten beinahe schon die Drehtür am Ausgang erreicht, da rief er: «Die Schlüssel, Signori! Ich brauche die Schlüssel!»

«Wir nehmen sie mit!», antwortete Guerrini entschlossen.

«Nein, das geht nicht, Signori! Das ist ganz unmöglich! Ich habe die Anweisung, auf keinen Fall Gäste mit Hausschlüsseln gehen zu lassen. Das hat Gründe, Signori! Sie werden es nicht glauben, aber es gibt Leute, die lassen Schlüssel nachmachen – kommen ins Hotel zurück und rauben die Zimmer aus! Die Welt ist schlecht, Signori! Deshalb kann ich keine Ausnahmen machen – selbst wenn ich wollte, die Chefin würde sehr böse mit mir werden und ich könnte meine Arbeit verlieren. Das wollen Sie doch nicht, Signori? Das können Sie nicht wollen!»

Der alte Mann stand inzwischen in der Mitte des falschen Perserteppichs vor der Rezeption und hielt seine Hände halb erhoben, als flehe er Laura und Guerrini an.

«*Dio buono!*», murmelte Guerrini verblüfft. «Das war aber eine starke Darbietung.» Dann zog er seinen Polizeiausweis aus der Jacke und hielt ihn dem Alten hin. «Machen Sie jetzt eine Ausnahme?»

Der Alte starrte mit aufgerissenen Augen auf den Ausweis, drehte sich um und verschwand wortlos hinter der Rezeption.

«Alles in Ordnung?», fragte Guerrini, doch der Alte würdigte ihn keines Blickes mehr.

«Hat offensichtlich was gegen die Polizei.» Guerrini steckte seinen Ausweis zurück und umfasste Lauras rechten Ellbogen. «Lass uns gehen, meine Liebe, sonst kommen wir zu spät.»

Draußen war es kalt, windig und sehr dunkel. Erheitert stellte Laura fest, dass selbst der Lichtschein des rosa Hotels rosarot war. Wie eine Bonbonniere, dachte Laura – oder wie ein Bordell. Außer ein paar Neonlampen entlang der Straße gab es kaum andere Lichter, abgesehen von den Scheinwerfern der Autos und Laster natürlich. Laura nahm Guerrinis Hand und begann laut ihre Schritte zu zählen. Als sie bei achtzig angekommen war, wurden sie langsam von einem Wagen überholt, der kurz darauf anhielt.

«Es ist ein Lada!», sagte Guerrini. «Ich wusste gar nicht, dass noch welche von denen herumfahren.»

Er bückte sich und spähte ins Wageninnere, dann öffnete er die Beifahrertür.

«Schnell! Steigen Sie ein!», sagte Flavio. «Ich habe immer das Gefühl, verfolgt zu werden. Zweimal ist es schon passiert, und seitdem habe ich so was wie eine fixe Idee – vielleicht ist es ja der Beginn einer Paranoia!» Er lachte ein bisschen brüchig.

«Und wie ist die reale Verfolgung ausgegangen?», fragte Laura, während sie sich auf den Rücksitz zwängte, der mit Mänteln, Decken, Büchern und Zeitungen voll gepackt war. Sofort gab der junge Mann Gas und reihte sich wieder in den Verkehr ein, der zur Autostrada strömte.

«Beim ersten Mal bin ich bis nach San Gimignano gefahren. Einfach immer weiter und die hinter mir her», sagte er, während er gleichzeitig in den Rückspiegel spähte. «Da wäre mir beinahe das Benzin ausgegangen, und ich hatte gerade noch genug Geld dabei, um einen Kaffee zu trinken und fünfzehn Liter zu tanken. Beim zweiten Mal habe ich den Wagen stehen lassen und bin zu Fuß weitergegangen, hab eingekauft und ganz normale Sachen gemacht. Danach haben sie wohl das Interesse verloren. Aber ich trau dem Frieden nicht. Es passt denen nicht, dass jemand die Mädchen rausholt!»

«Tja, offensichtlich!», sagte Guerrini und räusperte sich. «Nur wenden die sich jetzt direkt an die Frauen und brauchen keinen Umweg über Sie.»

Flavio antwortete nicht. Er hatte inzwischen die Hauptstraße verlassen, war nach rechts ins Industriegebiet abgezweigt und fuhr kreuz und quer zwischen den kleinen und großen Fabrikhallen herum.

«Sie brauchen sich keine Mühe zu geben!», brummte Guerrini. «Hier kennt sich sowieso niemand aus, und schon gar nicht bei Nacht und Nebel!»

«Sicher ist sicher!», knurrte Flavio verbissen. «Sehen Sie – wenn man unsere Arbeit macht, traut man niemandem mehr. Für mich ist es eine totale Niederlage, dass wir die Frauen nicht schützen konnten. Und es macht mir Angst, es ist wie ein Horrorfilm! Etwas, das eigentlich nicht wahr sein kann! Wir organisieren eine sichere Ausreise, und dann kommt so was wie ein Werwolf und schmeißt eine Frau aus dem Zug, erschießt eine andere … es waren unsere Frauen. Frauen, die wir auf den Weg gebracht hatten! Ich begreife es einfach nicht!»

«Es war sicher kein Werwolf!», erwiderte Laura leise.

«Ich weiß! Aber ich kann Ihnen sagen, dass mir ein Werwolf beinahe lieber wäre als diese hinterhältigen Schweine!»

Flavio bremste scharf, fluchte leise, als der Wagen ein paar Meter dahinschlitterte. Sie hatten inzwischen den nördlichen Rand des Florentiner Industriegürtels erreicht, eine Gegend, in der zwischen Produktionshallen die ersten heruntergekommenen Wohnhäuser standen. Erst nachdem sich Flavio überzeugt hatte, dass kein anderer Wagen in der Nähe war, bog er über einen matschigen Weg in einen Hinterhof ein und hielt endlich an.

«Wir müssen noch ein Stück zu Fuß gehen!», sagte er und stand schon ungeduldig neben dem Fahrzeug, sich noch immer nervös umschauend.

«Ich halte es für sehr unwahrscheinlich, dass uns jemand gefolgt sein könnte!», murmelte Guerrini beruhigend.

Flavio antwortete nicht, schloss den Wagen ab und ging vor ihnen her. Vor den Hauseingängen brannten schwache Lampen, deren Licht kaum den Nebel durchdringen konnte. Sie folgten einem schmalen Weg, der an alten Schuppen vorbeiführte, an einer Gruppe von Zypressen, die alle Nadeln verloren hatten und wie borstige Gerippe dastanden. Laura fröstelte, war froh, dass Guerrini neben ihr ging.

Auf glitschigen Brettern überquerten sie einen Bach. Guerrini ging vor und reichte Laura die Hand, um ihr hinüberzuhelfen. Sie tat so, als hätte sie den Halt verloren, prallte gegen ihn und war froh, ihn zu spüren. Für ein paar Sekunden waren Menschenhändler, Serienmörder und der ganze Rest ihr völlig egal. Doch als Guerrini sie sanft weiterschob, weil Flavio vor einem zweistöckigen Haus stehen geblieben war und ihnen winkte, da war Laura den Menschenhändlern fast ein bisschen dankbar, denn ohne sie würde sie jetzt in ihrem Bett in München liegen – ohne Angelo. Und ehe sie Flavio erreichten, dachte sie, dass es nicht nur edle Motive waren, die sie Hauptkommissarin werden ließen. Mit Mitte vierzig nahm die Ehrlichkeit sich selbst gegenüber zu.

228

Mindestens die Hälfte ihrer Motivation bestand aus schierer Abenteuerlust!

Zufrieden mit diesem Ergebnis, betrat sie hinter Flavio ein kaltes Treppenhaus, in dem es nach Katzenurin roch. Im ersten Stock klopfte er einen kurzen Rhythmus an eine Tür, wiederholte ihn nach einer Minute. Als die Tür sich einen Spaltbreit öffnete, murmelte er etwas, das Laura nicht verstand. Dann machte er eine einladende Kopfbewegung, und die Tür schwang ganz auf.

Die Räume hinter der Tür glichen dem Rücksitz von Flavios Wagen. Überall lagen Decken und Kleidungstücke herum, dazwischen Zeitungen, Bücher, Teller mit Essensresten. Es gab kaum Möbel – außer einem Campingtisch und ein paar Klappstühlen. Geschlafen wurde auf Matratzen am Boden. In der improvisierten Küche stand ein Gaskocher mit zwei Flammen, in einem Regal ein paar Töpfe und Pfannen. Es roch nach Knoblauch, Parfüm und wieder nach Katzenpisse. Mitten in diesem Chaos standen zwei junge Frauen, lehnten nebeneinander an der Wand und schauten mit gesenkten Köpfen auf den Boden, warfen nur hin und wieder einen kurzen misstrauischen Blick auf die Besucher.

Flavio stellte die Frauen als Clara und Anita vor, fügte hinzu, dass es sich natürlich um Decknamen handle – Transfer-Namen. Dann erbot er sich, Kaffee zu machen, und holte die Klappstühle.

«Setzt euch und redet!», sagte er, und es klang wie ein Befehl.

Zum ersten Mal konnte Laura den Aktivisten genauer betrachten, obwohl auch in dieser verlotterten Wohnung die Beleuchtung eher schummrig war. Flavio war jünger, als sie geschätzt hatte. Höchstens Anfang Dreißig. Vermutlich nicht älter als Baumann. Sein Haar war tatsächlich rot, hing etwas verstrubbelt bis in seinen Nacken, seine Haut war hell

229

und voller Sommersprossen. Ein beinahe blonder Dreitage-
bart schimmerte auf seinen Wangen und seinem Kinn. Etwas
Entschlossenes ging von ihm aus, eine spürbare Energie, und
Laura konnte sich ihn sehr gut bei Demonstrationen gegen
die Globalisierung, den Irakkrieg oder die Machenschaften
Berlusconis vorstellen – mit einem Halstuch über Nase und
Mund, die Faust erhoben und auf der Hut vor den Gummi-
kugeln und Wasserwerfern der Polizei. Denn er war nicht
nur entschlossen, sondern auch vorsichtig.

Jetzt bereitete er heißes Wasser mit einem Tauchsieder, und
gleich darauf verdrängte Kaffeeduft für eine Weile die anderen
Gerüche. Laura und Guerrini saßen den beiden Frauen gegenüber und versuchten irgendwie Kontakt zu bekommen.

«Sprechen Sie Italienisch, Englisch, Deutsch?», fragte
Laura.

«Ich bisschen Italienisch, Anita Englisch wegen UNO!»

«Clara ist aus Rumänien und Anita aus Weißrussland!»,
rief Flavio dazwischen und stellte Plastiktassen auf den
Campingtisch.

«Sie wissen, warum wir hier sind, nicht wahr?» Laura zog
ihren Mantel aus, denn es war erstaunlich heiß in der kleinen
Wohnung.

Die junge Frau mit dem Transfer-Namen Clara nickte
und presste die Lippen zusammen. Ihr dunkelbraunes Haar
war – trotz der allgemeinen Unordnung um sie herum – sehr
gepflegt und fiel in glänzenden, frisch gewaschenen Locken
bis auf ihre Schultern.

«Wir versuchen den Mörder Ihrer Kolleginnen zu finden
und brauchen dabei Ihre Hilfe.»

Wieder nickte Clara, sagte etwas zu Anita, die mit den
Schultern zuckte. Anita war blond, sehr klein und zierlich. Ihr
Gesicht erinnerte Laura an eine hübsche Maus, eine mit gro-
ßen Augen und spitzer Nase. Minnie Maus, dachte Laura.

Clara war eindeutig die Wortführerin, und nachdem Flavio den sehr schwarzen Kaffee in ihre Plastiktassen gegossen hatte, nahm sie einen kleinen Schluck, schüttelte sich und legte plötzlich los, als hätte sie nur auf diesen bitteren Geschmack auf der Zunge gewartet. «Sie müssen nehmen, was ich kann sagen … mein Italienisch ist soso. Wäre besser, wenn Flavio nicht da …» Sie warf ihr langes Haar zurück und sah den jungen Mann mit leicht zusammengekniffenen Augen an. Laura fiel auf, dass sie sehr lange Wimpern hatte, die sehr stark getuscht waren, und dass ihr Pullover und ihre Hosen so eng waren, dass sie vermutlich kaum atmen konnte.

«Wieso denn?», fragte er. «Was ist denn jetzt schon wieder los?»

«Gar nichts, *amore*! Aber es gibt Dinge, die nicht gut sind für Ohren von Flavio!»

Guerrinis und Lauras Blicke trafen sich für den Bruchteil einer Sekunde, und Laura wusste, was er dachte. Wie sie hatte er in diesem Augenblick begriffen, dass zumindest diese Frau Flavio für naiv hielt, dass möglicherweise Flavio derjenige war, der hier benutzt wurde.

«Bist du guter Junge und gehst raus – für fünf Minuten, ja?» Sie warf ihm eine Kusshand zu. «Gibt Sachen, die du nicht wissen sollst, weil zu gefährlich. Wir lieben dich. Wollen nicht, dass Flavio was passiert!»

Laura dachte, dass diese Clara eine Professionelle war – Anita vermutlich nicht.

«Aber ich will nicht rausgehen! Wie kommst du auf die Idee, mich rauszuschicken?»

Clara schob das Kinn vor. «Weil ich es sage! Hast noch nie in einer richtigen Organisation gearbeitet, was? Wenn was nicht gut für Ohren, dann muss man verschwinden! Also geh schon!» Ihre Stimme klang scharf.

«Hm!», machte Guerrini und probierte seinen Kaffee. «Eine interessante Situation!»

«Wäre es zu viel verlangt, wenn Sie ein paar Minuten rausgingen?», fragte Laura. «Aufs Klo zum Beispiel oder das Schlafzimmer aufräumen … sonst kommen wir hier nicht weiter!»

Flavio schüttelte ratlos den Kopf, drehte sich dann um, stolperte über eine Holzkiste voller Raviolidosen und knallte die Tür hinter sich zu.

Bene!», lächelte Clara. «Sehen Sie, ich mag Flavio sehr – deshalb ich sagen, was ich sage! Es ist doppelt. Alles ist doppelt. Flavio ist guter Junge, aber vielleicht zu gut. Er hilft Mädchen, aber nicht alle Mädchen gut …» Clara seufzte, quetschte und zerrte die italienische Sprache in alle Richtungen, um den beiden Polizeikommissaren verständlich zu machen, was sie meinte. Es dauerte länger als ein Toilettenbesuch und auch länger als das Aufräumen eines Matratzenlagers. Als Flavio nach einer Weile seinen Kopf in die winzige Küche steckte, scheuchten sie ihn wieder hinaus. Ganz allmählich begriffen Laura und Guerrini, was Clara ihnen mitteilen wollte. Es schien so zu sein, dass ein Teil der Transfer-Frauen wirklich aus der Gewalt der Menschenhändler entkommen wollte, um ein neues Leben anzufangen. Aber ein mindestens ebenso großer Anteil benutzte das Netzwerk der Retter, um bessere Arbeitsbedingungen in reicheren europäischen Ländern zu suchen. Clara gab offen zu, dass sie auf dem Weg zu einer Freundin in Schweden sei, die in einem Luxusbordell arbeite. 500 bis 1000 Euro verdiene man da pro Stunde, wenn man eine Spitzenkraft sei. Und Clara hielt sich für eine Spitzenkraft, das stand außer Frage. Sie hatte es satt, in einer bosnischen Spelunke zu arbeiten und ihre Fähigkeiten an Bauern, Handwerker und ein paar UNO-Soldaten zu vergeuden. Nicht mal die höheren Ränge zahlten angemessen für ihre Dienste.

«Und was ist mit Anita?»

«Ah!», lachte Clara und tätschelte den Arm der jungen Frau. «Anita ist bisschen wie Flavio. Will nur Gutes. Sucht Mann für Liebe und Kinder!»

«Wie lange haben Sie in Bosnien gearbeitet?», fragte Laura auf Englisch und sah dabei Anita an.

Anita wurde rot und knetete ihre Hände.

«Sieben Monate», flüsterte sie. «Meine Mutter weiß nichts. Sie denkt, ich Hausmädchen bei UNO.»

«Und wie soll es jetzt weitergehen? Wollen Sie zurück nach Hause?»

Anita schüttelte nicht nur den Kopf, sondern den ganzen Oberkörper.

«Ich heiraten. Mann in England. Guter Mann mit guter Arbeit. Dann Haus und Kinder!»

Laura schaute nachdenklich auf die unruhigen Hände der zarten blonden Frau. Sie hatte Kataloge gesehen, in denen Frauen angeboten wurden wie Supermarktschnäppchen. Diese Kataloge gab es in allen europäischen Ländern.

«Ja!», murmelte sie schließlich. «Ich wünsche Ihnen viel Glück.» Sie zog das Foto der Toten aus dem Eurocity hervor. «Kennen Sie diese Frau?»

Anita warf nur einen kurzen erschrockenen Blick auf das Foto, bedeckte dann mit beiden Händen ihr Gesicht. Clara aber nahm es, sah plötzlich sehr traurig aus.

«Kann ich behalten?», fragte sie mit sanfter Stimme. «Möchte Kerze aufstellen und Bild und für Ana beten.»

«Ana? War das ihr Name?»

Clara nickte abwesend.

«Wollte auch nach Schweden!» Dann fuhr sie plötzlich auf und schrie: «Wer hat Ana umgebracht? War alles ganz sicher! Schon vier Frauen nach Schweden gefahren! Alles ganz sicher! Warum nicht für Ana?»

233

«Wir wissen es nicht, Clara. Aber wir würden es gern herausfinden. Deshalb sind wir hier, und wir sind sehr dankbar, dass Sie mit uns reden. Woher kennen Sie Ana?»

Clara atmete tief ein.

«Ana mit mir in Bosnien. Fast zwei Jahre. Dann zuerst weg mit Transfer. War noch hier, als wir kamen. Dann gefahren und tot!»

«Können Sie sich vorstellen, dass Leute aus Bosnien sie umgebracht haben?»

Clara zuckte die Achseln.

«Drago schlimm, aber dumm. Nicht glauben, dass er uns finden kann. Andere schon. Die Rumänen und die Russen. Die viel besser!»

«Wer hat Ana hier abgeholt?», fragte Guerrini.

«Flavio hat weggebracht! Flavio lässt niemand hierher! Zu gefährlich, sagt Flavio!»

«Hat Flavio Sie auch aus Bosnien abgeholt?» Guerrini schwenkte den schwarzen Kaffee in seiner Plastiktasse, ein paar Tropfen schwappten über.

«Nein, nicht Flavio. Andere Leute. Zwei Frauen aus Kroatien. Flavio hat uns in Triest abgeholt.»

«Hat Flavio Ihnen von der anderen ermordeten Frau erzählt?», fragte Laura.

«Welcher Frau?» Clara fuhr heftig auf und sah Laura zum ersten Mal ganz offen an.

«Ana ist nicht die Einzige, die ermordet wurde. Es ist noch eine andere Frau ums Leben gekommen. Ebenfalls auf der Fahrt nach Norden.»

In diesem Augenblick steckte Flavio wieder seinen Kopf ins Zimmer, und Clara warf die halb volle Kaffeetasse in seine Richtung.

«Warum hast du nicht erzählt von andere tote Frau!», schrie sie. «Was ist los? Sollen wir auch sterben?»

«*Madre mia!*», stieß Flavio aus und betrachtete die braunen Kaffeespuren an der Wand neben der Tür. «Ich habe es nicht gesagt, weil ich euch keine Angst machen wollte! Ist ja nicht besonders beruhigend zu wissen, dass vor euch andere Frauen umgebracht wurden, oder?»

«Nein, aber wichtig!», schrie Clara. «Ich will nicht in Zug sterben. Ich will nach Schweden zu Freundin und leben! Ich will reich werden und vergessen diese ganze Scheiße!»

Flavio war blass geworden, antwortete nicht.

Tja, dachte Laura. War wohl nichts mit «Proletarier aller Länder vereinigt euch».

Guerrini sah auf die Uhr. Es war inzwischen nach eins.

«Also, ich würde vorschlagen, dass diese Bahntransfers für eine Weile eingestellt werden. Falls diese beiden Damen ausreisen möchten, dann sollten Sie Ihren alten Lada auf Vordermann bringen und sie zur Grenze bringen oder gleich nach München. Außerdem würde ich vorschlagen, dass Sie keine neuen Damen aus Bosnien oder sonst woher holen, bis wir diese Verbrechen aufgeklärt haben!» Guerrini gähnte und hielt sich die Hand vor den Mund. «Mein dritter Vorschlag ist, dass Sie uns jetzt ins Hotel fahren, denn ich glaube, dass wir alle ein bisschen Schlaf brauchen.»

«Ja, natürlich», murmelte Flavio, griff nach seiner Jacke und hielt schon die Wagenschlüssel in der Hand. Er sah aus, als wollte er schnell weg von diesen Frauen, die ihn mit einer Erkenntnis konfrontiert hatten, die er nicht haben wollte.

Eine halbe Stunde später betraten Laura und Guerrini das Doppelzimmer im Hotel Bellarosa und ließen sich mit Mantel und Lederjacke nebeneinander auf das breite Bett fallen.

«Ich bin nur deshalb hier, weil ich keine Kraft mehr habe, in mein kleines Einzelzimmer zu gehen!», murmelte Laura.

«Ja, natürlich!», erwiderte Guerrini. «Möchtest du ein Glas Rotwein oder lieber Mineralwasser?»

«Mineralwasser!» Laura hob ihr rechtes Bein und versuchte ihren Stiefel auszuziehen. «Weißt du, dass jedes Jahr eine halbe Million Frauen und Kinder nach Europa gebracht werden, um im Sextourismus zu arbeiten. Ich hab recherchiert in den letzten Wochen, und es ist nicht besonders lustig. Ich meine, es kann dazu führen, dass man selbst keine Lust mehr hat …»

Guerrini reichte ihr ein Glas Mineralwasser, zog seine Lammfelljacke aus und legte sich wieder neben sie.

«Weißt du!», fuhr sie fort, trank einen Schluck und stellte das Glas auf den Nachttisch. «Weißt du, ich habe nicht nur diese aktuellen Sachen recherchiert … das alles hat einen Unterbau aus der Geschichte … einen riesigen Misthaufen, der immer höher wird. Wenn Frauen arm waren, mussten sie schon immer ihren Körper verkaufen oder sogar verschenken. Die Gerissenen unter diesen Frauen versuchten damit reich zu werden – wie Clara es offensichtlich vorhat. Die anderen gehen daran kaputt … die Kinder sowieso.»

Guerrini antwortete nicht, lag einfach da und starrte an die Zimmerdecke.

«Es macht mich wütend – und es geht mir nicht gut. Florenz ist ganz anders als sonst. Es ist plötzlich kalt und fremd – irgendwie schmutzig, anders als ich es kenne. Diese Wohnung heute Abend, diese verlotterte, vergiftete Gegend, in der Menschen leben müssen. Ich weiß, dass es all diese Dinge gibt – es ist schließlich mein Beruf, Angelo. Aber manchmal wünsche ich mir, dass es diese Dinge nicht gibt! Nicht in einer Stadt, die ich liebe, und überhaupt nirgendwo!»

Laura kickte ihren rechten Stiefel quer durchs Zimmer, hob dann das linke Bein und musterte den zweiten Stiefel wie einen Feind. Guerrini stützte den Kopf in seine Hand und sah ihr zu.

«Brauchst du meine Hilfe?», fragte er.

«Nein!», murmelte sie. «Sonst bist du ja auch nicht da! Wer solche Stiefel erfindet, sollte gezwungen werden, sie ständig an- und auszuziehen.»

Guerrini lachte leise.

«Könnte es sein, dass du von irgendetwas ablenkst?»

Lauras zweiter Stiefel flog in eine Ecke. Einen Augenblick lang lag sie ganz ruhig auf dem Rücken, dann drehte sie sich schnell zu ihm.

«Natürlich lenke ich ab. Aber es ist nicht besonders fair, dass du mich durchschaust.»

«Und was genau durchschaue ich, Laura?»

«Meine neurotischen Störungen! Ich habe Schwierigkeiten damit, das Bett eines anderen so ganz selbstverständlich zu teilen. Ich finde es nicht mal in einer Ehe normal! Es ist so … als wären durch eine spontane sexuelle Anziehung, einen Traum von Liebe oder durch eine Heiratsurkunde zwei Menschen plötzlich dazu verurteilt, miteinander zu schlafen. Nicht weil sie es möchten, sondern weil es eben so ist … wie eine Art von Prostitution!»

Guerrini ließ seinen Kopf ins Kissen zurückfallen und schloss die Augen.

«Du musst nicht hier bleiben, Laura …»

«Aber ich möchte doch! Ich fürchte mich nur davor, dass du es für selbstverständlich halten könntest! Für mich ist es nämlich nicht selbstverständlich! Ich wünsche mir, dass es so besonders und spontan bleibt, wie wir es im September erlebt haben, Angelo. Das war für mich Liebe, weißt du!»

«Ich halte es nicht für selbstverständlich, Laura. Ich habe mir seit Wochen gewünscht, dich neben mir zu spüren. Aber ich habe mich auch vor dem Augenblick unseres Wiedersehens gefürchtet. Ich hatte Angst, dass alles ein Irrtum sein könnte.»

«Ist es einer?»

«Idiotin!»

«Sag das nochmal!»

«Idiotin! Ich werde dich nicht anfassen, ehe du nicht sicher bist!»

«Bist du's denn?»

«Ziemlich!»

«Ziemlich?»

«Natürlich. Ich begebe mich nicht wehrlos in deine Hände!»

Laura drehte sich auf den Bauch und legte ihren Kopf auf seine Brust. Sein Herz klopfte ruhig und regelmäßig.

«Hältst du mich für gefährlich? Oder warum bist du so vorsichtig?», fragte sie nach einer Weile.

«Natürlich halte ich dich für gefährlich. Jeder Mensch, den man liebt, ist gefährlich!»

«Madonna! Du bist wie ein Fisch, der mir ständig durch die Hände gleitet!»

Guerrini lachte auf.

«Du musst ihn bloß festhalten, den Fisch! Du lässt ihn ja ständig los!»

Laura robbte näher an ihn heran und legte beide Arme um ihn.

«Besser so?»

«Ein bisschen!»

Da kletterte sie auf ihn und machte sich so schwer wie möglich.

«Glaubst du, dass wir beide ein bisschen verrückt sind?», flüsterte sie in sein rechtes Ohr.

«Natürlich!», antwortete Guerrini leise und ließ seine Hände langsam unter ihren Pullover gleiten.

Natürlich hatte Kommissar Baumann bemerkt, dass seine Vorgesetzte die Nacht nicht in ihrem Einzelzimmer verbracht hatte. Laura konnte das schon an der Art sehen, wie er Guerrini ganz besonders aufmerksam und forschend betrachtete, während er beim Frühstück mit ihm über seine Erkenntnisse des gestrigen Tages sprach.

«Nach Meinung der italienischen Kollegen war die ermordete Frau Prostituierte – vielleicht wurden deshalb die Ermittlungen nicht ganz so intensiv vorangetrieben. Enzo, das ist der Kollege, mit dem ich gestern auf euch gewartet habe – Enzo sagte, dass die, sobald sie eine Lücke finden, wie eine Flutwelle über das Land kommen. Unter den Carabinieri würden Aussprüche die Runde machen, die sich für Polizisten eigentlich nicht gehörten. Sätze wie: Je mehr von denen verschwinden, desto besser! Dann muss man wenigstens keine Flugtickets für sie bezahlen! Oder: Wenn eine von denen verschwindet, dann interessiert das niemanden! Eine Schande, dass der Staat Geld ausgeben muss, um einen Mörder zu suchen, der ihm Arbeit abnimmt!» Baumann tunkte ein Croissant in seinen Milchkaffee und schob es in den Mund.

«So!», antwortete Guerrini undeutlich, denn auch er kaute gerade auf einem Butterhörnchen. «Hat er das gesagt.» Er hustete ein bisschen, hielt sich die Serviette vor den Mund.

«Sagen die Kollegen bei euch in Deutschland niemals solche Sachen?»

Baumann zeichnete mit dem Finger einen Kreis um einen Kaffeefleck auf der Tischdecke. «Natürlich fallen solche Sätze auch bei uns», murmelte er. «Ist nur noch ein bisschen heikler als bei euch in Italien. Wenn so was bei uns an die Öffentlichkeit kommt, dann schreien alle: Rassismus, Faschismus, Holocaust!»

«Na, zu Recht schreien sie das!» Laura schob ihre Tasse

zurück und winkte der jungen Kellnerin. «Noch einen Cappuccino bitte und ein Glas Wasser.»

Sie lehnte sich in den rosaroten Sessel zurück – wie alles andere war auch der Frühstücksraum des Bellarosa in rosigen Farbtönen gehalten – und trommelte einen kurzen nervösen Rhythmus auf die Armlehne.

«Ich habe einen Vorschlag! Wir bitten die Kollegen, genau zu überprüfen, welche Crews auf den Zügen Dienst hatten, in denen die Morde verübt wurden. Oder haben die das schon gemacht?»

Baumann schüttelte den Kopf. «Nein. Davon hat niemand etwas gesagt, und es stand auch in keinem Bericht, den ich mit Enzo durchgegangen bin.»

«Dann waren sie wohl wirklich an der Aufklärung nicht sehr interessiert! Außerdem möchte ich unsere Pläne ändern. Ich würde gern diesen Südtiroler sehen, der in Mantua einsitzt. Vielleicht ist er nur eine von den bequemen Lösungen, die es manchmal bei der Polizei gibt. Dazu brauchen wir aber dich, Angelo. Ohne den offiziellen Weg lassen die uns sonst nie zu ihm.»

Guerrini zog ein wenig die Schultern hoch und zerkrümelte den Rest seines Croissants.

«Ich weiß nicht, ob das eine gute Idee ist, Laura. Falls irgendeiner dieser Bürokraten Rücksprache mit Florenz hält, dann wissen die sofort, dass ich absolut nichts mit diesem Fall zu tun habe …»

«Gibt es nicht einen alten Kollegen aus früheren Zeiten, der dir ein Papierchen ausstellen könnte oder so was?»

«Na hör mal!» Guerrinis Stimme klang empört. «Ist das dein italienisches Erbe, oder macht ihr das in Deutschland auch so?»

Laura lächelte und stieß Baumann mit dem Ellbogen an. «Machen wir das auch so?»

«Na klar!», seufzte Baumann. «In Italien müssen seltsame Gerüchte über die deutsche Geradlinigkeit kursieren.»

«Okay!», sagte Laura und stand auf. «Dann klären wir jetzt die Dinge im Palazzo Pitti und fahren anschließend alle zusammen nach Mantua.»

«In der Po-Ebene herrscht der absolute Nebel!», erwiderte Guerrini düster. «Heute Morgen gab es eine Massenkarambolage mit 75 Fahrzeugen. Hältst du es wirklich für eine gute Idee, nach Mantua zu fahren?»

«Wir können ja den Zug nehmen!», erwiderte Laura. «Ich verkleide mich als Transfer-Lady, dann erwischen wir vielleicht den richtigen Mörder!»

RAIMUND TIEFENTHALER saß nur deshalb im Gefängnis von Mantua ein, weil er zufällig auf der Strecke zwischen Bologna und Verona verhaftet worden war. Niemand hatte bisher seine Überstellung nach Florenz oder Verona oder an einen anderen Ort verfügt. Und so wartete er seit drei Monaten in Einzelhaft, war erst zweimal einem Richter zur Haftprüfung vorgeführt worden. Einmal hatte ein Carabiniere-Offizier ihn verhört, ihm Fotos von einer Toten gezeigt und ihn beschuldigt, dass er mit ihr gesehen worden sei. Von einem absolut zuverlässigen Bahnbeamten. Genau von dem, der auch die Polizei in den Zug gerufen hatte.

Tiefenthaler hatte alles abgestritten und war in seine Zelle zurückgeführt worden. Sein Verteidiger – ein junger Anwalt aus Mantua – war ein bisschen ratlos, denn der Untersuchungsrichter schien überzeugt von der Schuld seines Mandanten, und Tiefenthaler selbst erwies sich nicht als besonders hilfreich.

Das Gefängnis von Mantua lag außerhalb des historischen Stadtkerns am Rand eines Industriegebietes. Als Laura mit Guerrini und Baumann aus dem Taxi stieg, das sie am späten Nachmittag vom Bahnhof hergebracht hatte, wuchs in ihr ein Gefühl, als entgleite ihr das innere Bild von Italien, das sie bisher in sich trug. Der Nebel roch scharf, ließ sie alle drei beinahe gleichzeitig husten. Unzählige Schornsteine krönten den Lichterpark petrochemischer Anlagen, und das alte Mantua mit seinen Stadtmauern und Türmen lag hinter ihnen wie eine Fata Morgana, die sich bereits auflöste.

Dank der Intervention eines der vielen alten Kollegen von Guerrini war es überhaupt kein Problem, den Untersuchungshäftling Tiefenthaler zu sehen. Der Kollege besaß einen ziemlich hohen Rang – weshalb auch Laura und Baumann an dem Gespräch teilnehmen durften.

Die drei warteten in einem trostlosen Raum mit Glasscheibe und einem einzelnen Stuhl dahinter. Als Raimund Tiefenthaler hereingeführt wurde – ein mittelgroßer dunkelhaariger Mann mit Halbglatze, um die vierzig, nicht vorbestraft, unverheiratet, Lastwagenfahrer – da hatte Laura wieder dieses seltsam fremde Gefühl wie beim Anblick von Mantua im Nebel. Genau diese knappen Angaben waren durch ihren Kopf gegangen, als sie ihn sah: Mitte vierzig, nicht vorbestraft, unverheiratet, vermutlich niemals besonders auffällig gewesen. Eigentlich ein klassischer Sexualstraftäter. Und Laura dachte, dass sie so etwas wie einen Beurteilungscomputer im Kopf haben musste.

Sie schaute zu Guerrini, zu Baumann. Beide schienen sich auf diesen Mann zu konzentrieren, der jetzt auf dem einsamen Stuhl hinter der Glasscheibe saß und ab und zu einen unsicheren Blick auf die drei unbekannten Besucher warf. Seine Stirn wölbte sich stark, er hatte kräftige Augenbrauen und eher kleine Augen. Die Lippen waren schmal, aber vielleicht lag es nur daran, dass er sie zusammenpresste.

Laura hatte in diesem Augenblick keine Ahnung, wie sie mit diesem Mann ins Gespräch kommen sollte. Drei Monate lang hatte er nichts gesagt – warum sollte er ausgerechnet ihnen antworten?

Das Schweigen füllte alle Ecken des Raums, machte das Atmen schwer. Selbst Tiefenthaler begann auf seinem Stuhl herumzurutschen. Der Polizist, der hinter Tiefenthaler an der Wand stand wie eine breitbeinige dunkle Skulptur, war der Einzige, der sich nicht bewegte. Baumann räusperte sich mehrmals, sagte aber nichts, Laura konzentrierte sich auf ihren Atem, wie sie das stets in schwierigen Situationen tat. Sie wussten einfach zu wenig über diesen Mann. Vielleicht war es ein Fehler gewesen, hierher zu kommen. Als sie plötzlich Guerrinis Stimme hörte, hob sie erstaunt den Kopf.

«Entschuldigen Sie, wenn wir uns nicht vorstellen!», sagte er mit diesem weichen, freundlichen Ton, den Laura so an ihm liebte. «Wir sind eine internationale Sonderkommission, die in diesem Fall ermittelt, und müssen anonym bleiben. Ich hoffe, das macht Ihnen nichts aus, Signor Tiefenthaler. Wenn Sie wollen, können Sie auch Deutsch sprechen. Zwei von uns sind deutsche Kriminalbeamte.»

Tiefenthaler zuckte die Achseln.

«Dieser Bahnbeamte, der Sie beschuldigt hat – erinnern Sie sich an den?»

«Jo, na … i woaß ned genau.»

«Er ist ein Schaffner, glaube ich …»

Tiefenthaler nickte.

«Dieser Schaffner hat ausgesagt, dass Sie mit der Frau, die später tot aufgefunden wurde, einen Streit hatten.»

Der Mann auf der anderen Seite der Glasscheibe stützte die Ellbogen auf seine Oberschenkel und beugte sich vornüber, starrte auf den Boden zwischen seinen Füßen, antwortete nicht.

Laura war, als könnte sie Guerrinis Gedanken folgen. Sie legte eine Hand auf seinen Arm und sagte:

«Könnte es sein, dass diese Frau Ihnen ein Angebot gemacht hat? Ich mach es dir, wie du es noch nie erlebt hast – ganz billig …?»

Tiefenthaler fuhr auf.

«Hundert Euro hat die verlangt für fünf Minuten. Die war wia a Oktopus, so oana mit Saugnäpf! Auszutzlt hot's mi und dann d'Hand aufg'halten. Aber i hab ihr die hun-

244

dert Euro ned gebn! Da hat's rumplärrn können wie's wolln hat.»

«Wie viel haben Sie ihr denn gegeben?», fragte Laura.

«Zwanzge! Mehr war's ned wert! Die *puttana*, die g'scherte!»

«Wie viel hat er ihr gegeben?», flüsterte Guerrini und beugte sich zu Laura. «Den Rest habe ich verstanden.»

«Venti Euro», flüsterte Laura zurück und wandte sich wieder an Tiefenthaler.

«Und dann haben Sie mit ihr gestritten, nicht wahr? So laut, dass andere Fahrgäste aufmerksam wurden und der Schaffner kam.»

Der Lastwagenfahrer ballte seine Hände zu Fäusten.

«Sie hat plärrt, ned ich. I hob ihr die zwanzge hing'schmissen und bin gangen. Mit solche Weiber kann ma ned reden.»

«Sie haben sich also nicht mit ihr geprügelt oder ihr ein paar runtergehauen oder so was?»

Tiefenthaler schüttelte den Kopf. «Na! I schlog koane Weiber! Des sans ned wert!»

«Aha!», murmelte Baumann, räusperte sich dann mehrmals und sagte schließlich: «Haben Sie die Dame nach Ihrem Streit noch einmal gesehen?»

«Na! I bin ganz nach vorn in Zug gangen und hab mir an Platz g'sucht. Sie war ganz hinten! I sog Eana! Die hat bestimmt noch mehr Kerle g'funden, von dene sie hundert Euro verlangt hat!»

Wieder übersetzte Laura leise, und Baumann murmelte etwas von einem eingespielten Team.

«Wann hat denn die intime Begegnung zwischen Ihnen und der Dame stattgefunden?», fragte Guerrini auf Italienisch.

«Wos?» Tiefenthaler sah verwirrt auf.

«No, er will wissen, wann und wo ihr gevögelt habt!»,

knurrte Baumann. «Entschuldigung!», fügte er nach einem Seitenblick auf Laura hinzu.

«Ah so – no ja, war so halbe Strecke Florenz–Bologna.»

«*Grazie!*», grinste Guerrini. «Ich hab's schon verstanden.»

«Und wo sind Sie eingestiegen?», fragte Baumann weiter.

«In Florenz!»

«Aber Sie sind doch Lastwagenfahrer. Weshalb fahren Sie dann mit der Bahn?»

«Weil ich an gebrauchten Laster für a Firma in Florenz g'liefert hab. Ich hab ihn übergeben und wollt dann mit dem Zug zurück. Hätt besser per Anhalter fahren solln! I hob die Frau ned umbracht!» Zum ersten Mal schaute er die drei Ermittler offen an. Sein Gesicht war ein bisschen verzerrt, ein Anflug von Angst lag in seinen Augen. «Bis heut weiß i ned amol, was genau mit ihr g'schehn ist? Mit dene Italiener red i ned! Die lesen mir was vor und da steht drin, dass ich die Frau g'würgt und aus dem Zug g'schmissen hab! Weil's irgendwos Genetisches von mir an ihr g'funden haben. Aber des stimmt ned! I hob sie ned umbracht! Wegen hundert Euro bring ich doch koane um! Aber des sog'n S' amol am Italiener, wenn S' a Südtiroler san! Die freu'n sich immer no, wenn's einen von uns erwisch'n!»

Laura übersetzte, und Guerrini nickte vor sich hin.

«Ich fürchte, der Signor Tiefenthaler hat gar nicht so Unrecht!», sagte er leise. «Mal sehen, was wir für ihn tun können!» Laut fügte er hinzu: «Wir danken Ihnen für Ihre Aussage, Signor Tiefenthaler. Ich verspreche Ihnen, dass Sie hier herauskommen, wenn Sie unschuldig sind. Wir ermitteln im Augenblick sehr intensiv. Nur noch eine Frage: Kennen Sie den Namen des Schaffners, der gegen Sie ausgesagt hat?»

Tiefenthaler schüttelte den Kopf. «Ich hab das nie schwarz auf weiß g'sehen. Nur vorg'lesen ham's es mir. War so was wie Casa oder Casili. I hob's ned genau verstanden.»

«Na ja, wir werden es herausfinden. Danke nochmal, Signor Tiefenthaler.» Guerrini stand auf, Laura und Baumann folgten seinem Beispiel. Das Polizistenstandbild an der Wand hinter der Glasscheibe erwachte zum Leben und öffnete die Tür, um Tiefenthaler hinauszuführen.

«Es wäre keine gute Idee, Einblick in die Akten zu verlangen, die hier im Gefängnis vorliegen. Sonst kommen sie uns doch noch auf die Schliche!», meinte Guerrini leise, als sie ihrem eigenen Wärter durch die braungrauen Flure und Treppenhäuser zum Ausgang folgten.

Während sie vor den Gefängnismauern auf das Taxi warteten, das der Pförtner gerufen hatte, blickte Guerrini sich um und schüttelte sich.

«Keine gute Gegend bei Nebel!», sagte er. «Sieht aus wie der Eingang zur Unterwelt.»

Im Taxi wandte er sich an Baumann, bat Laura um sprachliche Assistenz. «Haben Sie den Namen des Schaffners in den Unterlagen gesehen, die Sie in Florenz studiert haben?»

«Ja!», erwiderte Baumann. «Der Name war Castelli, Fabio Castelli. Es war einer der Schaffner, mit denen Laura nach dem Mord in München gesprochen hat.»

«*Bene!*», lächelte Guerrini. «Dann habt ihr jetzt einen neuen Ansatzpunkt!»

Laura und Baumann entschlossen sich noch am gleichen Abend, mit dem Nachtzug nach München zurückzufahren. Guerrinis Zug nach Florenz ging eine halbe Stunde vor dem Eurocity. Es blieb gerade noch Zeit für eine Pizza in der Nähe des Bahnhofs von Mantua. Baumann schien schlechte Laune zu haben, sagte kaum etwas, und als er zur Toilette ging, fragte Guerrini Laura, was mit dem jungen Kommissar los sei.

«Ich weiß nicht», antwortete sie. «Wahrscheinlich merkt

er, dass du ihn nicht besonders magst. Die Deutschen haben eine ungeheure Sehnsucht danach, geliebt zu werden, Angelo. Vor allem von Angehörigen anderer Nationalitäten ... vielleicht ist er aber auch nur sauer, weil wir die Nacht miteinander verbracht haben.»

Guerrini nahm einen großen Schluck Mineralwasser und sah Laura auf eine Weise an, dass sie meinte, er schaue durch sie hindurch, auf etwas, was hinter ihr lag, als würde er dort ihre wahre Gestalt erkennen.

«*Sì*», sagte er langsam. «*Una notte.* Es wäre schön gewesen, wenn wir zwei Nächte gehabt hätten. Nicht viel verlangt nach über zwei Monaten, nicht wahr?»

«Es gab früher ein Hotel an der Piazza von Mantua, das hieß ‹Due Guerrini›. Ich habe einmal mit meinen Eltern dort übernachtet. Es war eines dieser alten Hotels mit handgehäkelten Decken über den Betten, Frisiertischen und Wasserkrügen. Es ist noch da. Als wir vorhin über die Piazza fuhren, habe ich es gesehen. Es hat mich glücklich gemacht, dass es noch existiert!»

Guerrini schob das Glas auf der Papiertischdecke hin und her, so lange, bis sie einen Riss bekam, weil ein bisschen Wasser sie aufgeweicht hatte.

«Du magst es nicht, wenn ich mich beklage, nicht wahr?», sagte er endlich.

«Nein!», erwiderte Laura leise. «Wenn wir allein wären, würde ich gern mit dir ins ‹Due Guerrini› gehen. Aber wir sind nicht allein, und das Hotel ist sicher nicht mehr so romantisch wie früher. Wir sehen uns in zwei Wochen, Angelo. Ab 30. Dezember werden wir allein sein!»

«Für fünf Tage!» Er lehnte sich zurück.

«Ja, für fünf Tage! Und ich freu mich auf diese fünf Tage, weil ich schon lange nicht mehr so viele Tage für mich und mein Leben hatte!»

Guerrini antwortete nicht. Er dachte an die vielen Tage, die er für sich allein hatte – für sich und für seine innere Wüste, die sehr still und leer war. Ungefähr wie die Bilder vom Mars, die er in der Zeitung gesehen hatte.

«Bene!», sagte er. «Fünf Tage. Ich freu mich auch darauf.»

Peter Baumann kam zurück, und sie mussten überstürzt aufbrechen, denn die Zeit für Guerrinis Zug nach Florenz wurde knapp. Atemlos war dieser Abschied, irgendwie unfertig – wie ihre ganze Begegnung in Florenz. Laura riss den Arm hoch, als sie sein Gesicht hinter dem Abteilfenster sah, biss die Zähne zusammen, weil plötzlich Tränen in ihre Augen traten.

Nicht weinen, dachte sie. Jetzt bloß nicht vor Baumann weinen!

Sie drängte ihre Gefühle so heftig zurück, dass sie einen Krampf in der Kehle bekam. Dann fuhr der Zug an, Laura sah Guerrinis Hand winken, hatte ihm nicht einmal einen Abschiedskuss geben können, weil Baumann da war. Als der Zug nach Florenz aus dem Bahnhof rollte, leere Gleise hinter sich lassend, fühlte sie sich einsam und irgendwie ausgesetzt – obwohl Baumann da war.

Bei ihrer Ankunft am nächsten Morgen um sechs in München beschloss Laura, gleich ins Polizeipräsidium zu fahren und nicht erst nach Hause. Sie hatte so ein Gefühl, das ihren Sohn Luca betraf ... wollte ihn nicht mit einer Freundin überraschen. Sie empfand eine merkwürdige Scheu und Achtung vor den Erfahrungen, die er offensichtlich gerade machte.

Gemeinsam mit Baumann hatte sie sehr genau die Zusammensetzung der Schaffner und Speisewagenmannschaft überprüft, doch von ihren alten Bekannten war niemand dabei gewesen.

Sie hatten keinen Liegewagenplatz oder Schlafwagen ergattert, sondern mussten im Sitzen schlafen. Entsprechend müde und zerschlagen fühlten sie sich nach ihrer Ankunft. Baumann wollte nach Hause und duschen, deshalb wanderte Laura allein mit ihrem Koffer auf Rollen vom Karlsplatz durch die Fußgängerzone zur Ettstraße. Es war noch dunkel und die Straßen leer. Nur ein paar Weihnachtsbeleuchtungen glitzerten hier und dort. Der Nebel hatte sich in höhere Regionen zurückgezogen und verhüllte nur noch die Türme des Frauendoms.

Als Laura endlich in ihrem kleinen Büro ankam, wusch sie ihr Gesicht mit kaltem Wasser und betrachtete sich im Spiegel über dem Waschbecken. Sie war blass und hatte dunkle Ringe unter den Augen. Seufzend kramte sie in ihrem Lederrucksack nach ihrer Schminktasche und zog sich die Lippen nach, um wenigstens etwas Farbe in ihr Gesicht zu bringen. Plötzlich fiel ihr ein, dass der alte Gottberg kein einziges Mal angerufen hatte, während sie unterwegs war. Er, der sonst mit absoluter Zuverlässigkeit in den unmöglichsten Situationen störte.

Beunruhigt schaute sie auf die Uhr. Zehn vor sieben.

Sie überlegte, ob er um diese Zeit schon wach sein könnte, und ihr wurde bewusst, dass sie die Lebensgewohnheiten ihres Vaters nicht mehr kannte. Sie hatte keine Ahnung, wann er normalerweise ins Bett ging oder aufstand. Nein, sie würde ihn nicht anrufen. Ein Anruf am frühen Morgen könnte ihn erschrecken … sie würde sich einen Dienstwagen schnappen und zu ihm fahren!

Zehn Minuten später war sie bereits auf dem Weg, hielt nur kurz bei einer Bäckerei, um frische Semmeln zu kaufen, und stand endlich vor seiner Haustür. Vom Englischen Garten herüber hörte sie eine Ente quaken, die offensichtlich im Eisbach schwamm, jenem kleinen Gewässer, das hinter den Gärten der Wohnanlage vorüberfloss.

Laura öffnete die Haustür mit ihrem eigenen Schlüssel, stieg langsam zum zweiten Stock hinauf und lauschte an der Wohnungstür ihres Vaters. Es war ganz still hinter der Tür, und ihr Herz tat ein paar seltsame Sprünge außerhalb des normalen Rhythmus. Dann aber drang ein Husten und Räuspern zu ihr heraus, schlurfende Schritte mit der typischen leichten Verzögerung, die von seinem Hinken herrührte. Und wieder tat Lauras Herz einen kleinen Sprung. Sie atmete tief ein und berührte flüchtig den Klingelknopf, sodass nur ein verwaschenes Zirpen erklang.

Das vertraute Hinken näherte sich der Tür, Laura sah ihren Vater vor sich, wie er durch den Spion schaute, das eine Augen zusammenkniff, lächelte vor sich hin und zu ihm in den Spion.

«Ja, so was!», hörte sie ihn rufen. Die Sicherheitsvorrichtungen klirrten und klapperten, ein lauter Fluch, und endlich flog die Tür auf. Der alte Gottberg stand da, mit ausgebreiteten Armen, zerzausten Haaren, in seinem alten ausgefransten Bademantel, den er liebte und deshalb den neuen seit zwei Jahren im Schrank hängen ließ.

«Laura, mia ragazza!», rief er so laut, dass seine Worte im Treppenhaus widerhallten. «Komm rein, ich hab gerade Kaffee gemacht, richtigen italienischen Kaffee! Warum bist du hier? Ich dachte, du bist in Florenz? Ist etwas nicht in Ordnung?» Er zog sie in die Wohnung und musterte besorgt ihr Gesicht. «Du bist so blass, geht es dir nicht gut?»

«Ich bin erst vor eineinhalb Stunden mit dem Nachtzug aus Mantua angekommen!»

«Mantua? Ich dachte, du wolltest nach Florenz!»

«Da war ich vorher. Es war ganz interessant, und ich denke, dass wir ein winziges Stückchen weitergekommen sind!»

«Aber du wolltest doch drei Tage in Florenz bleiben? Ist etwas mit deinem Commissario schief gelaufen?» Lauras

Vater stand mit gerunzelten Augenbrauen in der Küchentür.

«Nein, nein. Es ist alles in Ordnung. Er war sehr hilfreich bei diesen Ermittlungen!»

«Das meine ich nicht, Laura!» Seine Stimme klang streng.

«Es ist alles in Ordnung. Das andere auch!»

«Wirklich?»

«Wirklich!»

«Schwörst du?»

«Ich schwöre!»

«Na gut, dann lass mal sehen, was du zum Frühstück mitgebracht hast.» Er steckte seine Nase in die Tüte mit frischen Semmeln und Hörnchen und zog genüßlich den Duft ein. «Riecht gut! Hatte schon lange kein frisches Brot mehr zum Frühstück!»

Gemeinsam suchten sie Marmelade, Honig, Käse, Butter zusammen und deckten den Tisch. Als sie endlich saßen und Laura den Kaffee einschenkte, fragte der alte Gottberg plötzlich: «Warum bist du eigentlich nicht nach Hause zu deinen Kindern gefahren? Warum kommst du zu deinem alten Vater?»

«Sofia übernachtet bei einer Freundin und Luca vermutlich bei einem Freund. Ich hatte keine Lust, allein zu sein, und außerdem Sehnsucht nach dir. Warum hast du eigentlich nicht ein einziges Mal angerufen?»

Der alte Gottberg führte gerade die Kaffeetasse zum Mund, stellte sie aber blitzschnell ab, weil er lachen musste. «Ich denke, es geht dir auf die Nerven, wenn ich dauernd anrufe! Jedenfalls hast du mir das ungefähr schon zweitausend Mal gesagt.»

«Und deshalb rufst du überhaupt nicht mehr an?»

«Ich hatte keine Zeit.»

«Keine Zeit?»

«Nein, ich hatte keine Zeit! Das kannst du wohl nicht glauben, was? Weil ich im Allgemeinen nur nutzlos herumsitze und dich mit meinen philosophischen Ergüssen nerve ...»

«Vater, bitte ...»

«Nein, nicht ärgerlich werden. Es ist doch so und ich kann sehr gut verstehen, dass ich dich nerve. Aber ich kann dir versprechen, dass es dir mit deinen Kindern mal genauso gehen wird! Darüber wollte ich aber gar nicht reden ... was ... ach so, ja ... ich hatte wirklich keine Zeit, und wenn ich Zeit hatte, dann war ich zu müde!»

«Gut!» Laura nickte geduldig. «Was also hast du gemacht, das dich so in Atem hielt?»

«Na, genau das, was du mir aufgetragen hast! Dieser junge Mann mit der Totalamnesie! Das ist ja wirklich eine hochinteressante Geschichte. Wir haben uns ganz gut angefreundet inzwischen – aber es ist seltsam. Ich mag ihn und ich mag ihn nicht. Und das Tollste: er ist ungeheuer gebildet, kann ganze Sonette auswendig. Sein Deutsch ist gut, sein Englisch passabel, aber er ist eindeutig Italiener. Ich habe einen Freund gebeten, mich heute zu Pier Paolo zu begleiten – er ist Sprachwissenschaftler und kann vielleicht das Italienisch so eingrenzen, dass wir ungefähr wissen, wo der junge Mann herstammt!»

«Hu!», machte Laura. «Mal langsam! Pier Paolo? Woher kommt dieser Name?»

«Ah, ich habe ihn so genannt, weil er mich an einen Film von Pasolini erinnert. ‹Teorema›! Wir haben ihn zusammen gesehen, Laura. Vor unzähligen Jahren! Da ging es um diesen Gottmenschen, der alle verrückt macht und alle liebt ... erinnerst du dich? Das war auch einer, der einfach so auftauchte, als wäre er vom Himmel gefallen. Deshalb habe ich ihn Pier Paolo getauft. Ich finde es schwierig, mit einem Menschen umzugehen, wenn er keinen Namen hat.»

«Gut, und was meint Pier Paolo dazu?»

Lauras Vater schnitt eine Semmel entzwei und begann sie mit Butter zu bestreichen. «Er scheint nichts dagegen zu haben. Irgendwie amüsiert es ihn eher. Er ist eine interessante Persönlichkeit – ganz sicher außergewöhnlich, auch ohne Amnesie. Wenn du nichts dagegen hast, dann würde ich mich gern noch eine Weile mit ihm befassen. Vor irgendetwas scheint er Angst zu haben.»

«Festgebissen, was?», lächelte Laura.

«Jaja!» Er biss kräftig in das Brötchen. «Erinnert mich irgendwie an früher!», murmelte er mit vollem Mund.

«Mich auch!», sagte Laura und nahm sich ebenfalls eine Semmel. «Dann kann ich dir also diesen Teil meiner Ermittlungen überlassen. Ich finde das sehr logisch, weil in diesem Fall eigentlich so ziemlich alles neben der Spur läuft!»

«Das war bei mir auch so! Die besten Ergebnisse als Anwalt hatte ich immer, wenn ich im Graubereich herumstocherte. Da erfährt man einfach viel mehr! Übrigens ist dieser Fall auch juristisch sehr interessant!» Lauras Vater hob dozierend den Zeigefinger seiner rechten Hand. «Was wird rechtlich aus einem Menschen, der sein Gedächtnis verloren hat, der keinen Namen, keine Identität, keine Staatsbürgerschaft besitzt? Es wird sicher spannend zu beobachten, wie unsere Bürokraten mit so etwas umgehen werden. Im Krankenhaus werden sie den jungen Mann nicht ewig behalten. Er ist schon wieder ziemlich kräftig. Außerdem: wer bezahlt die Rechnungen? Die Sozialhilfe? Alles sehr unklar.» Der alte Gottberg setzte ein schlaues Lächeln auf und tunkte ein Butterhörnchen in seinen Kaffee. «Ich denke, ich werde mich da ein bisschen einarbeiten – juristisch, meine ich. Meine neue Nachbarin kann mir da behilflich sein. Die lernt alles ganz frisch auf der Uni!»

Laura registrierte, dass seine Hand nicht zitterte und dass

er seinen Körper aufrechter hielt als bei ihrem letzten Besuch. Und sie war irgendwie froh, dass Pier Paolo aus dem Zug gefallen war.

Commissario Guerrini kam erst nach Mitternacht in Florenz an – sein Zug musste lange vor einem der vielen Tunnels warten, weil ein voranfahrender Güterzug einen Triebwagenschaden hatte. Als Guerrini den Zug verließ, schneite es schon wieder, und er empfand die feuchte Kälte wie Schmerz auf seiner Haut, war froh, dass die Hotelreservierung noch bestand. Er würde noch eine Nacht in Florenz verbringen und erst morgen früh nach Siena fahren, obwohl ihm davor graute, allein in das leere, aufgeräumte Hotelzimmer zurückzukehren.

Es waren nicht viele Leute unterwegs um diese Zeit, und die Mitreisenden, die in Florenz den Zug verlassen hatten, verschwanden schnell im dichter werdenden Schneetreiben. Guerrini kaufte sich eine Zeitung beim letzten hartnäckigen Verkäufer, einem dunkelhäutigen Tamilen, der in einer Nische des Bahnhofs zähneklappernd der Kälte trotzte. Er belohnte sein Durchhaltevermögen mit zwei Euro Trinkgeld. Wegen der Kälte und weil es in Sri Lanka jetzt sicher warm war.

Langsam verließ Guerrini die Bahnhofshalle, überlegte kurz, wo er seinen Wagen abgestellt hatte, war sich plötzlich nicht mehr sicher. Links oder rechts? Immer dichter fiel der Schnee, blieb auf der Straße, den Autodächern liegen. Guerrini wandte sich nach rechts, ließ seinen Blick suchend über die wenigen Autos gleiten, die noch vor dem Bahnhof parkten, glaubte endlich seinen Lancia ganz am Ende der langen Parkbucht entdeckt zu haben.

Es war sein Wagen. Mit bloßen Händen wischte Guerrini den Schnee von der Windschutzscheibe und den Außenspiegeln. Doch als er den Schlüssel aus der Tasche zog, um die Tür zu öffnen, zögerte er plötzlich. Irgendetwas war ihm aufgefallen auf dem Weg zu seinem Wagen. Etwas, das erst jetzt allmählich in sein Bewusstsein eindrang, wie ein Bild, das erst unscharf ist und allmählich klarer wird. Guerrini drehte sich um und steckte den Schlüssel in die Tasche. Aufmerksam ging er in seinen eigenen Fußspuren zurück, musterte jeden Wagen, horchte auf jeden Laut.

Auf halbem Weg zum Bahnhof blieb er jäh stehen. Der verrostete Lada am Straßenrand war zwar ziemlich zugeschneit, trotzdem erkannte Guerrini ihn auf Anhieb. Ehe er sich dem Wagen näherte, schaute er sich mehrmals nach allen Seiten um. Niemand war zu sehen. Nur hundert Meter weiter auf der anderen Straßenseite leuchteten durch den dichter werdenden Schnee hindurch rote und blaue Lichter einer Bar.

Guerrini trat neben den Lada und fegte den Schnee von den Seitenfenstern, bückte sich dann und schaute ins Wageninnere. Es war eindeutig Flavios Lada – das Durcheinander auf dem Rücksitz hatte sich seit ihrer gemeinsamen Fahrt in die Außenbezirke von Florenz nicht verändert. Ansonsten war der Wagen leer.

Guerrini richtete sich auf und überlegte, was Flavio wohl um diese späte Stunde am Bahnhof zu tun hatte. Vielleicht wohnte er ja hier in der Nähe. Vielleicht trank er mit ein paar Freunden noch etwas in der Bar, traf dort möglicherweise einen der anderen Verbindungsleute dieser merkwürdigen Organisation. Entschlossen überquerte Guerrini die Straße und ging auf die bunten Lichter der Bar zu. Als er die Tür öffnete, fand er drei Männer und eine Frau an einem runden Tisch. Sie schauten ihn erstaunt an. Keinen von ihnen hatte Guerrini je gesehen. Auf die Frage, ob er noch einen Espresso haben könnte, erwiderte einer der Männer entschuldigend, dass er die Kaffeemaschine bereits abgestellt hätte.

«Macht nichts! Ohne Kaffee schlafe ich sicher besser!»,
sagte Guerrini.

Die vier an dem runden Tisch nickten ernst.

«*Buona notte!*»

«*Buona notte!*», erwiderten sie im Chor.

Guerrini kehrte auf die Straße zurück, blickte sich unschlüssig um. Falls Flavio hier wohnte, hatte es keinen Sinn,
weiter nach ihm zu suchen. Langsam ging er an den hohen
alten Häusern entlang, einhundert, zweihundert Schritte,
überquerte wieder die Straße und kehrte um. Da war die
Bahnhofsmauer, dazwischen ein schmaler Streifen, ein nied-
riger Zaun, der Gehweg und dann die Parkbucht. Guerrini
schaute zwischen alle Wagen, bückte sich sogar und wusste
selbst nicht genau, warum. Es war nur eine vage Ahnung,
die ihn zunehmend in Unruhe versetzte, weshalb er schneller
ging, von Wagen zu Wagen, und als er das zugeschneite läng-
liche Bündel zwischen zwei Autos entdeckte, stieß er einen
leisen Fluch aus.

Guerrini kniete sich neben den Mann, musste sich ganz
tief hinabbeugen, denn er lag auf dem Bauch, das Gesicht
zur Seite gedreht, ganz flach auf den Boden geschmiegt,
als könnte er dort Schutz finden. Guerrini lauschte, meinte
kaum wahrnehmbare Atemzüge zu hören, ein leises Röcheln.
Er zog seine Lammfelljacke aus und breitete sie über den
Verletzten, rief über sein Handy den Notarzt. Während er
wartete, versuchte er das Gesicht des Mannes zu erkennen,
doch es war sehr dunkel. Guerrini lief zu seinem Wagen zurück und holte eine Taschenlampe. Aber er war sich ohnehin
sicher, wer da vor ihm lag, zögerte trotzdem lange, ehe er
endlich die Lampe anknipste. Es war Flavio, der da noch an
einem zerbrechlichen Lebensfaden hing. Die Sirene des Not-
arztwagens klang gedämpft durch den Schnee, und Guerrini
schwenkte seine Taschenlampe, um den Helfern den Weg zu

weisen. Sie hatten nur acht Minuten gebraucht – ein Rekord für hiesige Verhältnisse.

Als der Arzt und die Sanitäter aus dem Wagen sprangen und sich über den Verletzten beugten, trat Guerrini zurück. Einen Augenblick lang war er versucht, einfach zu verschwinden. Die Kollegen der Florentiner Polizei würden sich wundern, dass ausgerechnet ein Commissario aus Siena diesen Mann entdeckt hatte. Sie würden Fragen stellen, und er hatte keine Lust, diese Fragen zu beantworten. Deshalb hatte er nur den Notarzt und nicht gleichzeitig die Polizei gerufen. Das würde mit Sicherheit gleich der Arzt machen, wenn er Flavios Verletzung erkannte. Guerrini tippte auf einen Messerstich oder eine Schussverletzung.

«Ist das Ihre Jacke?», fragte einer der Sanitäter und hielt Guerrinis Lammfelljacke hoch.

«Ja, danke!», murmelte Guerrini und griff danach. «Ganz schön kalt! Was ist denn mit dem Mann?»

«Sieht nach einem Messerstich in den Oberbauch aus! Haben Sie uns gerufen?»

«Ja!», sagte Guerrini.

«Dann warten Sie am besten, bis die Polizei hier ist. Kann nicht lange dauern.»

Guerrini sah zu, wie der Arzt Flavio an eine Infusion anschloss, wie ein Helfer ihm eine Sauerstoffmaske aufs Gesicht drückte, wie sie ihn vorsichtig auf eine Bahre hoben und in den Krankenwagen schoben.

«Wir können nicht auf die Polizei warten!», sagte der Arzt. «Wenn er eine Chance haben soll, dann müssen wir ihn sofort operieren!»

«Ja! Fahren Sie schon los!», antwortete Guerrini. «Ich warte hier auf die Polizei!»

Als der Krankenwagen fort war, knipste Guerrini seine Taschenlampe an und untersuchte den Platz, auf dem Flavio gelegen hatte. Er fand blutdurchtränkten Schnee, unter dem rechten Vorderrad eines der Autos ein Schlüsselbund, sonst nichts. Die Schlüssel steckte er in seine Jackentasche, leuchtete dann auch den Gehweg ab, ging langsam Richtung Bahnhof, dann in die andere Richtung – fand aber nichts mehr außer einem Fahrplan, der vom Schnee ganz aufgeweicht war. Als sechs Minuten später noch immer nichts von den Carabinieri zu sehen war, beschloss Guerrini, seinem ursprünglichen Impuls zu folgen und zu verschwinden. Flavios Wagen konnte er morgen in Ruhe untersuchen – wenn sich die Lage beruhigt hatte. Die Schlüssel trug er sicher in der Jackentasche. Und so kehrte er zu seinem Wagen zurück, rollte genau in dem Augenblick vom Bahnhofsplatz, als die Carabinieri mit Blaulicht vorfuhren.

«*Buona notte*, Kollegen!», lächelte er und bog in eine Seitenstraße ab.

Als Laura gegen halb zehn wieder in ihr Büro zurückkehrte – sie hatte bei ihrem Vater geduscht und fühlte sich deutlich besser –, sah sie durch die Glasscheiben des Großraumbüros, wie Kommissar Baumann der Sekretärin mit weit ausholenden Gebärden irgendwas erzählte. Leise öffnete sie die Glastür und lauschte.

«… ein Palast! Ein richtiger Palast! Es würde dir gefallen, Claudia. Ein Büro in einem richtigen Palazzo, der ungefähr vierhundert oder fünfhundert Jahre alt ist, und all die hübschen Carabinieri um dich herum. Das ist nicht so ein muffiger Verein wie hier … das hat Klasse. Allein die Uniformen …»

«Na ja!», erwiderte Claudia. «Für mich haben die was Faschistoides. So schwarz. Ist nicht mein Ding! Da ziehe ich deine alte Lederjacke vor!»

«Tragen ja nicht alle schwarze Uniformen. Der Commissario von Laura zum Beispiel hatte eine todschicke Lederjacke an …»

«Guten Morgen!», sagte Laura laut.

«Morgen!», erwiderten Baumann und Claudia gleichzeitig.

«Kann ich dich gleich mal in meinem Büro sprechen, Peter?»

«Klar!» Er rutschte von Claudias Schreibtischkante herunter. «Übrigens hat sich diese dünne, blasse Lady wieder gemeldet, der wir unsere Reise nach Florenz verdanken.»

«Ach! Und was wollte sie?»

«Jedenfalls nichts von mir. Claudia hat sie an mich durchgestellt, aber da sagte sie bloß, dass sie mit dir sprechen will. Sie wird später nochmal anrufen.»

«Kommst du jetzt bitte?» Laura hielt die Tür für ihn auf.

«Was ist denn so geheim, dass du es mir nicht vor Claudia sagen kannst?»

Laura antwortete nicht, sondern ging schweigend vor ihm her in ihr Zimmer, ließ ihn ein und schloss sorgfältig die Tür hinter ihm.

«Ich möchte nicht, dass du Geschichten über mich und Commissario Guerrini herumerzählst, Peter. Diese Sache geht dich so wenig an wie mich dein Damenmantel mit dem karierten Futter. Wir können untereinander über so etwas scherzen, wenn es passt. Aber nicht vor anderen Kollegen. Du weißt ganz genau, was für ein Klatschverein das hier ist, und alles, was mir noch fehlt, sind anzügliche Bemerkungen von Becker oder anderen Vorgesetzten. Ist das klar?!» Erst jetzt wurde ihr bewusst, dass sie vor dem Fenster auf und ab ging, die Hände tief in den Taschen ihrer Cordjeans.

«Hier wird doch schon geredet, seit du aus der Toskana zurückgekommen bist – von dieser spannenden Ermittlungshilfe für den Kommissar mit dem wunderbaren Namen. Claudia hat sich gar nicht mehr eingekriegt vor Begeisterung.»

Laura wandte sich heftig zu ihm um.

«Das mag sein! Aber das sind Gerüchte, die ich nicht vermeiden kann. Was du gerade gemacht hast, ist, diesen Gerüchten konkrete Nahrung zu geben. Du bist der Erste und Einzige, der Guerrini gesehen hat. Bisher ist er ein Phantom, das die meisten vielleicht schon wieder vergessen haben. Du machst dieses Phantom lebendig, ziehst ihm sogar eine schicke Lederjacke an und wer weiß, was noch alles.»

«Meine Güte, Laura … du bist vielleicht empfindlich. Betrachte es doch mal so: Diese Gerüchte machen dich zu etwas Besonderem. Alle Frauen beneiden dich um diesen Latin Lover, und für die Männer bekommst du etwas Unwiderstehliches, Geheimnisvolles …»

«Quatsch!», unterbrach ihn Laura. «Ich habe mit Hilfe von Guerrini illegal ermittelt, um diesen Fall zu lösen. Ohne ihn wären wir noch keinen Schritt weiter. Hast du irgendetwas bemerkt, das dir in unserem Verhalten nicht korrekt erschien? Haben wir geknutscht, Händchen gehalten?»

Baumann senkte den Kopf.

«Nein. Aber …»

«Was aber?»

«Naja, an deiner Stelle würde ich ihn nicht von der Bettkante stoßen. Ich meine, er ist ein ziemlich attraktiver Typ …»

«Es reicht, Peter. Spiel nicht den Macho – es steht dir nicht. Was immer zwischen mir und Guerrini besteht oder nicht besteht, ist ganz allein meine Angelegenheit! Und ich möchte eigentlich nie wieder darüber sprechen, klar?»

Er zuckte die Achseln.

«Klar?»

«Ja, klar!»

«Gut, dann finde bitte heraus, was aus dieser Rosl Meier geworden ist. Und setz bitte Claudia auf die Dienstpläne der italienischen Züge an. Es muss doch auch auf unserer Seite verzeichnet sein, wer in welchen Zügen Dienst hatte. Und falls die blasse Frau wieder anruft, stellt sie sofort zu mir durch!»

«Noch was?»

«Wenn mir etwas einfällt, ruf ich dich an!»

Der junge Kommissar zögerte.

«Ist noch was?», fragte Laura.

«Ja, es ist noch was!» Er verschränkte die Arme und lehnte sich an den Türrahmen. «Ich … mag den Ton nicht, der in letzter Zeit zwischen uns herrscht. Wär gut, wenn sich das wieder ändern würde.»

Laura ließ sich auf ihren Chefsessel fallen.

«Ich mag es auch nicht!», murmelte sie. «Aber ich versuche in all diesem Durcheinander ein Stück von mir selbst zu leben, Peter. Und ich will, dass die anderen das respektieren!»

Baumann stieß vorsichtig die Luft aus, die er bei ihren Worten angehalten hatte.

«Dir ist es verdammt ernst mit diesem Guerrini, was?»

Laura schüttelte den Kopf, kämmte mit den Fingern ihr Haar, das in wilden Locken abstand, wie immer, wenn sie sich aufregte.

«Ich weiß es nicht, Peter. Ich bin erst dabei, es herauszufinden. Aber dazu brauche ich Zeit und ganz sicher nicht das Getuschel der Kollegen!»

Baumann nickte, während er interessiert seine Schuhe betrachtete.

«Dann bin ich wohl aus dem Rennen, oder?»

«Mein Gott! Was ist eigentlich los mit euch Kerlen? So was ist doch kein Rennen, verdammt nochmal!»

«Jetzt hast du einen Fehler gemacht, Laura. Du solltest nie verallgemeinern. Ich bin sehr empfindlich, wenn man mich mit allen anderen Kerlen in einen Topf wirft!»

«Dann benimm dich nicht dauernd wie ein Idiot! Ich arbeite wirklich sehr gern mit dir, ich albere gern mit dir rum, es macht Spaß! Aber bitte kapier endlich, dass wir Kollegen sind!»

«Jaja, schon gut!» Rückwärts ging er zur Tür hinaus, mit gestreckten Armen, als wollte er sie von sich fernhalten.

Als er die Tür hinter sich geschlossen hatte – auffallend leise –, lehnte Laura sich in ihren Sessel zurück und schloss die Augen.

«Ich Trottel!», flüsterte sie. «Ich hätte ihn nicht mitnehmen dürfen. Warum hab ich ihn bloß mitgenommen?»

Sie hatte Kopfschmerzen, schluckte angewidert ein Aspirin und versuchte anschließend die Fakten zu ordnen. Es ging nicht.

Was hatte sie während der Zugfahrt mit Baumann besprochen? Beide waren sie zu dem Ergebnis gekommen, dass der Südtiroler Tiefenthaler aller Wahrscheinlichkeit nach die Frau nicht umgebracht hatte. Es gab in diesem Fall keine Beweise, nur Instinkt, aber der stimmte bei Laura und Baumann überein. Natürlich ließen die italienischen Kollegen den armen Kerl schmoren – so hatten sie wenigstens einen kleinen Fahndungserfolg, etwas, das man Vorgesetzten zeigen konnte. Laura kannte das – wurde überall auf der Welt so gehandhabt.

Hochbrisant erschien ihr dagegen die Person oder die Personen, die den Bahntransfer der Frauen betreuten. Flavio behauptete, sie nicht zu kennen. Vermutlich stimmte es sogar. Allerdings fragte sie sich, wie weit die weltrettende Naivität des jungen Mannes ging. Falls eine Frau wie diese «Clara» ihm einen Quickie anbieten würde oder sogar eine ganz lange Nacht, um ihre Dankbarkeit zu beweisen … würde Flavio das zurückweisen? Würde Baumann es zurückweisen?

Laura wusste es nicht. Was menschliche oder genauer gesagt männliche Verhaltensweisen anging, hielt sie inzwischen alles für möglich.

Was würde Angelo Guerrini machen? Sie nahm sich vor, ihn zu fragen. Es gab eine Menge Dinge, die sie ihn in Venedig fragen wollte.

Seufzend schlug sie die Gesprächsprotokolle der italienischen Bahnbeamten auf, las so aufmerksam, wie es mit Kopfschmerzen möglich war. Alle Befragten hatten die Ermordete wahrgenommen und sie eindeutig beurteilt. Ob von denen vielleicht auch einer ein günstiges Angebot genutzt hatte? Der Gerichtsmediziner hatte Geschlechtsverkehr kurz vor dem Tod ausgeschlossen. Was aber wäre, wenn sich die junge Frau geweigert hatte? Wenn sie eine von denen gewesen war, die wirklich aussteigen wollten? Nein, Clara hatte gesagt, dass diese Ana ebenfalls auf dem Weg in das Luxusbordell nach Schweden war.

Ich brauche diese Münchner Verbindungsfrau, dachte Laura. Ohne die kommen wir nicht weiter. Sie weiß jetzt, dass ich mein Versprechen gehalten habe. Beinahe elf! Warum ruft sie nicht an?

Die blasse Frau mit den langen Beinen und dem Kaninchenfellmantel rief erst um halb eins an, als Laura gerade mit ihren Kollegen in die Kantine gehen wollte. Sie rief nicht die Zentrale oder das Dezernat an, sondern Lauras Handy. Laura bedeutete den andern, dass sie vorausgehen sollten, und kehrte in ihr Büro zurück.

«Woher haben Sie meine Handynummer?»

Da war wieder dieses leise ironische Lachen, diese etwas

brüchige Stimme. «Ich habe meine Wege, so etwas herauszufinden.»

«Verraten Sie mir diese Wege?»

«Vielleicht. Wenn Sie mich in zwanzig Minuten an der
Mariensäule treffen. Wir können ja einen Kaffee miteinander trinken. Aber bringen Sie Ihren kleinen Macho nicht mit
und auch sonst niemanden.»

«Ich komme!», erwiderte Laura.

«Sehr schön. Macht richtig Spaß, mit Ihnen zu arbeiten.
Ich wünschte, alle meine Leute wären so zuverlässig!» Mit
einem tiefen Lachen beendete sie das Gespräch.

Laura schlüpfte in ihren Mantel, bürstete schnell durchs
Haar und zog die Lippen nach. An der Tür kehrte sie noch
einmal um und nahm die Pistole aus dem Schrank, überprüfte sie und steckte sie dann ins Schulterhalfter, wusste selbst
nicht genau, warum sie es tat. Kaum anzunehmen, dass die
blasse Frau eine Gefahr darstellte, nicht unter den Umständen ihres Treffens. Sonst möglicherweise schon.

Als Laura das Polizeipräsidium verließ, warf sie nur einen kurzen Blick in die Fußgängerzone, um sofort die andere
Richtung einzuschlagen. Der Ausschnitt, den Laura sehen
konnte, wirkte auf sie wie ein absurder Demonstrationszug.
Tausende Menschen wälzten sich durch die breite Einkaufs-
straße, offensichtlich auf der Suche nach Weihnachtsge-
schenken.

O Gott, ich hab auch noch keine, dachte Laura. Noch
zwei Wochen bis Weihnachten.

Sie lief am Dom vorbei durch die schmalen Hintergassen
und Passagen Richtung Marienplatz, versuchte im Geist eine
virtuelle Geschenkeliste aufzustellen: Zehn Reitstunden für
Sofia und ein neuer Reithelm, Ski für Luca (secondhand),
fünf Flaschen Barolo für Vater und ein Gutschein, dass sie im
Frühling eine Woche mit ihm in die Toskana fahren würde

(hoffentlich konnte sie das einhalten!), eine Stange Zigaretten und ein Hemd für ihren Ex (weil sein Lieblingshemd am Kragen durchgescheuert war) – für alle anderen Bücher.

Und für Angelo? Sie blieb so jäh stehen, dass eine Frau gegen sie stieß.

«Pass'n S' doch auf! San ned allein auf da Welt!»

«Das ist mir durchaus bewusst!», gab Laura zurück, während sie dachte, dass sie keine Ahnung hatte, was sie Angelo schenken könnte. Sie kannte ihn einfach nicht gut genug. Während sie langsam weiterging, fiel ihr Blick auf ein Plakat, das einen Diavortrag über die Sahara ankündigte. Und plötzlich wusste sie, was sie ihm schenken würde: einen Bildband über die Wüsten der Erde … Illustrationen zur inneren Leere, würde sie dazuschreiben. Vielleicht noch eine Tulpenzwiebel mit Pflanzanleitung zur Begrünung von Wüsten … er würde wissen, dass es eine Erinnerung an ihre langen Gespräche im September war, als sie sich noch vorsichtig mit Worten umkreisten.

Gut! Laura schob die Geschenkeliste zur Seite und konzentrierte sich auf ihre Umgebung. Vermutlich hatte die blasse Frau sie die ganze Zeit beobachtet – vielleicht gab es sogar ein paar unauffällige Helfer. Die andere Seite wollte schließlich sichergehen, dass Laura allein zu dem Treffpunkt erschien.

Ein paar Minuten blieb sie am Ausgang der Passage stehen und beobachtete das Menschengewühl auf dem Marienplatz. Der Weihnachtsmarkt brodelte und glitzerte, der Duft von gebrannten Mandeln, Lebkuchen und Glühwein hing wie eine unsichtbare Wolke über den Buden. Es schneite ein bisschen – einzelne große Flocken schwebten vom Himmel, blieben auf Mänteln, Gesichtern, Haaren liegen. Unter den Arkaden spielten Straßenmusikanten eine Melodie, die südamerikanisch klang. Aus einer anderen Richtung tönten Weihnachtslieder.

Laura reihte sich in den Strom der Dahinschlendernden ein, ließ sich durch die Buden schieben, bis sie den Fuß der Mariensäule erreichte. Die goldene Madonnenfigur an ihrer Spitze verschwand fast ganz in den immer dichter fallenden Riesenflocken.

Noch während Laura zur Madonna hinaufschaute, spürte sie, dass jemand dicht hinter ihr stand, wandte leicht den Kopf und sagte: «Hallo!»

«Hallo!» Die große blasse Frau trat neben sie und sah ebenfalls zur Maria hinauf. «Wohin gehen wir?»

«In eines der kleinen Hinterhof-Cafés!», erwiderte Laura. «Hier ist es überall zu voll.»

«Gern! Welche Richtung?»

«Ich geh voraus!»

Sie bahnten sich den Weg, schoben fröhliche Glühweintrinker mit roten Nikolausmützen auf den Köpfen zur Seite, alte Damen mit Topfhüten, Kinder mit riesigen Wolken aus Zuckerwatte vor den Gesichtern. Es war ein italienisches Café, in dem sie schließlich landeten – lag in einem Innenhof am Ende verwinkelter Passagen und Durchgänge, für Ortsunkundige nicht leicht zu finden und deshalb ziemlich leer. Schweigend waren sie nebeneinander gegangen und schwiegen weiter, bis der junge Kellner große Tassen schäumenden Kaffees vor sie hingestellt hatte und einen Teller mit gemischten Vorspeisen.

Das blonde Haar der Frau erschien Laura diesmal nicht mehr so stumpf, und sie war auch nicht ganz so blass wie bei ihrer ersten Begegnung. Allerdings strich sie genau wie damals immer wieder über das Fell ihres Mantels, zauste hin und wieder darin herum, als handle es sich um eine lebendiges Tier.

«Wie haben Sie meine Handynummer rausgefunden?», fragte Laura.

«Keine Umwege, was? Auch nicht schlecht. Wenn ich Sie Laura nennen darf, können Sie Natali zu mir sagen. Das macht die Kommunikation irgendwie einfacher!»

«Ja, gut. Also, Natali. Woher haben Sie meine Nummer?»

Natali lachte und schlug ihre langen Beine übereinander. Wieder trug sie Stiefel, die fast bis zum Knie reichten. Stiefel mit hohen Absätzen.

«Es war ganz einfach. Ich habe Ihren Sohn angerufen und gesagt, dass ich Sie ganz dringend erreichen muss. Er hat mir die Nummer gegeben.»

«So!», murmelte Laura. «Das war ja wirklich ganz einfach.»

«Ja, nicht wahr!»

«Wann haben Sie ihn denn angerufen?»

«Heute Vormittag. Er schien noch ziemlich verschlafen – vielleicht ging es deshalb so einfach.»

Heute Vormittag?, dachte Laura. Luca sollte in der Schule sein. Was zum Teufel erlaubt er sich, wenn ich nicht da bin!

«Ist ja auch egal!», sagte sie laut und versuchte zu lächeln. «Jetzt sitzen wir jedenfalls hier und ich warte.»

«Worauf denn?» Natali nahm ein Stück Brot aus dem Brotkorb und legte es neben ihren Teller.

«Dass Sie mir ein bisschen mehr über Ihre Organisation und die Frauen erzählen, die Sie offensichtlich quer durch Europa schleusen.»

«Erst mal könnten Sie mir etwas über Florenz erzählen!» Natali musterte prüfend den Vorspeisenteller, nahm dann von den gebratenen Auberginen und eingelegten Champignons.

«Es war keine Urlaubsreise und ich bin nicht Ihre Privatdetektivin. Ich kann Ihnen nur sagen, dass meine Ergebnisse bisher etwas mager sind. Allerdings sind mir einige Dinge aufgefallen.»

Aufreizend langsam schob die blasse Frau einen Champignon in den Mund, kaute lange, während sie Laura aus leicht verengten Augen ansah.

«Welche Dinge?», fragte sie endlich, nachdem sie geschluckt hatte.

«Zum Beispiel, dass durchaus nicht alle Frauen aussteigen wollen. Ich habe erfahren, dass die Ermordete, die wir in München gefunden haben, auf dem Weg in ein schwedisches Luxusbordell war – ein Ziel, das schon einige Ihrer Schützlinge heil erreicht haben sollen. Wie verträgt sich das mit den idealistischen Zielen Ihrer Organisation?»

«Quatsch!» Natalie schob den Teller heftig zurück. «Wer hat Ihnen denn diesen Unsinn erzählt? Die Person, die hinter dem Decknamen Uccellini steckt?»

«Nein!» Laura schüttelte den Kopf. «Diese Person scheint ganz und gar in Ordnung zu sein. Ein reiner Idealist – könnte aus einer anderen Zeit stammen. Es war jemand, der die Situation sehr genau kennt und der auch die Ermordete kannte. Ich habe mir deshalb ein paar Gedanken gemacht, Natali …»

Die blasse Frau antwortete nicht, sondern hatte wieder damit begonnen, ihren Fellmantel zu streicheln.

«Falls es Sie interessiert, dann möchte ich Sie daran teilhaben lassen. Sie können mich korrigieren, falls ich mich irre …»

Natali schaute Laura an, aber nicht in ihre Augen, sondern auf irgendeinen Punkt ihrer Stirn, und Laura dachte, dass der Deckname Natali nicht zu der Frau passte – dachte, dass es ein harter Name sein müsste, etwas wie Draga oder Svetla.

«Na gut, dann fange ich mal an: Ich stelle mir vor, dass diese verschiedenen Organisationen ziemlich gut zusammenarbeiten und dass bisher alles geklappt hat. Es wurden Frauen aus schlechten Situationen herausgeholt und in bessere vermittelt. Vielleicht war die ganze Angelegenheit am Anfang wirklich rein idealistisch, aber dann stellte sich heraus, dass viele der Frauen zwar aus der jeweiligen schlechten Situation aussteigen wollten, aber durchaus nicht so, wie sich die Idealisten das dachten. Sie wollten aus billigen Bordellen in bessere Etablissements wechseln. Und die waren eher im Westen als im Osten zu finden. Deshalb wandelte sich ihre Organisation ganz allmählich – sozusagen unter dem Druck der Wirklichkeit …»

«Hören Sie auf! Ihre These ist vollkommen haltlos. Sehen Sie, das ist genau, was ich der Polizei vorwerfe. Man bietet Ihnen Zusammenarbeit an, und was passiert? Blitzschnell, ohne eine Ahnung von den Schwierigkeiten, mit denen wir Tag für Tag kämpfen, basteln Sie sich eine Theorie zusammen, mit der Sie vermutlich vor Ihren Vorgesetzten prima dastehen! Es ist einfach lächerlich!» Natali beugte sich ein wenig vor, ihr Mund verzog sich voll Verachtung.

«Jetzt verrate ich Ihnen meine Theorie, Laura. Sie sind nur deshalb auf meinen Florenz-Tipp eingegangen, weil Sie diesen Commissario Guerrini treffen wollten. Wissen Ihre Vorgesetzten, dass Sie eine Affäre haben? Dass Sie illegal ermitteln, was eine Menge Ärger mit den italienischen Behörden bringen könnte?»

«Ja!», erwiderte Laura und log dabei so überzeugend, dass die andere einen Augenblick ihre Überlegenheit verlor, nervös im Kaffee zu rühren begann. Aber Lauras Magen krampfte sich kurz zusammen, während sie überlegte, ob es wohl Flavio war, von dem die blasse Frau ihre Informationen hatte. Sie beschloss die Drohung zu ignorieren, diplomatisch vorzugehen.

«Hören Sie, Natali. Es geht mir nicht darum, Ihre Organisation völlig in Frage zu stellen. Es geht mir darum herauszufinden, wer zwei Frauen ermordet hat und warum! Ich dachte, auch Ihnen ginge es um genau diese Fragen! Oder stören die Morde nur die guten Geschäfte?»

«Welche Geschäfte? Wovon reden Sie überhaupt? Wir geben den Frauen ihre Freiheit wieder! Sprechen Sie doch mit ihnen. Bei uns wird niemand zu irgendwas gezwungen! Die Frauen können entscheiden, welchen Weg sie gehen wollen. Aber das habe ich Ihnen schon bei unserer ersten Begegnung gesagt!»

Laura nickte, tunkte ein Stück Weißbrot in das Öl auf dem Vorspeisenteller.

«Ja, das haben Sie gesagt, und möglicherweise stimmt das auch. Trotzdem ist das, was Sie da tun, ebenfalls Menschenhandel …»

«Keineswegs. Es ist alles völlig legal. Die Frauen haben Touristenvisa, sind meistens sowieso nur auf der Durchreise …»

«Du meine Güte! Für wie blöd halten Sie mich eigentlich, Natali? Menschenhändler lassen ihre Frauen nie ohne Touristenvisa einreisen. Es wäre ja völlig gegen die Geschäftsinteressen, mit Illegalen zu arbeiten. Da müssen Sie sich schon bessere Argumente einfallen lassen!»

Natali strich mit den Fingerspitzen ihrer rechten Hand über eine erhobene Ader auf ihrem linken Handrücken.

«Es ist nicht alles so schwarz-weiß oder gut-böse, wie Sie es gern möchten, Hauptkommissarin. Es ist viel komplizierter. Aber auch das habe ich Ihnen schon bei unserem ersten Gespräch gesagt. In dieser Welt muss man alle Wege ausnutzen, um ein klein wenig zu erreichen.»

«Meinen Sie in finanzieller Hinsicht oder in humanitärer?», fragte Laura.

Natali starrte jetzt genau in Lauras Augen. Ihre Oberlippe zuckte ein wenig. «In beiderlei Hinsicht!», antwortete sie verächtlich.

Laura nickte. «Dachte ich mir!», murmelte sie, während sie nach ihrem Lederrucksack griff, in dem ihr Handy zu brummen und zu vibrieren begonnen hatte. Sie warf einen Blick auf die Nummer im Display. Guerrinis Nummer. Laura zögerte, den Anruf entgegenzunehmen. Wahrlich nicht der richtige Zeitpunkt für ein privates Gespräch. Doch einer plötzlichen Eingebung folgend drückte sie auf das Knöpfchen, sagte: «*Pronto!*»

«Günstig oder ungünstig?», fragte Guerrini.

«Ungünstig!»

«Ermittlung?»

«Mitten drin!»

«*Bene!* Ich sag dir nur ganz kurz, was los ist: Letzte Nacht habe ich Flavio gefunden. Gleich neben dem Bahnhof. Man hat ihn niedergestochen. Er liegt nach einer Notoperation auf der Intensivstation und ist noch nicht außer Lebensgefahr. Ich hab mich im Hintergrund gehalten, bleibe aber noch in Florenz, weil ich nach den bewussten Damen sehen will. Ich habe seinen Autoschlüssel und den der Wohnung, die wir besucht haben. Hoffentlich finde ich sie wieder.»

Laura antwortete nicht gleich, sah den jungen Menschenretter vor sich, der ihnen so trickreich und mit einer Menge Humor die Tickets für die Boboli-Gärten angedreht hatte. Und erst in diesem Augenblick passierte etwas in ihrem Inneren, es war, als wäre ein Schalter umgelegt worden. Dieser entfremdete Fall mit entfremdeten Menschen hatte sich gewendet, machte Laura zum ersten Mal wirklich betroffen.

«Danke!», sagte sie. «Ich ruf dich später an, und dann erzählst du mir die Einzelheiten! Pass auf dich auf!»

«Du auch!», antwortete Guerrini.

Langsam legte Laura das Telefon neben ihre Tasse.

«So, Signora Natali!», sagte sie. «Nun wird die Angelegenheit noch ein Stück ernster. Sie sollten nicht mehr in Andeutungen sprechen. Ihr wunderbarer Verbindungsmann mit dem Codewort Uccellini ist tot. Er wurde vor dem Bahnhof von Florenz erstochen aufgefunden! Ich würde jetzt gern hören, was Ihnen dazu einfällt!» Laura hatte bewusst übertrieben, um die blasse Frau zu erschrecken und vielleicht Flavio zu schützen. Niemand wusste im Moment, von wem die Gefahr ausging.

Die blasse Frau reagierte anders, als Laura erwartet hatte, sie wurde noch blasser, schloss kurz die Augen, rief dann den Kellner und bat um ein Glas Wasser.

«Die Kette ist unterbrochen …», sagte sie endlich mit ihrer brüchigen tiefen Stimme. «Ich weiß nicht, was da passiert. Alles ist außer Kontrolle geraten.»

«Kennen Sie den Mann, Natali?»

Sie schüttelte den Kopf, strich heftig über den Pelzmantel, griff zu schnell nach dem Glas Wasser, das der Kellner vor sie hinstellte, hätte es beinahe umgeworfen.

«Ich glaube Ihnen nicht! Es trifft Sie zu sehr. Er war nett. Ein etwas chaotischer, witziger, sogar ziemlich gut aussehender junger Mann. Er war Idealist, und das habe ich ihm zu 95 Prozent abgenommen.» Laura ließ Natali nicht aus den Augen, registrierte jede Regung ihres Gesichts, ihres Körpers. Die blasse Frau zog sich kaum merklich zusammen, krümmte sich ein wenig.

«Hat er auch Sie in Triest abgeholt? Auf dem Weg von Osten nach Westen?»

«Mich? Wie kommen Sie denn auf diese verrückte Idee? Ich war nie in Triest und auch nie in Florenz!» Sie versuchte sich wieder zu fassen, die alte Überlegenheit wiederzufinden.

«Ich glaube Ihnen nicht!»

«Ich Ihnen auch nicht!», gab Natali heftig zurück. «Es ist eine Falle! Er ist nicht tot! Das haben Sie sich einfallen lassen, um mich reinzulegen!»

«Glauben Sie das wirklich? Ich hatte bisher den Eindruck,

dass Sie eine Frau sind, die sehr klar und eiskalt denken kann ... sein Name ist übrigens Flavio, falls Sie das vergessen haben. Er hatte Angst, als ich ihn traf, meinte, dass er schon mehrmals verfolgt worden sei.»

«Ich kannte nur das Codewort und die Telefonnummer!», erwiderte die blasse Frau leise. «Wir kennen uns nicht, das ist Voraussetzung in der Kette.»

«Er hatte rote Haare, die bis in seinen Nacken reichten, und seidige rötliche Bartstoppeln – ungewöhnlich für einen Italiener. Und die Damen, die er gerade beschützte, wollten nicht, dass er Dinge erführe, die ihn vielleicht unglücklich machen könnten. Sie haben ihn hinausgeschickt wie ein Kind.»

Natali strich mit einer Hand über den glatten Holztisch, als wollte sie Krümel entfernen, ballte sie plötzlich zur Faust und sah zum ersten Mal wieder auf.

«Warum machen Sie das? Haben Sie solche Methoden in Ihren Psychologieschulungen gelernt?»

«Vielleicht.»

«Es funktioniert nicht, Frau Hauptkommissarin. Ich kannte ihn nicht. Und auch nicht die Verbindung zwischen Florenz und München. Aber jetzt würde ich sie gern kennen. Wenn die Kette unterbrochen ist, können wir keine Frauen mehr herausholen.»

«Beunruhigt Sie das aus geschäftlichen oder ideellen Gründen?»

Die blasse Frau hatte zu ihrem leicht verächtlichen Ton zurückgefunden.

«Aus beiden», erwiderte sie.

Nur die Haare, die sie aus ihrem Mantel gerissen hatte, verrieten, dass ihre Überlegenheit zerbrechlich sein könnte.

«Ich werde jetzt gehen!», murmelte sie und warf einen Zehn-Euro-Schein auf den Tisch.

«Warten Sie! Ich wollte Sie noch etwas fragen!»

Natali stand auf, griff nach ihrem Mantel.

«Ja?»

«Es gibt da einen jungen Mann, auf dem der Hauptverdacht lastet. Er liegt derzeit im Krankenhaus und behauptet, sein Gedächtnis verloren zu haben. Er ist blond – allerdings gefärbt – sehr hübsch, gebildet, vermutlich ebenfalls aus Florenz. Hat er eventuell etwas mit Ihrer Organisation zu tun? Oder arbeitet er für die Gegenseite?»

Natali drehte das Gesicht weg.

«Nein», sagte sie mit spröder Stimme, räusperte sich schnell. «Ich habe keine Ahnung, wer er ist. Kann ich jetzt gehen?»

Laura zuckte die Achseln. «Ich kann Sie nicht festhalten. Aber Sie haben ja inzwischen meine Handynummer. Vielleicht erinnern Sie sich doch noch an Flavio oder an irgendwas anderes. Dann können Sie mich ja anrufen.»

Die blasse Frau antwortete nicht, machte sich nicht einmal die Mühe, in ihren Mantel zu schlüpfen, warf ihn nur über die Schultern und war schon fort. Nur das kleine Büschel Kaninchenhaar blieb auf der Tischplatte zurück, ein angebissenes Weißbrot und das halbleere Wasserglas.

Als Laura um halb fünf ihre Wohnung betrat, hatte sie drei Besprechungen hinter sich, ein langes Telefonat mit Angelo Guerrini und fühlte sich wie von einem Lastwagen überfahren. Eigentlich hätte sie noch länger im Dezernat bleiben sollen, doch ihre Kopfschmerzen hatten zugenommen, und Claudia meinte, dass Laura Fieber hätte.

Die Wohnung war leer, die Luft verbraucht, und Laura fragte sich, warum niemand außer ihr jemals auf die Idee kam zu lüften. Zu müde, den Mantel auszuziehen, stand sie

eine Weile mitten im Flur und wusste nicht, was sie tun sollte. Endlich ließ sie den Griff ihres Koffers los, ging in die
Küche, um sich einen Tee zu machen.

Im Waschbecken türmten sich benutzte Teller und Töpfe, überhaupt herrschte ziemliches Chaos. Luca hatte offensichtlich größere Menüs zubereitet. Und es roch auch hier
irgendwie abgestanden, nach Müll, der zu lange nicht ausgeleert wurde.

Seltsam, dachte Laura. Wie sich eine Wohnung verändern
kann, wenn man zwei, drei Tage nicht zu Hause ist. Sie öffnete die Balkontür, um frische Luft hereinzulassen, trat hinaus und atmete tief ein. Es war schon beinahe dunkel, hatte
zu schneien aufgehört, und der Nebel wurde wieder dichter.
In den meisten Wohnungen der Nachbarhäuser brannten
bereits Lichter, jemand warf unten im Hof Flaschen in den
Container. Jedes Klirren schmerzte in Lauras Kopf.

Über den Dächern tauchten wieder die schwarzen Schatten
auf, krächzende Schemen, und in einer schier endlosen Reihe
zogen die Krähenschwärme über die Hausdächer hinweg. Ab
und zu drang der Laut sausender Schwingen zu Laura herab,
ein paar der schwarzen Vögel ließen sich für eine Weile auf
den Fernsehantennen gegenüber nieder.

Laura kannte den Zug der Krähen. Morgens flogen sie
zu den Müllplätzen hinaus, am Abend kehrten sie zu ihren
Schlafbäumen im Englischen Garten zurück. Hunderte von
Krähen schliefen in den kahlen Kronen eines Buchenwäld-
chens hinter dem Chinesischen Turm. Wie die unheilvollen
Krähenschwärme aus dem Film von Hitchcock fielen sie
Abend für Abend ein – saßen dicht an dicht in den Ästen,
um sich zu wärmen – Emigranten aus dem Osten, Winter-
gäste, die im Frühjahr wieder nach Polen und Russland zu-
rückkehrten.

Krähen im Nebel, dachte Laura. Diese verdammten Menschenhändler und ihre menschliche Ware sind wie Krähen im Nebel. Lassen sich mal hier, mal da nieder, in Schwärmen. Bleiben, wo es was zu fressen gibt, und verschwinden dann wieder an den nächsten Ort. Was hatte sie bei ihren Recherchen gelesen … «Cluster» war der Fachbegriff für einen Sammelplatz der menschlichen Krähen. In einem Cluster entstanden in kürzester Zeit ganz viele Nachtclubs und Bordelle. In dem Report hatte man als Beispiel eine Kleinstadt in Portugal genannt, Braganca. Mit einem Nachtclub hatte es dort angefangen und mit brasilianischen Mädchen und Frauen, die von einem Menschenhändler eingeschleust wurden. Innerhalb von zwei Jahren lebten 300 Prostituierte in einem Ort mit 27 000 Einwohnern. Und die einheimischen Männer standen Schlange. Protest kam einzig von den Ehefrauen, deren Haushaltsgeld in die Taschen der Brasilianerinnen und ihrer Zuhälter wanderte.

Laura duckte sich ein bisschen, als fünf Krähen sehr dicht über ihren Balkon hinwegstrichen. Es gibt noch eine Ähnlichkeit zwischen Krähen und Menschenhändlern, dachte Laura. Sie breiten sich ganz ungeniert aus, doch sobald man die Aufmerksamkeit auf sie richtet, eine Kamera zum Beispiel, dann verschwinden sie, scheint es sie nicht mehr zu geben.

Sie dachte dabei an die Razzia der tschechischen Polizei vor ein paar Wochen. Man wollte Frauen aus sexueller Sklavenarbeit befreien, unterzog 4000 Zuhälter, Prostituierte und Kunden intensiven Verhören. Genau drei Frauen baten darum, nach Hause geschickt zu werden, und fünfzehn Männer wurden wegen des Verdachts auf Menschenhandel festgenommen. Wegen Verdachts, den man nicht nachweisen konnte. Und man fand auch heraus, warum. Die Frauen wurden mit mehr oder weniger subtilen Mitteln gefügig gemacht und sagten deshalb nicht gegen ihre Peiniger aus: Man fotografierte sie bei der Arbeit mit Freiern und drohte damit, die Bilder an die Familie zu Hause zu schicken. Oder man kündigte an, dass man der Mutter, der Schwester, dem kleinen Bruder etwas antun würde. Es gab auch die Drohung, dass man die Frauen an einen Mittelsmann zurückschicken werde, falls sie ihre Arbeit nicht ordentlich erledigten. Dieser Mittelsmann werde sie vergewaltigen, umbringen und irgendwo verscharren. Mindestens die Hälfte der Frauen aber hatte sich in diese Art von Abhängigkeit gefügt, weil sie zumindest materiell besser leben konnten als in ihren Ursprungsländern.

Massenprostitution sei immer ein Ergebnis von Armut und Chancenlosigkeit – so lautete das Fazit des Reports.

In diesem Augenblick auf dem Balkon im Nebel, während noch immer die krächzenden Krähen über sie hinwegzogen, verstärkten all diese Gedanken Lauras Kopfschmerzen. Sie kehrte in die Küche zurück, schluckte noch ein Aspirin und begann damit, das Geschirr in die Spülmaschine zu räumen. Sie räumte immer auf, wenn in ihren Gedanken Unordnung herrschte. Meistens half es. Nicht immer. Heute Abend zum Beispiel nicht. Ihr war heiß und ein bisschen übel.

Als sie ins Bad wankte, um das Fieberthermometer zu suchen, wurde die Wohnungstür aufgestoßen und Luca stand im Flur, riss erstaunt die Augen auf.

«He, Mama! Du bist ja schon zurück? Ich dachte, du kommst später!»

«Tut mir Leid, dass ich schon da bin!», murmelte Laura. «Eigentlich bin ich schon seit heute Morgen da, aber ich hatte viel zu tun!»

«Seit heute Morgen?» Luca schluckte schwer, lief knallrot an.

«Ich war nicht hier in der Wohnung. Mach dir keine Sorgen.»

Luca rieb nervös seine Nase.

«Ich mach mir keine Sorgen!»

«Solltest du aber!» Laura hatte das Gefühl, als könnte sich ihr Kopf im nächsten Augenblick von ihrem Körper lösen und davonschweben. Er fühlte sich an wie ein Luftballon, kurz bevor er platzt.

«Wieso denn?»

«Weil du nicht in der Schule warst und vor allem, weil du einer Person, die du nicht kennst, meine Handynummer gegeben hast. Wir haben hundertmal darüber gesprochen, dass keine Handynummern an Unbekannte weitergegeben werden! Ich arbeite nämlich bei der Polizei, falls du das vergessen haben solltest!»

«Scheiße!» Luca stand vor Laura wie ein begossener Pudel. «Ich dachte, es sei 'ne Freundin von dir. Irgendwie kam mir ihre Stimme bekannt vor. Und ich war gerade erst aufgewacht.»

«Was hat sie denn gesagt?» Laura lehnte sich gegen die Badezimmertür.

«Sie hat gesagt: Hi Luca, hier ist Natali. Kannst du mir mal schnell die Handynummer deiner Mama geben. Ich hab sie verloren und müsste sie dringend kurz sprechen.»

Laura nickte, ließ es aber gleich bleiben, weil ihr Kopf so schmerzte.

«Ganz schön schlau, was? Dürfte ich dich darum bitten, in Zukunft dreimal nachzufragen, wer die Person ist, was sie will, und wenn du dir nicht sicher bist ...»

«... auf gar keinen Fall deine Nummer rauszurücken. Ich weiß es ja! Es tut mir wirklich Leid. Hab ich dich in Schwierigkeiten gebracht?»

«Zum Glück nicht wirklich. Aber auf genau diese Weise könntest du mich in ziemliche Schwierigkeiten bringen. Also denk bitte in Zukunft dran!»

Laura knipste das Licht im Badezimmer an und schloss

sofort die Augen, weil die Helligkeit ihr wehtat. Zum Glück fand sie das Fieberthermometer auf Anhieb, kehrte mit Luca in die Küche zurück und ließ sich auf einen Stuhl sinken.

«Du hast ja aufgeräumt! Warum machst du denn so was? Das wollte ich jetzt machen. Mütter sind manchmal total nervig!»

Laura klemmte sich das Thermometer unter den Arm und lehnte sich mit geschlossenen Augen zurück.

«Stimmt was nicht?»

«Ich glaube, ich hab Fieber!», antwortete Laura leise. «Und mein Kopf ist ungefähr doppelt so groß wie sonst!»

«Und dann räumst du auf! Manchmal bist du wirklich nicht zu retten! Weißt du was? Leg dich hin, und ich mach dir einen heißen Tee.»

«Das wäre wunderbar. Sag mal, wo steckt denn Sofia? Haben wir eigentlich was zu essen im Haus?»

Luca half Laura auf die Beine und führte sie behutsam ins Schlafzimmer.

«Hör bitte sofort auf dir Sorgen zu machen. Sofia will heute nochmal bei ihrer Freundin übernachten, und zu essen ist auch genug da. Ich mach dir jetzt einen Tee, und du legst dich inzwischen hin. Bin in fünf Minuten wieder da!»

«Zu Befehl! Und danke!» Laura versuchte ein Lächeln, aber auch das tat weh. Irgendwo in den Schläfen. Als Luca das Zimmer verlassen hatte, zog sie das Thermometer unter ihrer Achsel hervor. Neununddreißig Grad. Unter Mühen streifte sie ihre Kleider ab und kuschelte sich unter die Bettdecke. Erst fühlte das Laken sich angenehm kühl an, doch gleich darauf begann sie zu frösteln. Als Luca mit dem Tee kam, trank sie ein paar Schlucke, um ihn nicht zu kränken, dann aber schlief sie beinahe augenblicklich ein.

COMMISSARIO Guerrini hatte das Doppelzimmer im Hotel Bellarosa für eine weitere Nacht gebucht. Diesmal musste er die 90 Euro selbst zahlen. Nach dem Gespräch mit Laura blieb er geschlagene zwei Stunden in einer Bar nicht weit vom Krankenhaus sitzen. Eine Stunde lang trank er Kaffee, in der zweiten ging er zu Weißwein über, beließ es aber bei drei kleinen Gläsern, aß dazwischen Erdnüsse und Oliven. Die ganze Zeit über versuchte er eine Strategie zu entwickeln. Er war kein Einzelkämpfer, fand Einzelkämpfertum geradezu dumm und gefährlich. Niemand konnte in diesen komplizierten Zeiten allein gegen kriminelle Netzwerke vorgehen.

Trotzdem befand er sich augenblicklich in der Situation eines Einzelkämpfers, hätte es als unklug empfunden, die Carabinieri in den Fall einzuweihen. Dabei konnte er sein Verhalten nicht mal rational erklären. Es hatte etwas mit Instinkt zu tun, mit der Verpflichtung Laura gegenüber und mit Flavio. Er hatte nicht erwartet, dass dem jungen Mann etwas zustoßen könnte, fragte sich, ob Flavio auf eigene Faust den Mörder finden wollte und offensichtlich gefunden hatte.

Die Durchsuchung des alten Lada hatte nicht viel gebracht, außer der Erkenntnis, dass Flavio wirklich sehr unordentlich war, gern Schokoladenriegel aß, seine Wagenpapiere im Handschuhfach aufbewahrte und die Fußballzeitung las. Aber er hatte auch ein Büchlein mit Telefonnummern gefunden. Eine davon interessierte ihn besonders. *«Nuovo telefono»* stand da. Zweimal unterstrichen.

Am Ende der zweiten Stunde erhob sich Guerrini, zahlte und verließ die Bar. Er hatte sich dafür entschieden, ein zweites Mal seine Stellung als Commissario auszuspielen, mit seinem Ausweis zu pokern. Dieses Mal aber ohne Rückendeckung des alten Kollegen.

Der Schnee war geschmolzen, die Straßen schimmerten feucht und es war schon wieder dunkel. Guerrini mochte die kurzen Tage nicht, hatte immer das Gefühl, sie würden ihm ein Stück Leben stehlen. Sorgsam blickte er sich um, ehe er die Eingangshalle des Krankenhauses betrat, näherte sich erst dann der Information, als er sicher sein konnte, dass keine Kollegen in der Nähe waren. Er zückte seinen Polizeiausweis und fragte nach dem jungen Mann mit der Stichverletzung, der letzte Nacht eingeliefert worden war.

Es war eine Frau um die sechzig, die hinter der Glasscheibe saß und Guerrini prüfend musterte. Ihr graues Haar war zu einem straffen Knoten zusammengefasst, doch ihre Lippen hatte sie hellrot geschminkt. Sie trug eine Brille mit dunkelroter Fassung und kleine goldene Ohrringe.

«Ah, wie viele von euch gibt's denn noch, Commissario?», stöhnte sie. «Was ist denn so interessant an dem armen Kerl? Ist er ein Mafiaboss oder was?»

«Wer weiß!», grinste Guerrini. «Es tut mir Leid, wenn ich auch noch komme, aber es geht nicht anders. Übrigens … ich habe gerade erst meinen Dienst angetreten und bin noch nicht genau informiert … hat man den Mann schon identifiziert? Wie geht es ihm denn?»

«Das können Sie alles den Arzt fragen, Commissario. Ich bin hier nur die Wegweiserin. Aber soviel ich mitbekommen habe, ist er noch nicht übern Berg. Sein Name ist … warten Sie …» Sie gab ein paar Befehle in ihren Computer ein, trommelte ungeduldig mit rot lackierten Fingernägeln, nickte endlich zufrieden. «Da hab ich's. Rinaldo Conte. Das ist er. Neunundzwanzig Jahre alt, Student der Soziologie und was …? Ah ja, Sozialpsychologie. Deshalb studiert er wahrscheinlich noch, weil man damit ohnehin keinen Job findet!»

«Vielleicht!» Guerrini blickte sich um. «Wohin muss ich denn, um den behandelnden Arzt zu finden?»

«Fünfter Stock, den langen Gang zur Station CH 20, dann fragen Sie am besten eine Schwester.»

«Danke, vielen Dank.» Guerrini verbeugte sich leicht und ging zum Lift.

«Gern geschehen!», rief sie ihm nach. «Ich wünschte, alle Polizisten wären so höflich!»

Guerrini wandte sich noch einmal um und lächelte ihr zu, obwohl er es für einen Fehler hielt. Sie wird sich an mich erinnern, dachte er. Stand lange, genau drei Minuten, ehe der Lift endlich kam, während sie immer wieder zu ihm hinüberschaute und lächelte. Endlich öffneten sich die Türen und er konnte entkommen.

Vor der Station CH 20 im fünften Stock stand ein Polizist. Genau das hatte Guerrini befürchtet, deshalb schlug er die andere Richtung ein, trieb sich eine Weile auf den Gängen herum, fand das Treppenhaus und machte sich zu Fuß auf den Rückweg ins Erdgeschoss. Als er nach zwanzig Minuten wieder unten ankam, dachte er, dass die Zeitspanne seiner Abwesenheit ausreichen müsste, um die Dame nicht misstrauisch zu machen.

Während er die Halle durchquerte, schaute sie nicht auf, doch kurz bevor er die große Drehtür erreicht hatte, rief sie laut: «Commissario! Warten Sie!»

Unwillig drehte Guerrini sich um. Sie war aus ihrem Glaskäfig geeilt und winkte aufgeregt.

«Warten Sie. Da hinten kommt Professore Albano. Er hat den jungen Mann operiert. Kommt gerade aus dem OP. Sie haben wirklich Glück!»

Zwar zweifelte Guerrini an seinem Glück, doch er konnte nicht einfach verschwinden. Die Dame von der Rezeption führte ihn am Arm zu dem Chirurgen, der sich gerade mit einem Kollegen unterhielt.

«Professore, das ist der Commissario, der Sie sprechen wollte. Commissario …?» Sie sah Guerrini fragend an.

«Ä …ini», murmelte er unverständlich.

«Professore Albano!» Der Arzt schüttelte Guerrinis Hand.

«Tut mir Leid, ich war den ganzen Tag im OP. Bin total erschöpft. Deshalb konnte ich mit Ihren Kollegen bisher noch nicht sprechen. Es war eine schwierige Operation, wirklich. Stand ständig auf Spitz und Knopf. Der Stich ging ganz knapp an der Leber vorbei, hat aber den Zwölffingerdarm erwischt. Der Blutverlust war enorm, und die Gefahr einer Infektion des Bauchraums besteht nach wie vor.»

«War es ein professioneller Stich?», fragte Guerrini, der jetzt ohnehin gefangen war.

«Doch, doch, durchaus professionell. Wenn er noch ein bisschen mehr nach oben gehalten hätte, dann wäre es aus gewesen. Vielleicht hat sich der junge Mann gerade bewegt, als der Täter zugestochen hat.»

Guerrini nickte.

«Wann werden Sie wissen, ob er überlebt?»

«Schwer zu sagen, Commissario. Wir Ärzte sind keine Hellseher – das meiste liegt sowieso in den Händen von dem da oben. Aber ich muss weiter … wenn Sie noch Fragen haben, müssen Sie mitkommen!» Professore Albano strebte mit gewaltigen Schritten und flatterndem weißen Kittel dem Aufzug zu, den gerade ein Maresciallo und ein junger Carabiniere verließen.

«Im Augenblick reicht es, danke!», rief Guerrini, winkte kurz der Dame an der Rezeption zu und verließ möglichst

284

ruhig und unauffällig das Krankenhaus. Kaum draußen, begann er zu laufen, bis er seinen Wagen erreicht hatte, sprang hinein und blieb im Dunkeln sitzen. Von seinem Parkplatz aus konnte er den Eingang des Hospitals ganz gut sehen, und es entging ihm nicht, dass die beiden Polizisten es eilig hatten, ja geradezu aus der Drehtür flogen, sich nach allen Seiten umsahen, sich sogar auf die Zehen stellten, dann einer nach rechts, der andere nach links gingen, die Hälse reckend und ganz offensichtlich auf der Suche nach etwas.

«Na gut, Kollegen!», sagte Guerrini halblaut zu sich selbst. «Es ist wahrscheinlich besser, wenn ich den Schauplatz verlasse.» Er ließ den Motor an und gab langsam Gas, reihte den Lancia in den Strom der Besucherautos ein, die den Parkplatz verließen.

Plötzlich fand er Gefallen an seinem Einzelkämpfertum, vielleicht auch nur daran, die Kollegen zum Narren zu halten. Er hatte keine guten Erinnerungen an seine Dienstzeit in Florenz, war den Vernetzungen von Politik, kriminellen Geschäftemachern und der Polizei zu nahe gekommen. Seine Strafversetzung nach Siena lag jetzt fünf Jahre zurück und er wusste genau, dass er bis ans Ende seiner Berufszeit in der Provinz bleiben würde. Niemand in Italien, der dem Netzwerk Ärger machte, gab sich irgendwelchen Illusionen hin.

Nun gut, er wollte ja nicht Rambo spielen, und er wusste jetzt, was er machen würde. Ein paar Straßenzüge weiter hielt er an und tippte die Nummer in sein Handy ein, die er unter «*Nuovo telefono*» in Flavio-Rinaldos Büchlein gefunden hatte. Es klingelte lange, und Guerrini wollte seinen Versuch schon abbrechen, da meldete sich ein Frauenstimme, sagte nicht «*pronto*», sondern einfach «*sì*»!

«Entschuldigen Sie, aber ich müsste mit jemandem in Kontakt treten, der etwas mit dem Wort ‹Uccellini› anfangen kann. Es ist ziemlich wichtig, weil es um Rinaldo geht!»

Guerrini glaubte einen leisen Aufschrei zu hören, irgendwie unterbrochen, als hätte die Frau ihre Hand über die Sprechmuschel gelegt.

«Hallo! Sind Sie noch da?», fragte er leise.

«*Sì!*» Ihre Stimme klang plötzlich sehr laut. «Sagen Sie nochmal das Wort!»

«*Uccellini* – er antwortete beim letzten Mal ‹*ci vediamo*›!»

«Ich erinnere mich!», sagte die Frau. «Was wollen Sie mir von Rinaldo erzählen? Woher kennen Sie überhaupt seinen richtigen Namen?»

«Das ist eine komplizierte Geschichte – eigentlich kenne ich ihn ja nur unter dem Namen Flavio. Es ist etwas geschehen, und es wäre mir lieber, wenn Sie ‹*ci vediamo*› sagen würden. Ich möchte es Ihnen nicht am Telefon erzählen.»

«Ist ihm etwas zugestoßen?»

Guerrini zögerte. «So könnte man es nennen.»

«Und warum sagen Sie nicht, was?»

«Weil ich Ihre Hilfe brauche. Sie wissen wahrscheinlich, dass Flavio sich vorgestern mit jemandem getroffen hat.»

Ein paar Sekunden lang blieb es still, dann hustete die Frau leise, räusperte sich und sagte: «Gut, *ci vediamo*. Ich habe Ihre Nummer und werde mich bei Ihnen melden.»

Gar nicht so dumm, dachte Guerrini. Man nimmt die Nummer vom Display, geht in eine öffentliche Telefonzelle, und schon kann man nicht abgehört werden.

Er lehnte sich in den Wagensitz zurück und stemmte die Arme gegen das Steuerrad, dachte, dass es gut wäre, Laura neben sich zu haben. Er wusste nicht, wie es um sie stand – die Begegnung war zu flüchtig gewesen, irgendwie unscharf. Er erinnerte sich nur an Ausschnitte, an ihren fließenden Kunstpelz, die warme Haut unter ihrem Pullover und ihre Ausflüchte, ehe sie sich umarmten, an Blicke, heimliche schnelle Berührungen hinter dem Rücken dieses deutschen

Polizisten, der wie eine Anstandsdame über sie wachte mit seinen hellen Augen, denen nichts zu entgehen schien.

Als sein Handy wieder klingelte, zuckte er leicht zusammen.

«Ich bin interessiert an den Vögelchen. Wir können uns in einer halben Stunde vor dem David von Michelangelo treffen.» Sie wartete nicht auf seine Antwort.

ALS LAURA am nächsten Morgen aufwachte, fand sie bereits eine dampfende Teetasse neben ihrem Bett, und kurz darauf streckte Luca seinen Kopf in ihr Zimmer.

«Na, gut geschlafen? Du hast überhaupt nicht gehört, dass ich den Tee auf deinen Nachttisch gestellt habe. Geht's dir besser, Mama?»

«Hu, ich weiß noch nicht. Bin gerade erst aufgewacht. Warte mal … ich habe Halsweh, Kopfweh, und alle Knochen schmerzen.»

«Dann bleibst du am besten im Bett. Willst du was zum Frühstück? Ich muss nämlich in zehn Minuten weg – schreibe heute eine Deutsch-Schulaufgabe.»

Laura setzte sich auf und schlürfte vorsichtig ein paar Schlucke heißen Tee.

«Warte mal einen Moment!», sagte sie. «Ich möchte dich etwas fragen, Luca.»

«Muss das jetzt sein? Ich hab's wirklich eilig!»

«Ja, es muss jetzt sein, weil es sonst zu groß und wichtig wird und dich vielleicht bei deiner Schulaufgabe stört.»

Luca senkte den Kopf und starrte mit gerunzelter Stirn auf den Boden. «Ist es … weil ich gestern nicht in der Schule war?»

«Ja!» Laura musste husten. «Ich nehme an, dass du eine schriftliche Entschuldigung dafür brauchst, und ich möchte nicht, dass du meine Unterschrift fälschst! Warte … keine voreiligen Proteste! Ich nehme nicht an, dass du mir davon erzählen wolltest. Also Schwamm drüber! Aber ich hätte gern eine Begründung, und dann setze ich auch meine Originalunterschrift unter eine Entschuldigung!»

Luca seufzte tief, biss auf seine Unterlippe, wiegte seinen Oberkörper unruhig hin und her. Langsam stellte Laura die Teetasse ab und sah ihren Sohn an.

Nicht lügen, dachte sie. Bitte lüg mich nicht an, ich muss dir helfen, die Wahrheit zu sagen.

«Luca … es gibt ein paar Begründungen, die ich sofort akzeptieren würde: Eine davon wäre, dass du dich verliebt hast und Zeit für deine Freundin und dich haben wolltest. Die zweite wäre, dass du dir einfach ein Stück Freiheit nehmen wolltest! Allein in der Wohnung … und den Rest der Welt vergessen!»

Er warf Laura einen unsicheren Blick zu, zuckte die Achseln und stieß mit seinem rechten Fuß gegen Lauras Trolley, der noch immer unausgepackt mitten im Zimmer stand. Wieder seufzte er tief. «Okay! Ich hab 'ne Freundin. Es ist …»

«Halt! Du brauchst mir überhaupt nichts zu erzählen. Ich hoffe, ihr seid glücklich und beachtet die üblichen Vorsichtsmaßnahmen. Und jetzt druck deine Entschuldigung nochmal aus, ich werde sie unterschreiben!»

«Danke, Mama!» Luca stolperte über Lauras Stiefel und war schon fort. Kurz darauf hörte Laura den Drucker des PC arbeiten. Sie kuschelte sich in ihre Kissen, dachte, wenn ich die Augen zumache, schlafe ich sofort wieder ein.

Zwei Minuten später stand Luca wieder neben ihrem Bett und hielt ihr das Blatt Papier hin.

«Magenverstimmung!» Laut las Laura das wesentliche Wort der beiden Sätze und setzte ihre Unterschrift unter das Dokument. «Ich wünsch dir viel Glück bei deinem Aufsatz!»

«Wird schon werden! Brauchst du noch was, Mama?»

Laura schüttelte den Kopf. «Ich werde jetzt schlafen und

die wilde Freiheit meiner Erkältung genießen. Die Krähen im Nebel vergessen!»

«Was? Die Krähen sind übrigens gerade wieder vorbeigeflogen. Einfach irre!»

«Ja, einfach irre! Ciao Luca!» Laura drehte sich um und zog die Decke über den Kopf.

Der alte Doktor Gottberg grüßte den Polizisten vor dem Zimmer 201 der neurologischen Station. Sie waren inzwischen schon alte Bekannte, denn am Morgen hatte immer derselbe Beamte Dienst, und Gottberg kam täglich gegen halb zehn, um den jungen Unbekannten zu besuchen.

Das Zimmer war überheizt, obwohl das Fenster offen stand. Noch immer teilte der bleiche Mann mit den Kopfverbänden den Raum mit Pier Paolo, der unbeweglich im Bett am Fenster lag und die meiste Zeit hinausstarrte, obwohl er längst in der Lage war, aufzustehen und herumzulaufen. Aber er stand nicht auf. Ging nur hin und wieder auf die Toilette oder duschte, dann legte er sich wieder hin. Sein dunkles Haar war inzwischen nachgewachsen und sah seltsam zweigeteilt aus mit dem blond gefärbten Schopf, der fast auf seine Schultern reichte. Er wollte sich die Haare nicht schneiden lassen, obwohl die Schwestern es ihm angeboten hatten. Er rasierte sich auch nicht, deshalb trug er inzwischen einen kurzen dunklen Vollbart, der sich langsam an den Enden kräuselte. Er wollte sich auch nicht rasieren, wollte gar nichts. Nur aus dem Fenster schauen und ab und zu in den Büchern lesen, die der alte Mann ihm brachte.

Am liebsten las er Gedichte, auf Deutsch. Lieber als auf Italienisch oder gar Englisch. Der alte Mann hatte es mit allen Sprachen versucht. Pier Paolo begriff nicht genau, was der alte Mann von ihm wollte, aber er empfand seine regelmäßigen Besuche irgendwie als angenehm. Er wusste nicht, warum der Alte ihn Pier Paolo nannte. Es spielte aber letztlich keine Rolle. Immerhin hatte der alte Mann ihm ein paar Anhaltspunkte in dieser unklaren Existenz gegeben, ihm ein wenig das Leben erklärt. Und irgendwann in den letzten Tagen hatte sich der Begriff München von der Bedeutungslosigkeit in das Bild einer Stadt gewandelt und mit einer sehr schwachen Erinnerung an etwas verbunden, das er in sich trug.

Seitdem konnte er nachts nicht mehr schlafen, weil ihn diese schattenhaften Ahnungen heimsuchten, die er nicht greifen konnte und die vor ihm flohen, als wollten sie sich über ihn lustig machen. Manchmal meinte er, sie lachen zu hören, und schrie hinter ihnen her. Dann rief sein Zimmergenosse die Schwester.

Er konnte der Schwester nicht sagen, dass er mit seinem Schrei die Erinnyen vertrieben hatte, die Rachegöttinnen. Denn er war sicher, dass sie es waren, die ihn verfolgten. Und manchmal dachte er, dass er aus einer anderen Zeit in diese Stadt geraten war und sich deshalb nicht erinnern konnte. Vielleicht gab es so etwas wie Zeitmaschinen oder Gleichzeitigkeiten von Zeit und Raum.

Doch all diese Überlegungen beruhigten ihn nicht, sondern verstärkten seine Rastlosigkeit. Vielleicht war er in Gefahr … Vielleicht hatte man ihn in dieses Krankenhaus gesteckt, um ihn unter Kontrolle zu halten, weil er aus einer anderen Welt kam. Vielleicht erschien dieser alte Mann nur deshalb Tag für Tag, um ihn auszuhorchen.

Aber er begriff ja selbst nicht, warum er in verschiedenen Sprachen sprechen konnte, warum ihm bestimmte Gedichte bekannt vorkamen – deutsche Gedichte, sogar ein paar englische und viele italienische – aber am meisten die deutschen.

Nicht unbedingt die Namen der Dichter, aber die Bedeutung der Worte.

Und als an diesem Morgen der alte Gottberg wieder an sein Bett trat, einen Stuhl heranrückte und ihn freundlich grüßte, da drehte er sich angstvoll weg und spürte, wie seine Haut feucht wurde.

«Wie geht es dir heute, Pier Paolo?»

Er antwortete nicht. Wenn er bisher diesen fremden Namen akzeptiert, ja beinahe komisch gefunden hatte, erschien er ihm plötzlich wie eine Vergewaltigung. So, als wollte man ihn in etwas verwandeln, das er nicht war.

«Ich heiße nicht Pier Paolo!», flüsterte er.

Der alte Mann nickte. «Jaja, ich weiß. Aber solange du deinen richtigen Namen nicht kennst, müssen wir einen Kompromiss finden. Es wäre ja schön, wenn du dir selbst einen Namen aussuchen würdest, aber das hast du bisher nicht getan.»

Er lag da, mit geschlossenen Augen, spürte nichts als diese endlose Leere in sich, diesen Abgrund, der sich stets auftat, wenn er versuchte, sich auf etwas zu konzentrieren, das mit ihm und seinem Namen zusammenhing. «Kann man nicht namenlos sein?», murmelte er.

«Wie?» Der alte Gottberg beugte sich zu ihm. «Ich habe dich nicht verstanden?»

«Namenlos! Kann man nicht namenlos sein? Wer schreibt vor, dass jeder einen Namen haben muss? Vielleicht gibt es Menschen, die gar keinen Namen wollen!» Er sprach heftig, doch nicht zu dem alten Mann, sondern zum Fenster hin.

«Natürlich gibt es Menschen, die keinen Namen wollen – aber ich denke, dass es ziemlich selten vorkommt. Ein Name, das ist mehr als nur eine Bezeichnung für etwas. Also, wenn du zum Beispiel dein Bett nimmst. Ein Bett ist ein Bett, und darauf kann man liegen. Man braucht es, und deshalb ist es gut, dass es einen Namen dafür gibt. Aber der Name eines Menschen ist mehr als die Bezeichnung einer Funktion. Der Name ist ein Teil seiner Persönlichkeit, vor allem der Vorname. Meiner ist zum Beispiel Emilio, und das ist ungewöhnlich für einen Deutschen. Ich bin meinen Eltern noch immer sehr dankbar, dass sie mich nicht Emil genannt haben – was in den Zeiten, in denen ich geboren wurde, erheblich näher lag als Emilio.»

Der alte Gottberg lächelte vor sich hin. «Emilio passt wirklich gut zu mir. Das fand auch meine Frau und meine Tochter, und meine Enkel finden es auch. Deshalb ist es schade, wenn man seinen Namen einfach so verliert. Außerdem ist es gesetzlich verboten, keinen Namen zu haben. Aber das muss dich jetzt nicht beunruhigen. Du kannst schließlich nichts dafür, dass du deinen Namen verloren hast.»

Er antwortete nicht. Die Worte des alten Mannes kamen ihm unwirklich vor – schillernde Seifenblasen, die ein Echo hatten, wenn sie platzten. Trotzdem war er froh, dass der Alte da war. Ein Kontinuum, wie das Mittagessen, das morgendliche Fiebermessen, die Arztvisiten. Und er wollte etwas von dem Alten, ein Geschenk wie jeden Tag.

Weil der alte Mann jetzt still neben ihm saß und nichts mehr sagte, sondern zu warten schien, wurde er unruhig, meinte zu ersticken, obwohl das Fenster offen war.

Er hatte ihn noch nie um das Geschenk gebeten. Hatte es immer so bekommen. Jeden Tag ein Gedicht. Warum heute nicht? Schweiß lief über sein Gesicht, ungeduldig wischte er ihn fort. Warum sagte der Alte nichts mehr?

Ganz langsam wandte er den Kopf, schaute den Alten an, begegnete seinen Augen, freundlichen, ruhigen Augen. Der Alte wartete, worauf denn? Auf seinen Namen? Er kannte seinen Namen nicht. Nein, vielleicht wartete er auf etwas anderes. Er wollte nicht über Namen reden und auch nicht darüber nachdenken. Er wollte ein neues Gedicht, über das er nachdenken konnte. Schluckte. Seine Kehle war ganz trocken. «Haben Sie …», setzte er an.

«Ja?» Der alte Herr lächelte freundlich.

«Haben Sie vielleicht ein neues Gedicht mitgebracht?»

Emilio Gottberg nickte. «Jaja, natürlich habe ich wieder eins mitgebracht. Ein ganz besonderes diesmal. Ich habe es gelesen, als meine Frau starb. Das war in einem November vor vielen Jahren, und danach hatte ich auch eine Weile meine Erinnerung verloren. Du musst überlegen, ob du es hören willst … es ist nicht sehr fröhlich. Aber es traf damals genau meinen inneren Zustand, und es half mir zu weinen. Also denk drüber nach, ob du es aushältst.»

Er war erleichtert. Der alte Mann hatte das Geschenk mitgebracht.

«Ich möchte es nicht vorlesen!», sagte Emilio Gottberg. «Vielleicht ist es am besten, wenn du es selbst liest. Mir geht es noch immer zu nahe.» Er zog ein Blatt Papier aus der Tasche, entfaltete es und reichte es dem jungen Mann.

Der nahm das Blatt und legte es vor sich auf die Bettdecke, hob es wieder an und begann zu lesen. Die sorgfältig gemalten Buchstaben fügten sich zu Worten, und als er den Namen des Dichters las, kam es ihm vor, als zuckte ein elektrischer Schlag durch seinen Körper. Er hatte diesen Namen schon einmal gehört, wurde wieder von einem dieser Schatten gestreift, die er nicht fassen konnte.

Friedrich Nietzsche

stand da. Warum machte es ihm Angst, wenn er einen Namen hörte? Er las weiter, versuchte die Angst nicht wahrzunehmen.

Vereinsamt

Dieses Wort kannte er. Vielleicht beschrieb es genau das, was seinen Zustand ausmachte. Weiter!

> *Die Krähen schrein*
> *Und ziehen schwirren Flugs zur Stadt:*
> *Bald wird es schnein –*
> *Wohl dem, der jetzt noch – Heimat hat!*

Er las schneller:

> *Nun stehst du starr,*
> *Schaust rückwärts, ach! wie lange schon!*
> *Was bist du Narr*
> *Vor Winters in die Welt – entflohn?*

> *Die Welt – ein Tor*
> *Zu tausend Wüsten stumm und kalt!*
> *Wer das verlor,*
> *Was du verlorst, macht nirgends halt.*

Er schloss die Augen, atmete schwer. Er kannte dieses Gedicht. Es stieg aus diesem dunklen Loch in seinem Bewusstsein auf, doch ohne jeden Bezug. Das war es, was die Angst auslöste. Er hatte keinen Bezug. Selbst wenn er meinte, sich an etwas zu erinnern, blieb es beziehungslos. Schwebte in seinem Kopf herum. Und dann kam die Angst. Er durfte nicht weiter darüber nachdenken, weil er diese Panikattacken hasste, die ihn regelmäßig heimsuchten, las weiter:

> *Nun stehst du bleich,*
> *Zur Winter-Wanderschaft verflucht,*
> *Dem Rauche gleich,*
> *Der stets nach kältern Himmeln sucht.*

Plötzlich zerknüllte er das Blatt, drückte es dem alten Mann wieder in die Hand.

«Es ist nicht gut. Er hätte so etwas nicht schreiben dürfen.»

«Wer? Nietzsche? Weshalb hätte er es nicht schreiben sollen?»

«Weil es Angst macht.»

Der alte Gottberg nickte vor sich hin. «Erinnert es dich an etwas, das du lieber vergessen würdest?»

Er lachte auf. «Mein Gott, immer diese Fallen überall. Warum sind eigentlich alle so daran interessiert, dass ich mich erinnere?»

«Weil es ein Teil deines Lebens ist, den du verloren hast. Weil du ohne Identität bist, ohne Ausweis, ohne Staatsangehörigkeit, ohne Familie, ohne Geld, Wohnort, Versicherungen, Beruf. Du stehst schlechter da als ein Landstreicher, wenn man es genau betrachtet.»

Er legte eine Hand über seine Augen, folgte dann mit einem Finger den Brauen – mit dem Strich, gegen den Strich.

«Da ist noch etwas!», flüsterte er. «Es gibt noch einen anderen Grund. Ich weiß nicht welchen, aber es gibt einen. Deshalb seid ihr hinter mir her.»

«Nein», murmelte der alte Gottberg. «Niemand ist hinter dir her. Das bildest du dir ein. Wahrscheinlich ist das beinahe normal, wenn man sich an nichts erinnern kann. Du musst nur aufpassen, dass du keinen Verfolgungswahn entwickelst. Das wäre nicht gut für dich und auch für niemanden sonst!»

Es klopfte an der Tür und der Wärter erschien, kündigte den Besuch des Polizeifotografen an. Man benötige Fotos für die Zeitungen, um herauszufinden, wer der junge Mann sei. «Entschuldigung!», fügte er zuletzt hinzu.

Er starrte dem Fotografen entgegen, starrte auf den Apparat, der sich auf ihn richtete, und fing an zu schreien, begann alles zu werfen, was in seine Hände fiel: die Wasserflasche auf seinem Nachttisch, das Glas, den Obstteller, sein Kissen, die Bücher …

Der Fotograf duckte sich zwischen zwei Betten, der alte Gottberg legte schützend beide Arme über den Kopf.

«Raus!», schrie er. «Raus! Und komm nicht wieder! Ihr kriegt mein Foto nicht! Nie, nie!»

Dann stürzten Schwestern und Pfleger herbei, hielten ihn fest, sprachen beruhigend auf ihn ein, gaben ihm eine Spritze, und er dachte, dass er vielleicht auf einem anderen Planeten gelandet sei und sie ihn untersuchen wollten und dass der alte Mann ein Spion war, der nur so aussah wie ein menschliches Wesen.

Als er wegdämmerte und gleich darauf einschlief, betrat der Fotograf erneut vorsichtig das Krankenzimmer. Die Schwester drehte den Kopf des jungen Unbekannten so, dass sein Gesicht halbwegs sichtbar wurde.

Er bemerkte nichts davon. Nur der alte Gottberg hatte ein Gefühl, als sei er Zeuge eines Unrechts geworden. Ganz egal, wie man das rechtlich begründen konnte.

Der nackte marmorne David von Michelangelo glänzte vor Nässe, und Angelo Guerrini fröstelte bei seinem Anblick. Guerrini wartete im Schutz der Loggia dei Lanzi, die Schulter an den Sockel des medusenköpfenden Herkules gelehnt. Wenn er nach oben schaute, sah er den triumphierend erhobenen Arm, der das abgetrennte Haupt hielt, und erschauerte ein zweites Mal. Es waren nicht viele Menschen unterwegs, die wenigen, die über den Platz eilten, versteckten sich unter Regenschirmen und wirkten wie auf der Flucht.

Guerrini sah auf die Uhr. Das Telefongespräch mit der Frau war jetzt fast fünfzig Minuten her. Ihm war kalt, und er fürchtete, dass sie es sich anders überlegt hatte und doch nicht kommen würde. Der Regen ging allmählich in Schnee über, doch die Flocken schmolzen, sobald sie den Boden erreichten.

Noch zehn Minuten, dachte Guerrini. Ich warte noch zehn Minuten, dann rufe ich sie nochmal an. Er ließ den Blick über die dunklen Winkel hinter dem David gleiten, drehte ganz langsam seinen Kopf, den ganzen Körper, schaute neben sich, hinter sich, entdeckte ein Stück Regenschirm hinter der Skulptur vom Raub der Sabinerinnen, machte einen Schritt nach vorn, um genauer sehen zu können. Blitzschnell wurde der Regenschirm zurückgezogen.

Guerrini dachte an Flavio, alias Rinaldo, und nahm seine Dienstwaffe aus dem Schulterhalfter, runzelte die Stirn über sich selbst und steckte sie wieder zurück. Obwohl … wer sagte eigentlich, dass nicht sie das Messer in den Oberbauch des jungen Mannes gerammt hatte? Vielleicht handelte es sich schlicht um ein Eifersuchtsdrama und hatte überhaupt nichts mit den Menschenhändlern zu tun. Guerrini hatte zu viele seltsame Fälle erlebt, um nicht alle Möglichkeiten in Erwägung zu ziehen.

Langsam, dicht an das Geländer gedrängt, näherte er sich der Skulptur, diesem in Stein gehauenen Verzweiflungsschrei entführter Frauen, dachte, dass es ein passender Treffpunkt war, und dachte weiter, dass er manchmal merkwürdige Gedanken hatte. Jetzt trennte ihn nur noch der breite Sockel von der Besitzerin des Regenschirms. Guerrini war sicher, dass es sich um eine Besitzerin handelte. Er räusperte sich und sagte laut: «Signora, ich denke, dass Sie ebenfalls auf die Uccellini warten. Eigentlich hätten Sie schon vor einer halben Stunde hier sein sollen, aber bei diesem Wetter fliegen Vögel nicht gern. Was ich durchaus verstehen kann!»

Sie stand so unvermutet vor ihm, dass er einen Schritt zurückwich. Alles an ihr war schwarz: der lange Mantel, das große Wolltuch, das sie um ihren Kopf geschlungen hatte und das nur die Augen freiließ, der Regenschirm, ihre Stiefel und Handschuhe – alles schwarz.

«Was wollen Sie?» Ihre Stimme war klar und sie bemühte sich offensichtlich um einen harten Tonfall, doch es gelang nicht ganz.

«Ich muss mit Ihnen sprechen, Signora. Es geht um Flavio-Rinaldo. Er wurde niedergestochen und …»

Sie stieß eine Art Keuchen aus und packte Guerrinis Arm.

«Wann?»

«Letzte Nacht schon. Ich habe ihn in der Nähe seines Wagens am Bahnhof gefunden.»

«Ist er …?» Wieder keuchte sie.

«Nein, er ist nicht tot, wenn Sie das meinen. Er wurde operiert, und sein Zustand ist einigermaßen stabil.» Guerrini beobachtete sie genau. Der Schal rutschte ein wenig tiefer, doch sie zog ihn schnell wieder bis über die Nase.

«Woher wissen Sie das und woher soll ich wissen, dass nicht Sie ihn niedergestochen haben?», fragte sie, und ihre Stimme klang jetzt zu hoch.

«Tja!» Guerrini zuckte die Achseln. «Woher soll ich wissen, dass nicht Sie die Täterin sind? Es wird uns vermutlich nichts anderes übrig bleiben, als uns gegenseitig zu vertrauen. Jedenfalls im Augenblick … ich bin der Commissario, mit dem sich Flavio vorgestern Abend getroffen hat. Mit mir und der deutschen Commissaria. Vielleicht hat er Ihnen das erzählt. Wir haben gemeinsam mit ihm die Damen besucht, die gerade im Transfer sind – wie Sie das wohl nennen …»

Sie nickte.

«Gut!», fuhr Guerrini fort. «Was hat Flavio nach unserem Treffen gemacht? Hat er mit jemandem gesprochen, sich verabredet? Wollte er den Verbindungsmann sehen, der den Bahntransfer organisiert?»

Sie senkte den Kopf, schien plötzlich vor Kälte zu zittern. «Ich weiß nicht», flüsterte sie. «Er hat mir nie alles gesagt. Behauptete immer, dass er mich schützen müsste. Keiner von uns sollte zu viel wissen. Aber er wusste mehr als ich.»

«Ist das eine Annahme oder haben Sie konkrete Gründe das zu vermuten?»

«Natürlich, natürlich habe ich konkrete Gründe! Er hat die Fahrten zur kroatischen Grenze immer allein unternommen. Nur einmal, als eine der Frauen krank wurde, hat er mich in diese Wohnung mitgenommen … die Wohnung der Uccellini. Meine Güte – Rinaldo war nie besonders ordentlich, aber diese Wohnung war einfach schrecklich. Ich hatte ein Gefühl von Obdachlosen, Landstreichern, Verlorenen, als ich diese Wohnung sah. Ich habe ihm gesagt, dass man Frauen nicht so behandeln kann, nicht in einer solchen Umgebung warten lassen kann – aber er hat nur gelacht und mir Spießigkeit vorgeworfen. Es ginge um ganz andere Dinge …»

Sie hatte leise und eindringlich gesprochen, brach plötzlich ab und schluchzte auf. Guerrini beugte sich vor und berührte ihre Schulter.

«Wir könnten einen Kaffee trinken!», sagte er. «Es ist verdammt kalt hier. Oder wir könnten uns in meinen Wagen setzen. Er steht drüben am Bahnhof.»

«Nein!» Sie schüttelte heftig den Kopf. «Mir ist nicht kalt!»

«Mir schon!», murmelte Guerrini. «Aber wenn Sie nicht wollen. Können Sie mir erklären, um welche ‹ganz anderen Dinge› es Rinaldo ging?»

«Es ist nicht so leicht … um Freiheit, Menschenrechte, den Kampf gegen die bürgerliche Doppelmoral, die allein das organisierte Verbrechen möglich macht … so hat er es ausgedrückt. Er ist Sozialpsychologe, müssen Sie wissen.»

«Na ja!», erwiderte Guerrini. «So ganz Unrecht hat er nicht. Es ist tatsächlich die bürgerliche Doppelmoral, die jede Menge Unrecht ermöglicht – angefangen von unserem Regierungschef bis zum kleinen Mafiaboss, der einen Landstrich im Süden kontrolliert.»

«Ach, hören Sie auf. Ich kann das schon lange nicht mehr hören! Rinaldo sprach von nichts anderem – als bestünde das ganze Leben daraus, als gäbe es keine Freude, keinen Frühling, keine Liebe. Alles wurde der Idee untergeordnet!»

Sie zog den Schal noch höher. Jetzt konnte Guerrini auch ihre Augen nur noch erahnen, und einer Eingebung folgend fragte er:

«Auch Sie, hat er auch Sie der Idee untergeordnet?»

«Ja natürlich, was glauben Sie denn? Immerhin bin auch ich eine Angehörige der bürgerlichen Klasse, die an allem schuld ist!» Ihre Stimme klang bitter.

«Sie haben nicht zufällig ein Messer genommen, um diese Unterordnung zu beenden?»

Sie lachte auf, schob mit einer schnellen Bewegung den Schal von ihrem Kopf und stand im Lichtstrahl eines der Scheinwerfer, die nachts die Loggia dei Lanzi beleuchten. Guerrini kam sie sehr jung vor, höchstens Anfang zwanzig. Sie war schön, hatte große, dunkle Augen, dichtes welliges Haar, weich geschwungene Lippen.

«Nein!», sagte sie heftig. «Ich habe kein Messer genommen! Aber vielleicht hätte ich es tun sollen! Er hat mich mit diesen Frauen betrogen … ich bin ganz sicher, dass er es tat. Diese Frauen waren viel wichtiger als ich. Er war immer für sie da – Tag und Nacht, wann immer sie anriefen. Und sie riefen oft an!»

Guerrini seufzte. «Und warum sind Sie bei ihm geblieben, wenn er Sie betrogen hat? Entschuldigen Sie die Frage, aber ich stelle sie mir immer wieder, wenn ich Geschichten wie die Ihre höre!»

Sie drehte den Schal in ihren Händen, wirkte auf einmal verlegen. «Ich weiß es nicht!», sagte sie so leise, dass er sie kaum verstehen konnte. «Er hat immer gesagt, dass er mich liebe, wenn ich mich beklagt habe. Ich habe es ihm geglaubt … und ich liebe ihn ja auch. *Dio buono*, lieber Gott, mach, dass er das überlebt!» Jetzt weinte sie.

Angelo Guerrini widerstand dem Impuls, sie zu trösten, blieb einfach stehen und betrachtete sie, während er überlegte, ob er ihr glauben konnte.

«Ich möchte Sie um etwas bitten!», sagte er schließlich. «Sie wissen wahrscheinlich, wo diese Transfer-Wohnung liegt. Es wäre sehr hilfreich von Ihnen, wenn Sie mich dorthin begleiten würden. In diesem Fall geht es nämlich nicht nur um Rinaldo, sondern auch um das Leben dieser Frauen. Ich nehme an, dass Rinaldo Ihnen von den Morden erzählt hat.»

Sie schluckte, nickte dann.

«Deshalb wollte ich ja, dass er endlich aufhört, für diese Organisation zu arbeiten. Ich habe ihm gesagt, dass die genauso mit Menschen handeln wie die andern, aber da hat er mich angeschrien!»

«Kommen Sie also mit?»

Sie nickte.

Laura ging es ein bisschen besser. Das Fieber war weg, nur ihr Kopf fühlte sich noch seltsam schwer an und ihr wurde leicht schwindlig, wenn sie sich zu schnell bewegte. Trotzdem hatte sie es geschafft, ein Abendessen zu bereiten und ihren Kindern zuzuhören. Sofia war ganz erfüllt von den Tagen bei ihrer Freundin, ihr blasses Gesicht leuchtete wie Porzellan, da sie offensichtlich die letzten Nächte kaum geschlafen hatte.

«Wir hatten uns so viel zu sagen, Mama! Es ist einfach phantastisch, wenn man einem anderen Menschen alles erzählen kann, einfach alles!»

Laura nickte vorsichtig, dachte traurig, dass sie dieser Mensch jetzt nicht mehr war. Vermutlich gut so, aber trotzdem schmerzhaft. War plötzlich dankbar, dass es Angelo Guerrini gab, dass auch sie ein Geheimnis hatte, einen Vertrauten. War er das? Einen ziemlich Vertrauten ... stellte sie richtig. War umso dankbarer, wenn sie in das übermüdete Gesicht ihres Sohnes Luca schaute, der wohl ebenfalls nicht viel geschlafen hatte, sondern ganz gefangen war in seinen neuen Erfahrungen.

Nach dem Essen räumten beide Kinder gemeinsam das Geschirr in die Spülmaschine, verschwanden dann in ihren Zimmern, um zu telefonieren und Hausaufgaben zu machen. Laura blieb in der Küche zurück, trank heiße Zitrone mit Honig und fühlte sich allein gelassen, fragte sich nach einer Weile, warum weder ihr Vater noch Angelo Guerrini anrief, warum nicht einmal Peter Baumann sich meldete, obwohl er wusste, dass sie krank war. Und plötzlich fiel ihr auf, dass auch ihr Ex-Mann Ronald sich seit längerer Zeit nicht mehr gemeldet hatte. Nicht dass sie besonders viel Wert auf seine Anrufe legte ... und doch bedeuteten sie so etwas wie Kontinuität, eine gewisse Verbundenheit, die manchmal gut tat.

Deshalb war sie erleichtert, als die Türklingel schrillte. Keines der Kinder reagierte, das Telefon war besetzt – vermutlich sprach Luca mit seiner Freundin. Laura ging durch den langen Flur zur Wohnungstür, fühlte sich wieder schwach auf den Beinen, stützte sich an der Wand ab.

«Wer ist denn da?», fragte sie durch die Sprechanlage.

«Ich steh schon hier draußen!»

Es war Peter Baumanns Stimme. Laura wurde bewusst, dass sie sich noch nicht gekämmt hatte und völlig ungeschminkt war. Fand diese Überlegung lächerlich und fühlte sich trotzdem seltsam gehemmt.

«Einen Augenblick!», rief sie, wankte zum Badezimmer zurück, bürstete ihr Haar und trug Lippenstift auf. Es half nicht viel. Sie sah wirklich krank aus. Entschlossen drehte sie sich um und öffnete die Wohnungstür.

«Hallo!», sagte er und hielt ihr einen Frühlingsstrauß entgegen. Gelbe Tulpen und Mimosen.

«Danke, das ist … wieso bringst du mir Blumen?» Laura fühlte sich hilflos. Irgendwie war er der Falsche, der die Blumen brachte. Warum ließ er einfach nicht locker?

«Ich dachte, dass eine Erkältung nicht besonders angenehm ist und der Winter lang, der Frühling weit und dass du Blumen magst … willst du noch mehr wissen?»

«Nein, es reicht schon.»

«Kann ich reinkommen, oder willst du nur die Blumen?»

«Nein … mach mich doch nicht so verlegen! Komm schon rein! Aber ich warne dich vor meinen Viren!»

«Ich fühle mich ganz resistent!», lächelte der junge Kommissar. «Außerdem muss ich mit dir sprechen, und nachdem dein Telefon ununterbrochen besetzt und dein Handy abgeschaltet ist, blieb mir nichts anderes übrig, als selbst zu kommen!»

«O Gott, ich hab ganz vergessen, dass ich mein Handy abgeschaltet habe. Ich hatte Fieber, weißt du … mir ist immer noch ziemlich mies.»

Sie ging vor Baumann zur Küche, fand ihren Flur wirklich sehr lang, und die Mimosen in Baumanns Strauß dufteten so stark, dass sie niesen musste.

«Setz dich. Magst du ein Glas Wein?» Sie nahm eine Vase aus dem Schrank und füllte sie mit lauwarmem Wasser. Baumann zog seine Lederjacke aus, hängte sie über die Stuhllehne und setzte sich, ließ seinen Blick durch die geräumige Wohnküche wandern.

«Gemütlich hast du's hier!»

Laura stellte die Vase mit den gelben Blumen auf den Tisch, sah sich kurz um.

«Ja, ich glaube, es ist ganz gemütlich. Luca, Sofia und ich haben alle Möbel blau angemalt – war 'ne ganz schöne Arbeit, aber es hat sich gelohnt.» Sie lehnte sich an die Anrichte. «Also, was möchtest du trinken?»

«Könnte ich einen Kaffee bekommen?»

Sie nickte und stellte die kleine italienische Espressokanne auf die Herdplatte, füllte Wasser und Kaffeepulver ein. Dann setzte sie sich ebenfalls und nippte an ihrer heißen Zitrone, die inzwischen nur noch lauwarm war.

«Worum geht's?»

Baumann presste die Lippen zusammen und zog die Schultern hoch. «Ich muss dir etwas beichten!», sagte er. «Ich bin dir gestern nachgegangen, als du dich mit der langbeinigen Menschenfreundin getroffen hast. Es war nur so ein Gefühl, dass du nicht allein mit dieser Frau sein solltest …»

Laura zuckte die Achseln. «Und?»

«Es ist ja nichts weiter passiert. Sie verließ nur etwas überstürzt das Lokal – das weißt du ja selbst – und da hatte ich die Gelegenheit ihr zu folgen, weil sie nicht sehr aufmerksam war. Hast du sie geärgert?»

«Nein, ich habe ihr nur gesagt, dass Flavio tot ist.»

«Was?» Baumann starrte Laura mit offenem Mund an. «Sag das nochmal!»

«Er ist nicht tot. Aber das habe ich doch gestern in der Besprechung schon erzählt!»

«Vielleicht, aber das war genau die, in der ich nicht da war!»

Laura sah ihn verwirrt an, doch dann erinnerte sie sich daran, dass Baumann bei zwei Besprechungen gefehlt hatte.

«Weißt du noch gar nicht, was mit Flavio passiert ist?»

«Nein, Frau Hauptkommissarin. Ich habe nicht die geringste Ahnung, weil ich gestern Abend erst gegen sechs ins Dezernat zurückkam, da waren die andern schon weg! Ich habe irgendwie das Gefühl, dass wir alle auf eigene Faust ermitteln und allmählich den Überblick verlieren! Nicht sehr professionell, oder?»

Der Espresso in der kleinen Kanne begann zu brodeln, und Kaffeeduft zog durch die Küche.

«Nein, nicht sehr professionell!», stimmte Laura zu, unterdrückte ein Kichern, das sie ihrem Zustand zuschrieb. Fieber hatte bei ihr stets die Wirkung, dass sie die komische Seite der Welt deutlicher empfand als sonst.

«Wahrscheinlich kriegen wir dadurch eine Menge mehr Informationen zusammen als üblich», fügte sie hinzu. «Wir können ja ein Tauschgeschäft machen: Du erzählst mir, was mit der blassen Frau los ist, und ich sag dir, was Guerrini mir über Flavio gesagt hat! Übrigens habe ich meinen Vater auf den jungen Mann mit der Globalamnesie angesetzt.»

Baumann brach in Gelächter aus. «Na wunderbar! Haben wir noch ein paar Undercover-Agenten im Einsatz?»

«Nein, das müssten eigentlich alle sein!», erwiderte Laura und begann ebenfalls zu lachen. «Fängst du an?»

«Meinetwegen! Ich bin ihr nachgegangen – zuletzt war es nicht ganz einfach, denn sie hat sich offensichtlich daran erinnert, dass jemand sie beschatten könnte. Aber ich habe es trotzdem geschafft, mich nicht abhängen zu lassen. Sie wohnt nicht schlecht, das kann ich dir sagen. Eine Prachtvilla in Bogenhausen. Es muss ihre Wohnung sein, denn sie hatte den Schlüssel und ging rein wie jemand, der eben da wohnt. Nicht so, als würde sie einen Kunden besuchen. Ich habe dann nachgesehen, was über den Klingeln steht. Gab nur drei Parteien: Herrmannseder, Dr. Meyer und Dr. Petrovic. Ich tippte auf Petrovic und hatte Recht. Herrmannseder und Meyer sind ältere Herrschaften … ich habe mich bei Ihnen entschuldigt und gesagt, dass ich aus Versehen den falschen Klingelknopf gedrückt hätte und zu Frau Dr. Petrovic wollte.

Sie scheint ziemlich beliebt zu sein, diese Frau Dr. Petrovic. Eine Ärztin sei sie und immer so hilfsbereit … würde junge Frauen aus dem Osten ganz umsonst behandeln und pflegen. Eine ganz außergewöhnliche Person sei sie, die Frau Dr. Petrovic. Glaubst du, dass die Ärztin ist?»

Laura goss den Espresso in eine kleine Tasse und stellte sie vor Baumann hin.

«Ich weiß es nicht, Peter. Sie ist eine gebildete Frau, das habe ich schon bei unserem ersten Gespräch vermutet. Aber ob sie Ärztin ist … keine Ahnung.»

«Na ja, wir werden es schon rausfinden. Jedenfalls habe ich jetzt ihre Adresse und Telefonnummer. Sie wird sich sicher über einen Anruf von dir freuen.»

Laura nickte grimmig, runzelte gleichzeitig die Stirn, weil ihr Kopfschmerz sich wieder ankündigte.

«Es wird mir ein Vergnügen sein, die Dame anzurufen. Damit kann ich ihr etwas zurückzahlen. Sie kommt sich nämlich ganz besonders klug vor, weil sie Luca meine Handynummer entlockt hat. Liegt irgendwas gegen diese Petrovic vor?»

«Ich habe nichts gefunden, obwohl ich mich sofort an den Computer gehängt habe. Jetzt bist du dran!» Baumann streute bedächtig einen halben Löffel Zucker in seinen Espresso und rührte langsam um.

Laura berichtete knapp, was sie von Guerrini über den Mordanschlag auf den jungen Mann in Florenz wusste.

«Heute Abend will sich Guerrini mit der Frau treffen, die offensichtlich mit Flavio lebt. Er hat sich aber noch nicht gemeldet.»

«Noch so ein Geheimagent!», murmelte Baumann. «Ich hoffe, das geht gut!»

Laura entgegnete nichts, hatte das dringende Bedürfnis, sich wieder ins Bett zu legen, befand sich in diesem seltsamen

Zustand, den sie von früheren Erkältungen kannte – einer lähmenden Gleichgültigkeit, als hätte sie den Zugang zu ihren Gefühlen verloren, und gleichzeitig dieses Kichern, das aus ihr hervorzubrechen drohte. Baumann beobachtete sie, während er seinen Espresso schlürfte.

«Ich glaube, du gehst am besten wieder ins Bett. Ich habe das Gefühl, dass du nur die Hälfte von dem begreifst, was wir gerade besprochen haben.»

«Nein, nein. Ich versteh schon alles – aber ich bin wirklich nicht besonders fit. Du kannst ja meinen alten Herrn anrufen, wenn du wissen willst, was er inzwischen für einen Eindruck hat. Aber da war noch was … was Wichtiges! Warte … jetzt weiß ich's wieder! Hast du etwas über Rosl Meier rausgefunden? Ich meine, was ist aus ihr geworden?»

Peter Baumann lächelte Laura beinahe zärtlich an.

«Ich wollt's dir gerade sagen. Natürlich habe ich mich nach ihr erkundigt, nachdem du offensichtlich so eine tiefe Zuneigung zu diesem Unglückswesen entwickelt hast. Es ist nicht so lustig … Sie ist in der Psychiatrie im Bezirkskrankenhaus Haar. Ich habe sie nicht gesehen, aber mit dem behandelnden Arzt telefoniert. Er meinte, dass sie mindestens ein halbes Jahr bleiben müsste, da sie unter akutem Verfolgungswahn leide. Im Moment ist sie mehr oder weniger sediert.»

Laura nickte vor sich hin, spürte plötzlich Schmerzen in allen Muskeln, vielleicht auch den Knochen. Sie konnte es nicht genau ausmachen.

«Ja, das habe ich befürchtet!», murmelte sie. «Genau das.»

«Ich denke, du solltest dich wieder hinlegen!», sagte Baumann. «Du bist sehr blass. Und wenn ich dir einen Rat geben darf, dann nimm dir die Geschichte der Rosl Meier nicht so zu Herzen. Es gibt Menschen, die kommen einfach nicht aus der Scheiße raus. Vielleicht hat es irgendwas mit Karma zu tun. Ich habe keine Ahnung!» Er stand auf und zog seine Jacke an.

«Danke für die Blumen!», sagte Laura leise.

«War mir eine Ehre! Ich wünsch dir gute Besserung. Bleib bloß morgen im Bett. Ich werde mir die Frau Dr. Petrovic genauer ansehen und dich auf dem Laufenden halten.»

«Danke!»

Laura winkte ihm zu, schloss die Tür hinter ihm und lehnte sich an die Wand. Sie weinte und wusste nicht warum.

Die junge Frau in den schwarzen Kleidern führte Commissario Guerrini sicher durch die Industrievorstadt von Florenz. Sie sagte nicht viel, nur «links» oder «rechts», und endlich fand er sich mit seinem Lancia in genau jenem Innenhof, in dem vor ein paar Tagen Flavio seinen Lada geparkt hatte. Danach folgte er der Frau über die Brücke, vorüber an den nackten Zypressen, und alles erschien ihm wie eine Wiederholung von etwas, das er schon einmal erlebt hatte.

Der Wind war sehr kalt, schien hier draußen noch heftiger zu wehen als in der Stadt, Guerrini war froh, als sie endlich das Haus erreichten. Im Treppenhaus roch es noch immer nach Katzenpisse, aber wenigstens blies hier kein Wind. Auf halber Treppe drehte sich Flavios Gefährtin zu ihm um, blieb so plötzlich stehen, dass er gegen sie prallte.

«Was wollen Sie von denen?», fragte sie heiser.

«Ich … fange an, eine Art Plan zu entwickeln!», murmelte er. «Dazu brauche ich die Hilfe dieser Frauen … und Ihre Hilfe, Signora.»

«Ich bin keine Signora!», entgegnete sie heftig. «Ich bin eine Signorina, und das wissen Sie genau, Commissario. Also lassen Sie diesen Unsinn!»

«Bei erwachsenen Menschen mache ich diese Unterschiede nicht, Signora. Finden Sie nicht, dass Signorina höchstens auf Teenager zutrifft?»

Sie starrte ihn kurz an, senkte dann den Kopf und ging weiter, flüsterte etwas, das wie «*Scusi*» klang. Als sie vor der Wohnungstür ankamen, fiel ihr ein, dass sie keinen Schlüssel besaß.

«Ich habe ihn!», sagte Guerrini. «Er lag neben Rinaldo, als ich ihn fand.»

Wieder starrte sie ihn an, mit erschrockenen, leicht geweiteten Augen.

«Es gibt ein Klopfzeichen!», sagte sie leise. «Aber ich habe es vergessen.»

Guerrini nickte und wiederholte den Rhythmus, den Flavio vor ein paar Tagen an die Tür getrommelt hatte. Wieder starrte sie ihn mit erschrockenen Augen an, und er wusste, dass sie ihn für einen der Hintermänner hielt oder für einen Verbindungsmann, der eben bei der Polizei arbeitete. Es gab ja alles, wirklich alles. Sie tat ihm Leid. Aber es hatte keinen Sinn, ihr Erklärungen anzubieten. Sie würde ihm nicht glauben, war bereits in diesem paranoiden System gefangen.

Wieder trommelte Guerrini gegen die Tür, doch diesmal wurde sie nicht geöffnet wie beim letzten Mal. Deshalb nahm er das Schlüsselbund, probierte einen Schlüssel nach dem andern, während sie starr neben ihm stand. Der vierte Schlüssel war endlich der richtige. Als die Tür aufsprang, zögerte Guerrini einen Augenblick, hatte plötzlich die Vorstellung, beide Frauen ermordet zu finden.

Es war stockdunkel im Flur. Guerrini tastete mit der linken Hand nach dem Lichtschalter, während seine rechte den Griff der Dienstwaffe umfasste. Das Licht ging nicht an – entweder war die Birne kaputt, oder jemand hatte sie herausgedreht. Er lauschte, meinte Atmen zu hören … sein eigenes, das der jungen Frau, die noch immer bewegungslos im Treppenhaus stand? Als auch da das Licht ausging, stieß sie einen kleinen Schreckensschrei aus.

Guerrini presste sich an die Wand und bewegte sich langsam zur Küchentür – jedenfalls dahin, wo er diese Tür in Erinnerung hatte, erreichte sie … sie stand offen, ein schwarzes Loch in der Wand. Etwas brach aus diesem schwarzen Loch hervor, streifte seinen Kopf, krachte auf seine linke Schulter. Er ließ seine Waffe los und packte zu, bekam etwas zu fassen, das sich wie ein Arm anfühlte, drehte heftig daran und hörte einen deutlich weiblichen Schmerzensschrei.

«Mach das Licht an, Clara!», keuchte er. «Ich komme mit Nachrichten von Flavio!»

«Mach das Licht an, Anita!», wimmerte Clara. «Mach schon!»

Flackernd sprang die Neonröhre über der Spüle an, kaltes Licht ergoss sich in den Raum, beleuchtete die angstvollen Gesichter der beiden Frauen. Anita stand mit dem Rücken an der Wand, Clara duckte sich vor Guerrini, der erst jetzt ihren Arm losließ.

«Seid ihr in Ordnung?», fragte Guerrini, während er seine Schulter massierte.

«Was wollen Sie? Wo ist Flavio? Will er uns hier verrotten lassen?» Clara rieb ebenfalls ihren Arm.

Guerrini drehte sich nach seiner Begleiterin um.

«Kommen Sie rein, Signora, und machen Sie die Tür hinter sich zu!»

Sie kam, den Schal eng um ihre Schultern gelegt, machte sich ganz schmal und setzte die Füße so sorgfältig auf, als durchquere sie auf Zehenspitzen einen Müllplatz. Alles an ihr drückte Abwehr aus.

«So!», sagte Guerrini. «Wir setzen uns jetzt alle vier um diesen Tisch und reden miteinander!»

Clara war die Erste, die seiner Aufforderung folgte, dann

kauerte sich Anita auf die Kante eines Klappstuhls, und zuletzt folgte Flavios Freundin.

«Wer ist die Frau?», fragte Clara und wies mit dem Kinn auf sie. Clara war diesmal nicht so gepflegt wie bei ihrer ersten Begegnung. Ihr ungeschminktes Gesicht wirkte grau und eingefallen.

«Das ist Flavios Frau!», entgegnete Guerrini, trat leicht auf ihren Fuß, um Protest zu vermeiden. «Allerdings hat sie mir ihren Namen noch nicht verraten.»

«Donatella!», sagte sie. «Nennen Sie mich Donatella!»

Clara zog die Augenbrauen hoch und musterte die junge Frau von oben bis unten.

«Ah, so!», murmelte sie. «Das hat der Kleine natürlich verschwiegen. Kein Wort gesagt hat er, dass verheiratet mit süßer Frau. Ist wie alle Männer, der kleine Flavio. Etwas stimmt nicht! Wir wissen! Was passiert mit Flavio? Wir totale Angst! Haben angerufen sein Handy – jemand abgenommen und nichts gesagt. Nur atmen gehört! Dann wieder versucht … und fremde Stimme gesagt, dass Flavio krank. Wir sollen sagen, wo wohnen, dann kommt und bringt Essen. Aber wir nicht gesagt, wo wohnen …»

«Gott sei Dank!» Guerrini nickte Clara zu. «So etwas Ähnliches habe ich mir schon gedacht, weil ich kein Handy bei ihm gefunden habe. Das Schlüsselbund muss der Täter übersehen haben. Hat der Unbekannte bei euch angerufen? Immerhin muss er eure Nummer haben, wenn ihr ihn angerufen habt.»

Clara schluckte, stützte den Kopf in beide Hände.

«Jaja, hat dauernd versucht anzurufen. Aber wir nicht antworten. Nur zweimal abgenommen, dann nicht mehr! Wir Angst haben. Denken an die andern Frauen!» Sie schauderte, und Anita machte sich ganz klein auf ihrer Stuhlkante.

«Was passiert mit Flavio?», flüsterte die blonde Frau, deren

Haar strähnig herabhing und die noch schmaler und blasser wirkte als vor ein paar Tagen.

Guerrini erzählte leise, was geschehen war. Die beiden Frauen hörten zu – Anita ließ sich von Clara noch ein wenig erklären, dann war es ganz still in der schmuddeligen Küche.

«Und was machen jetzt?», fragte Clara nach langer Zeit. «Wie weiter kommen? Wir wollen weg! Ganz schnell! Flavio hat Papiere! Flavio gesagt, dass er besorgt Visa für Deutschland und Schweden!»

«Und England!», wisperte Anita. «Ich heiraten in England!» Sie brach in Tränen aus.

«Heiraten?» Donatella hob den Kopf und sah Anita fragend an.

«Ja, heiraten! Ist alles ausgemacht!» Anita schluchzte leise, hielt ein schmutziges Geschirrtuch vor ihr Gesicht.

«Ach du lieber Gott!», sagte Donatella. «Das hat er mir auch nicht erzählt. Heiratsvermittlung. Es läuft doch immer wieder aufs Gleiche hinaus, oder? Ist auch nichts anderes als Zuhälterei. Er hat sich etwas vorgemacht ...» Sie biss auf ihre Unterlippe und wandte das Gesicht ab.

«Entweder das – was ich zu seinen Gunsten annehmen möchte – oder er war ein Menschenhändler der besseren Sorte, ein guter Mensch, der sich den Umständen anpassen muss, um etwas zu erreichen ...»

«Ach, hören Sie doch auf! Sie müssen ihn nicht in Schutz nehmen ...»

Ehe Guerrini antworten konnte, hatte Clara sich halb erhoben.

«Warte Mädchen!», stieß sie hervor. «Dir geht's gut, was? Schöne Kleider, ein Mann, Italia. Ich dir sagen was anderes. Uns Frauen egal wie rauskommen – bloß rauskommen. So ist das! Heiraten in England besser als billiges Puff in Bosnien.

So ist Leben! Du nichts wissen, Mädchen. Flavio auch nichts wissen, aber helfen! So ist das!»

Donatella antwortete nicht.

«So, was machen?» Clara wandte sich Guerrini zu. «Wir müssen raus. Aber wir brauchen Papiere. Du helfen, du bei der Polizei!» Es klang wie ein Befehl, und Guerrini musste lächeln angesichts dieser zupackenden Person, deren Überlebenswille wie eine Energiequelle zu glimmen schien, spürbare Wärmeimpulse aussendend.

«*Buono!*», erwiderte er. «Donatella und ich werden versuchen, eure Papiere zu finden. Inzwischen bleibt ihr hier und verhaltet euch still, geht nicht ans Telefon. Wir bringen euch zu essen und sind morgen wieder da. Ich gebe euch meine Handynummer, falls es Schwierigkeiten gibt!»

«Ich nicht bleiben!», flüsterte Anita. «Bitte mitnehmen!»

Donatella richtete sich auf.

«Ich habe keinen Platz. Es ist zu gefährlich. Wahrscheinlich werde ich inzwischen beobachtet. Diese Wohnung kennt niemand. Hier seid ihr absolut sicher!»

Guerrini dachte, dass sie wohl alles tun würde, um diese Frauen von sich fern zu halten, wunderte sich, erwog kurz, sein Hotelzimmer zur Verfügung zu stellen oder ein zweites zu buchen, verwarf den Gedanken wieder – auch seine Menschenliebe hatte gewisse Grenzen.

Als Donatella und er sich erhoben, sprang Anita auf und packte Guerrini am Arm.

«Was passieren?», schluchzte sie. «Ich Angst!»

«Ich werde mir etwas einfallen lassen!», sagte er beruhigend, fühlte sich nicht gut dabei. Eigentlich konnte er sie nicht allein lassen. Aber etwas in ihm widersetzte sich ihrer Bitte. Er begegnete Claras Blick, wich ihren durchdringenden Augen aus. Langsam folgte er Donatella, die bereits zur Wohnungstür gegangen war. Auch Clara trat in den dunklen Flur.

«Soll ich die Glühbirne wieder festdrehen?», fragte Guerrini.

Clara nickte, wartete mit verschränkten Armen. Als das Licht aufflackerte, drehte Donatella sich um.

«Ich möchte Sie etwas fragen, Clara. Hat er … haben Sie … ich meine …»

«Na was denn, meine Süße! Sag es doch! Du willst wissen, ob er mit mir gevögelt hat, nicht wahr? Aber ich nicht sagen! Das allein Flavios Sache! Du musst selbst wissen! Frauen das wissen, wenn sie richtige Frauen!»

Donatella wandte sich ab, ging schnell ins Treppenhaus, drehte sich dann aber um und sagte laut: «Es wäre ganz gut, wenn ihr diesen Saustall aufräumen würdet. Nach euch kommen schließlich noch andere Frauen!»

Wie eine Tigerin sprang Clara zur Wohnungstür, und Guerrini fürchtete einen Augenblick, dass sie sich auf die junge Frau stürzen könnte. Aber Clara stemmte nur die Fäuste gegen ihre Hüften, spuckte die Worte mehr aus als zu sprechen:

«Rattenlöcher räumt man nicht auf, kleine Dame! Wer Rattenlöcher aufräumt, bleibt drinnen. Rattenlöcher muss man verlassen! Merk dir das!»

Die Tür knallte zu, und Guerrini merkte, dass er die Luft angehalten hatte.

ES WAR BEINAHE Mitternacht, und Laura konnte nicht schlafen, wälzte sich herum, empfand die Bettdecke wie eine Zentnerlast. Obwohl sie kein Fieber mehr hatte, meinte sie zu glühen, riss ungeduldig das Fenster auf, um frische Luft zu atmen. Warum rief er nicht an? Eine Art Panik hatte sie bereits vor ein paar Stunden ergriffen, kam immer wieder an die Oberfläche wie zähe Blasen in einem Brei. Er hatte sie gebeten, nicht anzurufen, weil er diese Transfer-Wohnung aufsuchen wollte. Aber es war schon beinahe zwölf.

Warum blieb er so lange? Vielleicht war etwas falsch gelaufen. Vielleicht war Angelo direkt in die Arme dieser Verbrecher geraten. Es war nicht gut, allein zu ermitteln. Ein verdammter Fehler! Immer wieder wurden sie davor gewarnt … nie allein, immer mindestens zu zweit! Wie oft hatte sie sich selbst auf eigene Faust in brenzlige Situationen begeben … sich lange Zeit für unverletzlich gehalten.

Sie griff nach dem Handy, setzte sich wieder ins Bett und wickelte die Decken um sich. Mit dem Rücken gegen die Wand gelehnt, das kleine Telefon in ihrem Schoß, wartete sie, schickte all ihre Energie zu ihm, rief ihn. Sah sich selbst irgendwann sitzen und fragte sich, was mit ihr geschah. So hatte sie mit sechzehn auf Anrufe gewartet, aber jetzt war sie vierundvierzig!

Als zehn vor halb eins das Telefon klingelte, war ihr schlecht.

«*Ciao bella!*», sagte er. «Dieses Zimmer ist sehr leer ohne dich!»

Laura hatte Mühe zu antworten, rang nach Luft, kämpfte mit Tränen.

«Oh!», sagte sie endlich mit halb erstickter Stimme, unfähig schlagfertig zu sein. «Geht es dir gut? Ich … hab mir Sorgen gemacht. Um ehrlich zu ein, ich bin beinahe gestorben vor Angst!»

«Es gibt keinen Grund. Die Damen sind munter und wild entschlossen, um ihre goldene Zukunft zu kämpfen. Aber sie werden etwas dafür tun müssen … Ich habe nämlich einen Plan, den ich gern mit dir besprechen möchte! Damit die ganze Sache funktioniert, brauche ich dich – hier in Florenz, Laura. Am besten, du setzt dich in das nächste Flugzeug!»

Sie musste lachen, obwohl Tränen über ihre Wangen liefen. «Das hast du dir ausgedacht, damit ich mir wieder alle möglichen Ausreden überlegen muss!», antwortete sie.

«Nein!» Seine Stimme klang sehr ernst. «Es ist kein Scherz. Ich brauche dich wirklich. Um diese Kerle zu erwischen, müssen wir die Damen auf die Reise schicken. Und wenn du die Sache in Deutschland über die Bühne kriegen willst, dann müssen wir sie so lange hinhalten, bis der Zug über die Grenze ist!»

«Du bist verrückt!»

«Vielleicht. Alles, was ich tue, widerspricht eigentlich meinen Grundsätzen. Es muss irgendetwas mit dir zu tun haben, Laura.»

Sie hielt ihr Handy so fest ans Ohr gepresst, dass es weh tat. Horchte einfach und vergaß zu antworten.

«Bist du noch da?»

Sie nickte, erinnerte sich dann, dass er sie ja nicht sehen konnte, und murmelte: «Sì!»

«Also, wann kommst du?»

«Ich liege im Bett, Angelo. Ich hatte den ganzen Tag Fieber … Grippe oder so was!»

«Wer pflegt dich?»

«Luca macht mir Tee, es ist schon in Ordnung!»

«Wie lange wird es dauern? Weißt du, bei mir hilft es meistens, wenn ich mich auf etwas freue. Dann werde ich ganz schnell gesund. Was hilft bei dir, Laura?»

«Im Augenblick weiß ich es nicht so genau … aber es hilft schon, dass dir nichts passiert ist.»

Er lachte leise. «Wie lange also?»

«Zwei Tage.»

«Vielleicht hast du auch nur einen. Ich muss versuchen, Kontakt zu diesem Mittelsmann aufzunehmen. Nur dann bekommt diese ganze Aktion überhaupt einen Sinn. Falls es mir nicht gelingt, werde ich die beiden Frauen nach München fahren … selbst wenn du etwas dagegen hast.»

«Du hast Glück … ich bin gerade zu schwach und zu sentimental, um etwas dagegen zu haben!»

«Ich werde die Zeit nutzen …» Wieder lachte er auf eine Weise, die Laura den Atem nahm, so sehr sehnte sie sich nach ihm.

«Wie geht es Flavio?», fragte sie.

«Er lebt. Seine Freundin ist bei ihm. Eine schöne junge Frau, die eigentlich gar nicht zu ihm passt. Ich nehme an, dass sie aus einer der adeligen Familien dieser Stadt stammt. Sie hat mir versprochen, kein Wort gegenüber den Carabinieri verlauten zu lassen – nichts über mich, die Frauen, Flavios Aktivitäten. Aber ich nehme an, dass der junge Mann aktenkundig ist. Mal sehen, was sich da entwickelt. Ich treffe mich morgen früh mit ihr in der Bar, in der wir zusammen gefrühstückt haben.»

«Was machst du jetzt?»

«Ich werde schlafen.»

«Du gehst nicht mehr aus?»

«Nein, ich bin todmüde! Weshalb fragst du?»

«Wenn ich weiß, dass du nicht mehr fortgehst, sondern im Bett liegst, dann kann ich vielleicht auch schlafen ... lach bitte nicht über mich! Es liegt wahrscheinlich nur an meiner Grippe!»

«Ich lache nicht!»

«Dann ... gute Nacht, Angelo!»

«*Dormi bene*, Laura, schlaf gut und werd schnell gesund!»

Sie drückte auf den winzigen Knopf, krabbelte aus dem Bett und wühlte in ihren CDs, die ziemlich unordentlich in einer Schublade ihres Schreibtischs lagen. Ganz unten fand sie endlich, was sie suchte: Andrea Bocelli, ‹Melodramma›.

Als die höchst dramatischen Klänge ihr Schlafzimmer füllten, traten wieder Tränen in ihre Augen. Sie war sich durchaus bewusst, dass sie die CD (ein Geschenk Sofias) in die unterste Schublade verbannt hatte, weil sie diese Musik bisher als sentimentalen Kitsch empfunden hatte.

Aber jetzt passte sie. Und Laura dachte – irgendwie dankbar und beinahe demütig –, dass es in diesem Leben für alles einen Platz gab.

Sie hörte das Lied dreimal hintereinander an.

Am nächsten Tag schlief Laura bis zehn weiter, nachdem sie um sieben mit ihren Kindern gefrühstückt hatte. Luca und Sofia wollten sie ins Bett schicken, doch sie ließ sich das kurze Beisammensein nicht nehmen. Trotzdem musste sie lächeln, wenn sie an das ernste, beinahe strenge Gesicht ihrer knapp dreizehnjährigen Tochter dachte und sich ihre Worte ins Gedächtnis rief: «Ich möchte wirklich wissen, was du sagen würdest, wenn ich Grippe hätte und trotzdem mit dir frühstücken würde! Kannst du mir mal erklären, was der Unterschied zwischen einer kranken Mutter und einer kranken Tochter ist?»

Natürlich hatte Sofia Recht, und so war Laura nach dem Genuss einer Tasse heißen Tees mit Honig wieder in ihrem Zimmer verschwunden. Der Schlaf in den Vormittag hinein tat ihr gut, und als sie um halb elf endlich aufstand, fühlte sie sich beinahe gesund. Das taube Gefühl war gewichen, und sie freute sich auf eine heiße Dusche.

Ehe sie ins Bad ging, spielte sie noch einmal die CD von Andrea Bocelli – doch der richtige Augenblick für diese Musik war vorüber. Über sich selbst lächelnd, wechselte sie zu Paolo Conte und seinen witzigen, ironischen Liedern.

Während sie sich eine Tasse Kräutertee zubereitete, beobachtete sie zwei Krähen, die auf der Fernsehantenne des Nachbarhauses saßen. Ihr Gefieder glänzte blauschwarz in der Sonne, und Laura fiel auf, dass der Nebel sich endlich gelichtet hatte.

Kriminaloberrat Becker fing sie auf dem Weg ins Bad ab – zum Glück nur am Telefon.

«Wie geht es Ihnen?», fragte er ohne Begrüßung.

«Allmählich besser. Ich hatte eine Grippeattacke und hoffe sie zurückzuschlagen!»

«Ich hoffe das auch! Sie kommen offensichtlich nicht weiter mit diesem Fall! Was Sie vorgestern berichtet haben, war ziemlich mager. Was macht Baumann eigentlich, den habe ich seit zwei Tagen nicht mehr gesehen?»

«Er ermittelt, Chef. Die Sache läuft. Sie können sich darauf verlassen! Es kann allerdings sein, dass ich nochmal nach Florenz muss!»

«Was? Wer soll denn das bezahlen?»

«Keine Ahnung. Aber Sie wollen ja Ergebnisse. Auf andere Weise werden wir sie schlecht bekommen. Ich kann auch nichts dafür, dass die Globalisierung inzwischen auch unsere Arbeit erfasst hat!»

«Eigentlich fällt so etwas überhaupt nicht in unseren Zuständigkeitsbereich. Das BKA reißt sich ja regelrecht um neue Aufgaben. Wir sollten es denen überlassen!»

«Das würde ich nicht tun, Chef. Ich meine, falls Sie daran interessiert sind, dass wir den Fall aufklären. Wir sind ziemlich nahe dran, Baumann und ich. Wenn Sie noch ein bisschen warten könnten …»

«Wie nahe?» Er hustete nervös, und Laura sah ihn vor sich, war überzeugt, dass sein Kopf wieder rot anlief und er gerade seine Krawatte lockerte.

«Beinahe hautnah!»

«Sie wissen genau, Laura, dass ich solche wolkigen Aussprüche hasse! Wir arbeiten hier im Morddezernat und nicht in einem Workshop für …»

Laura ließ ihn zappeln. «Für was?», fragte sie unschuldig.

«Ach, ist ja egal! Jedenfalls will ich Sie heute Nachmittag in meinem Büro sehen, da Sie offensichtlich nicht sterbenskrank sind.»

«Morgen früh, Chef! Ich kann mir keinen Rückfall erlauben! Einen schönen Tag noch!»

Beinahe hätte sie «ci vediamo» gesagt. Sie entschloss sich nicht zu duschen, sondern ein Bad zu nehmen. Das würde ihr Zeit geben, ihren Vater anzurufen. Er meldete sich schnell, ein wenig ungeduldig.

«Du hast mich gerade noch erwischt. Ich bin fast schon auf dem Weg zu meinem Klienten im Rechts der Isar!»

«Gibt's was Neues? Ich muss auf mehr Kommunikation drängen, lieber Papa. Du meldest dich nicht häufig genug für einen Geheimagenten!»

«Tut mir Leid! Ich war sauer auf die Polizei. Vor zwei Tagen stürzte so ein wild gewordener Fotograf ins Krankenzimmer und wollte Pier Paolo ablichten, ohne ihn überhaupt zu fragen. Der Junge hat einen Riesenaufstand hingelegt, dann haben die Pfleger ihn sediert, und die Fotos wurden ohne

Pier Paolos Einverständnis gemacht! Ich habe mir ernsthaft überlegt, ob ich nicht Rechtsmittel einlegen soll! Geht ihr immer so vor? Ist das heute die Praxis bei der Polizei?»

«Starker Tobak, was du mir so meldest!», entgegnete Laura. «Ich weiß nicht, wer die Fotos angeordnet hat. Aber ich nehme an, dass sie in Zeitungen veröffentlicht werden sollen. Vielleicht kann jemand den jungen Mann identifizieren!»

«Und wenn er nicht identifiziert werden will?», knurrte der alte Gottberg.

«Tja, Vater. Ich weiß nicht, ob die Freiheit in unserem Lande so weit reicht. Ich zweifle daran, genau wie du. Ohne Plastikkärtchen mit Foto und Nummern geht gar nichts!»

«Jaja!», murmelte er am anderen Ende der Leitung. «Bisher fand ich das auch ganz selbstverständlich. Aber je älter ich werde, desto bedrückender finde ich die Vorstellung. Im Grunde muss man sterben, um ein wirklich neues Leben anfangen zu können!»

«Na ja, die paar tausend Männer, die jedes Jahr auf der Welt Zigaretten holen gehen und nicht mehr wiederkommen, schaffen es ja auch!», wandte Laura ein.

«Ja, aber nur, weil ihre Familien vermutlich heilfroh darüber sind, sie los zu sein!» Er lachte keckernd.

«Lass uns mal ernst sein, Vater! Was für einen Eindruck hast du denn inzwischen von dem jungen Mann?»

«Keinen schlechten. Er ist gebildet, verhält sich ein wenig seltsam, und ich kann mich des Eindrucks nicht erwehren, dass er sich an mehr erinnert, als er zugibt. Vielleicht will er sich nicht an seine Identität erinnern? Hast du schon mal davon geträumt, jemand anders zu sein?»

«Natürlich!», sagte Laura. «Als junges Mädchen hatte ich unendliche Auswahl unter Sängerinnen, Schauspielerinnen, Wohltäterinnen der Menschheit …»

«Und in letzter Zeit?»

Laura ließ den Finger über die Struktur der Raufasertapete im Flur gleiten. «Habe ich mir einmal gewünscht, ganz frei zu sein – aber nicht als jemand anders, sondern als ich selbst.»

«Mhhm!», knurrte Emilio Gottberg. «Hing mit dem Italiener zusammen, was?»

«Ja.»

«Und jetzt?»

«Ich weiß es nicht!»

«Na, lassen wir das. Mich jedenfalls würde es nicht wundern, wenn Pier Paolo plötzlich verschwinden würde.»

«Kann er nicht. Ich habe ihm einen Polizisten vor die Tür gesetzt. Immerhin sind seine Fingerabdrücke auf der Tatwaffe!»

«Glaubst du wirklich, dass er die Frau erschossen hat?»

«Keine Ahnung. Vielleicht nicht – vielleicht doch! Was meinst du?»

«Ich meine, dass er sie nicht erschossen hat. Ich denke eher, dass er selbst verdammtes Glück hatte, diese Geschichte überlebt zu haben.»

«Und wer war's dann?», fragte Laura, leise vor sich hinlächelnd ob der Ernsthaftigkeit ihres Vaters.

«Internationaler Menschenhandel, Mafia – was weiß ich. Beneide dich wirklich nicht um diesen Fall, meine Tochter. Passt du auch gut auf dich auf?»

«Na klar, ich hab zwei Kinder!»

«Und mich!»

«Und dich!»

«Was machst du jetzt?»

«Ich lege mich in die Badewanne!»

«Musst du nicht ins Dezernat?»

«Nein, ich bin krank! Grippe!»

«Und wer arbeitet an dem Fall?»

«Ich, Baumann und Guerrini und du!»

323

Der alte Gottberg stieß ein schnaubendes Geräusch aus.

«Nicht zufrieden, dass du Mitglied einer geheimen SOKO bist?», fragte Laura.

«Du hast vielleicht Ideen!», sagte er. «Ich muss jetzt los! Ruf dich heute Nachmittag an. Vielleicht bekomme ich heute ein bisschen mehr aus ihm heraus.»

Als Angelo Guerrini am Morgen Flavios Freundin gegenübersaß, beschloss er, seine Freundlichkeit etwas zu mäßigen. Flavio-Rinaldo befand sich in einem stabilen Zustand, und die Ärzte waren zuversichtlich, sein Leben retten zu können.

Guerrini konnte nicht genau beurteilen, ob Donatella darüber froh war oder nicht. Ihr Gesicht war völlig ausdruckslos.

«Nun möchte ich wissen, ob Ihnen jemand gefolgt sein könnte!», sagte er.

«Nein!», erwiderte sie und warf ihm einen kurzen Blick zu. «Man hat es versucht, aber ich bin darin inzwischen geübt.»

«Worin?»

«Im Abtauchen!»

«Weshalb?»

«Flavio hat mich ziemlich häufig in Situationen gebracht, die solche Fähigkeiten trainiert haben!»

«Welche Situationen?»

«Demos gegen die Globalisierung zum Beispiel! Sie sind doch selbst bei der Polizei! Da wissen Sie ja, wie es bei uns in Italien abgeht!»

Guerrini lehnte sich zurück und schaute durch das große Fenster nach draußen. Menschen unter Regenschirmen eilten vorüber.

«Ja!», sagte er. «Aber ich bin bei Demonstrationen nicht im Einsatz. Ich seh sie nur im Fernsehen.»

«Glück für Sie!»

«Passen Sie auf, Donatella! Ich würde gern denjenigen finden, der Ihren Freund beinahe umgebracht hat und der wahrscheinlich auch der Mörder von zwei Frauen ist. Ich benötige dabei Ihre Mitarbeit – auch wenn Sie gegenüber den toten Frauen nicht gerade voller Mitgefühl sind!»

Sie senkte den Kopf und runzelte die Stirn. «Das ist nicht fair!», murmelte sie. «Es ist ganz entsetzlich, dass diese Frauen ermordet wurden!»

«Ja!», erwiderte er. «Genauso würden das Frauen Ihrer Klasse ausdrücken. Es ist ganz entsetzlich! Aber das sagt nichts. Es ist eine Floskel, Donatella. Diese Frauen haben ihr Leben eingesetzt, um der Armut zu entkommen. Sie sind von einem Schrecken in den anderen geraten. Ganz egal, wie desillusioniert sie inzwischen waren, wie hartgesotten, vielleicht verkommen. Sie befanden sich auf einer Reise ins Ungewisse, weitergereicht von Menschen, die sie nicht kannten, durch fremde Länder, fremde Sprachen …»

«… sind Sie Prediger?»

Er hielt ihren hochmütigen Blick fest. «Nein! Aber ich möchte gern zu Ende sprechen, und ich möchte, dass Sie mir zuhören! Diese Frauen haben in Rattenlöchern ausgeharrt, und Sie brauchen nicht zu glauben, dass alle Schlampen sind, Donatella. Erinnern Sie sich, was Clara gesagt hat? Rattenlöcher räumt man nicht auf, hat sie gesagt! Wenn man anfängt Rattenlöcher aufzuräumen, bleibt man drin. Rattenlöcher muss man verlassen!»

Sie rührte in ihrem Kaffee, mechanisch.

«Sie wissen ganz genau, dass Sie verdammt Glück gehabt haben. Das wissen Sie doch, oder?»

Donatella stieß ihren Atem heftig aus, schüttelte mit halb geschlossenen Augen den Kopf. «Wissen Sie, wie Sie reden, Commissario? Sie reden genau wie Flavio. Und es stimmt ja, was Sie sagen. Ich weiß das doch alles. Aber ich habe ihn an diese Welt verloren! Er verachtet meine Herkunft. Ich glaube, er wünscht sich, dass ich ein vergewaltigtes Mädchen aus dem Osten wäre. Ein Mädchen, das er retten kann. Ich bin verdammt nicht Opfer genug, um wirklich von ihm geliebt zu werden! Mein Vater ist ein Conte, Besitzer eines Palazzo in Florenz und großer Ländereien in der Maremma.»

Guerrini seufzte.

«Welch tragisches Schicksal!», murmelte er.

«Machen Sie sich nicht über mich lustig!»

«Entschuldigung. Ich habe es nicht so gemeint. Ich kann mir vorstellen, dass ein junger, fanatischer Weltverbesserer Schuldgefühle hat, wenn er eine reiche junge Frau liebt. Das passt nicht in seine Denkstruktur. Weiß er es schon lange?»

«Was?»

«Dass Sie eine Contessa sind?»

«Er hat es vor zwei Monaten rausgefunden …»

«Und wie lange sind Sie schon zusammen?»

«Fünf Monate.»

«Dann haben Sie ihm die ganze Zeit etwas vorgemacht?»

Sie zerknüllte ein Zuckertütchen, zupfte so lange daran herum, bis es einen Riss bekam und sich die weißen Körnchen über den Tisch ergossen.

«Ich war so verliebt, fand seine radikale Art so anziehend. Und Sie können mir glauben, dass ich nicht nur seinetwegen auf Demos gegen die Globalisierung gegangen bin! Warum erzähle ich Ihnen das eigentlich alles?»

Guerrini zuckte die Achseln. «Vielleicht weil Sie mit jemandem darüber sprechen müssen und ich zufällig hier sitze und mich für Ihre Geschichte interessiere.»

Sie malte mit dem Finger einen Kreis in die Zuckerkrümel auf dem Resopaltisch.

«Sind Sie immer so sachlich?»

«Nein!», sagte Guerrini. «Ich weiß auch gar nicht, ob ich gerade besonders sachlich bin. Ich versuche zu verstehen, was hier vor sich geht, und ich denke inzwischen, dass dieser Fall nicht auf einer rein sachlichen Ebene zu klären ist. Wie hat Flavio reagiert, als er herausfand, dass Sie eine Adelige sind?»

Mit einer schnellen Bewegung wischte sie den Zucker vom Tisch. «Er hat gelacht. Richtig hysterisch gelacht und den Kopf geschüttelt, hat es nicht fassen können, und dann ist er eine ganze Nacht und einen Tag lang weggeblieben. Ich bin beinahe verrückt geworden … als er zurückkam, hat er mich um Verzeihung gebeten. Aber seitdem war unsere Beziehung anders … ich wusste, dass ich ihn verliere. Es war grauenvoll. Ich hab versucht zu reden, ihn zu überzeugen, dass es keine Rolle spielt … aber er hat mich angesehen wie ein Fremde. Und ich kann Ihnen eins sagen, Commissario: Ich hab mir immer wieder gewünscht, eine andere zu sein.»

Guerrini schüttelte den Kopf. «Das sollten Sie nicht, Donatella! Nicht aus solchen Gründen! Wenn er Sie nur unter bestimmten ideologischen Bedingungen liebt, dann können Sie ihn gleich vergessen.»

Sie atmete schwer, trank endlich einen Schluck von ihrem Kaffee, der längst kalt sein musste. Plötzlich lächelte sie kaum merklich. Zum ersten Mal, seit er sie kannte.

«Wollten Sie noch nie jemand anders sein, Commissario?»

Guerrini erwiderte ihr Lächeln, betrachtete dann seine Hände, fuhr sich übers Haar.

«Doch!», sagte er endlich. «Als ich jung war, wollte ich dauernd jemand anders sein. Ein Fußballstar von AC Mailand, der Mafiafahnder in einer Fernsehserie, die Sie nicht kennen können, weil Sie zu jung sind … in kurzen Momenten auch so jemand wie Che Guevara … aber inzwischen habe ich mich mit mir angefreundet.»

Sie lächelte noch immer. Guerrini bewunderte ihr dichtes lockiges Haar, die Form ihrer Augen und Lippen, dachte, dass dieser Flavio-Rinaldo ein ziemlicher Trottel sei. Wie übrigens alle Fanatiker in seinen Augen. Humorlose, lebensfeindliche Idioten! Aber der Flavio, den er kennen gelernt hatte, besaß Humor ... vielleicht bestand ja noch Hoffnung.

«Sie sind nett!», sagte Donatella. «Ich danke Ihnen!»

«Ich weiß zwar nicht wofür ... aber jetzt können Sie sich gleich revanchieren. Ich brauche die Papiere der beiden Frauen. Haben Sie eine Ahnung, wo Rinaldo sie aufbewahrt haben könnte?»

«Ich bin ziemlich sicher, dass sie noch beim deutschen Konsulat liegen», erwiderte sie ohne zu zögern. «Er hat sie vor knapp einer Woche hingebracht. Die Bearbeitung dauert mindestens eine Woche!»

«Er hat sie hingebracht?» Guerrini sah die junge Frau verblüfft an.

«Ja, das hat er immer so gemacht!»

«Die Frauen sind nicht selbst zum Konsulat gegangen?»

«Soviel ich weiß, nicht!»

«Interessant», murmelte Guerrini. «Dann werden wir sie holen müssen!»

«Weshalb?»

«Weil ohne diese Papiere und die Visa für Deutschland mein Plan nicht funktioniert.»

In den folgenden Tagen druckten die meisten norditalienischen Tageszeitungen das Bild des jungen Mannes, der sein Gedächtnis verloren hatte. Auch im staatlichen Fernsehen wurde sein Foto kurz gezeigt. Das Foto eines Mannes mit kräftigem Bart und wirren halblangen Haaren, die an den Enden ein bisschen blond glänzten. Seine Augen waren geschlossen, sodass er wie tot wirkte. Niemand meldete sich bei den Redaktionen, niemand schien ihn zu kennen.

Als Laura bei ihrer Rückkehr zur Arbeit das Foto zu sehen bekam, musste sie lachen.

«Ihr hättet auch gleich ein Bild vom Yeti an die Zeitungen geben können!», sagte sie. «Oder eins von Saddam Hussein, als er aus seinem Erdloch gezogen wurde.»

«Ich hab das Foto nicht gemacht!», erwiderte Kommissar Baumann. «Das war der Fotograf vom Erkennungsdienst! Und er hat behauptet, dass der junge Mann ganz genauso aussieht wie auf dem Foto!»

«Ja! Ich glaube es! Vermutlich beabsichtigt der junge Mann genau das! Er will nicht erkannt werden!»

«Und warum nicht?»

«Wolltest du noch nie jemand anders sein, Peter?»

Er runzelte die Stirn, schüttelte dann den Kopf.

«Eigentlich nicht. Nur in letzter Zeit wäre ich gern Italiener – wenigstens zeitweilig.»

«Ich glaube, ich bekomme wieder Fieber!», erwiderte Laura.

Die Villa, von der Peter Baumann gesprochen hatte, war wirklich sehr edel. Sie lag nicht weit vom Europaplatz im Klinikviertel, eingefasst von einer geschwungenen Mauer, umgeben von einem Garten mit alten Bäumen.

«Sie ist zu Hause!», sagte Baumann. «Ich habe sie vor zwei Stunden reingehen und nicht wieder rauskommen sehen!»

«Dann werde ich jetzt bei ihr klingeln, und du wartest im Treppenhaus und passt auf mich auf!»

Baumann nickte und grinste.

«Ist dir eigentlich schon aufgefallen, dass wir beide das perfekte Klischee sind? Ich hab am Wochenende eine Krimiserie mit attraktiver reifer Hauptkommissarin und jungem Assistenten gesehen. Könnten glatt wir beide gewesen sein!»

«Nein!», erwiderte Laura. «Wenn du die Serie meinst, die ich meine, dann hat die Hauptkommissarin einen Lover und der junge Assistent ist ein freundschaftlich verbundener Kollege!»

«Du hast immer 'ne Antwort parat, was?»

«Bin ja auch Hauptkommissarin!», erwiderte sie.

«Pass auf diese Petrovic auf! Meiner Ansicht nach kann die durchaus gefährlich werden. Soll ich nicht lieber mitkommen?»

«Nein. Sie mag keine Machos!»

«Hältst du mich für einen Macho?»

«Nein, aber die Petrovic hält dich dafür!»

«Noch mehr auf Lager?»

«Nein! Aber ich finde unsere Unterhaltung sehr amüsant! Wir finden allmählich zu unserer alten Form zurück.»

«Klingelst du jetzt oder hast du's dir anders überlegt?» Laura lachte den jungen Kommissar an.

«Siehst du! Genau das meine ich mit unserer alten Form! Ich klingle jetzt!»

Er nickte und schnitt eine Grimasse, dann lauschten alle beide.

«Jaa?!» Die Stimme der blassen Frau drang sehr laut und klar aus der Sprechanlage.

«Hier ist Laura!», sagte Laura.

«Wer?»

«Laura Gottberg. Hauptkommissarin. Die Frau, deren Handynummer Sie so clever herausbekommen haben. Ich möchte gern mit Ihnen sprechen!» Laura sah auf ihre Armbanduhr. Es blieb genau zwölf Sekunden lang still, dann hatte Natali sich gefasst.

«Kommen Sie rauf! Aber lassen Sie den kleinen Wachhund draußen!»

Peter Baumann blieb im marmornen Foyer zurück, während Laura die breite Treppe hinaufstieg, obwohl es einen Fahrstuhl gab. Dunkelrote weiche Läufer machten ihre Schritte unhörbar, an den hohen Fenstern standen große Vasen gefüllt mit Stoffblumen, die täuschend echt aussahen.

Als Laura im zweiten Stock ankam, lehnte Dr. Petrovic mit verschränkten Armen am Eingang zu ihrer Wohnung. Sie trug einen engen Hausanzug aus schwarzem Samt und ihr Haar glänzte. Im Gegensatz zu den anderen Begegnungen war sie perfekt geschminkt. Keine Spur mehr von der blassen Frau im Kaninchenfellmantel.

«Ich weiß nicht, ob ich Sie in meine Wohnung lassen muss!», sagte sie.

«Sie müssen nicht», erwiderte Laura. «Es wäre allerdings günstiger für Sie, wenn Sie mich hineinließen, denn sonst könnte es sein, dass ich mit einem Durchsuchungsbefehl wiederkomme. Und dann könnte ich mir Ihre Wohnung wesentlich genauer ansehen als jetzt!»

«Ist das die Revanche für die Handynummer?»

Laura fielen wieder diese schrägen Augen auf, die mit Hilfe eines Lidstrichs noch mehr betont wurden. Sie zuckte die Achseln.

«Vielleicht wollte ich Ihnen nur zeigen, dass wir auch nicht ganz unfähig sind … nachdem Sie sich bisher so verhalten haben, als könnten Sie uns an der Nase herumführen.»

«Wie haben Sie mich gefunden?»

«Eine meiner leichtesten Übungen!»

Natali Petrovic zögerte einen Augenblick, dann lächelte sie plötzlich und gab die Tür frei.

«Kommen Sie schon rein, Laura! Ich mach uns einen Tee, oder ziehen Sie etwas Stärkeres vor?»

«Ich bin nicht durstig, sondern ich brauche ein paar Antworten, die Sie mir bisher schuldig geblieben sind!»

Dr. Petrovic machte eine auffordernde Kopfbewegung und trat vor Laura in den Flur ihrer Wohnung, der geräumig und hoch war wie ein großes Zimmer, voller Spiegel mit goldenen Rahmen, Gemälden, Tischchen und Blumengebinden.

Spezial-Edelbordell, dachte Laura. Hat sie hier vielleicht die Transfer-Damen für ihre künftigen Karrieren fit gemacht?

Natali Petrovic führte Laura nicht in ihre Wohnräume, sondern in eine Art Besprechungszimmer mit einem langen Tisch, acht Stühlen und getäfelten Wänden. Am Fenster stand eine große Yuccapalme in einem Terrakottatopf. Es war ein schlichter, eher unpersönlicher Raum.

«Führen Sie Konferenzen durch?», fragte Laura.

«Ich empfange hier hin und wieder Arztkollegen – immer wenn internationale Medizinkongresse in München stattfinden. Sie wissen vermutlich inzwischen, dass ich Ärztin bin.»

Laura nickte. «Ich frage mich nur, was für eine Art von Ärztin. Nach ihrem Lebensstil zu urteilen, müssen Sie mindestens Chefärztin einer Spezialklinik für Schönheitschirurgie sein …»

«Ich behandle im Augenblick ausschließlich Privatpatienten. Darüber muss ich Ihnen keine Auskunft geben. Ärztliche Schweigepflicht. Die kennen Sie wohl!»

Laura trat ans Fenster und schaute auf die Baumkronen, lächelte grimmig, als sie wieder ein paar Krähen entdeckte.

«Hören Sie, Dr. Petrovic, es geht hier um Morde und in diesem Zusammenhang um Ihre schöne Wohnung in dieser schönen Gegend. Es wird für mich kein Problem sein, Ihre geschäftlichen Aktivitäten zu überprüfen und gegebenenfalls zu unterbinden, falls Sie nicht kooperativ sind. Ich erwarte von Ihnen, dass Sie mir Kontakt zu den Personen vermitteln, die den Transfer in der Hand haben.»

«Und wenn ich es nicht kann?», erwiderte Natali Petrovic heftig. «Ob Sie es glauben oder nicht! Das ist eine Organisation, die Menschen befreit!»

«Es gibt ja verschiedene Formen von Freiheit, Frau Doktor! Auch illegale Prostitution bezeichnen manche als Freiheit. Lassen Sie mich nachdenken: nicht genehmigte ärztliche Tätigkeit, Quacksalberei, Beihilfe zur illegalen Einwanderung, Steuerhinterziehung, illegale Ehevermittlung … da fällt einem doch eine ganze Menge ein!»

Natali Petrovic verließ das Zimmer und knallte die Tür hinter sich zu. Langsam ließ Laura sich auf einen Stuhl fallen und spürte dem leichten Kopfschmerz nach, der von ihrer Grippeattacke zurückgeblieben war.

Die große Frau kehrte nach wenigen Minuten zurück und knallte einen Zettel vor Laura auf den Konferenztisch. «Hier ist eine Nummer in Florenz und ein Codewort. Mehr habe ich nicht. Damit sind meine Informationen erschöpft!»

«Danke!», sagte Laura und erhob sich. «Ich nehme an, wir werden uns in nächster Zeit wiedersehen. Sie wollen doch auf dem Laufenden bleiben, oder?»

Natali Petrovic lehnte sich an die getäfelte Wand und schloss kurz die Augen. «War das ein diskreter Hinweis darauf, dass ich besser verschwinden sollte?»

Laura zuckte mit den Schultern. «Ich habe nichts damit beabsichtigt. Es ist Ihre Interpretation, Doktor Petrovic!»

«Wenn ich nur wüsste, was da schief gelaufen ist!» Natali ließ ihren Blick durch das Konferenzzimmer wandern. «Ich will das hier nicht aufgeben, verstehen Sie, Laura. Ich fühle mich wohl hier!»

«Tja», murmelte Laura. «So ist das mit Zugvögeln. Sie müssen immer weiter …»

Laura erreichte Angelo Guerrini, als er auf dem Weg zum deutschen Konsulat war.

«Die Sonne scheint!», sagte er. «Komm schnell her – es sieht ganz verzaubert aus, weil sie so tief steht!»

«Ich komm ja schon. Und wenn ich auf eigene Kosten fliegen muss! Es sieht so aus, als könnten wir sie allmählich einkreisen. Ich habe eine neue Nummer in Florenz und ein Codewort dazu!»

Guerrini hielt seinen Wagen an und schrieb auf, was sie ihm durchgab.

«Ich werde gleich anrufen!», sagte er. «Würde mich nicht wundern, wenn ich gerade auf dem Weg zum Besitzer dieser Nummer wäre. Kann sein, dass du genau im richtigen Augenblick angerufen hast. Vielleicht hätte ich ohne diese Information einen Fehler gemacht!»

«Bedank dich bei Baumann – er hat die Adresse der mysteriösen Dame herausgefunden!»

«Ach, es reicht, wenn du es ihm ausrichtest!», erwiderte er leichthin, und beide brachen in Gelächter aus.

«Ci vediamo!»

Guerrini tippte die Nummer in sein Handy ein, lehnte sich in den Fahrersitz seines Lancia zurück und wartete. Es klingelte fünfmal, dann sagte eine leise männliche Stimme: *«Pronto! Il Consulato Tedesco!»*

Guerrini zog die Augenbrauen hoch.

«Buon giorno! Ho bisogna un ombrellone!»

Ich brauche einen Sonnenschirm – er dachte, dass Codewörter immer ein bisschen dämlich klangen – wie Kinderspiele, auch wenn sich dahinter Morde, Millionengeschäfte oder Kriege verbargen.

«Ombrellone? Wir sind aber hier kein Geschäft für Schirme. Das ist das deutsche Konsulat!», antwortete die leise Stimme und schien noch leiser geworden zu sein.

«Jaja, das ist mir durchaus klar!», sagte Guerrini ebenfalls sehr leise. «Es handelt sich um einen ganz speziellen *Ombrellone*, und ich nehme an, dass Sie wissen, um welchen!»

«Ein *Ombrellone* für *Uccellini* vielleicht?»

«Ja, genau! Ich habe es doch gewusst, dass Sie Fachmann sind. Wann kann ich Sie sehen?»

«Kommen Sie um fünf ins Konsulat. Punkt fünf, haben Sie mich verstanden?»

Die Verbindung wurde unterbrochen.

Guerrini legte das kleine Telefon weg und dachte nach. Er würde die junge Contessa mitnehmen. Die andern wussten sowieso, dass sie in der Sache drinsteckte.

Noch zwei Stunden bis fünf. Guerrini wendete den Wagen und fuhr langsam in die Stadt zurück. In der Nähe von Donatellas und Flavios Wohnung fand er einen Parkplatz und rief Laura an.

«Gratuliere, es hat funktioniert!», sagte er.

«Ich habe einen Flug gebucht!», antwortete sie. «Morgen um zehn vor elf bin ich da!»

«Und ich hole dich ab – mit einem Sonnenschirm, falls es Vögelchen regnet!»

«Madonna! Sei vorsichtig!»

Der bunte Lichterbaum in der Eingangshalle des Krankenhauses erinnerte Laura daran, dass es nur noch zehn Tage bis Weihnachten waren. Noch immer hatte sie kein einziges Geschenk, nur die virtuelle Liste in ihrem Kopf. Halb vier Uhr nachmittags. Sie hatte Baumann ins Präsidium zurückgeschickt; vielleicht konnte er doch noch ein paar zusätzliche Informationen über Dr. Petrovic zusammensuchen. Laura selbst war auf dem Weg zu Pier Paolo, hoffte, dass ihr Vater inzwischen nach Hause gegangen war. Seit über einer Woche hatte sie den jungen Mann nicht mehr gesehen, war neugierig auf die Veränderungen.

Vor dem Zimmer 201 saß noch immer ein Polizeibeamter und las in einer Zeitschrift. Laura kannte ihn nicht, zeigte deshalb ihren Ausweis, fragte, ob alles ruhig sei.

«Total ruhig, Frau Hauptkommissarin. Seit wir hier sitzen, ist absolut gar nichts passiert. Ich bin – wenn Sie meine Meinung hören wollen – dafür, dass der Verdächtige in die Strafanstalt Stadelheim gebracht wird. Die haben auch eine Krankenstation. Da muss dann nicht immer einer vor der Tür sitzen wie hier!»

«Ich werde es mir überlegen, wenn ich den Mann gesehen habe!», antwortete Laura. «Passen Sie nur gut auf. Die Gefahr ist noch nicht vorüber!»

Leise öffnete sie die Tür. Draußen hatte die Dämmerung eingesetzt, und im Krankenzimmer war es schon ziemlich dunkel. Pier Paolo saß in einem Stuhl dicht am Fenster und schaute hinaus. Er rührte sich nicht, als Laura näher trat.

Erstaunlich, wie schnell Haare wachsen, dachte Laura, während sie den jungen Mann von hinten betrachtete. Vor knapp vier Wochen hatte er eine gepflegte halblange Frisur, jetzt trägt er eine wilde Mähne.

«Hallo!», sagte sie leise. «Erinnern Sie sich an mich? Es tut mir Leid, dass ich lange nicht kommen konnte.»

Er wandte ganz leicht den Kopf, beobachtete sie aus den Augenwinkeln und zeigte dabei einen Gesichtsausdruck, als handle es sich bei Laura um etwas Unerfreuliches, beinahe Widerwärtiges.

«Ich erinnere mich nicht!», sagte er mit Nachdruck und drehte den Kopf weg.

Laura betrachtete ihn von der Seite. Sie war sich ganz sicher, dass er sie erkannt hatte. Und ihres Wissens nach erstreckte sich eine globale Amnesie auf die Vergangenheit, die vor dem Trauma lag, und nicht auf die Zeit danach! Sie beschloss, ihn nicht mehr zu schonen, nachdem auch ihr Vater den Verdacht geäußert hatte, dass der junge Mann nur so tat, als erinnerte er sich an nichts.

«Schade!», sagte sie. «Dann werde ich Ihnen nochmal erklären, wer ich bin. Ich war bei Ihnen, als sie aus dem Koma erwachten, und danach habe ich Sie ein paar Mal besucht. Ich bin Polizeikommissarin und muss einen Mordfall aufklären, in den Sie irgendwie verwickelt sind!»

Er atmete plötzlich schwer, hustete, keuchte, starrte Laura dann mit wilden Augen an, und sie dachte, dass er überhaupt keine Ähnlichkeit mit dem bewusstlosen jungen Mann auf der Intensivstation hatte. Damals hatte er ausgesehen wie ein schlafender Engel, jetzt glich er einem wütenden Faun.

«Deshalb seid ihr alle hinter mir her! Der alte Mann, die Leute hier im Krankenhaus! Alles Spione! Ich weiß es schon lange! Aber ich kann nicht weg! Da sitzt ein Polizist! Ich habe ihn gesehen, deshalb gehe ich nicht mehr vor die Tür!»

«Ja!», erwiderte Laura und versuchte geduldig zu sein. «Es sitzt ein Polizist vor der Tür. Ich habe ihn da hingesetzt, damit er auf Sie aufpasst. Ich habe nämlich befürchtet, dass jemand Sie suchen könnte, weil Sie etwas wissen.»

Er warf ihr einen entsetzten Blick zu, und sie dachte, dass er entweder ein verdammt guter Schaupieler war oder wirklich an heftigen Angstattacken litt.

«Aber ich weiß nichts», flüsterte er. «Ich will hier raus … es gibt doch Asyl. Ich beantrage Asyl in einem anderen Land, ganz egal wo!»

«Das geht nicht so leicht. Um einen Asylantrag zu stellen, müssen Sie erst einmal wissen, wer Sie sind. Und Sie können auch nicht so einfach weggehen, denn Ihre Fingerabdrücke sind auf einer Pistole, und genau mit dieser Pistole ist eine junge Frau erschossen worden.»

Er schüttelte so heftig den Kopf, dass seine Haare flogen. «Neeeiiin!», sagte er gedehnt. «Nein! Sie wollen mich reinlegen. Weil ich mein Gedächtnis verloren habe, wollen Sie mir etwas anhängen. Aber das lasse ich mir nicht gefallen. Ich kann aus dem Fenster springen! Ich habe es mir überlegt! Sie werden mich nicht kriegen! Keiner von euch!»

Ein Gefühl großer Müdigkeit überkam Laura so plötzlich, dass ihr fast schwindlig wurde. Das Grippevirus, dachte sie. Es schlägt wieder zu! Vielleicht bin ich doch zu schnell aufgestanden. Aber es könnte auch an diesem jungen Mann liegen. Ich weiß einfach nicht, ob er mir etwas vormacht oder ob er wirklich unter Verfolgungswahn leidet und gleich aus dem Fenster springt.

«Hören Sie, Pier Paolo, und entschuldigen Sie, dass ich Sie so anspreche. Falls Sie mit diesem Namen nicht einverstanden sind, sagen Sie es mir bitte!»

Mit gesenktem Kopf, wirrem Haar, saß er zusammengesunken in dem Sessel (wieso eigentlich Sessel, dachte Laura – ein Privileg. Es gibt eigentlich keine Sessel in Krankenzimmern) und knetete seine Hände.

«Es ist mir egal», flüsterte er. «Pier Paolo ist wenigstens ein Name.»

«Gut!», seufzte Laura. «Ich verspreche Ihnen, Pier Paolo, dass ich alles tun werde, um Ihnen zu helfen und die Geschichte aufzuklären. Ich weiß noch nicht wie, aber ich werde es schon schaffen. Angst ist kein guter Zustand. Sie haben Angst, und ich kann das verstehen. Der alte Herr, der Sie jeden Tag besucht, ist Rechtsanwalt, und ich bin sicher, dass er einen Weg finden wird, um Ihnen Asyl zu verschaffen!»

Pier Paolo rührte sich nicht. Nur seine Hände waren noch immer in Bewegung. «Asyl … das ist doch so etwas wie ein neues Leben, oder?», fragte er leise.

«So etwas Ähnliches … ich hab noch nie Asyl beantragt.»

«Auch nicht innerlich? Ganz für sich selbst?» Seine Hände lagen jetzt still, und Laura dachte, dass er bemerkenswerte Fragen stellte. Was immer auch mit ihm geschehen war, seine Intelligenz hatte er nicht verloren.

«Doch!», antwortete sie und nickte ihm zu. «Innerlich habe ich schon öfter Asyl beantragt. Bin aber dann doch dageblieben. Vielleicht war's ein Fehler …»

«Kennen Sie das Gedicht von Nietzsche, das mit den Krähen?»

Sie nickte.

«Klar kenn ich das. Aber mich friert's schon, wenn ich nur daran denke!»

Er schob das Haarbüschel zur Seite, das ihm über die Augen fiel, und sah sie ernst an.

«Wohl dem, der Heimat hat!», sagte er. «Aber es stimmt nicht! Nicht immer! Manchmal ist es gut, wenn man keine hat!»

Laura hielt seinen Blick fest, bis er es nicht mehr aushielt und die Augen wieder abwandte.

«Ich weiß es nicht!», antwortete sie. «Keine Ahnung. Noch mehr Rätsel auf Lager?»

Da lächelte er plötzlich und reichte Laura seine rechte Hand, schüttelte die ihre kräftig.

«Gute Nacht!», sagte er. «Schlafen Sie gut. Es war nett, Sie zu treffen. Kommen Sie gern wieder. Ich habe nicht viel Besuch, müssen Sie wissen. Über intelligente Menschen freue ich mich!»

Laura starrte ihn verwirrt an, zog endlich ihre Hand zurück, als hätte sie sich verbrannt.

Er ist total verrückt, dachte sie. Ich muss sofort zu Doktor Libermann. Warum hat Vater mir nicht gesagt, dass er total verrückt ist?

Doktor Libermann hatte nicht viel Zeit, eigentlich gar keine, weil eine Notoperation in Vorbereitung war. Trotzdem freute er sich, Laura zu sehen, lief geschäftig hin und her und gab Anweisungen über seinen Piepser.

«Ein Patient hat sich die Drainageschläuche aus dem Kopf gerissen! Ich muss sie neu legen. Eigentlich darf so etwas nicht passieren, aber irgendwer hat vergessen, ihn nach der Operation zu fixieren!»

«Fixieren?», fragte Laura.

«Ja, festbinden – fesseln, wenn Sie so wollen! Klingt schrecklich, ist aber in solchen Fällen lebensrettend!»

Laura schluckte. Das Grippevirus attackierte sie heftiger. Jetzt taten auch ihre Muskeln wieder weh. Nur so eben, als würde jemand mit einer Messerklinge darüberstreichen.

«Ich will Sie nicht aufhalten, Dr. Libermann. Nur eine Frage: Hat er den Verstand verloren oder tut er nur so?»

«Der junge Amnesiepatient … fragen Sie mich etwas Leichteres. Ich hab keine Ahnung. Keine besondere Auszeichnung für uns Ärzte, aber unser ganzes Team ist ziemlich ratlos. Die eine Hälfte hält ihn für übergeschnappt, die andere für einen Simulanten. Jetzt können Sie sich selbst entscheiden, Frau Hauptkommissarin! Diesmal habe ich den richtigen Titel genannt, nicht wahr? Aber ich muss weiter! Hoffentlich sehen wir uns bald … mit etwas mehr Ruhe, meine ich!»

Verwirrt blieb Laura im Ärztezimmer zurück, stellte sich Drainageschläuche im Gehirn eines Menschen vor, empfand leichte Übelkeit. Konnte sich auch nicht vorstellen, dass sie am nächsten Morgen nach Florenz fliegen würde. Warum eigentlich nicht? Sie musste das klären.

Das deutsche Konsulat lag am Rand der Innenstadt, nicht weit von den Boboli-Gärten. Eine alte Villa, seit längerer

Zeit nicht restauriert. Über den Hügeln hinter der Stadt schimmerte seltsam rosafarbenes Licht, hatte den sanften Nebel eingefärbt, der jetzt am Abend wieder heraufzog und die Olivenbäume und Zypressen zerfließen ließ.

Guerrini und Contessa Donatella warteten seit zwanzig Minuten im Wagen des Commissario und sahen dem Farbenspiel über den fernen Hügeln zu. Sie warteten darauf, dass sich die Zeiger der Uhr endlich der Fünf näherten, sprachen kaum. Guerrini hatte sie bereits in alles eingeweiht, was sie wissen musste. Obwohl er noch immer Zweifel am Einzelkämpfertum hatte, gewann er dieser Art von Ermittlung inzwischen einen gewissen Reiz ab – mehr noch als zu Beginn. Allerdings war er sich des Risikos durchaus bewusst, hatte seine Dienstwaffe mehrmals überprüft, sich sogar überlegt, was er als überzeugende Ausrede benutzen konnte, falls seine Kollegen ihn aus irgendwelchen Gründen überraschen würden. Er ging nicht davon aus, da die meisten von ihnen inzwischen mit einer Demonstration gegen die Sozialpolitik der Regierung beschäftigt waren, die am nächsten Morgen in Florenz stattfinden sollte. Tausende wurden erwartet, Florenz wäre im Ausnahmezustand.

Am Vormittag hatte Guerrini die beiden Frauen in der Transfer-Wohnung mit Lebensmitteln versorgt. Die Nacht war offensichtlich ruhig verlaufen. Niemand hatte sie angerufen oder war an die Tür gekommen. Trotzdem hatten sie nicht geschlafen, wollten nur noch weg. Guerrini hatte ihnen versprochen, sie so schnell wie möglich abzuholen, fragte sich jetzt, ob er sein Versprechen würde einlösen können.

Zwei Minuten vor fünf nickte Guerrini seiner Begleiterin zu, sie stiegen beide aus dem Wagen und näherten sich der Villa. Seit sie warteten, war niemand aus dem Haus gekommen oder hineingegangen. An einem Torbogen hingen letzte Kletterrosen, vom Frost vergilbt. Eine Katze huschte davon, entkam mit weichem, lautlosem Sprung auf die geschwungene Mauer, die den Garten einfasste.

Donatella hielt sich hinter Guerrini, wie sie es ausgemacht hatten. Die große barocke Holztür war verschlossen, die Klingel glänzte golden über einer Gegensprechanlage. Natürlich gab es auch eine Kamera; wer auch immer dort drinnen auf sie wartete, hatte ausführlich Gelegenheit, sie zu studieren. Auf einem großen Messingschild standen die Öffnungszeiten des Honorarkonsulats der Bundesrepublik Deutschland. An keinem Tag hatte es nachmittags Besuchszeiten. Nur Montag bis Donnerstag von neun bis zwölf Uhr. Heute war Freitag.

Guerrini wechselte einen Blick mit der jungen Frau, dann drückte er auf den Knopf. Die Antwort kam so schnell, dass beide ein wenig erschraken.

«Das Konsulat ist geschlossen!»

«Wir kommen wegen des *Ombrellone* vorbei! Es wird nicht lange dauern!», sagte Guerrini.

Zwei, drei Minuten lang erhielten sie keine Antwort, und Guerrini wusste, dass hinter der großen Tür jemand vor einem Bildschirm stand und sie betrachtete. Kein angenehmes Gefühl. Dann surrte ohne Vorwarnung der Türöffner, sie traten nacheinander ein, gingen langsam fünf Stufen hinauf in ein Foyer, das erstaunlich modern war und trotzdem gut zu dem alten Gebäude passte. Das Foyer war leer.

«Hallo!», sagte Guerrini laut.

«Hallo!», antwortete jemand aus einem kleinen schwarzen Kasten an der Decke des Foyers. «Ich ziehe diese Art der Konversation vor, da es bei unserer Organisation nicht üblich ist, persönlichen Kontakt aufzunehmen. Trotzdem weiß ich, dass Sie nicht der Richtige sind. Wo ist der Verbindungsmann der Gruppe *Uccellini*?»

«Die Kommunikation innerhalb der Organisation scheint nicht besonders gut zu sein!», erwiderte Guerrini. «Sie wissen offensichtlich noch nicht, dass der Verbindungsmann einen schweren Unfall hatte. Ich bin sein Stellvertreter. Deshalb sind wir hier. Der Transfer kann nicht mehr länger aufgeschoben werden. Die junge Dame hier ist die Lebensgefährtin des Verbindungsmanns. Aber das wissen Sie vermutlich. Sie ist gekommen, um die Reisepässe und Visa abzuholen, und wollte Sie bitten, auch den Weitertransport zu organisieren, da wir beide das Codewort nicht kennen und keine weitere Nummer haben.»

Wieder blieb es lange Zeit still. Guerrini hörte Donatellas schnellen flachen Atem, drückte beruhigend ihren Arm.

«Was ist mit dem Verbindungsmann? Warum kann er Ihnen das Codewort nicht geben?»

«Er liegt im Koma, befindet sich noch immer in Lebensgefahr! Wir müssen den Transfer am Laufen halten, sonst bricht die ganze Organisation zusammen.»

Wieder Stille. Guerrini war froh, dass es wenigstens keine tickenden Uhren im Foyer gab. Der Präsident der Deutschen schaute freundlich auf sie herab. Sein großes Porträt war der einzige Wandschmuck.

«Nein, es wäre nicht gut, wenn die Kette unterbrochen würde. Hat lange genug gedauert, bis wir diesen Weg in die Freiheit aufgebaut hatten!», sagte die Stimme endlich.

Wieso sagt er nichts über die toten Frauen, dachte Guerrini. Er muss es wissen, schließlich hat er die Touristenvisa für sie ausgestellt! Er muss ihre falschen Pässe in der Hand gehalten haben, ihre Namen waren ihm vertraut! Er beschloss, einen Vorstoß zu wagen.

«Vielleicht ist es besser, wenn Sie diesmal einen sicheren Transfer organisieren würden … wir fürchten um die Sicherheit der *Uccellini!*»

Die Antwort kam schnell und etwas lauter als zuvor.

«Das ist allein Ihre Angelegenheit. Ich habe mich noch

nie um den weiteren Transfer gekümmert. Hier geht es ausschließlich um Visa. Völlig legale Visa! In unserer Organisation sind alle Aufgaben genau festgelegt!»

«Ist ja schon gut!», antwortete Guerrini. «Wir dachten nur, weil Sie viel mehr Erfahrung haben und der Verbindungsmann unserer Gruppe ausgefallen ist …»

«Sie müssen das selbst in die Wege leiten. Ich kann Ihnen die Nummer und den Code geben. Mehr kann ich nicht tun.»

Reingefallen, dachte Guerrini. Du weißt doch mehr, als du zugibst!

«Ich werde die Reisedokumente und die gewünschte Information durch die zweite Tür auf der rechten Seite schieben. Sie brauchen sich nicht umzudrehen. Ich wünsche Ihnen viel Erfolg!»

Wie in einem schlechten Film, dachte Guerrini. Aber all diese Dinge gibt es, man glaubt es nur nicht, ehe man es nicht mit eigenen Augen sieht!

Tatsächlich wurde die zweite Tür auf der rechten Seite einen Spaltbreit geöffnet, jemand schob ein Päckchen hindurch, half mit einem Rohrstock oder Ähnlichem nach. Dann fiel die Tür wieder ins Schloss.

Guerrini war sicher, dass sich auf dem Päckchen nicht der Hauch eines Fingerabdrucks oder genetischen Materials befand. Beim Verbindungsmann Ombrellone handelte es sich um einen Profi, der sehr genau darauf achtete, dass man ihm nichts nachweisen konnte. Jemand, der vielleicht nur am Rande mit dem Konsulat zu tun hatte … ein Vertrauter, der das Vertrauen missbrauchte. Guerrini zweifelte sehr daran, dass der Unbekannte seine Tätigkeit aus reinem Idealismus ausübte. Günstig für sie war allerdings, dass Flavio-Rinaldo offensichtlich im Ruf stand, ein Idealist zu sein. Sonst hätte diese Aktion nicht so reibungslos geklappt.

Er nahm das Päckchen auf, reichte es Donatella, nahm ihren Arm und drehte sie zur Eingangstür.

«Lass uns gehen!», sagte er leise, plötzlich nicht mehr sicher, ob sie so einfach davonkommen würden. Nebeneinander gingen sie diesmal die Treppe hinab, und er konnte spüren, dass sie kaum atmete. Doch die Tür war offen, sie traten aus dem Haus, schritten über den mit Marmorplatten ausgelegten Weg zum Tor, trafen wieder die Katze – sie saß jetzt auf der Mauer, starrte auf sie herab, und ihr Schwanz peitschte hin und her. Als sie im Wagen saßen, stießen sie beide die Luft aus, und Donatella flüsterte: «Fahren Sie! Schnell! Ich will hier weg!»

Guerrini lenkte den Wagen in die Stadt, vorüber an Polizisten, die bereits Absperrungen für den Folgetag errichteten. Flavios und Donatellas gemeinsame Wohnung lag nicht weit vom Bahnhof, wie Guerrini es damals schon vermutet hatte. Es war eine große Altbauwohnung mit wenigen Möbeln, aber einer irgendwie noblen Atmosphäre. Das lag an der Art, wie manche Vorhänge drapiert waren, ein Gemälde aufleuchtete oder ein knallgelbes Sofa auf einem gelben Teppich stand.

Das ist sie, dachte Guerrini, und ihm fiel die grauenvolle Transfer-Wohnung ein, für die offensichtlich Flavio verantwortlich war. Er scheint also doch einen gewissen Gefallen an Lebensstil zu haben, sonst würde er hier sofort wieder ausziehen. Klassenkämpfer mit Hang zum Großbürgertum – soll es ja häufiger geben!

«Und jetzt?», fragte sie, warf ihren Mantel einfach über einen Stuhl, setzte sich und streckte die Beine von sich.

«Jetzt», antwortete Guerrini, «machen Sie mir einen Kaffee, geben mir ein Glas Wasser, dann geh ich runter zum Bahnhof und rufe diese Nummer von einer Telefonzelle aus an.»

«Und dann?»

«Dann … weiß ich auch noch nicht! Wir werden sehen!»

Nach ihrem Gespräch mit Pier Paolo kehrte Laura noch einmal ins Präsidium zurück, obwohl ihr Körper deutliche Warnsignale aussandte. Sie fand Kommissar Baumann und Andreas Havel am Computer.

«Könnte sein, dass wir sie haben!», rief Baumann triumphierend. «Schau dir das an!»

Laura trat hinter den beiden Männern an den Bildschirm heran. Dort war das Foto einer schwarzhaarigen Frau zu sehen, deren schräge Augen stark an die von Dr. Petrovic erinnerten. Allerdings war das Foto nicht besonders scharf, eher ein leicht verwackelter Schnappschuss.

«Könnte sein!», murmelte Laura. «Gibt's noch mehr Fotos?»

«Leider nicht – mehr konnten wir nicht auftreiben!»

«Und wo habt ihr das her?»

«Europol. Sie hatte irgendwas mit einem Callgirl-Ring in Rom zu tun, gesucht wird sie aber wegen Betrugs. Sie behandelt angeblich Leute mit nicht zugelassenen Medikamenten und irgendwelchem Hokuspokus.»

«Sonst nichts? Kein Hinweis auf Menschenhandel oder so was?»

Beide schüttelten gleichzeitig die Köpfe.

«Hat der Chef etwas für mich hinterlassen? Ich nehme an, dass er schon weg ist!»

Die beiden Männer grinsten und nickten.

«Er lässt dir ausrichten, falls du die Absicht hast, nach Italien zu fliegen, wird er dich vom Dienst suspendieren!»

Baumann bemühte sich, ein ernstes Gesicht zu machen.

«Keine Bange!», entgegnete sie. «Ich bin nur nochmal ins Büro gekommen, um mich krank zu melden. Die Grippe hat mich wieder!»

«Du bist verrückt!» Baumann starrte sie entgeistert an.

«Wieso denn? Mir ist ganz schwindlig. Ich hab bestimmt

schon wieder 39 Fieber! Aber für dich hab ich einen Job, Peter. Beobachte doch die Wohnung der Petrovic – vielleicht hat sie ja vor auszuwandern. Dann könnten wir sie probeweise festnehmen wegen Betrugsverdachts.»

«Ich habe mich gerade für heute Abend verabredet!», protestierte Baumann. «Hast du irgendwas gegen mich?»

«Überhaupt nicht … aber wir müssen einen Fall aufklären. Ich habe eine bestimmte Ahnung, was diese Petrovic angeht. Es könnte sein, dass sie bald die Koffer packt, und vermutlich nicht allein!»

«Also ich geh nicht mit ihr, falls du das meinst!», murmelte er.

«Sie trägt ja auch keine Trenchcoats mit rot kariertem Futter!», gab Laura zurück. «Außerdem würde sie dich sowieso nicht mitnehmen. Letztes Mal hat sie dich als meinen Wachhund bezeichnet.»

Baumann verzog das Gesicht, während Andreas Havel breit grinste.

«Wen also wird sie mitnehmen?», fragte er.

«Ich bin sicher, du kommst selbst darauf!», entgegnete Laura. «Wenn nicht, dann kannst du mich später anrufen. Ich geh jetzt zum Arzt und hol mir mein Attest!» Sie winkte den beiden Männern zu, und während sie auf den Lift wartete, dachte sie, dass es tatsächlich klüger wäre, den nächsten Tag im Bett zu verbringen als nach Florenz zu fliegen. Es gab immer noch die Chance, dass Guerrini die Aktion abblies. Vielleicht erreichte er nichts bei seinem Versuch, an die Transfer-Leute heranzukommen. Andererseits hatten sie inzwischen die Organisation so eingekreist, dass etwas geschehen musste. Es ging nur darum, zur richtigen Zeit am richtigen Ort zu sein, doch wo dieser Ort war – in München, Bologna, Florenz oder Rosenheim –, war Laura noch immer völlig unklar.

Der Lift hielt mit einem Ruck vor ihr und setzte sich ebenso heftig in Bewegung, als sie auf den Abwärts-Knopf drückte.

Wenn Angelo nicht weiterkommt, müssen wir doch die italienischen Kollegen einschalten oder sogar Europol, dachte Laura. Vielleicht sind wir zu selbstherrlich. Wie hatte der Kriminalhauptkommissar gesagt, bei dem sie ihre letzte Fortbildung gemacht hatte? «Man muss im richtigen Moment Kontrolle aus der Hand geben können und Kollegen um Hilfe bitten. Das hat im weiteren Sinne etwas mit Loslassen zu tun – eine Eigenschaft, an der es höheren Polizeibeamten meistens mangelt.»

Laura lächelte vor sich hin, während sie über den dunklen Innenhof des Präsidiums zu ihrem Wagen ging. Ein Funken Wahrheit lag in dieser These, doch eine viel überzeugendere Ursache der mangelnden Bereitschaft zur Zusammenarbeit lag an der grauenhaften Bürokratie, die jede schnelle Ermittlung erst einmal lahm legte. Und wenn Laura etwas hasste, dann war es Bürokratie und sinnlose Warterei.

Der Verkehr hielt sich an diesem Abend in Grenzen, und so schaffte Laura es, kurz vor Praxisschluss bei ihrer Hausärztin anzukommen. Bedauerlicherweise hatte sie nur leicht erhöhte Temperatur, konnte aber ihre allgemeine Abgeschlagenheit und die Muskelschmerzen so überzeugend darstellen, dass die Ärztin sie für zwei Tage krankschrieb.

«Sie sollten mehr auf sich achten, Frau Gottberg!», mahnte sie mit ernstem Gesicht, während sie ein homöopathisches Medikament aufschrieb, das leider nicht von der Kasse bezahlt wurde.

«Wenn dieser Fall abgeschlossen ist, werde ich es tun!», versprach Laura. «Ich danke Ihnen, Sie haben mir sehr geholfen!»

Verwirrt runzelte die Ärztin die Stirn, nahm ihre Brille ab und sah Laura prüfend an.

«Hat dieses Attest etwas mit der Lösung Ihres Falles zu tun?», fragte sie.

«Es könnte durchaus hilfreich sein!», gab Laura lächelnd zurück und schüttelte die Hand ihrer Ärztin, winkte mit dem Attest und war schon fort.

Es ist wie Schnitzeljagd, dachte Guerrini, als er die neue Telefonnummer und das Codewort las. Er stand an einer dieser schicken Designer-Telefonschalen, die seit langem sämtliche Telefonhäuschen verdrängt hatten. Voll Abscheu griff er nach dem pinkfarbenen Telefon – er konnte Pink nicht ausstehen.

«*Voliamo! Voliamo!*», sagte er halblaut ein paar Mal vor sich hin. «Na, dann versuchen wir mal zu fliegen!»

Er wählte die Handynummer, wippte ungeduldig mit dem Fuß. Niemand meldete sich. Als er den Hörer zurücklegte, hatte er plötzlich das deutliche Gefühl, als würde er beobachtet. Es war dunkel, der Asphalt glänzte und spiegelte die Leuchtreklamen der Bars und Läden. Drüben am Bahnhof waren Carabinieri und Polizisten noch immer damit beschäftigt, Barrieren aufzubauen.

Guerrini schlenderte in eine der Seitengassen, betrachtete Schaufenster, achtete gleichzeitig auf jede Bewegung in seiner Nähe. Einmal meinte er seinen Verfolger zu erkennen, einen jungen Mann mit Kapuze, der zwei Schaufenster weiter herumhing und so tat, als faszinierte ihn spitzenbesetzte Damenunterwäsche. Doch dann ging der junge Mann schnell weiter, nah an Guerrini vorbei, ohne ihn anzusehen, und traf kurz darauf mit einem Mädchen zusammen, umarmte und küsste sie.

Nach zwanzig Minuten kehrte Guerrini zu dem pinkfarbenen Telefon zurück und wählte erneut die Nummer. Diesmal meldete sich die andere Seite sofort.

«*Pronto!*»

«*Buona sera! Voliamo!*», sagte Guerrini und kam sich albern vor.

«*Voliamo uccellini, voliamo!*», antwortete eine Stimme, die Guerrini nicht eindeutig als männlich oder weiblich einordnen konnte. «Ich habe Sie beobachtet, falls Sie sich gefragt haben, wo ich denn stecke. Sie haben es wahrscheinlich gespürt, nehme ich an. Jedenfalls sahen Sie so aus, als spürten Sie es. Wissen Sie, ich muss sicher sein, dass es sich um keinen Trick handelt. Der kleine Flavio ist wahrscheinlich auf so einen üblen Trick hereingefallen – war nie besonders vorsichtig, der Bursche, obwohl wir es ihm immer geraten haben. Aber da sieht man, was dabei herauskommt. Ich jedenfalls bin sehr vorsichtig, deshalb beobachte ich die junge Dame seit diesem bedauerlichen Zwischenfall. Ich bin mir auch nicht sicher, ob wir die Vögelchen fliegen lassen können.»

Guerrini überlegte kurz, was er diesem Wortschwall entgegensetzen konnte. Der andere sah ihn offensichtlich, wollte ihn hinhalten.

«Die Vögelchen müssen fliegen!», sagte er endlich mit entschlossener Stimme. «Ombrellone hat gesagt, dass es eilt, weil sonst die Geschäfte zusammenbrechen! Er hat uns alles gegeben, was zum Fliegen nötig ist!»

«Nicht alles, es fehlen die Flügelchen!», kicherte die Stimme. «Vielleicht finde ich sie, die Flügelchen, dann gebe ich sie per E-Mail durch. Gehen Sie zu der hübschen Contessa zurück und schauen Sie in einer Stunde in Flavios PC nach. Es ist wirklich nett von Ihnen, dass Sie der jungen Dame in dieser schwierigen Situation helfen. Frauen sind dann immer so verzweifelt und können nicht mehr klar denken. Ich kenne das von meiner Familie – wir hatten viele tragische Verluste in den letzten Jahren! *Buona sera!*»

Langsam legte Guerrini das Telefon ab und schaute sich

um. Außer den Polizisten und ein paar Bahnreisenden war niemand zu sehen.

Ein seltsamer Mensch, dachte Guerrini. Entweder macht er sich einen Spaß daraus, mich zu verwirren, oder er ist irgendwie verrückt. Auf dem Rückweg zu Donatella kaufte er zwei Pizzen, weil sein Magen laut knurrte, doch er fühlte sich beunruhigt, fragte sich, ob er und Laura diesem Gegner gewachsen sein würden.

«Luca kommt nicht zum Abendessen!», sagte Sofia. «Hat gerade angerufen! Er ist bei den Eltern seiner Freundin eingeladen!»

«Aha!» Laura streifte ihren Mantel ab und hängte ihn an die Garderobe. «Tut mir Leid, Sofi. Ich wollte nicht so spät kommen.»

«Es ist doch gar nicht spät! Gerade mal sieben – meistens kommst du noch viel später! Ich hab meine Hausaufgaben schon fertig … kann ich bitte die Serie im Fernsehen zu Ende sehen? War gerade ziemlich spannend!»

«Was ist es denn?»

«Irgendwas mit Liebe! Du findest es sicher blöd! Aber mir gefällt's!» Sofia klang trotzig.

«Ist ja schon gut!» Laura warf ihrer Tochter einen prüfenden Blick zu. «Geh und schau deine Serie an. Vielleicht setz ich mich ein bisschen dazu. Ich mach mir nur schnell einen Tee.»

«Schau's dir besser nicht an.»

«So schlimm?»

«Naja, irgendwie schon. Aber in meiner Klasse sehen es alle.»

«Geh schon, sonst verpasst du die Hälfte!»

Sofia verschwand im Wohnzimmer, Laura ging in die Kü-

351

che, die ihr kalt vorkam, obwohl die Heizung hier genauso warm war wie in den anderen Räumen. Sie schaute sich
um, fühlte sich ein bisschen verloren. Dachte, welch enorme
Kraft es kostete, stets zu funktionieren, zum Beispiel jeden
Tag Mahlzeiten zu organisieren. Während das Wasser für ihren Tee heiß wurde, schnippelte sie Tomaten, Zucchini und
Pilze in eine flache Auflaufform, bedeckte das Gemüse mit
Mozzarellascheiben und schob es ins Bratrohr. Dann nahm
sie ihre Teetasse und schlich sich ins Wohnzimmer. Sofia
hockte mit gekreuzten Beinen auf dem Teppich, mehr im als
vor dem Fernseher. Leise ließ sich Laura auf dem Sofa nieder
und versuchte zu begreifen, was auf dem Bildschirm ablief:
eine angedeutete Bettszene zwischen zwei ziemlich jungen
Leuten, eine junge Frau riss die Tür auf – ihr freudig erwar-
tungsvolles Gesicht erstarrte zu einer entsetzten Maske. Auf-
gerissene Augen – dramatische Musik – Schlusstrailer.

Laura schaute auf die Uhr: kurz vor acht. Sofia ist gerade
zwölfeinhalb, dachte sie, und das hier scheint richtiger Mist
zu sein! Leise räusperte sie sich. Sofia fuhr herum.

«Du hast ja doch geschaut! Ich find das gemein! Kann man
denn in diesem Haus gar nichts für sich allein haben!»

«Starke Worte!», entgegnete Laura. «Natürlich kannst
du alles Mögliche für dich allein haben, Sofia. Ich weiß nur
nicht, ob es unbedingt eine Fernsehserie sein muss. Die wird
schließlich für alle ausgestrahlt!»

«Sei nicht so … so ironisch!»

«Entschuldige, ich will überhaupt nicht ironisch sein.
Erklär mir nur bitte eins: Hast du was von diesen Filmen?
Lernst du was? Ist es schön für dich?»

«Ja, es ist schön für mich! Und ich lern auch was! Übers
Leben nämlich!»

«Aus dem Fernsehen?»

«Klar!» Sofia sprang auf und lief aus dem Zimmer. Laura

trank nachdenklich ihren Tee. Im Fernsehen lief jetzt Werbung.

Sie ist eifersüchtig auf Luca, dachte Laura. Ihr Bruder hat seine erste Freundin, und sie merkt plötzlich, dass sie noch ein kleines Mädchen ist, das nicht mithalten kann. Ich muss an Weihnachten etwas Besonderes mit ihr unternehmen. Gemeinsam mit ihr reiten gehen. Irgendwo auf dem Land. Wie soll ich ihr bloß sagen, dass ich morgen nach Florenz fliege?

Plötzlich wünschte sich Laura ganz intensiv, dass Guerrini nicht anrufen möge, um zu sagen, dass der Transfer stattfinden würde. Vielleicht war es besser, gleich morgen alles an die Europol zu übergeben und die Sache zu vergessen. Sofia war wichtiger als diese verdammten Krähen im Nebel. Sollten sie sich doch gegenseitig die Augen aushacken!

Sie fand Sofia beim Tischdecken in der Küche. Mit dem Handrücken wischte sie Tränen von ihren Wangen, schniefte leise.

«Was ist denn, Sofi?» Laura streckte eine Hand nach ihrer Tochter aus. Da stürzte Sofia sich in die Arme ihrer Mutter und schluchzte los.

«Es ist … weil Luca nie mehr zu Hause ist und er sich so verändert hat … und Papa hab ich auch schon seit zwei Wochen nicht mehr gesehen, und du bist immer weg!»

Laura wiegte ihre Tochter hin und her wie ein Baby, streichelte und liebkoste sie tröstend.

«Das ist alles ganz schlimm, mein Mädchen», flüsterte sie. «Aber Luca ist eben in einem Alter, in dem man sich zum ersten Mal verliebt. Das wird bei dir nicht anders sein, Sofia. Nur dauert es eben noch ein bisschen, und das ist schwer auszuhalten, nicht wahr?»

Sofia nickte und wischte sich über die Augen.

«Weißt du was?», sagte Laura. «Wir essen jetzt ganz gemütlich miteinander, zünden Kerzen an, und dann überlegen wir gemeinsam, was wir an Weihnachten kochen. Schließlich werden wir eine ganze Menge Leute sein: Du, Luca, dein Vater, Großvater und ich. Dann haben wir sie außerdem alle zusammen!»

Laura rückte zwei Stühle nebeneinander, dann setzten sie sich und Sofia zündete drei Kerzen an, kuschelte sich endlich neben Laura und lehnte den Kopf an ihre Schulter. So schwiegen sie eine Weile, schauten den Kerzen zu, deren Flammen ein klein wenig flackerten, weil von der Balkontür her stets ein kleiner Luftzug wehte, den sie trotz aller Dichtungsversuche nie abstellen konnten. Der Auflauf im Herd begann zu duften, und endlich räkelte Sofia sich, schnupperte und fragte: «Was hast du denn so schnell zu essen gezaubert, Mama? Es riecht richtig gut!»

«Ganz einfach! Alles, was im Kühlschrank ist, aufschneiden, in eine Auflaufform geben und Käse drüber. Merk dir das für die Zukunft!»

Sofia schnitt eine Grimasse.

«Also, was kochen wir zu Weihnachten?»

«Irgendwas, das Großvater besonders gern mag!», antwortete Sofia. «Ich hab ihn nämlich sehr lieb!»

«Kaninchen oder Perlhuhn!», schlug Laura vor, und diesmal war sie es, die gegen Tränen kämpfte … weil Sofia so liebevoll um ihren Großvater besorgt war und überhaupt!

Angelo Guerrini rief zehn vor zwölf an. Aufrecht im Bett sitzend hatte Laura auf seine Nachricht gewartet. Kurz nachdem Sofia zu Bett gegangen war, hatte sie ihn erreicht, doch er wusste noch nicht, ob der Transfer auf den Weg kommen würde. Trotzdem alarmierte Laura ihren Ex-Mann Ronald und erklärte ihm, dass er am nächsten Morgen Sofia anrufen müsse, um sie zum Abendessen einzuladen oder sonst was mit ihr zu unternehmen. Laura hatte ein schlechtes Gewissen dabei, als würde sie die beiden zu ihren Gunsten manipulieren.

Ganz zuletzt hatte sie zugegeben, dass es zwei Gründe für ihren Anruf gab: einmal Sofias Sehnsucht nach ihrem Vater und zum zweiten den Flug nach Florenz.

«Gut!», hatte er gesagt. «Wenigstens bist du ehrlich! Ich werde Sofia von der Schule abholen und den Abend mit beiden Kindern verbringen.»

«Danke, Ronald … tut mir Leid, wenn ich manchmal eklig bin. Aber du reißt dir wirklich kein Bein …»

«Fang nicht wieder an, sonst überlege ich es mir noch anders!», unterbrach er sie.

Sie wollte heftig antworten, hielt sich mühsam zurück, weil sie seine Unterstützung brauchte, weil Sofia ihn brauchte und weil bald Weihnachten war. Bloß keine größeren Konflikte vor Weihnachten!

«Alles klar!», hatte sie zuletzt gesagt. «Du übernimmst morgen – ich bin weg! Aber nur für eine Nacht, hoffentlich! Ich werde es dir sagen, sobald ich es weiß. Dieser Fall ist sehr kompliziert und völlig unübersichtlich!»

«Wie immer!» Sie konnte hören, wie er sich eine Zigarette anzündete und tief inhalierte, meinte den Rauch durchs Telefon zu riechen.

«Ja, wie immer! Ich danke dir nochmal! Gute Nacht!»

Das war's. Trotzdem fühlte sie sich nicht wohl bei dem Gedanken, Sofia am Morgen mit ihrem Flug zu konfrontieren. Luca kam erst zwanzig nach zehn zurück, winkte freundlich und verschwand blitzschnell in seinem Zimmer. Laura ließ ihn in Ruhe, hatte keine Kraft für eine zweite Auseinandersetzung an diesem Abend. Außerdem schien es ihm gut zu gehen. Deshalb setzte sie sich in ihr Bett, sehr aufrecht, versuchte zu lesen und lauschte den dröhnenden Bassrhythmen, die durch die Wand aus Lucas Zimmer drangen. Mehrmals sackte ihr Kopf nach vorn oder zur Seite, jedes Mal schreckte sie wieder hoch, schaute auf die Uhr, stand auf und ging durchs Zimmer, flehte, dass Guerrini anrufen möge, damit sie ihrer Müdigkeit nachgeben konnte.

Als das Telefon endlich klingelte, war sie so benommen, dass sie erst nicht verstand, was er sagte.

«He, Laura!», sagte er. «Hast du geschlafen?»

«Nein, aber ich kämpfe so sehr mit dem Schlaf, dass ich gar nicht mehr sprechen kann!»

«Pass auf, ich mach's ganz kurz. Es sieht so aus, als würde es klappen. Die Damen werden morgen den Zug nach München nehmen. Den, der am späten Abend ankommt. Vielleicht kannst du deinen jungen Kommissar ab Innsbruck einsteigen lassen. Es wäre nicht schlecht, wenn du dein Aussehen ein bisschen verändern könntest. Ich habe nämlich etwas Interessantes herausgefunden, nachdem der Kontakt zustande kam und mir die Daten per E-Mail durchgegeben wurden. Vielleicht ist es Zufall, aber die Crew des Eurocity entspricht ziemlich genau der, die an Bord war, als diese Ana tot in München ankam.»

Laura tauchte aus der Benommenheit des Halbschlafs und schwang beide Beine aus dem Bett.

«Wie hast du das rausgekriegt?»

«Ach!», sagte Guerrini. «Das ist eine Frage von Beziehungen. Ich kenne zufällig eine Dame, die in der Zentrale der Bahn arbeitet.»

«Du bist erstaunlich!»

«Ja, in diesem Fall wirklich nicht übel!», erwiderte er. «Warum habt ihr mich deswegen nicht vorher gefragt? Stimmt übrigens deine Ankunftszeit noch?»

«Ja, zehn vor elf!»

«Ich werde da sein. Der Zug geht erst um zwei.»

«Und wenn sie dich beschatten?»

«Keine Angst, die werde ich abhängen!»

«Rambo?»

«Nein ... Guerrini!»

Sie lachten beide gleichzeitig los.

«Bitte bleiben Sie hier!», sagte Donatella, als Angelo Guerrini sein Handy in die Tasche steckte. «Ich kann nicht allein in dieser Wohnung bleiben, wenn ich weiß, dass die mich vielleicht beobachten.»

Guerrini stand unschlüssig auf dem gelben Teppich vor dem gelben Sofa, und ihm fiel erst jetzt auf, dass an der rechten Wand das Bild einer riesigen gelben Katze hing.

«Sie haben doch in den letzten Nächten auch allein hier geschlafen.»

«Nein!», sie schüttelte den Kopf. «Ich habe bei meinen Eltern geschlafen.»

«Ich glaube gar nicht, dass Sie beobachtet werden, Donatella. Im Augenblick haben die es vermutlich eher auf mich abgesehen, weil ich nicht ins Bild passe. Hat Rinaldo mit irgendjemandem über das Treffen mit mir und der deutschen Kommissarin gesprochen?»

«Nein, bestimmt nicht. Es war ihm so wichtig, dass diese Morde aufgeklärt werden. Und ich bin ganz sicher, dass er versucht hat, den Verbindungsmann zu treffen, der den Zugtransfer organisiert ... obwohl solche Treffen nicht vorgesehen sind. Manchmal kamen die mir alle wie große Kinder vor, die Mafia spielen. Mafia der Guten, natürlich!» Sie lachte bitter auf. «Setzen Sie sich doch, Commissario. Ich mache uns noch einen Kaffee.»

«Nein, danke! Keinen Kaffee – ich kann sonst nicht schlafen, und morgen sollten wir alle einen klaren Kopf haben.

Aber ein Glas Wasser hätte ich gern.» Er setzte sich vorsichtig auf das gelbe Sofa. Es fühlte sich weich und angenehm an.

Die junge Contessa nickte, ging in die Küche und kehrte mit einer Wasserflasche und zwei Gläsern zurück, füllte eines und reichte es Guerrini.

Langsam trank er ein paar Schlucke, lehnte sich dann zurück und ließ seinen Blick durch das edle Ambiente schweifen.

«Was mich interessieren würde, Donatella. Wer bezahlt das hier eigentlich? Eine solche Wohnung, beinahe im Zentrum von Florenz, ist sicher nicht billig.»

Sie senkte den Kopf, drehte das Glas in ihren Händen.

«Es ist meine Wohnung», antwortete sie leise. «Sie gehört meinem Vater, und er hat sie mir für die Dauer meines Studiums zur Verfügung gestellt.»

«Seit wann wohnt Rinaldo bei Ihnen?»

«Seit vier Monaten.»

«Wovon lebt er?»

«Er arbeitet ein paar Stunden in der Woche in einem Sozialprojekt für Arbeitslose und fährt außerdem Taxi. Er … hat nicht viel Geld, und manchmal macht es ihn wütend, wenn ich ihn in ein Restaurant einlade oder ihm etwas schenke, das er sich nicht leisten könnte.»

Guerrini stellte das Wasserglas sorgfältig neben den gelben Teppich auf den dunklen Parkettboden.

«Hatten Sie jemals den Eindruck, dass er Geld für seinen Einsatz in dieser Organisation bekommt?»

Sie zuckte die Achseln.

«Ich weiß nur, dass er die Kosten für diese schreckliche Wohnung erstattet bekommt, das hat er mal erzählt. Aber sonst glaube ich nicht, dass er Geld erhalten hat.»

«Na gut! Irgendwie beeindruckend, denn meine deutsche Kollegin und ich haben inzwischen Hinweise darauf, dass durchaus nicht alle in dieser ‹Mafia der Guten› so selbstlos handeln. Halten Sie es für möglich, dass man Rinaldo hinters Licht geführt hat? Dass sein Idealismus ausgenutzt wurde?»

Donatella zuckte die Achseln, schloss kurz die Augen. «Ich weiß es nicht! Ich weiß überhaupt nichts mehr. In letzter Zeit sind so seltsame Dinge geschehen.»

«Welche seltsamen Dinge?»

«Rinaldo hat mir einmal erzählt, dass er einem Freund helfen müsse, ein neues Leben zu beginnen. Eines, das nichts mit dem alten zu tun habe! Er war ganz aufgeregt bei diesem Gedanken. ‹Kannst du dir vorstellen, einen anderen Namen zu bekommen, in ein anderes Land zu gehen und alles zu vergessen, was du in der Vergangenheit gemacht hast? Es ist wie ein zweites Leben, nicht wahr?› Ich habe ihm damals gesagt, dass ich diese Vorstellung ganz schrecklich finde, dass Identität nur wachsen könne … aus der Familie, der Vergangenheit, den Erinnerungen.»

«Und was hat er gesagt?»

Sie zuckte die Achseln. «Er hat gelacht! Großbürgerliches Denken sei das, hat er gesagt! Alle die Frauen zum Beispiel, denen er zur Flucht verhelfe, würden so ein neues Leben ihrem alten tausendmal vorziehen.»

«Jaja, kann schon sein», murmelte Guerrini. «Die wechseln aber auch nur ihren Namen und schicken Geld in ihre Vergangenheit zurück, weil sie ihre Identität und ihre Familien eben nicht aufgeben! Haben Sie eine Ahnung, wen Rinaldo gemeint haben könnte?»

«Nein!» Sie presste die Lippen zusammen und rollte eine Locke ihres langen Haars mit dem Finger auf.

«Sicher nicht?»

«Nein!» Ihre Stimme war sehr klar und laut.

Vielleicht hat sie doch eine Ahnung, dachte Guerrini. Aber er war zu müde, um zu beharren. Sie lief ihm ja nicht davon, und vor dem Krankenzimmer des jungen Unbekannten in München saß ein Polizist – jedenfalls hatte Laura das gesagt. Und Rinaldo-Flavio würde vermutlich bald aus seinem künstlichen Koma aufwachen.

«Kann ich auf diesem wunderbaren gelben Sofa schlafen?», fragte Guerrini.

Donatella lächelte.

«Danke, Commissario. Ich werde Ihnen eine Decke holen!»

Guerrini war gerade eingeschlafen, jedenfalls kam es ihm so vor, als ihn dieser unangenehme Ton weckte, der nicht mehr aufhören wollte. Es dauerte eine Weile, ehe er begriff, dass es sich um sein Handy handelte und dass er auf dem gelben Sofa im gelben Zimmer der Contessa lag. Endlich fand er das kleine Telefon zwischen seinen Kleidern, drückte beinahe zufällig auf den richtigen Knopf, denn er wusste nicht, wo der Lichtschalter war.

«Pronto!», flüsterte er heiser. Seine Kehle war trocken.

«Angelo?»

«Wer ist da?»

«Dein Vater! Du solltest inzwischen meine Stimme kennen!»

«Entschuldige, ich habe geschlafen! Ist was passiert? Wie spät ist es überhaupt?»

«Drei Uhr!»

«Und warum rufst du mich um drei Uhr nachts an?»

«Weil mir etwas sehr Wichtiges eingefallen ist! So wichtig, dass die Uhrzeit wirklich keine Rolle spielt!»

«Aha!»

«Dir wird die Ironie gleich vergehen! Ich bin zwar alt, aber kein Trottel! Pass auf! Ich habe dir doch vom Enkel des alten

Conte Barelli erzählt. Als wir die Fasane gegessen haben, erinnerst du dich?»

«Jaja», murmelte Guerrini. «Ist das nicht der Enkel, der beim Segeln ertrunken ist?»

«Genau der! Aber ich glaube, er ist gar nicht ertrunken. Vor ein paar Tagen habe ich ein Foto in der Zeitung gesehen – von einem Typ mit Bart und langen Haaren. Der wurde irgendwo gefunden und weiß nicht, wer er ist. Stand jedenfalls unter dem Foto. Sieht aus wie ein Landstreicher, dachte ich. Dann hab ich die Zeitung weggelegt und die Sache vergessen. Aber irgendwas hat mich nicht in Ruhe gelassen. Und vorhin bin ich aufgewacht, aufgestanden, hab die Zeitung aus dem Stapel herausgesucht und das Bild nochmal angesehen. Und weißt du, was ich denke, Angelo?!»

«Was, Vater?»

«Du weißt es doch schon! Ich kenne dich! Mach dich nicht über mich lustig!»

«Ich mache mich nicht über dich lustig!»

«Na ja, lassen wir das! Jedenfalls denke ich, dass dieser Landstreicher der Enkel von Conte Barelli ist. Sein Name ist Vittorio Barelli – Conte Vittorio natürlich! Aber wie der von einem umgekippten Boot im Mittelmeer nach München kommt, ist mir wirklich ein Rätsel!»

«Ich habe eine gewisse Vorstellung davon, wie er das gemacht hat …», erwiderte Guerrini leise.

«Was?»

«Ach, nichts. Ich danke dir für deinen Anruf. Er war wirklich wichtig, Vater.»

«Sagte ich doch! Was willst du an Weihnachten essen? Ich habe meine Schwester und deinen Cousin Michele mit seiner Frau und seinen Kindern eingeladen, damit es nicht so eine traurige Angelegenheit wird. Weihnachten ohne Kinder ist deprimierend!»

Weihnachten, dachte Guerrini verwirrt. Nächste Woche ist ja Weihnachten. Michele und seine vier Kinder! Vater hat wirklich Nerven!

«Willst du wirklich für alle kochen?»

«Meine Schwester und Micheles Frau werden helfen … und du hoffentlich auch! Also, was essen wir?»

«Vater, es ist drei Uhr morgens! Ich weiß nicht, was ich in zehn Tagen essen will. Überrasch mich einfach! Und jetzt schlaf weiter!»

«Du bist unflexibel, Angelo! *Buona notte!*»

Guerrini ließ sich auf das gelbe Sofa zurückfallen und schaute zu den hohen Fenstern hinüber. Sie waren mit transparenten weißen Vorhängen bedeckt, deren weiche Falten herabflossen wie Wellen, durch die gelbes Licht schimmerte.

Einmal, dachte Guerrini. Einmal möchte ich Weihnachten ohne meinen Vater, meine Tante oder irgendein anderes Mitglied meiner Familie feiern. Am besten nicht feiern, sondern nur vorübergehen lassen – ganz still. Am Strand, auf einem Hügel. Allein. Höchstens mit Laura.

Er schloss die Augen. Die Sache mit der möglichen Identifizierung des Unbekannten in München hatte Zeit. Er vermutete, dass auch Donatella den jungen Mann kannte – vielleicht hatte sie das Bild in der Zeitung nicht gesehen …

ALS DAS FLUGZEUG zur Landung ansetzte, umfasste Laura mit ihren Händen die Armstützen, denn die Turbulenzen über Florenz waren heftig. Seltsam, dachte sie. Bis September hatte ich noch nie einen Fall, der mich zur Ermittlung nach Italien führte. Und jetzt ist es schon das zweite Mal innerhalb von drei Monaten, dass ich nach Florenz fliege. Obwohl sie inzwischen wirklich an der Aufklärung dieses Falls interessiert war, der ihr anfangs so abstrakt und entfremdet vorgekommen war, wünschte sie sich, einfach so in Florenz zu landen. Nicht als Hauptkommissarin, sondern nur als sie selbst, und sie wünschte sich, dass Angelo an einer Säule in der Ankunftshalle lehnen würde, wie im September, genauso verlegen und verwirrt, und dass alles noch einmal von vorn beginnen würde. Aber sie wusste, dass er sie als Commissario erwarten würde – mit Informationen, Plänen, Anweisungen, um diese schwierige Aktion zum Erfolg zu führen.

Sie hatte am Morgen ihr Attest an Kriminaloberrat Becker gefaxt und an die Personalabteilung. Hatte mit ihren Kindern gefrühstückt und so getan, als wäre die Anweisung, nach Florenz zu fliegen, mitten in der Nacht gekommen. Danach hatte sie mit Baumann telefoniert, der keine besonderen Vorkommnisse meldete. Von Dr. Petrovic war nichts zu sehen und zu hören. Laura ordnete weitere Überwachung an, packte ihren Rucksack – brauchte ja nicht viel, würde vielleicht schon um Mitternacht zurück sein. Ignorierte das Virus. Es war noch immer da, das spürte sie, verhielt sich aber im Augenblick unauffällig.

Trotz der Windböen setzte die Maschine erstaunlich sanft auf, Laura ließ die Armlehnen los und zog einen kleinen Spiegel aus der Außentasche ihres Rucksacks. Auf Angelos Anregung hin hatte sie ihr Aussehen verändert, die Haare hochgesteckt, sich stärker geschminkt, eine Brille mit getönten Gläsern aufgesetzt. Statt des langen eleganten Mantels trug sie eine pelzbesetzte Lederjacke, die Luca vor einem Jahr abgelegt hatte, einen schwarzen Rollkragenpullover, Jeans und bequeme Stiefel. Laura mochte sich nicht mit hochgesteckten Haaren. Sie fand, dass Hochfrisuren ihre Persönlichkeit beschädigten, weil sie auf unerfindliche Weise sofort ganz brav aussah.

Deshalb zog sie schnell noch ihre Lippen mit einem beinahe orangefarbenen Stift nach. Der junge Mann im Sitz neben ihr grinste und schaute verlegen weg.

Wahrscheinlich findet er, dass eine alte Kuh wie sie keinen orangefarbenen Lippenstift benutzen sollte, dachte Laura. Hat er ja auch Recht! Inzwischen war sie gespannt auf Angelos Reaktion … wieder eine Möglichkeit, ihn ein bisschen besser kennen zu lernen. Sie ließ den anderen Passagieren den Vortritt, verließ als eine der Letzten die Maschine, den Rucksack über der Schulter.

Als sie die Ankunftshalle betrat, lehnte Guerrini tatsächlich an einer Säule, und auch er trug eine dunkle Brille. Da er gerade nicht in ihre Richtung blickte, schlich Laura zur Seite und näherte sich seiner Säule von hinten.

«Nennen Sie mir Ihr Codewort, Commissario!», sagte sie leise und bemühte sich um ein heiseres Timbre.

«Sie brauchen sich keine Mühe zu geben, Signora. Ich habe die Uccellini längst gesehen, wollte Ihnen nur die Freude nicht verderben!» Er drehte sich halb zu ihr um, schob die dunkle Brille auf die Nasenspitze und lachte sie mit seinen Augen an. «Du siehst schrecklich aus, Laura! Wir werden keine Schwierigkeiten haben, dich in den Transfer einzuschleusen!»

«Und du siehst aus wie ein Mafioso. Weißt du eigentlich, welcher Satz im Italienischbuch meines Sohnes Luca steht? *Gli uomini con occhiali neri hanno l'anima nera.* Männer mit dunklen Brillen haben schwarze Seelen.»

«Purer Rassismus!», antwortete er und lachte. «Darf ich den Arm um dich legen, oder hast du wieder deinen Aufpasser mitgebracht? Davon abgesehen ist es die beste Tarnung, wenn ich den Arm um dich lege – am besten küssen wir uns, während wir durch die Halle zum Taxi gehen.»

«Der Lippenstift ist verdammt …»

Guerrini legte entschieden den Arm um sie und küsste sie, während er sie zum Ausgang führte. Draußen schob er sie blitzschnell in ein Taxi, sprang neben sie und sagte: «Schnell, fahren Sie!» Er drehte sich um und beobachtete den Ausgang des Flughafens, bis der hinter den anderen Autos verschwand. Endlich atmete er erleichtert auf und wandte sich Laura zu. «Ich hatte plötzlich das Gefühl, dass der Kerl mir doch gefolgt ist. Aber ich hab mich wohl getäuscht.»

«Welcher Kerl?»

«Ich war im Grunde den ganzen Tag damit beschäftigt, ihn abzuhängen. Dabei bin ich mir nicht mal sicher, ob mir tatsächlich jemand gefolgt ist. Es ist nur so, dass er mich heute schon fünfmal auf meinem Handy angerufen hat und ständig Warnungen loslässt: Trau dieser Contessa nicht! Sie hat Flavio auf dem Gewissen! Und dann hat er eine lange, komplizierte Geschichte erzählt. Beim letzten Anruf sagte er, dass ich bei den Transfer-Damen auf anständige Kleidung achten soll. Es sei nicht gut, wenn sie im Zug sofort als Nutten auffallen würden …»

«Warte mal!», unterbrach ihn Laura. «Sagtest du, dass er besonders viel redet?»

«Ja, ich hab ihn auch aufgenommen mit meinem klugen kleinen Apparat. Warte!» Guerrini nahm sein Handy, drückte ein paar Knöpfe. «Ich hoffe, es klappt. Diese verdammten Knöpfe werden immer kleiner, und ich bin sicher, dass ich so gut wie alles falsch mache. Jetzt!»

Es rauschte, knisterte, und dann hörten sie ganz leise eine ferne krächzende Stimme, die schnell und viel redete, doch verstehen konnte man kaum etwas.

«Bravo!», sagte Guerrini. «Es lebe die Technik!»

«Wohin soll ich eigentlich fahren?», meldete sich der Taxifahrer, als sie vor einer roten Ampel anhielten.

«Zunächst fahren Sie am besten so oft kreuz und quer, wie es nur geht, und dann lassen Sie uns in der Nähe des Bahnhofs aussteigen. Ich sage Ihnen noch Genaueres, wenn wir in die richtige Gegend kommen!», antwortet Guerrini.

Der Taxifahrer drehte sich um und musterte seine Fahrgäste mit gerunzelten Brauen. Sein Blick blieb besonders lange auf Guerrini ruhen, dann grinste er plötzlich, sagte: *«Bene!»* und fuhr wieder los.

«Du bist ganz voll Lippenstift!», lachte Laura.

«So ist das eben, wenn man im Transfer tätig ist!», erwiderte Guerrini ungerührt, zog ein Taschentuch aus seiner Jacke und wischte sich den Mund ab.

«Könntest du dieses geniale Beweismittel nochmal abspielen, bitte!»

Diesmal hielt Laura das Handy nahe an ihr Ohr. Die Stimme klang fremd, irgendwie unnatürlich. Nein, sie konnte diese Stimme nicht identifizieren.

«Klingt aber nicht unbedingt nach einem idealistischen Menschenfreund!», sagte sie, als sie Angelo das Telefon zurückgab.

«Nein, das ist er sicher nicht. Ich habe inzwischen den Eindruck, dass außer Flavio nur wenige Menschenfreunde an dieser Organisation beteiligt sind.» Guerrini sah auf seine Armbanduhr. «Pass auf! Der Zug nach München verlässt Florenz um zehn vor zwei. Jetzt ist es halb zwölf. Wir haben nicht viel Zeit. Ich habe die zwei Frauen heute Morgen aus ihrem Loch geholt, dreimal um Florenz gefahren und dann zu Donatella in die Wohnung gebracht. Die beiden sind ziemlich mit den Nerven runter, die Contessa auch. Sie wollte die Damen auf gar keinen Fall in ihrer Wohnung aufnehmen. Aber ich habe sie mehr oder weniger dazu gezwungen!»

Der Taxifahrer drehte den Kopf und lehnte sich leicht nach hinten, um besser hören zu können. Laura legte einen Finger an ihre Lippen.

«Sprich leiser, Angelo!», flüsterte sie, und laut sagte sie: «Können Sie nicht ein bisschen Musik machen? Wird schließlich eine lange Fahrt so kreuz und quer durch die Stadt!»

Widerwillig schaltete der Fahrer das Radio an, und Laura lächelte ihm im Rückspiegel zu.

«*Bene!*», nickte Guerrini. «Der Transfer – ich hasse dieses Wort inzwischen – soll folgendermaßen ablaufen: Ich werde die beiden Frauen zum Bahnhof bringen, sie zehn Minuten vor Ankunft des Zuges in der Mitte des Bahnsteigs genau unter dem Schild C abliefern und mich sofort zurückziehen. Also den Bahnhof wieder verlassen. Natürlich werde ich dann in den Zug einsteigen, aber mit anderen Klamotten. Ich denke, du hältst dich am besten in der Nähe der Frauen auf, stehst möglichst schon vor ihnen am Bahnsteig. Du kannst mir dann sagen, in welchem Wagen und Abteil ihr seid. Willst du eine Waffe?»

Laura schüttelte den Kopf.

«Diese Donatella … ist die in Ordnung?»

Guerrini nahm seine Sonnenbrille ab.

«Ich denke schon. Sie ist wohl nur durch Flavio in die Geschichte reingezogen worden. Tochter eines Florentiner Conte … zuerst habe ich es allerdings für möglich gehalten, dass sie ihrem Liebhaber das Messer in den Bauch gerammt hat.»

«Weshalb?»

«Sie ist sehr eifersüchtig auf die Transfer-Damen. Meint, dass sie ihren Liebsten an diese Frauen verloren hat …»

«Hatte er was mit denen?»

«Das ist sehr direkt, Laura.»

«Hatte er indirekt was mit ihnen?»

Guerrini lehnte sich zurück und lachte, zog sie an sich und flüsterte in ihr Ohr: «Ich bin froh, dass du da bist!»

«Ich auch!», sagte Laura. «Trotzdem will ich wissen, ob er was mit denen hatte.»

«Da ist etwas, das ich von dir gelernt habe … ein spezieller Blick in Menschen hinein … wenn man der eigenen Intuition freien Lauf lässt. Ich kann mir vorstellen, dass unser junger Menschenfreund die Angebote mancher Damen nicht ausgeschlagen hat. Sie mochten ihn. Er kümmerte sich, war freundlich, behandelte sie mit Respekt. Wetten, dass diese Clara ihn verwöhnen wollte! Und vielleicht konnte er nicht widerstehen … etwas auszuleben, das er mit seiner Contessa nicht ausleben konnte …» Er hob kurz den Blick, senkte ihn, als er Lauras prüfenden Augen begegnete, fürchtete sich vor einer Frage, die sie an ihn stellen könnte. Aber sie stellte die Frage nicht, sondern sagte nur: «Ja, so könnte es gewesen sein.»

«Übrigens, da ist noch etwas – eine Überraschung für dich, die du meinem Vater verdankst! Er ist der Meinung, dass er deinen Unbekannten mit der Amnesie erkannt hat. Der junge Mann müsste eigentlich im Mittelmeer ertrunken sein, da man sein leeres Segelboot gefunden hat. Aber mein Vater ist sicher, dass es sich bei dem Foto, das vor ein paar Tagen in den Zeitungen hier veröffentlicht wurde, um den Ertrunkenen handelt. Um den Conte Vittorio Barelli – Enkel des alten Conte Barelli, den mein Vater schon seit Jahrzehnten kennt!»

«Seltsam», murmelte sie. «So eine verrückte Geschichte hatte ich mir irgendwie vorgestellt. Jemand, der aus seinem alten Leben aussteigen will und schon gestorben ist. Er will sich gar nicht erinnern. Das hat mein Vater gesagt. Und ich glaube, es stimmt!»

«Willst du es melden?»

Laura schüttelte den Kopf.

«Das hat Zeit. Wenn ich ganz ehrlich bin, dann ist es mir unangenehm, seine Identität zu melden. Vielleicht ist es ein noch größerer Schock für ihn als der Verlust seines Gedächtnisses.»

«Noch eine Überraschung. Es könnte sein, dass unser Flavio dem jungen Conte bei seinem Ausstieg behilflich war. Na ja, diese Organisation der Menschenfreunde besorgt ja auch falsche Dokumente.»

«Nicht schlecht! Es sieht so aus, als könnten wir alle möglichen Fragen rund um diese verrückte Geschichte aufklären, nur das Wichtigste fehlt noch: der Mörder!»

Das Wort Mörder hatte der Taxifahrer offensichtlich verstanden, obwohl im Radio eine Nachrichtensprecherin gerade sehr laut und außerordentlich schnell redete. Er drehte sich halb um, sah erschrocken aus. Laura lächelte ihn freundlich an.

«Manchen Sie sich nichts draus!», sagte sie. «Wir sind Krimiautoren.»

«Ach sooo!» Er lachte ein bisschen zu laut, und Laura begegnete während der ganzen Fahrt immer wieder seinen forschenden Augen im Rückspiegel.

Zwanzig vor zwei setzte Laura Gottberg sich auf eine Bank im Abschnitt C des Bahnsteigs, an dem der Eurocity von Rom nach München erwartet wurde. Sie hatte ihr Make-up aufgefrischt, trug wieder die dunkle Brille, was nicht besonders auffiel, denn zum ersten Mal seit Tagen schien die Sonne. Die ungestümen Winde in der Höhe hatten die Wolken auseinander getrieben, verrückte Federgebilde aus ihnen gemacht, die über den Hügeln dahinsegelten, als hätten Riesenvögel sich geschüttelt.

Laura hatte mit Guerrini noch einmal alle Fakten durchgesprochen, und sie waren zu dem Ergebnis gekommen, dass die Organisation bei aller vorgeschobenen Professionalität ziemlich dilettantisch agierte und irgendwer in der Kette diese Schwäche für sich genutzt hatte.

Der schwarze Mann, den die Putzfrauen gesehen haben, dachte Laura. Sie rief sich die Schaffner Sergio Bertolucci und Fabio Castelli vor Augen, den Zugführer Antonio Kofler, den dünnen Kellner im Speisewagen. Einer von ihnen? Aber wo lag das Motiv? Angelos Worte über Flavio fielen ihr ein: Vielleicht konnte er etwas ausleben, das er mit seiner Contessa nicht ausleben konnte … aber keine der Frauen hatte kurz vor ihrem Tod sexuelle Kontakte gehabt. Jedenfalls stand das in den Autopsieberichten. Es musste etwas anderes sein. Was hatte der Südtiroler Lastwagenfahrer gesagt, der in Mantua einsaß? Dass die viel Geld für wenig Spaß verlangt hatte …

So komm ich nicht weiter, dachte Laura. Wo bleibt meine Intuition? Sie hatte wieder leichte Kopfschmerzen, das Virus war mit ihr nach Florenz geflogen, blockierte wahrscheinlich sogar ihre kriminalistischen Fähigkeiten.

Elf Minuten vor zwei. Am Beginn des Bahnsteigs tauchten zwei Frauen auf, die Trolleys hinter sich herzogen. Clara und Anita, so ordentlich angezogen, dass Laura lächeln musste. Vielleicht waren die langen Wollröcke trotzdem ein wenig zu eng, die Schlitze an den Seiten etwas zu hoch.

Jetzt waren sie da, schauten hinauf zu dem C, blieben stehen, nah beieinander, blickten sich unauffällig um. Laura hustete laut, zwinkerte Clara über den Rand ihrer Sonnenbrille zu, stand auf und begann auf und ab zu gehen, entfernte sich von den beiden Frauen, kehrte zurück, ging wieder. Tat, was wartende Fahrgäste tun ... studierte eine Anzeige, schaute auf die Uhr, spähte die Gleise entlang. Clara und Anita dagegen rührten sich nicht.

Allmählich füllte sich der Bahnsteig, Laura musste ihre Kreise enger um die beiden ziehen, doch niemand näherte sich, niemand sprach die Frauen an. Dann rollte der Zug in den Bahnhof, hielt mit kreischenden Bremsen. Der Speisewagen kam genau vor Clara und Anita zum Stehen. Laura setzte ihren Rucksack ab, tat, als suchte sie nach etwas. Die Türen des Zuges öffneten sich, die beiden Frauen blickten sich verwirrt um. Da erschien der Kellner in der offenen Tür, streckte seine Hand aus und rief: «*Ma che freddo!* Wie kalt es in Florenz ist! Kommen Sie rein, meine Damen. Sie können auch hier einsteigen. Warten Sie, ich helfe Ihnen mit den Koffern! Wenn Sie mir Ihre Fahrkarten zeigen, dann bringe ich Sie zu einem leeren Abteil, auch wenn Sie keine Reservierung haben! Es sind genügend Plätze frei! Niemand will heutzutage mit der Bahn fahren!»

Der redet auch viel, dachte Laura. Und er ist ganz sicher derjenige, der die beiden in Empfang nehmen soll!

Sie schnürte ihren Rucksack wieder zu, ging nahe an Clara vorbei und nickte ihr zu. Dann stieg sie in den Waggon hinter dem Speisewagen, stellte sich ans Fenster und beobachtete, wie der Kellner die Koffer der beiden Frauen in den Zug hob, ihnen die Hand reichte, damit sie mit ihren engen Röcken leichter die Stufen erklimmen konnten.

Laura wartete, bis sich die automatischen Türen schlossen und der Eurocity losfuhr. Dann öffnete sie mit einem Knopfdruck die Verbindungstür zum Speisewagen und schlenderte hinüber. Nur drei Tische waren besetzt, vom Kellner und den beiden Frauen war nichts zu sehen. Langsam ging Laura weiter, vorbei an der Küche, dem kleinen Tresen, an dem Getränke ausgegeben wurden, zum nächsten Waggon. Der Kellner stand mitten im Gang, hatte Clara und Anita offensichtlich gerade in einem Abteil untergebracht und redete immer noch intensiv auf die beiden ein. Als Laura näher trat, verstand sie Bruchstücke … «den Vorhang zuziehen, dann kommt niemand herein! Bester Trick, wenn man in Ruhe reisen will … Kaffee gleich nebenan, gutes Essen, gute Reise!» Er verbeugte sich rückwärts gehend, stieß gegen Laura, die schnell das Gesicht wegdrehte.

«*Scusa, Signora!*», murmelte er, und sie machten sich beide schmal, drückten sich aneinander vorbei und gingen in entgegengesetzten Richtungen weiter. Laura drehte sich nicht um. Er durfte sie nicht erkennen. Erst zwei Waggons weiter hielt sie an und blickte zurück. Niemand war ihr gefolgt. Der Zug war wirklich nicht überfüllt. Sie fand ein leeres Abteil für sich, zog ihr Handy aus dem Rucksack und drückte Guerrinis Nummer.

«Ja!», sagte er. «Ich bin im Zug, obwohl das ein reines Wunder ist. Um ein Haar hätte ich ihn verpasst!»

«Bravo!», erwiderte Laura. «Die beiden Zugvögel sitzen im Waggon nach dem Speisewagen, Plätze 72 bis 77. Haben ein ganzes Abteil für sich. In Empfang genommen hat sie der Speisewagenkellner!»

«Na, sieh einer an!»

«Ich werde versuchen, mich im Nebenabteil niederzulassen. Du kannst ja mal vorbeischauen …»

«Dann bis gleich!»

«*Ci vediamo!*»

Laura wartete noch ein wenig, ging dann langsam zurück Richtung Speisewagen, traf nur ein paar andere Reisende. Clara und Anita hatten die Vorhänge ihres Abteilfensters tatsächlich zugezogen, und Laura fragte sich, warum sie das taten. Aus Angst? War die Empfehlung des Kellners ein Befehl gewesen? Es war ja so einfach, den Frauen Angst zu machen ... und nach den Morden noch viel einfacher. Sie bewunderte Clara und Anita für ihren Mut, bei der Aufklärung dieser Morde zu helfen. Aber vielleicht war es gar kein Mut, vielleicht war es Verzweiflung, weil beide um ihre Zukunft fürchteten, diesen dünnen Traum, den die Organisation in ihnen geweckt hatte. Der Ehemann in England und das Luxusbordell in Schweden ...

Entschlossen zog sie die Tür des Nebenabteils auf. Ein alter Mann döste am Fenster, seine Frau saß ihm gegenüber und aß geröstete Kastanien aus einer Papiertüte. Sonst war niemand im Abteil. Laura sah die alte Frau fragend an, die nickte. Da setzte Laura sich so, dass sie den Gang und das Abteil der beiden Frauen sehen konnte, lehnte den Kopf gegen die Glasscheibe und tat so, als versuche sie zu schlafen.

Der Eurocity fuhr jetzt schneller, hatte Florenz längst hinter sich gelassen und schlängelte sich durch die engen Täler des Apennin. Bald würden die Tunnels beginnen, aber noch schien die Sonne auf eine Landschaft, die ganz leicht mit Schnee überzuckert war. Glitzernde Zypressen zogen am Fenster vorbei, Bauernhöfe, aus deren Kaminen steil der Rauch aufstieg. Dann wurde es dunkel, vier Minuten lang – Laura hatte auf die Uhr gesehen – und wieder hell, fünf Minuten lang, wieder dunkel – diesmal für sieben Minuten. Ein schummriges Licht ging jedes Mal an, wenn der Zug in einen Tunnel fuhr. Laura war hellwach. Noch immer kein Schaffner. Schon die halbe Strecke nach Bologna.

Ein Mann kam vom Speisewagen her durch den Gang, blieb vor dem Abteil der beiden Frauen stehen. Er trug eine Baseballmütze, einen langen Parka. Laura richtete sich auf.

Der Mann drehte sich zum Fenster und schaute auf die leicht verschneite Landschaft hinaus, drehte sich zu Laura, lüftete kurz seine Mütze.

Es war Guerrini. Erst jetzt erkannte sie ihn. Keine schlechte Verkleidung. Laura stand auf, trat auf den Gang und stellte sich neben ihn.

«*Bella, eh!*», sagte er heiser und wies mit dem Kinn auf das wilde Flusstal, dessen Steine von einer schimmernden Eisschicht überzogen waren.

«*Bella!*», antwortete sie.

«Ich setz mich in das Abteil auf der anderen Seite!», flüsterte er. «Dann haben wir sie in unserer Mitte!»

«Schnell, ehe der Schaffner uns zusammen sieht!» Laura drehte sich um und kehrte auf ihren Platz zurück. Guerrini blieb noch eine Minute lang am Fenster stehen, verschwand dann ebenfalls. Der alte Mann in Lauras Abteil schnarchte inzwischen mit offenem Mund. Seine Frau hatte sich in den Sitz zurückgelehnt und starrte ihn an.

Zwanzig Minuten vor Bologna erschien am Ende des Gangs der Schaffner. Der schwarze Mann, dachte Laura. Die dunkle Uniform im schummrigen Licht. Durchaus möglich. Jetzt war er bei Guerrinis Abteil, hielt sich nur kurz auf, ging weiter zum Abteil von Clara und Anita, trat einen Schritt zurück, schien die Vorhänge zu mustern, klopfte und zog beinahe gleichzeitig die Tür auf.

Laura tat so, als schliefe sie, denn er schaute nach links und rechts, ehe er in das Abteil trat und die Tür hinter sich zuzog. Laura wechselte in einen Sitz neben der alten Frau und presste ein Ohr an die Wand, hörte Stimmen, konnte aber nichts verstehen.

«Unbequem, nicht wahr!», sagte die alte Frau. «Dieses lange Sitzen!»

Laura nickte. Der Kopf des alten Mannes fiel nach vorn, ein paar Sekunden lang hörte er auf zu schnarchen, dann lehnte er sich wieder zurück, sein Mund klappte auf und er schnarchte weiter. Seine Frau starrte ihn an.

Laura sah auf die Uhr. Sechs Minuten war er jetzt drin, sieben. Und sie fuhren durch einen Tunnel, der endlos lang zu sein schien. Acht Minuten, neun. Laura wechselte wieder den Sitz, was machte er nur so lange? Wenn er nicht sofort aus dem Abteil herauskam, würde sie hineingehen! Ihr Herz klopfte schneller. Jetzt trat Guerrini auf den Gang, lehnte sich ans Fenster und zuckte die Achseln.

Jetzt, dachte Laura und sprang auf, hatte schon die Schiebetür aufgezogen, als der Schaffner aus dem Nebenabteil kam, auf die Uhr sah und lächelnd sagte:

«In acht Minuten sind wir in Bologna! Der Zug ist vollkommen pünktlich! Ich helfe Ihnen gern mit Ihrem Gepäck, falls es schwer sein sollte – aber bitte zeigen Sie mir doch noch Ihren Fahrschein, ehe Sie aussteigen, Signora. Waren Sie schon einmal in Bologna? Es ist eine wunderbare Stadt! Schöner als Rom oder Florenz – finde jedenfalls ich. Bologna ist meine Heimatstadt, müssen Sie wissen …» Sergio Bertolucci lächelte breit, und Laura dankte den Erbauern der Bahnstrecke für die vielen Tunnels und das Dämmerlicht. Sie beugte sich über ihren Rucksack und suchte nach dem Fahrschein, murmelte undeutlich auf Deutsch, dass sie Italienisch nicht verstehen könnte.

Er war zum Glück nicht sehr an ihr interessiert, sah irgendwie aufgelöst aus, die Backen hochrot, und Laura erinnerte sich, dass er eigentlich eher ein blasser Typ war. Er hatte das Gesicht eines Mannes nach einer schnellen sexuellen Begegnung, das war es!

«Sie sollten ein paar Tage in Bologna verbringen, Signora!», sagte er fröhlich, während er bereits das nächste Abteil kontrollierte. Das alte Paar hatte er kaum angesehen. «Eigentlich sollte man Zugfahrten bei jeder Station unterbrechen und sich die Gegend ansehen.» Er verschwand langsam am Ende des Ganges, immer weiter vor sich hinredend.

«Geh du nachsehen!», sagte Guerrini. «Ich pass auf, dass er nicht zurückkommt!»

Mit klopfendem Herzen schob Laura die Tür auf und teilte den Vorhang. Kalte Luft schlug ihr entgegen. Clara hatte das Fenster herabgezogen, hielt ihr Gesicht in den eisigen Fahrtwind. Anita kauerte mit geschlossenen Augen in einer Ecke, weißes Gesicht, ineinander geschlungene Hände.

Als Laura im Abteil stand, drehte Clara langsam ihr Gesicht aus dem Wind – nur ihr langes Haar flatterte noch. Ihre Augen waren ganz dunkel, schienen Laura kaum wahrzunehmen. Plötzlich drehte sie sich wieder um, hielt den Kopf aus dem Fenster und erbrach sich.

«Er hat gezwungen das Zeug zu schlucken!», flüsterte Anita. In ihren Augen lag eine so tiefe Hoffnungslosigkeit, dass Lauras Haut wehtat. Behutsam legte sie eine Hand auf Claras Schulter, suchte mit der andern ein Papiertaschentuch und gab es ihr, als der Würgreiz nachzulassen schien.

«Haben Sie Wasser dabei oder irgendwas zu trinken?», fragte sie Anita, die wieder verstummt war. Die junge Frau rappelte sich auf und reichte Laura eine Flasche Coca Cola.

«Spülen Sie sich den Mund damit aus, Clara, spucken Sie's aus dem Fenster. Und dann trinken Sie ein paar Schlucke. Das hilft gegen die Übelkeit!»

Clara nahm die Flasche, spülte, spuckte, spülte, erbrach sich wieder, sank endlich erschöpft auf einen Sitz.

«Er gesagt, dass wiederkommt. Nächstes Mal Anita dran! Das sein Fahrschein in Freiheit», sagte sie leise.

«Warum habt ihr nicht geschrien?» Laura kam sich hilflos vor und schuldig.

«Er gesagt uns umbringen, wenn schreien!»

«Ja, aber ihr wusstet doch, dass wir nebenan sind. Wir wären sofort gekommen, um euch zu helfen!»

Clara verzog das Gesicht. Würgte wieder.

«Noch nie jemand gekommen, wenn ich Hilfe gerufen! Ich nicht schreien, wenn sagt umbringen. Ich wissen, was passiert!»

«Clara – es tut mir so Leid. Ich kann mich nicht entschuldigen, weil es nichts hilft! Ich kann dir und Anita nur versprechen, dass dieses Schwein euch nichts mehr tun wird! Ich bleibe ab jetzt bei euch! Damit wird er nicht rechnen …»

«Wir sind eure Lockvögel, nicht wahr! Jeder benutzt uns für was anderes!» Etwas wie Hass lag in Claras Stimme.

Ja, dachte Laura, so ist es wohl. Jeder benutzt euch für was anderes. Aber ich kann euch eines versprechen: Ich werde alles tun, damit wenigstens ihr beide aus dieser Scheiße rauskommt!

Nichts rührte sich mehr. Der Eurocity durchquerte die Po-ebene, hielt in Verona, Rovereto, Trient, erreichte Bozen. Es war längst dunkel. Sie aßen Sandwiches, die Guerrini hereinreichte, tranken Wasser und Cola. Wenn eine aufs Klo musste, gingen sie stets zu dritt. Zweimal hatte der Schaffner Fabio Castelli ins Abteil geschaut, freundlich gelächelt und sich wieder zurückgezogen. Bertolucci war nicht zurückgekommen.

Laura hatte sich ganz in die Ecke neben der Schiebetür gedrückt, sodass man sie erst sehen konnte, wenn man im Abteil stand. Sie war sich nicht sicher, ob Castelli sie überhaupt bemerkt hatte, denn er war nie eingetreten, hatte nur durch den Schlitz zwischen den Vorhängen gespäht.

Sie waren sich näher gekommen, Laura und Clara. Und Laura hatte nach Flavio gefragt, nach den Regeln des Transfers.

«Er hat nie gefordert. Er ist großes Kind. Ich wollte ihn … ich! Vielleicht Dank für Freundlichkeit und Respekt. Er ist süß und wild … war fast wie Liebe.»

Arme Contessa, dachte Laura. Sie hatte doch das richtige Gefühl.

«Hast du auch?», fragte sie Anita.

Die schüttelte heftig den Kopf, und Clara antwortete an ihrer Stelle wie so oft.

«Anita nicht! Anita macht nix, wenn nicht muss!»

Der Zug hielt am Brenner, lange. Als Laura aus dem Fenster schaute, ging Bertolucci draußen vorbei, und sie flehte innerlich, das er nicht mit dem Gegenzug zurückfahren würde. Schneehaufen türmten sich am Rand des Bahnsteigs, aus einer offenen Waggontür flog ein Zigarettenstummel. Laura öffnete das Fenster und lehnte sich hinaus, sah den Schaffner weit vorn wieder einsteigen, dann setzte sich der Zug mit einem Ruck in Bewegung und rollte langsam bergab Richtung Innsbruck.

Hoffentlich wartet Baumann in Innsbruck, dachte Laura. Wir müssen Bertolucci jetzt nochmal die Gelegenheit geben in Aktion zu treten, dann haben wir ihn sicher. Falls er es noch in Österreich versucht, müssen wir ihn festhalten, bis wir über die deutsche Grenze sind.

«Clara», sagte sie leise, «ich werde euch beide jetzt allein lassen, aber ich schwöre, dass ich gemeinsam mit meinem Kollegen sofort kommen werde, sobald dieser Schaffner euer Abteil betritt!»

Anitas Augen weiteten sich, doch Clara nickte.

«Soll büßen, das Schwein! Wenn du nicht kommst, ich bringe um das Schwein!» Sie zog ein spitzes langes Messer aus der Seitentasche ihres Koffers und hielt es Laura hin. «Du wissen, dass Notwehr!»

«Gib mir das Messer, Clara! Du willst doch frei sein. Selbst bei Notwehr kommst du erst ins Gefängnis, und dann wirst du abgeschoben. So ist das!»

«Ich nicht geben Messer! Ich nicht warten ohne Waffe!» Clara steckte das Messer in den Koffer zurück.

«Aber er hat eine Pistole, Clara. Jedenfalls hatte er bisher eine! Was willst du mit einem Messer gegen seine Pistole erreichen?»

Clara warf den Kopf zurück, und ein schlaues Lächeln zuckte um ihre Mundwinkel. «Wenn was machen mit Anita, ich kommen von hinten!»

«Wenn das ein Richter hören würde, könnte man dir geplanten Mord in die Schuhe schieben!», erwiderte Laura. «Gib mir das Messer, Clara!»

Clara schüttelte energisch den Kopf.

«Kein Richter da! Du bist kein Richter, bist Frau! Und Frauen müssen halten zusammen! Denkst du, Richter findet schlimm, wenn Nutte wird gezwungen zum Sex? Richter wird lachen!»

«Hör mal, Clara, wir haben jetzt keine Zeit, solche Dinge zu diskutieren. Ich verspreche dir, dass wir auf dich und Anita aufpassen, aber gib mir bitte das Messer!»

Der Zug legte sich in eine Kurve, Clara und Laura verloren das Gleichgewicht und taumelten durchs Abteil. Blitzschnell griff Laura in die Seitentasche des Koffers, zog das Messer heraus und steckte es in ihre Lederjacke. Anita sah es, stieß einen halb erstickten Laut aus, wagte aber nicht etwas zu sagen.

«Also, ich gehe jetzt!», sagte Laura. «In fünf Minuten sind wir in Innsbruck. Von hier aus ist es nur noch eine Stunde bis zur deutschen Grenze!»

«Eine Stunde!», flüsterte Anita, und es klang so angstvoll, als hätten sie noch eine Woche vor sich. Schnell verließ Laura das Abteil, stellte sich draußen auf dem Gang ans Fenster, während die Lichter von Innsbruck auftauchten und Mitreisende sich vor den Türen sammelten. Von den Schaffnern war nichts zu sehen. Als der Eurocity langsamer wurde, gab Laura Guerrini ein Zeichen, dass er die Bewachung der beiden Frauen übernehmen solle, und schlenderte in den Speisewagen hinüber. Nur ein einziger Tisch war besetzt, und noch immer hatte der dünne kleine Kellner Dienst. Er blickte nur kurz auf, als Laura an ihm vorüberging. Sie war sicher, dass er sie nicht erkannt hatte.

In der Nähe des nächsten Ausgangs blieb sie stehen, beobachtete, wie der Zug anhielt, Reisende ausstiegen, Koffer hinauswuchteten. Dann endlich war die Tür frei für Leute, die einsteigen wollten, und Laura atmete auf, als sie die vertraute Gestalt des jungen Kommissars erkannte, der sein Aussehen ebenfalls ein wenig verändert hatte: mit einer Hornbrille, die vermutlich nur aus der Fassung bestand, und sein Schnurrbart war verschwunden. Sie nickte ihm zu und ging vor ihm her bis zum übernächsten Wagen, fand ein leeres Abteil und hielt die Tür für ihn auf.

«Warum hast du dich denn nicht gemeldet?», fragte sie, als sie die Vorhänge zuzogen.

«Genau das wollte ich dich fragen. Ich hab dauernd versucht, dich zu erreichen. Aber es gab keine Verbindung! Der gewünschte Teilnehmer ist vorübergehend nicht erreichbar ...»

«Die Alpen!», erwiderte Laura. «Ich bin froh, dass du trotzdem hier bist! Wir müssen möglichst unauffällig vor dem Abteil der beiden Frauen herumhängen. Guerrini ist auch da – aber das weißt du ja. Ich möchte die Kerle – wer immer sie sind – erst nach der deutschen Grenze festnehmen.

Du weißt genau warum: Sonst gibt es ein grauenvolles Bürokratieproblem, und wir sind sowieso in Teufels Küche, weil wir inoffiziell unterwegs sind! Also, falls wir vorher zugreifen müssen, ist Kreativität angesagt!»

«Du hast Nerven!», sagte Baumann langsam. «Und wie stellst du dir diese Kreativität vor?»

«Sperr den Kerl ein, schmeiß einen Mantel drüber, versteck ihn im Klo, setz dich drauf … was immer dir einfällt!»

«Schon verstanden … hast du eine Ahnung, wo wir in diesem Fall rechtlich stehen?»

«Ja! Kurz vor der Suspendierung, aber ich glaube, das Risiko lohnt sich!»

Als sich der Eurocity wieder in Bewegung setzte, begaben sie sich auf ihre Plätze. Baumann lümmelte nicht weit vom Abteil der beiden Frauen am Fenster herum, rauchte sogar. Guerrini steckte in kurzen Abständen seinen Kopf aus dem Nebenabteil, machte sich hin und wieder auf eine kurze Wanderschaft durch den Gang. Es tat sich nichts. Niemand versuchte in Claras und Anitas Abteil einzudringen. Keiner der Schaffner ließ sich blicken. Nur noch zwanzig Minuten bis Kufstein.

Laura trank im Speisewagen einen Orangensaft, machte sich dann auf die Suche nach Bertolucci und Castelli. Der dünne Kellner verbeugte sich überhöflich, als sie aufstand, und Laura sah nicht, dass er in die Bordküche ging und sein Handy aus der Hosentasche zog.

Langsam wanderte sie durch die Wagen der ersten Klasse, wunderte sich ein wenig, dass die meisten Abteile leer waren. Wie verloren lehnten zwei, drei Reisende in den Polstern, schienen zu schlafen. Nur einer arbeitete an seinem Laptop. Nach ihm kam niemand mehr. Der Eurocity raste durch die Nacht, die automatischen Türen öffneten und schlossen sich, und Laura empfand plötzlich ein unbestimmtes Gefühl der Bedrohung. Sie hatte das vordere Ende des Zuges erreicht, befand sich in einem vollkommen leeren Wagen, wollte gerade zurückgehen, als sie in dem unbeleuchteten Abteil neben sich eine Bewegung wahrnahm. Instinktiv ging sie schneller, versuchte in die Nähe der anderen Reisenden zu gelangen, doch dazu musste sie den nächsten Wagen erreichen. Im gleichen Augenblick wusste sie, dass sie es nicht schaffen würde, und drehte sich um. Die dunkle Gestalt hinter ihr verharrte ebenfalls.

Der schwarze Mann, dachte Laura, und ihr fiel Rosl Meier ein. Der schwarze Mann trug einen dunklen Overall und eine Maske. In seiner Hand lag ein sehr kleiner Revolver mit Schalldämpfer.

«Geh da rein!», sagte der schwarze Mann undeutlich und zeigte auf ein leeres Abteil. Er sprach Italienisch, doch das begriff Laura erst später.

«Nein!», sagte sie.

«Du gehst da rein!» Seine Stimme war sehr leise. Er machte einen Schritt auf sie zu und richtete die Waffe auf sie. «Geh da rein, ich will wissen, wer dich geschickt hat! War's Ombrellone oder die Tussi in München?»

Laura versuchte ruhig zu atmen und klar zu denken, drängte die Panik zurück, die in ihr aufstieg. Was hatte er gesagt? Er wollte wissen, wer sie geschickt hatte? Das bedeutete, dass er sie nicht erkannte. Sie durfte auf keinen Fall in das Abteil gehen, musste ihn hinhalten.

«Was wollen Sie von mir?», stieß sie heiser hervor. «Mich hat niemand geschickt … ich, ich wollte mir nur die Beine vertreten!»

«Halt den Mund und erzähl mir nicht solchen Mist! Wir beobachten dich schon seit Florenz! Hat Ombrellone gesagt, dass du auf die Vögelchen aufpassen sollst?» Er kam näher.

«Wer?», fragte Laura und bewegte sich vorsichtig rückwärts in Richtung auf die automatische Tür zum nächsten Wagen.

«Bleib stehen! Wenn du nicht stehen bleibst, schieße ich. Es geht ganz schnell, ein wunderbares Ding, so eine Pistole mit Schalldämpfer. Man weiß gar nicht, was passiert! Es macht gar keinen Lärm! Nur ist plötzlich jemand tot!»

«Okay! Ich bleib schon stehen. Ombrellone hat mich geschickt, und ich kann dir nur sagen, dass er sehr wütend auf dich ist. An deiner Stelle würde ich ganz schnell verschwinden und nie mehr in die Nähe von ihm kommen, sonst gibt's dich nicht mehr!» Laura ließ ihn nicht aus den Augen, nahm jede winzige Bewegung wahr, sah gleichzeitig die Tote im Eurocity vor sich, ihren ungläubig erschrockenen Gesichtsausdruck.

«Du willst mir drohen, du kleine Nutte? Ombrellone kann dir nicht helfen! Rein da, mach schnell, sonst knallt's!» Er war nur noch einen Schritt entfernt.

Jetzt, dachte Laura, und dann bewegte sie sich beinahe unbewusst, trat gegen sein Schienbein, schlug seinen Arm nach oben, rammte ihr Knie in seine empfindlichsten Teile. Er schoss tatsächlich, irgendwohin, begann ebenfalls zu treten und zu schlagen, griff nach ihr, hatte offensichtlich seine Waffe verloren, versuchte sie zu würgen, packte ihr Haar, riss ihren Kopf nach hinten. Dann war plötzlich noch etwas anderes über ihnen, wie eine Druckwelle aus dem Nirgendwo, unterbrach ihren Kampf mit wenigen Schlägen, und Laura kauerte sich am Boden zusammen, begriff nicht, was geschah, spürte nur, dass sie etwas in der Hand hielt.

Starrte auf ihre Hand.

Sah Claras Messer.

Starrte es an.

Stille.

Laura sah den schwarzen Mann am Boden. Er rührte sich nicht. Die Maske war von seinem Gesicht gerutscht. Blut lief über das blasse Gesicht des Schaffners Bertolucci.

Eine Hand berührte ihre Schulter, zog sie hoch, strich ihr Haar zurück. Laura lehnte sich an Guerrini, und Zittern lief durch ihren Körper.

«Halt dich fest», sagte er leise.

Es dauerte einige Minuten, ehe Laura sich wieder halbwegs gefasst hatte.

«Meinst du, dass ich» ihn umgebracht habe?», flüsterte sie heiser und hielt Angelo Guerrini das Messer hin.

«Porca miseria!», fluchte er, ließ Laura los und beugte sich über den Gestürzten. Sorgfältig untersuchte er ihn, fühlte den Puls, dann richtete er sich wieder auf.

«Ich kann keine Stichwunde finden. Er blutet nur an der Lippe, und den Riss hat er von mir. Sein Puls geht regelmäßig. Wo hast du denn das Messer her, Laura?»

Sie hielt es noch immer in der Hand, ließ es jetzt fallen, hob es schnell wieder auf, steckte es in ihre Jackentasche zurück.

«Was machst du denn da?»

«Ich weiß es nicht!», flüsterte sie. «Ich habe überhaupt nicht gemerkt, dass ich es in der Hand hielt. Ich hätte ihn erstechen können, Angelo! Ich hätte ihn umbringen können, ohne es wirklich zu merken! Ich hatte plötzlich so eine Wut auf dieses Schwein, so eine eiskalte Wut. Ich kenne ihn, Angelo! Ich habe lange mit ihm gesprochen, sogar ein Bier mit ihm getrunken …»

Guerrini sagte nichts, sah sie nur ruhig an.

«Das Messer habe ich Clara abgenommen, weil sie damit drohte ihn umzubringen, falls er nochmal auftaucht. Ist das nicht verrückt? Ihr nehme ich das Messer ab und benutze es dann selbst!»

«Du hast es nicht benutzt, Laura!», entgegnete Guerrini.

«Aber das ist reiner Zufall, Angelo! Ich hatte so eine Wut, dass ich ihn umbringen wollte. Es hätte mir in diesem Augenblick nichts ausgemacht, verstehst du?»

«Aber du musstest dich doch wehren! Er hatte eine Pistole!» Guerrini stieß die kleine Waffe mit dem Fuß an.

«Es war trotzdem etwas anderes dabei, nicht nur Notwehr … ich kann es nicht genau beschreiben!»

«Lass es einfach!» Guerrini legte eine Hand auf ihre Schulter. «Hilf mir lieber, diesen Kerl in das leere Abteil hier zu schaffen. Ich denke, dass dein Kollege ebenfalls unsere Hilfe braucht!»

Laura versuchte sich zu konzentrieren. Wo befanden sie sich überhaupt? Noch in Österreich oder bereits in Deutschland?

«Waren wir schon in Kufstein?»

Guerrini sah auf seine Armbanduhr.

«In genau sechs Minuten werden wir dort sein.»

«Schnell! Wir setzen ihn ans Fenster und machen ihn mit Handschellen fest. Ich hab welche in der Tasche!»

«Ich auch!», grinste Guerrini.

«Wieso denn?», fragte Laura irritiert.

«Diese Gegenstände sind manchmal ganz nützlich!», entgegnete er, froh darüber, dass sie ihren Schock überwunden zu haben schien.

«Wir müssen ihm den Overall ausziehen, dann haben wir eine Chance, dass die Grenzschutzbeamten ihn gar nicht beachten, weil er eine Schaffner-Uniform anhat. Aber mach schnell! Sie steigen in Kufstein ein!»

Sie schleppten Bertolucci in das leere Abteil erster Klasse, streiften ihm mühsam den Overall ab, setzten ihn ans Fenster und lehnten ihn so an, dass es aussah, als schaue er hinaus. Guerrini tupfte das Blut von Bertoluccis Gesicht, fesselte ihn mit Handschellen an die Armstütze des Sitzes. Laura verstaute unterdessen die kleine Pistole in einem Plastiksäckchen und schob sie in ihre linke Jackentasche. In der rechten steckte noch immer Claras Messer. Als Guerrini zu ihr auf den Gang trat, versuchte sie ein Lächeln, sagte: «*Grazie!*»

«*È stato un piacere per me!*», antwortete er.

«Sei nicht so verdammt wunderbar und höflich!» Sie drehte sich um und lief zur automatischen Tür, wusste selbst nicht, warum sie es in genau diesem Augenblick nicht aushielt, dass er so wunderbar und höflich war!

Zum Glück trennten nur drei Wagen der ersten Klasse sie vom Speisewagen. Gleich dahinter lag das Abteil der beiden Frauen. Als sie durch den Speisewagen stolperten – der Zug bremste gerade im Bahnhof Kufstein –, fiel Laura auf, dass der Kellner nicht da war. Am Tresen stand ein junger Mann, den sie noch nie gesehen hatte.

«Können Sie mir sagen, wo ich Ihren Kollegen finde? Den kleinen, mageren Mann …»

«Sie meinen Alberto! Der ist vor zehn Minuten verschwunden. Wird sicher gleich wiederkommen. Allein schaffe ich das hier nicht, wissen Sie. Er hat mich noch nie im Stich gelassen. Wo soll er denn auch hin? Aus dem Fenster springen?» Der junge Mann lachte laut.

Laura und Guerrini eilten weiter. Der Eurocity stand jetzt im Bahnhof von Kufstein. Nur wenige Reisende stiegen aus, und der Gang vor Claras und Anitas Abteil war leer. Keine Spur von Baumann, vom Kellner Alberto oder dem zweiten Schaffner. Die Vorhänge vor dem Abteil der beiden Frauen waren noch immer zugezogen.

«Wir müssen rein!», sagte Guerrini. Diesmal nahm er seine Dienstwaffe aus dem Schulterhalfter, stellte sich seitlich an die Schiebetür, nickte Laura zu, riss die Tür auf und teilte die Vorhänge. Ein seltsamer Anblick bot sich ihnen. Auf der linken Seite saßen Clara, Anita und Kommissar Baumann – er mit seiner Waffe im Anschlag – auf der rechten Schaffner Fabio Castelli und der magere kleine Kellner mit der gelblichen Gesichtshaut und dem dünnen Schnurrbart.

«Da seid ihr ja endlich!», sagte Baumann. «Ich dachte schon, dass ich bis München so sitzen bleiben muss!»

«Was machen die denn alle in diesem Abteil?», fragte Laura.

«Na ja», erwiderte Baumann langsam. «Die wollten sich bedienen lassen, aber die Damen hatten was dagegen!»

Clara und Anita bekreuzigten sich beinahe gleichzeitig.

Die Grenzschutzbeamten kamen erst auf der deutschen Seite. Und Laura konnte es kaum fassen, dass sie es geschafft hatten. Jetzt ging alles seinen Gang: Sie und Baumann zeigten ihre Dienstausweise, murmelten etwas von Schleierfahndung. Castelli und der Kellner Alberto Brioni wurden zu Bertolucci in die erste Klasse gebracht. Baumann und ein Kollege vom Grenzschutz blieben bei ihnen, während Laura und Guerrini sich um die beiden Frauen kümmerten.

Clara war außer sich, zitterte vor Wut! Doch gleichzeitig ging etwas Gebrochenes, tief Erschüttertes von ihr aus.

«Ich weiß jetzt, was passiert! Die haben mit Transfer-Frauen gemacht, was wollten! Hatten Privatpuff! Ohne Bezahlung! Und wer gesagt, geht zur Polizei oder sagen Verbindungsleuten, die haben umgebracht!» Sie schluckte, hatte Tränen in den Augen.

«Wir das kennen», murmelte sie. «Aber besonders schlimm, wenn glauben, dass in Sicherheit. Ist so … wie keine Hoffnung. Alles ganz kalt und fremd.»

«Ja», murmelte Laura, «kalt und fremd. Ich möchte mich bei dir entschuldigen, Clara. Ich hätte beinahe dein Messer benutzt – aus genau den gleichen Gründen wie du!»

Clara wischte sich die Tränen von den Wangen, tätschelte Lauras Arm.

«Ist doch klar!», sagte sie. «Du auch Frau! Du wissen wie ist – egal ob Polizist oder Nutte! Wie lange dauert Fahrt denn noch?!»

Laura sah auf die Uhr.

«Wir sind in einer Viertelstunde in München. Eigentlich müsste euch eine Frau namens Petrovic abholen, aber ich weiß nicht, ob das diesmal klappt.»

«Und was, wenn nicht?» Clara hatte noch nicht aufgegeben. «Ich nicht zurückgehen! Anita auch nicht! Kostet zu viel Kraft, Laura. Niemand hat so viel Kraft!»

«Wir werden eine Lösung finden, Clara. Ich werde wirklich alles tun, damit ihr nicht abgeschoben werdet. Ihr habt Visa für Deutschland, England und Schweden. Irgendwie werden wir das schon hinkriegen!» Als Laura aufsah, begegnete sie Guerrinis Blick. Er betrachtete sie mit leicht gerunzelter Stirn und einem ungläubigen Lächeln.

«Wie lange, glaubst du, wirst du deinen Job behalten?», fragte er leise.

«Wenn du mich nicht verrätst, hoffentlich noch ziemlich lange!»

Niemand erwartete Clara und Anita am Münchner Hauptbahnhof. Keine Spur von Dr. Natali Petrovic oder einer anderen Person. Dafür wurden Bertolucci, Castelli und der Kellner von acht Polizeibeamten in Empfang genommen. Kommissar Baumann hatte mit seinem Handy für diese Begrüßung gesorgt.

«Komm!», sagte Laura zu Guerrini. «Wir nehmen Clara und Anita auch mit ins Präsidium. Dann können sie keine Dummheiten machen!»

Die beiden Frauen wollten nicht in ein Polizeiauto einsteigen. Laura und Guerrini mussten sie mit sanfter Gewalt hineindrängen.

«Es geht um eure Sicherheit!», sagte Laura zum hundertsten Mal, doch die misstrauischen resignierten Augen der Frauen zeigten, dass sie niemandem mehr glaubten.

Im Präsidium sorgte Laura für Kaffee und belegte Brötchen, brachte die beiden im Besucherzimmer unter, das mit bequemen Sesseln und Grünpflanzen, Zeitschriften und Aschenbechern nicht ganz so ungemütlich war wie die übrigen Räume.

Allerdings stand ein junger Polizist vor der Tür, was Clara einen Schreckensschrei entlockte, als sie auf die Toilette gehen wollte.

Laura und Guerrini hörten diesen Schrei nicht, denn sie waren bereits auf dem Weg zu den Festgenommenen, ließen sich einen nach dem anderen vorführen. Entgegen seiner sonstigen Gewohnheit sagte Bertolucci nicht viel, hörte sich die Beschuldigungen an, starrte auf seine Schuhe oder den Boden, bat um eine Zigarette, betastete den verkrusteten Riss an seiner Unterlippe. Nur einmal widersprach er kurz, als Laura ihm vorwarf, eine der Frauen aus dem Zug gestoßen zu haben.

«Nein!», sagte er. «Sie ist gesprungen! Ich muss das wissen! Ich kann Dinge voraussehen, die geschehen sind!»

Alles andere hörte er sich einfach nur an; auf die Frage, warum er die beiden Frauen ermordet hätte, antwortete er nicht, sondern seufzte nur tief. Doch als Guerrini ihm ganz ruhig begründete, warum er Flavio-Rinaldo niedergestochen hatte, begann sein Gesicht zu zucken.

«Er hat Ihren Code gewusst und sich mit Ihnen verabredet, obwohl das nicht üblich war. Und ich nehme an, dass er Sie bedroht hat, Signor Bertolucci. Er hat Ihnen mit der Polizei gedroht, nicht wahr?»

Bertoluccis Gesicht war kalkweiß, doch kein Redestrom brach aus ihm hervor. Er senkte den Kopf und bat beinahe unterwürfig um einen Anwalt.

Die andern waren gesprächiger, wollten offensichtlich ihren Hals retten, schoben alle Schuld auf Bertolucci. Er war der große Organisator des Transfers. Sie nur seine Helfer, ganz unbedeutende natürlich.

«Hatten Sie Sex mit den Frauen, die nach Deutschland geschleust wurden?»

«Nun …», der kleine Kellner Alberto wand sich, wischte seine feuchten Handflächen an seinen Hosenbeinen ab, zupfte an dem schmalen Bärtchen.

«Nun?», fragte Guerrini drohend.

«Nun, ja … ein bisschen. Das war so ausgemacht … es war wirklich nichts dabei! Sex ist doch nicht strafbar, oder? Bertolucci hat gesagt, dass es ihre Fahrkarte in die Freiheit ist, wenn sie uns ein bisschen Spaß bereiten. Die meisten haben ja mitgemacht, waren sowieso alles Nutten, gab fast nie Schwierigkeiten … ich habe ihnen auch Kaffee gebracht und was zu essen. Sie hatten wirklich eine ganz bequeme Reise im eigenen Abteil – immer im eigenen Abteil!»

Laura steckte die rechte Hand in die Tasche ihrer Lederjacke, spürte wieder das Messer, umfasste es.

«Warum hat Bertolucci dann eine Frau erschossen und eine aus dem Zug geworfen?», fragte sie scharf.

Alberto Brioni zuckte zusammen.

«Nie, niemals hat er das getan! Das waren die andern! Die Menschenhändler, denen wir die Frauen entrissen hatten! Ja! So war es! Bertolucci hat es gesagt! Kerle in schwarzen Overalls mit Maske! Ich habe einen von ihnen gesehen, dachte schon, dass er mich umbringen will!»

«So!», sagte Laura. «Und warum haben Sie diese Aussage nicht bei Ihrer Vernehmung hier in München gemacht?»

Er biss sich auf die Unterlippe, sein Blick irrte verzweifelt durch den kleinen Raum.

«Weil die gefährlich sind, Signora Commissaria. Bertolucci hat gesagt, dass die jeden umbringen, wenn man auch nur ein winziges bisschen verrät!»

«Bertolucci dies, Bertolucci das!», warf Guerrini ein. «Soll ich Ihnen verraten, was Bertolucci heute Abend im Eurocity anhatte, als er die Commissaria überfiel? Er trug einen schwarzen Overall und eine schwarze Gesichtsmaske! Und er hatte eine Pistole mit Schalldämpfer in der Hand.»

Der Kellner schüttelte den Kopf.

«Nein», flüsterte er. «Nein!»

«Doch!», sagte Guerrini. «Castelli und Sie haben ihn gedeckt, weil er Sie in der Hand hatte. Es gibt kaum etwas Besseres, um andere Menschen zu erpressen, als verbotenen Sex, Signor Brioni! Das sollten Sie sich für die Zukunft unbedingt merken!»

Brioni schrumpfte, sagte fortan gar nichts mehr. Als er das Zimmer verlassen hatte, fragte Laura, ob Baumann nicht Castelli übernehmen könnte. Zusammen mit Commissario Guerrini, denn Castelli sprach Deutsch und Italienisch. Sie selbst wollte sich um Anita und Clara kümmern. Die beiden Männern wechselten einen ernsten Blick, nickten dann. Castelli wurde hereingeführt, als Laura hinausging. Er sah sie nicht an.

Langsam folgte sie dem langen Flur zum Lift, empfand den Boden als zu glatt und hart, ihre Knochen als zerbrechlich, schob diese Gedanken auf das Virus und das Leben als solches. Was wäre, wenn Bertolucci mehr Glück bei seinem Angriff auf sie gehabt hätte? Was, wenn sie zugestochen hätte? Sie hielt das Messer noch immer in ihrer rechten Hand.

Ich werde es aufbewahren, dachte sie. Es wird mich an meine eigene kalte Mordlust erinnern. Gut, solche Dinge zu wissen, bewahrt vor moralischer Arroganz. Aber ich werde der Madonna eine Kerze stiften, dafür, dass sie mich vor dieser Tat bewahrt hat.

Laura fuhr zwei Stockwerke höher und setzte sich in ihr Büro, ohne Licht, wie sie es häufig machte, versuchte die Ereignisse in ihrem Kopf zu sortieren. War Natali Petrovic aus dem Kreis der Verdächtigen ausgeschieden? Es sah so aus, als hätte sie wirklich Interesse an der Aufklärung der Morde gehabt. Und Pier Paolo? Wo passte der hin? Sie würde Bertolucci in den nächsten Tagen nach ihm befragen. Außerdem wusste sie nicht, was sie mit Anita und Clara machen sollte. Aber das weitaus größte Problem war Angelo Guerrini. Sie konnte ihn unmöglich mit nach Hause nehmen. Sie konnte ihn ebenso unmöglich in ein Hotelzimmer stecken. Aber sie wollte ihn mit nach Hause nehmen! Sie würde ihn mit nach Hause nehmen! Luca und Sofia schliefen sicher schon.

Gerade wollte Laura die Handynummer ihres Ex-Mannes wählen, um herauszufinden, ob er zu Hause auf sie wartete, da klingelte ihr Diensttelefon.

«Ja, Gottberg!»

«Ein Glück, dass ich Sie erwische, Frau Hauptkommissarin! Hier Polizeimeister Brenner. Ich bin der vom Rechts der Isar, vom Krankenhaus.»

«Ja … Sie passen auf den jungen Mann mit der Amnesie auf, nicht wahr?»

«Äh, ja, Frau Hauptkommissarin, eigentlich schon. Aber er ist weg!»

«Wer ist weg?»

«Der junge Mann mit der Amnesie!»

«Was?»

«Ich schwör's Ihnen, Frau Hauptkommissarin, ich bin nur mit dem Doktor weg, weil der meine Hilfe gebraucht hat. Es hat nicht einmal fünf Minuten gedauert. Seit drei Wochen sitz ich vor dieser blöden Tür, und nie ist was gewesen.» Seine Stimme klang verzweifelt.

«Und jetzt ist er weg?»

«Ja, weg! Spurlos verschwunden! Ich hab ihn überall g'sucht, der Doktor hat sogar geholfen und eine Schwester. Aber wir haben ihn nicht gefunden.»

«Wann ist das passiert, Brenner?»

«Vor einer halben Stunde, Frau Hauptkommissarin! Soll ich eine Fahndung rausgeben?»

«Nein, warten Sie, bis ich da bin. Ich werde so schnell wie möglich kommen. Wie ist übrigens der Name von dem Doktor, dem Sie geholfen haben?»

«Libermann, Doktor Libermann!»

«Ah so! Sagen Sie dem Doktor, dass er auf mich warten soll!»

«Jawohl, Frau Hauptkommissarin!»

Laura legte den Hörer weg und knipste das Licht an. Vor ihr auf dem Schreibtisch lag ein dicker Umschlag. «Frau Laura Gottberg – Persönlich» stand in großen Buchstaben drauf. Daneben klebte ein Zettel: Wurde sicherheitstechnisch überprüft.

Nett, dachte Laura. Wenigstens ist keine Bombe drin. Sie öffnete den Umschlag, ahnte bereits, wer ihn abgegeben hatte, begann zu lesen:

Verehrte Laura,

leider werden wir uns nicht mehr treffen. Ich habe mir Ihre Empfehlung zu Herzen genommen und bin umgezogen. Es war nicht leicht für mich, aber unter den gegebenen Umständen sicher die beste Lösung für alle. Ich bin sicher, dass Sie den Mörder der Frauen finden werden, und ich hoffe, dass ich ein wenig dabei helfen konnte. Wie Sie wahrscheinlich bald erfahren werden, bin ich nicht allein gereist. Ich habe einen mitgenommen, der ebenfalls einen neuen Anfang braucht, und es gibt auch Männer, die ich mag. Er ist so einer. Einer, der selbst als kleiner Mensch missbraucht wurde, von seinem eigenen Großvater. Wenn Sie die Frau sind, die ich in Ihnen vermute, werden Sie nicht nach uns suchen. Irgendwer segne Sie dafür.

Anbei die Transfer-Ziele von Clara und Anita und ihre Flug-tickets. Sehen Sie zu, dass die beiden nicht zurückgeschickt werden!

Dr. Natali Petrovic

PS: Wundern Sie sich nicht über Dr. Libermann. Männer sind im Allgemeinen ziemlich leicht erpressbar. Er war einer meiner besten Kunden!

Laura las den Brief dreimal, dann rief sie Polizeimeister Brenner an und sagte ihm, dass er nach Hause gehen könne, der Verdacht gegen den Amnesiepatienten hätte sich als unbegründet herausgestellt. Er hörte sich verblüfft an, was Laura durchaus verstehen konnte. Danach rief sie ihren Ex-Mann an und hörte erleichtert, dass er bereits bei sich zu Hause war, nachdem er mit den Kindern bis halb elf Karten gespielt hatte.

«Sie schlafen!», sagte er. «Zufrieden?»

«Ja!», antwortete Laura. «Danke!»

Es war kurz vor zwölf. Laura kehrte ins Vernehmungszimmer zurück, betrachtete die hohläugigen Männer, deren Bartstoppeln deutlich zu sprießen begonnen hatten.

«Hat Castelli was gesagt?», fragte sie.

«O ja!», erwiderte Baumann. «Er hat ausgesagt, dass Bertolucci ihn gezwungen hat, den Südtiroler Lastwagenfahrer zu beschuldigen. Er hat auch gesehen, wie Bertolucci den jungen Mann niederschlug und aus dem Zug warf, weil der offensichtlich die Tote entdeckt hatte. Castelli hat eine Frau und zwei Kinder. Seine Sexabenteuer haben ihn verdammt erpressbar gemacht!»

«Jaja!», murmelte Laura. «Da ist er nicht der Einzige! Hat er irgendwas gesagt, warum Bertolucci die Frauen umgebracht hat?»

«Das musst du den Commissario fragen, der hat mit ihm Italienisch geredet, aber das habe ich nicht verstanden!»

«Danke. Könntest du mir einen Gefallen tun, Peter?»

«Ich bin müde, Laura.»

«Ich auch.»

«Also was?»

«Würdest du bitte Clara und Anita in einem Hotel unterbringen. Ich sage ihnen vorher noch, dass ihre Flugtickets bereitliegen und sie übermorgen weiterreisen können. Das Hotel zahle ich!»

«Was? Das machst du? Obwohl die mit Sicherheit gefälschte Papiere haben?»

«Ja, das mache ich. Und es ist mir scheißegal, ob sie gefälschte Papiere haben!»

Eine Stunde später saß Angelo Guerrini in Lauras Küche und sah ihr zu, wie sie Bier in zwei gläserne Krüge goss. Die tief hängende Lampe beleuchtete einen Strauß gelber Tulpen und Mimosen, der schon ein bisschen verwelkt aussah. Es war warm und gemütlich, trotzdem kam er sich wie ein Eindringling vor.

Auf Zehenspitzen waren sie die vielen Treppenstufen heraufgeschlichen, und er meinte zu spüren, wie Laura stets die Luft anhielt, sobald sie ein Geräusch hörte. Sie wollte auf gar keinen Fall, dass er ihren Kindern begegnete – das hatte sie ihm im Taxi erklärt.

«Hast du denn nie Besuch von Kollegen oder Freunden?», hatte er zurückgefragt.

«Doch, aber du bist kein Kollege oder Freund!»

«Aber wir könnten doch so tun, als wäre ich einer!»

«Dann musst du im Wohnzimmer schlafen, aber ich will nicht, dass du im Wohnzimmer schläfst!»

«Nicht mal, nachdem du heute die mieseste Sorte von Männern erlebt hast?»

«Nein, nicht mal jetzt!»

Dann hatten sie miteinander gelacht, leise, und er hatte gedacht, dass sie einander vertraut und gleichzeitig fremd waren. Dachte es noch immer, mit dem Glaskrug in der Hand voll bayerischen Biers, das sie nur tranken, um nach diesem irrwitzigen Tag schlafen zu können. Und trotzdem fühlte er sich wie ein Eindringling, denn er war nur zufällig hier – nicht eingeladen, nicht wirklich erwünscht. Er sagte sich, dass es nur an Lauras Kindern lag, war sich aber nicht sicher, fürchtete sich plötzlich vor seiner inneren Wüste, die er so gut kannte.

Später lagen sie dicht nebeneinander in Lauras Bett, und er konnte nicht schlafen, spürte ihren Kopf an seiner Schulter, wie sie sich allmählich entspannte. Er dachte an Weihnachten mit seinem Vater und der Familie seines Vetters, dachte daran, wie verschieden ihre Leben waren – seines und das von Laura.

Draußen kreischten die Räder einer Straßenbahn auf den Schienen, fuhr ein Krankenwagen mit Martinshorn vorbei. Laura erwachte kurz, schlang die Arme um ihn und schlief schon wieder.

Er würde am Morgen mit dem ersten Zug nach Florenz zurückfahren. Noch hatten sie Venedig …

Irgendwie schaffte Laura es am nächsten Morgen aufzustehen, mit ihren Kindern zu frühstücken und so zu tun, als schliefe kein Mann in ihrem Bett gleich nebenan. Ihr fiel ein Stein vom Herzen, als die beiden um halb acht die Wohnung verließen. Sie brachte Angelo Tee ans Bett, empfand es aber beinahe als Schock, ihn in ihrem Bett liegen zu sehen. Betrachtete ihn, bis er die Augen aufschlug und sagte: «Du kannst ruhig herkommen! Ich bin schon seit einer halben Stunde wach!»

Da setzte sie sich neben ihn, sah ihm zu, wie er den Tee schlürfte, ließ ihre Finger über seine nackte Schulter und seinen Arm gleiten, begehrte ihn und kam sich gleichzeitig wieder feige vor, wie eine Verräterin. Dabei war er der Letzte, den sie verraten wollte.

Als er seinen Tee getrunken hatte, schob er sie sanft zur Seite und hob seine Kleider auf, um ins Bad zu gehen.

«Angelo …», begann Laura, doch er unterbrach sie.

«Ich kann dich hier nicht lieben!», sagte er. «Du willst es ja auch nicht wirklich. Es ist der falsche Ort, Laura!»

Als sein Zug nach Florenz abgefahren war, fürchtete sie sich vor den zwölf langen Tagen bis zu ihrem Wiedersehen in Venedig. Schlimmer noch, Venedig erschien ihr wie eine Illusion – weshalb sollte ihre Beziehung in Venedig anders sein als hier, weniger kompliziert? Aber dann schlugen zum Glück all die wichtigen Dinge des Lebens über ihr zusammen, und sie fand kaum Zeit sich zu fürchten. Gemeinsam mit Baumann brachte sie Clara und Anita dazu, ein Aussageprotokoll zu unterschreiben, und begleitete die beiden zum Flughafen. Als die beiden Frauen sicher in der Luft waren, umarmte sie ihren Kollegen. Als er sie fragend ansah, meinte sie trocken: «Das war ein Sieg gegen das System, verstehst du? Manchmal sind solche Siege wichtig!»

Nach ihrer Rückkehr ins Präsidium gab Laura Dr. Libermann zu verstehen, dass sie über ihn Bescheid wusste, erfand eine schlüssige Geschichte, um ihrem Chef zu erklären, warum sie die Tatverdächtigen im Zug aus Florenz festnehmen konnte, obwohl sie nie in Florenz war und angeblich krank im Bett lag.

Die Vernehmungen von Bertolucci erwiesen sich allerdings als sehr zäh. Der harmlos-geschwätzige Schaffner veränderte sich in diesen Tagen. Sein Gesicht fiel in sich zusammen, seine Augen schienen einzusinken, nicht mehr nach außen, sondern auf seltsame Weise nach innen zu blicken. Er sagte kaum etwas, und Laura war kurz davor aufzugeben. Doch eines Nachmittags, als Laura ihn wieder und immer wieder fragte, warum er die Frauen umgebracht hätte, begann er plötzlich zu sprechen. Anders als zuvor – stockend, langsam, in knappen Sätzen.

«Sie hatten keine Angst.»

«Keine Angst?»

«Keine Angst und keinen Respekt!»

«Vor Ihnen?»

Bertolucci starrte an Laura vorbei an die Wand.

«Ich verlange Respekt! Verstehen Sie? Respekt! Und Angst sollen sie haben, die verdorbenen Stücke!»

«Weshalb?»

«Weil sie es nicht wert sind!»

«Was wert sind?»

«Dass man so ein Theater um sie macht! Das sind keine anständigen Frauen!»

«Haben Sie deshalb Sex gefordert?»

«Nein, nein!» Er lachte plötzlich fast hysterisch. «Sie verstehen gar nichts, Commissaria! Überhaupt nichts! Ich habe ihnen nur ihren Platz auf der Welt gezeigt. Das war alles! Aber diese beiden! Diese beiden dachten, dass sie es sich erlauben könnten!»

«Was erlauben, Bertolucci?»

«Dachten, sie wären was Besseres. Haben mich beleidigt, ausgelacht! Die Erste wollte 500 Euro. ‹Zu teuer für dich, was?›, hat sie gelacht. Ist nicht gut, so zu lachen. Gar nicht gut!» Seine Augen waren stumpf, schauten wieder nur nach innen.

«Was glauben Sie, was passiert, wenn diese Nutten uns auslachen?» Er sprach plötzlich sehr laut.

«Was passiert dann, Bertolucci?», fragte Laura atemlos.

«Die machen, was sie wollen. Machen uns lächerlich. Lassen uns auf den Knien rutschen. Schlagen uns!»

Er ist verrückt, dachte Laura.

«Und die Frau, die Sie erschossen haben, was machte die?»

Bertolucci sank in sich zusammen und antwortete nicht.

«Was hat diese Frau gemacht? Ihr Name war übrigens Ana!»

«Melden wollte sie mich, melden! Diese kleine gerissene *puttana*. Mit diesem jungen Mann hat sie geredet! Diesem Spitzel! Den haben sie geschickt, damit er mich ausspioniert! Sie hat mich bei ihm verpfiffen, diese Hure! Aber so leicht geht das nicht, nicht mit Bertolucci!» Er kicherte. Es klang wie Schluckauf.

Danach verstummte er wieder, sah aber zufrieden aus. Laura schaltete das Aufnahmegerät ab und dachte, dass die Dinge sich an einem bestimmten Punkt einfach ineinander fügten. Wie selbstverständlich.

In den letzten Tagen vor Weihnachten schrieb sie endlose Protokolle, und dazwischen kaufte sie sogar Weihnachtsgeschenke ein. Sie trauerte mit ihrem Vater über das Verschwinden von Pier Paolo. Außerdem sorgte sie dafür, dass der Rangierarbeiter Stefan Brunner in der Lokalzeitung als Lebensretter gewürdigt wurde. Sie regte eine Überprüfung des deutschen Honorarkonsulats in Florenz an, telefonierte ab und zu mit Angelo Guerrini, aber nicht zu häufig, denn nach jedem Gespräch kroch Furcht in ihr Herz. Er hatte sich verändert seit der Nacht in München, klang distanzierter. Sie schickte ihm das Wüstenbuch und eine Tulpenzwiebel zu Weihnachten – per Express. Er revanchierte sich mit einem riesigen Kaktus, der am Heiligen Abend von einer Gärtnerei geliefert wurde und Laura um einen halben Kopf überragte. Auf der Karte stand: Ich liebe dich, Wüstenpflanze!

Luca und Sofia fanden den Kaktus phantastisch – wie in der Wüste von Arizona! Nur der alte Emilio Gottberg durchschaute die Bedeutung dieses Geschenks, sagte aber zum Glück nichts und freute sich über das gebratene Kaninchen und die Perlhühner. Lauras Ex-Mann hatte mit Luca Tiramisu zubereitet, und so wurde das Weihnachtsmahl ein voller Erfolg. Außer Lauras Vater bemerkte niemand ihre innere Abwesenheit.

«Wenn man erwachsen wird, muss man sich das Paradies selbst aufbauen!», sagte er leise, als sie in der Küche für ein paar Minuten allein waren. «Kein anderer kann es für dich tun, Laura!»

Sie legte ihre Wange an seine und drückte ihn.

«Mach dir um mich bloß keine Sorgen. Ich war schon drin im Paradies – mehr kann man in einem Leben wirklich nicht verlangen», lachte er leise.

VENEDIG war doch keine Illusion, obwohl es so aussah, als seine Kuppeln und Türme aus dem Nebel tauchten. Laura stand neben Angelo Guerrini am Bug des Motorboots, das sie vom Flughafen zur Stadt brachte. Es war kalt und feucht, ab und zu schwappte eine Welle zu ihnen herauf, überspülte ein paar Bänke, ließ blasigen Schaum auf dem Boden zurück. Sie waren die einzigen Passagiere des Vaporetto, die sich dem Sturm aussetzten. Alle andern drängten sich im Innern des Bootes, hinter beschlagenen Fensterscheiben. Das Wasser der Lagune war braun und gebärdete sich wie ein Ozean.

Laura genoss die wilde Seereise, stand ganz nah neben Angelo, hielt sich an der Reling fest, hatte zum ersten Mal seit Wochen wieder das Gefühl, sich selbst zu spüren, ganz da zu sein. Je näher die Mauern der Stadt kamen, desto stärker meinte sie, etwas Unbekanntes erobern zu müssen. Wann war sie zum ersten und einzigen Mal in Venedig gewesen? Mit ihren Eltern – vor mindestens zwanzig Jahren! Eine fremde Stadt lag vor ihr und Angelo.

An den Fondamente Nuove verließen sie das Boot, mit weichen Knien und leicht seekrank, gingen zu Fuß weiter, Lauras Trolley hinter sich herziehend, liefen einfach kreuz und quer durch schmale Gassen, über Brücken, folgten den Kanälen des Stadtteils Cannaregio, staunten über das Geschick der Bootsführer, über die Schönheit der Kirche Maria del Orto.

«Warte einen Augenblick!», bat Laura Guerrini und schlüpfte durch das Portal, wurde aber gleich von einer jungen Frau angehalten, die in einem Holzkasten mit Glasscheibe saß.

«Tut mir Leid!», sagte die junge Frau. «Sie müssen Eintritt bezahlen, wenn Sie die Kirche besichtigen wollen.»

«Aber ich will sie gar nicht besichtigen!», entgegnete Laura. «Ich will nur eine Kerze stiften und der Madonna danken. Kostet das auch etwas?»

Die junge Frau sah sie forschend an, lächelte dann und machte eine einladende Handbewegung. «Nein, das kostet nichts. Stellen Sie eine Kerze von mir dazu!»

«Das mach ich gern!»

Laura betrat das riesige dunkle Kirchenschiff, ging zu der hohen Madonnenstatue auf der rechten Seite. Marias Kopf war leicht geneigt und wurde von einem leuchtenden Sternenkranz eingefasst. Auf einem Metallgestell vor der Statue brannten fünf Kerzen. Laura stellte drei dazu und zündete sie sorgfältig an. Eine als Dank dafür, dass sie nicht zugestochen hatte, eine für Angelo und ihre Liebe und eine für die junge Frau an der Kasse. Sie verharrte einen Augenblick, spürte die wunderbare Stille dieses Raums, verneigte sich leicht vor der Madonna und warf zuletzt drei Euro in den Kassenschlitz. Dann lächelte sie der jungen Frau zu und kehrte zu Angelo zurück, der im Vorraum der Kirche wartete.

«Ich wusste gar nicht, dass du fromm bist!», sagte er.

«Unter gewissen Umständen bin ich sehr fromm!», antwortete sie.

«Ich liebe deine Antworten!», lachte er. «Du bist wie die Sphinx. Nie langweilig!» Danach waren sie einfach froh, allein zu sein und eine ganze Woche vor sich zu haben. Stundenlang liefen sie durch die Gassen, ließen die Stadt Venedig Nähe schaffen.

Irgendwann waren sie so durchgefroren, dass sie in einer kleinen Bar einkehrten und *vin brûlé* tranken. Der einzige

Gast außer ihnen war ein alter Mann mit einem winzigen Mischlingshund.

Der heiße Wein erzeugte ein wunderbares Gefühl von Leichtigkeit in Lauras Kopf. Sie sah Angelo zum ersten Mal in Venedig sehr bewusst an, er hielt ihrem Blick stand, und Laura versank irgendwie in seinen dunklen Augen oder im heißen Wein, erwartete hinter seinen Augen in einer anderen Welt aufzuwachen. Das laute Zischen der Kaffeemaschine holte sie zurück und das Jaulen des Hündchens, das um einen Keks bettelte.

«Findest du wirklich, dass ich ein Kaktus bin?», fragte sie.

Angelo nickte ernst. «Wüsten sind auch nicht besonders einladend!»

«Und was machen wir da?»

«Wir könnten es mit Bewässerung versuchen.»

Draußen fegte der Sturm zwischen den Häusern, stülpte Regenschirme um, brachte den Flug der Tauben und Möwen zum Schlingern. Laura und Guerrini blieben neben der Heizung in der kleinen Bar sitzen, schauten zu, wie sich der Raum füllte, als es langsam Abend wurde, horchten auf die Gespräche der Einheimischen, die über das Wetter schimpften, das drohende Hochwasser, die steigenden Preise und gleichzeitig darüber lachten, weil sie wussten, dass es noch nie anders gewesen war. Laura und Angelo lachten mit ihnen.

Erst als es schon dunkel war, gingen sie weiter, ein wenig betrunken, rochen das Meer und den Moder der feuchten Gemäuer. Lichterketten tupften zitternde Farben auf das schwarze Wasser der Kanäle und die glänzenden Steinplatten der Gassen. Im Judenviertel begegnete ihnen ein alter Rabbi mit weißem Bart wie eine Erscheinung aus einer anderen Welt.

«Bist du sicher, dass wir ein Hotel haben?», fragte Laura

auf der hohen Brücke über den Canale Cannaregio. Ein ununterbrochener Strom von Menschen überquerte die Brücke und füllte die breiten Straßen auf beiden Seiten des Kanals aus. Das Bild der Krähen im Nebel tauchte vor Lauras innerem Auge auf, und sie schüttelte den Kopf, um es zu verscheuchen.

«Wir sind gleich da!», sagte Guerrini neben ihr. «Ich habe eine Überraschung für dich.»

Kurz nach der Brücke bog er durch einen Torbogen in eine winzige Gasse ein, die von hohen Gebäuden eingefasst wurde. Das Hotel auf der rechten Seite hieß «Guerrini», und Laura lachte auf.

«Es ist nicht besonders luxuriös!», sagte Guerrini, «aber es passt genau zu uns – nicht nur wegen seines Namens!»

Über dem kleinen Foyer hing ein so überdimensionaler Kronleuchter, dass Laura unwillkürlich den Kopf einzog. Alle Räume des Hotels waren irgendwie zu klein, die Möbel und Lampen zu groß, aber es war ungeheuer gemütlich – eine Orgie aus rotem Samt und dem Geruch vergangener Jahrhunderte.

Ihr Zimmer lag im fünften Stock, war winzig. Neben dem großen Bett hatte kaum ihr Gepäck Platz. Aber sie fanden schnell heraus, dass sie vom Bett aus über die Stadt schauen konnten, die Kuppel einer Kirche zum Greifen nahe schien, viele Giebel und Dächer sich übereinander schoben. Still saßen sie auf der roten Samtdecke, sahen hinaus. Vielleicht, dachte Laura, vielleicht gibt es doch die Möglichkeit der Nähe. Behutsam fasste sie nach Guerrinis Hand, erzählte ihm vom alten Gottberg und seiner These, dass man sich, wenn man erwachsen ist, das Paradies selbst aufbauen müsse. Guerrini lächelte, zog sie an sich und ließ sich langsam mit ihr nach hinten sinken.

«Fangen wir doch gleich damit an!», flüsterte er.

Später am Abend wurden sie hungrig, zogen sich an und streiften in Cannaregio umher, den Düften folgend, die ab und zu durch die Gassen wehten. Feuchte Nebelschwaden krochen vom Meer her in die Kanäle, verschluckten Häuser und Kirchenkuppeln, erweckten in Laura und Angelo die Illusion, als bewegten sie sich unter einer tief hängenden Decke, als könnten sie sich die Köpfe stoßen.

«Wir werden uns verlaufen!», sagte Laura.

Sie blieben auf einer kleinen Brücke stehen, lauschten dem Glucksen des Wassers. Eine rote Lampe spiegelte sich verschwommen im Kanal. Irgendwo in der Ferne hupte leise ein Boot, vom Nebel erstickt. Dann war es wieder still, selbst das Glucksen hatte aufgehört.

«Wenn Venedig jetzt unterginge, würde es mich nicht erstaunen!», flüsterte Guerrini. «Es hätte sogar eine gewisse Selbstverständlichkeit. Im Augenblick habe ich das Gefühl, als existiere die Stadt nicht mehr. Wir könnten auch auf einer Wolke stehen, auf einem Boot oder einer Insel …»

Laura lachte leise.

«Das liegt an Venedig – es ist die unwirklichste Stadt, die ich kenne. Sensible Menschen sehen hier Dinge, die es gar nicht gibt. Ich hab irgendwo gelesen, dass der französische Philosoph Jean-Paul Sartre in Venedig von einer riesigen roten Languste verfolgt wurde … eine ganze Woche lang!»

Guerrini drehte sich um und schaute hinter sich.

«Was? … auch das würde mich jetzt nicht wundern … aber ich bin trotzdem froh, dass ich keine große rote Languste sehe.»

Er nahm Lauras Arm, zog sie weiter, die Stufen hinab und am Fondamento entlang auf ein paar bunte Lichter zu, die sich als Laternen über dem Eingang zu einer Osteria entpuppten. Als sie eintraten, nahm ihnen eine Mischung aus Fischsud und Knoblauch den Atem. Hinter der Kasse am

Ende einer langen Theke saß ein sehr alter Mann, der gebieterisch winkte und ihnen einen kleinen Tisch neben der offenen Küchentür zuwies.

«Gibt's noch was zu essen?», fragte Guerrini.

«*Ma certo!* Sicher doch! Wir kochen, bis niemand mehr kommt!» Der alte Mann bleckte große gelbliche Zähne und rief: «Alberto! *Dove sei?*»

Alberto war schon da, ein schmaler Mann mit langer Nase und straff zurückgekämmten Haaren, die von Pomade klebten. Er lächelte, verbeugte sich, stellte einen Brotkorb auf das Tischchen, reichte ihnen eine handgeschriebene Speisekarte. In der Küche zischte es, und als Laura sich umdrehte, sah sie wie zwei dunkelhäutige junge Männer Fleischstücke in eine riesige Pfanne warfen. Neben ihnen stand eine ältere Frau, ein weißes Häubchen auf den Haaren, die Hände in die Hüften gestemmt, und nickte: «*Sì, sì!* Genau so macht man das! Sehr gut, *bravi!*»

«Das ist Rosa!», erklärte der Kellner Alberto. «Sie ist meine Tante und eine wunderbare Köchin. Wir arbeiten alle zusammen ... eine große Familie!»

«Soso!», nickte Guerrini. «Gehören die beiden da drin auch zur Familie?»

«Aber natürlich, Signore!» Alberto runzelte leicht die Stirn und musterte Guerrini prüfend.

«Das ist schön. Ich hoffe, ihr behandelt sie gut ... Was gibt's denn zu essen?»

Alberto schien es für einen Augenblick die Sprache verschlagen zu haben, doch dann fasste er sich, lächelte und verschränkte die Hände vor der Brust.

«Ganz frisch eingelegte *sardine in saor*, eine Spezialität meiner Tante mit Zwiebeln, Wacholderbeeren und Rosinen. Fischsuppe, Fettucine in Tintenfischsugo, Seezunge, *fritto misto di pesce* ... natürlich behandeln wir die beiden gut. Sie sind freundlich und fleißig … gehören zur Familie wie wir alle!»

«Jaja, ist schon gut!» Guerrini verzog das Gesicht zu einem halben Lächeln. «Kam mir einfach so in den Sinn! Ich nehme die eingelegten Sardinen und die Seezunge mit Radicchio, und du?» Er sah Laura an.

«Ich auch.»

Alberto nickte, warf Guerrini einen zweiten prüfenden Blick zu, machte zwei Schritte Richtung Küche, kehrte aber gleich wieder um, verbeugte sich.

«Und was wünschen die Signori zu trinken?»

«Weißwein und Mineralwasser!», antwortete Laura.

Diesmal ging Alberto rückwärts zur Küche, verbeugte sich noch zweimal.

«Hast du immer noch den Menschenhändler-Blick?» Laura lehnte sich zurück und betrachtete Guerrini aus halb geschlossenen Augen. Es war wunderbar warm in dem kleinen Lokal, das Geklapper der Töpfe, das Gemurmel der anderen Gäste und die Essensdüfte machten Venedig wieder wirklicher – obwohl sie noch immer Mühe hatte zu begreifen, dass sie angekommen war, dass sie zum ersten Mal Zeit für diese Liebe hatte.

«Ich werde ihn wahrscheinlich nie wieder verlieren, den Menschenhändler-Blick!», erwiderte er leise.

Alberto stellte eine Karaffe Weißwein und eine Wasserflasche zwischen sie, schenkte ein. Der alte Mann an der Kasse nickte ihnen zu.

«Die halten dich wahrscheinlich für einen Polizisten, der illegale Einwanderer sucht. Deshalb überschlagen sie sich vor Höflichkeit!» Laura musste kichern, hob das Glas und prostete dem Alten zu, dann stieß sie mit Guerrini an, trank einen winzigen Schluck, ließ den herben Wein genüsslich über ihre Zunge gleiten.

«Es ist gar nicht so schlecht, wenn sie auf der Hut sind. Dann bekommen wir wenigstens ein ordentliches Essen. Die werden es nicht wagen, uns Touristenfraß vorzusetzen!»

«Hast du es deshalb gesagt?» Laura sah Guerrini ungläubig an.

«Na ja, sagen wir mal … es war zumindest einer der Gründe! Weißt du, ich war schon ziemlich oft in Venedig!» Guerrini machte ein ganz unschuldiges Gesicht, brach dann plötzlich in Gelächter aus, und Laura lachte mit, Alberto lachte und der Alte hinter der Kasse. Alles Schwere löste sich, und Laura nahm zum ersten Mal wahr, dass bunte glitzernde Girlanden die Decke des Lokals schmückten, Vorbereitung auf Silvester, das ja schon morgen war.

Die *sardine* in *saor* waren köstlich, und Laura war sich bewusst, dass sie noch nie auf so sinnliche Weise gegessen hatte. Jeder Bissen, den sie in den Mund schob, wurde auf seltsame Weise zum Austausch von Botschaften mit Guerrini – Botschaften der Lust, des Begehrens, der Freude. Es war ein Gespräch ohne Worte, das erst zu Ende ging, als sie ihr Besteck fortlegten, ihre Lippen mit den Servietten abtupften und sich wieder zuprosteten.

Und dann wurden sie beide ein bisschen verlegen, der Nähe wegen, in die sie sich gewagt hatten.

«Mir sind noch ein paar Dinge unklar, Angelo!», sagte Laura. «Ich habe immer noch nicht genau begriffen, warum dieser Bertolucci zum Mörder wurde.»

Guerrini runzelte ein wenig irritiert die Stirn, und Laura bereute ihre Frage schon. Das einfachste Mittel, Distanz herzustellen: reden über die Arbeit.

«Das glaube ich dir nicht!», sagte Guerrini. «Du mit deiner Fähigkeit, die Motive anderer zu ahnen, weißt ganz genau, was in Bertolucci vor sich ging. Warum stellst du mir rhetorische Fragen?»

Laura spürte, wie sie rot wurde, trank einen Schluck Wasser, verschluckte sich, hustete. Dann endlich sah sie Angelo an und wusste, dass sie ehrlich sein musste – jedenfalls zu mindestens fünfzig Prozent.

«Weil ich plötzlich ein bisschen Angst hatte …» Sie sprach leise, sehr langsam. «Weil wir uns gerade so nahe waren, dass ich unbedingt einen Schritt zurückgehen musste. Ich weiß nicht, ob du das verstehen kannst, aber besser kann ich es nicht ausdrücken …»

Er hielt den Kopf leicht gesenkt, seine Augen forschten so intensiv in ihrem Gesicht, dass sie den Blick senkte.

Die zweiten fünfzig Prozent der Antwort, dachte sie, werden mich gleich zerreißen. Ich liebe dich gerade so sehr, dass ich dich nicht ansehen kann, weil es mir wehtut.

«*Bene!*», hörte sie ihn sagen. «Das kann ich verstehen. Also … du willst wissen, wie es möglicherweise in Bertolucci aussieht. Und da ich ein Mann bin und lange mit ihm gesprochen habe, kann ich versuchen, es dir zu erklären. Es gibt eine Menge Männer, die ein perverses Verhältnis zur Macht haben. Das ist zwar eine Binsenwahrheit, aber sie hat fatale Auswirkungen. Ganz egal wo die Ursachen liegen, Bertolucci war offensichtlich ein Mann, der sich von Frauen nicht ernst genommen fühlte. Aber durch die Transfer-Organisation war er plötzlich in einer Position der Macht. Und die hat er brutal ausgenützt – zu Beginn vielleicht eher zaghaft, mit wachsendem Erfolg und der Erfahrung, dass die Frauen Angst vor ihm hatten, wurde er immer dreister. Das führte so weit, dass er sich irgendwann richtig mächtig fühlte … so mächtig, dass er Zuwiderhandlungen bestrafen konnte. Wer sich widersetzte, mit Verrat drohte, musste eliminiert werden, verdiente es nicht anders! Er ist ein Psychopath, Laura! Ein beinahe normaler Psychopath!»

Sie strich vorsichtig das Tischtuch glatt.

«Ja», sagte sie endlich. «So ungefähr habe ich es mir vorgestellt. Und er ist verdammt intelligent, weil er blitzartig auf die Idee kam, Pier Paolo als Täter zu präparieren, mit Pistole und Fingerabdrücken ... eben allem, was dazugehört!»

Guerrini nickte.

«Dazu habe ich übrigens auch eine Frage. Warum hast du ihn und diese Natali einfach ziehen lassen?»

Der Kellner Alberto stellte schwungvoll eine Platte mit gebratenen Seezungen auf einem Bett aus gedünstetem Radicchio auf den Tisch und blieb erwartungsvoll stehen.

«*Grazie!*», sagte Guerrini, wartete aber auf Lauras Antwort.

«*Mangia!* Essen Sie, Signori! Der Fisch darf nicht kalt werden!»

Guerrini hob den Blick zur Decke, legte dann sorgsam eine der Seezungen auf Lauras Teller, nahm selbst einen Fisch, machte endlich ein so grimmiges Gesicht, dass Alberto verstand und sich verzog.

«Also warum?», fragte Guerrini.

«Weil ihre Vergehen eigentlich keine waren. Weil ich ihren Mut bewundert habe und den unbedingten Willen, das eigene Schicksal in die Hand zu nehmen und ein neues Leben zu beginnen.»

Er lächelte ihr zu.

«Akzeptiert! Wollen wir essen?»

«Warte noch! Flavio hat mit Clara geschlafen, weil sie es ihm angeboten hat ... Hättest du auch? Ich meine, wenn sie es dir angeboten hätte ... es interessiert mich einfach. Ich lerne sehr viel über Männer durch diesen merkwürdigen Fall!»

Angelo Guerrini betrachtete den Fisch auf seinem Teller, als hätte der ihm die Frage gestellt.

«Signori! Er wird kalt, der Fisch!», rief Alberto beinahe verzweifelt von der Küche her.

411

«*Porca miseria!*», knurrte Guerrini. «Nein, ich hätte nicht mit ihr geschlafen! Jedenfalls ist es sehr unwahrscheinlich. Es macht mir keinen Spaß mit Frauen, die abhängig von mir sind. Diese Machtnummer reizt mich nicht.»

«Wirklich nicht?»

«Nein, wirklich nicht.»

«Warum nicht?»

«Ich weiß es nicht. Hab noch nie darüber nachgedacht. Es ist mir nur unangenehm.»

«Danke für deine Antwort. Ich glaube, wir sollten jetzt den Fisch essen, sonst springt Alberto vor Verzweiflung in den Kanal.»

«Gut … sollen wir weiter von der Arbeit reden?»

«Tun wir doch schon lange nicht mehr … hast du's nicht gemerkt?» Laura zwinkerte Guerrini zu und steckte ein Stückchen Fisch in den Mund.

Als sie das Restaurant verließen, waren sie ein wenig beschwipst, denn der alte Mann an der Kasse hatte ihnen Grappa spendiert. Der Nebel war auf wunderbare Weise verschwunden, und am Himmel konnten sie sogar ein paar Sterne sehen. Das Pflaster der Fondamenti und Gassen war nass, es hatte inzwischen wohl geregnet, das Wasser der Kanäle lag unbeweglich glatt. Überall spiegelten sich die Lichter der Laternen und Weihnachtsbeleuchtungen, auf den Pflastersteinen, im Wasser. Laura und Guerrini liefen durch die einsamen Gässchen zum Canal Grande, sprangen in ein Vaporetto, das gerade ablegen wollte. Außer ihnen waren höchstens zehn Leute an Bord. Sie setzten sich ins Heck des Bootes nach draußen, legten die Beine aufs Geländer und ließen die schweigende Stadt an sich vorübergleiten. Dunkel und beinahe drohend ragten die Palazzi links und rechts des

Kanals aus dem Wasser. Nur hin und wieder leuchteten Fenster in die Nacht hinaus, glitzerten schwere Lüster, bewegten sich Gestalten, drang ein Fetzen Musik herüber, dann waren sie vorbei und fragten sich, ob sie dieses Märchenschloss wirklich gesehen hatten.

Sie blieben bis zur Endstation sitzen, kehrten mit dem nächsten Boot zurück, konnten sich nicht satt sehen.

«Wir werden immer nur spät nachts Vaporetto fahren!», sagte Guerrini. «Dann gehört die Stadt uns allein. Wir gehen nachts spazieren und bleiben tagsüber im Bett. Was sagte dein Vater? Wenn man erwachsen ist, muss man sich das Paradies selbst schaffen!»

Laura nickte, lehnte sich an Angelos Schulter und dachte: Fünf Tage im Paradies sind besser als gar nichts!

Foto: Paul Mayall

Felicitas Mayall

Kommissarin Laura Gottberg ermittelt

Nacht der Stachelschweine
Laura Gottbergs erster Fall.
Während deutsche Urlauber in einem italienischen Kloster Ruhe suchen, wird die junge Carolin in einem nahen Waldstück tot aufgefunden. rororo 23615

Wie Krähen im Nebel
Laura Gottbergs zweiter Fall.
Zeitgleich werden eine Leiche im Eurocity aus Rom und ein bewusstloser Mann auf den Gleisen des Münchner Haupbahnhofs gefunden. Kommissarin Laura Gottberg ist ratlos. Hängen die beiden Fälle zusammen? rororo 23845

Die Löwin aus Cinque Terre
Laura Gottbergs dritter Fall.
Eine junge Italienerin, die als Aupair in Deutschland arbeitete, ist tot. Um den Fall zu lösen, muss Laura in die Heimat des Mädchens fahren: ein kleines Dorf in Cinque Terre, wo die Frauen der Familie ein dunkles Geheimnis hüten.
rororo 24044

Wolfstod
Laura Gottbergs vierter Fall.
Ein deutscher Schriftsteller wird in seiner Villa südlich von Siena leblos aufgefunden. rororo 24440

Hundszeiten
Laura Gottbergs fünfter Fall.
In München machen Jugendliche nachts Jagd auf Obdachlose.

Kindler 40526

Weitere Informationen in der Rowohlt Revue *oder unter* www.rororo.de

Felicitas Mayall
Wie Krähen im Nebel

Im Eurocity aus Rom wird die Leiche einer jungen Unbekannten entdeckt. Kurz darauf wird auf den Gleisen des Münchner Hauptbahnhofs ein bewusstloser Mann gefunden. Als dieser aus dem Koma erwacht, erinnert er sich an nichts mehr. Kommissarin Laura Gottberg ist ratlos. Hängen die beiden Fälle zusammen? rororo 23845

Gefährlicher Süden

Franca Permezza
Prosciutto di Parma
*Commissario Trattonis tiefster Fall.
Ein Kriminalroman aus Venedig*

Rechtsanwalt Brambilla ist tot. Commissario Trattoni glaubt an Mord. Als auch die Frau eines Händlers umkommt, der den Glasmachern auf Murano unbequem geworden ist, muss Trattoni seine Ermittlungen intensivieren, wenn nicht noch mehr passieren soll.
rororo 24259

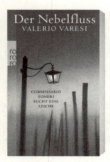

Valerio Varesi
Der Nebelfluss
Commissario Soneri sucht eine Leiche

Hochwasser am Po: Die Dörfer werden evakuiert. Nur die Alten harren aus und sehen zu, wie der Lastkahn des alten Tonna führungslos den Fluss hinuntertreibt. Als kurz darauf dessen Bruder zu Tode kommt, mag Commissario Soneri aus Parma nicht an Zufall glauben. rororo 23780

Weitere Informationen in der Rowohlt Revue *oder unter* www.rororo.de